WERNER WEGENER

BLIZZARD

EIN ABENTEUER IN DEN LIENZER DOLOMITEN

novum pro

Bibliografische Information
der Deutschen Nationalbibliothek:

Die Deutsche Nationalbibliothek
verzeichnet diese Publikation in der
Deutschen Nationalbibliografie.
Detaillierte bibliografische Daten sind
im Internet über
http://www.d-nb.de abrufbar.

ISBN 978-3-99026-552-9
Lektorat: Christine Weber
Umschlagfoto: Werner Wegener
Umschlaggestaltung, Layout & Satz:
novum publishing gmbh
Autorenfoto: Monika Wegener

Die vom Autor zur Verfügung gestellte
Abbildung wurde in der bestmöglichen Qualität gedruckt.

Gedruckt in der Europäischen Union
auf umweltfreundlichem, chlor- und
säurefrei gebleichtem Papier.

www.novumverlag.com

PROLOG

19. Juli 2007

An der südaustralischen Küste sind gestern 30 Buckelwale gestrandet. Tierschützer und Touristen sowie viele Anwohner versuchen verzweifelt die riesigen Tiere wieder ins tiefe Wasser zu transportieren. Immer noch ist den Wissenschaftlern unklar, aus welchen Gründen immer wieder Wale stranden.

Bei anhaltenden Regenfällen in Malaysia versinken zahlreiche Landstriche in Schlamm und Geröll. Tausende Menschen sind von der Außenwelt abgeschlossen, Hunderte Tote treiben in den reißenden Fluten der über die Ufer getretenen Flüsse. Es besteht akute Seuchengefahr. Diese Regenfälle geben den Meteorologen Rätsel auf, da gerade keine Regenzeit herrscht und es ansonsten in diesem Teil der Erde eher zu trocken ist.

In der Antarktis haben sich laut CNN heute Morgen mehrere Quadratkilometer große Eismassen vom Festlandeis gelöst. Ein Forschungsschiff der schwedischen Regierung kam durch den plötzlichen Anstieg des Meeresspiegels, der mit meterhohen Wellen einherging, in Seenot. In der Nähe befindliche Schiffe konnten die Besatzung retten. Was die Abtrennung der gewaltigen Eismassen für unser Klima bedeutet, ist derzeit nicht abzuschätzen.

Im Kaukasus wurde ein Erdbeben der Stärke 7,2 auf der Richterskala gemeldet. Angaben über Opfer und Ausmaß der Zerstörung liegen z. Zt. noch nicht vor.

Radio Tunis meldet einen kurzen, aber heftigen Hagelschauer gegen 11.30 Uhr MEZ. Hagelkörner, groß wie Hühnereier, prasselten auf die in Panik geratenen Menschen. Es gab einen erheblichen Sachschaden und viele Verletzte. Die Temperatur zum Zeitpunkt des Wetterchaos betrug 28 °C.

Japan gab eine Tsunami-Warnung an die gesamte Ostküste heraus, nachdem ein Seebeben ca. 200 km vor der Küste registriert worden war. Etwa zwei Stunden später konnte die Regierung Entwarnung geben.

Südfrankreich wurde von einem heftigen Unwetter mit Regen, Sturm und Hagel überrascht. Bäume wurden entwurzelt, Dächer abgedeckt und Flüsse traten über die Ufer. Für das Gebiet um St. Tropez wurde der Notstand ausgerufen. Die Wetterämter stehen vor einem Rätsel. Der Sturm soll ohne erkennbare Vorzeichen das Gebiet und ihre Bewohner überrascht haben.

I

Bergsteigen ist die Kunst,
auf dem Umweg über einen Gipfel
unter Lebensgefahr zu der
Stelle zurückzukehren,
an der man sich sowieso schon
befunden hat.
Autor unbekannt

5:55 Uhr. Ich war hellwach und tastete im Dunkeln nach dem Reisewecker, um ihn auszuschalten, bevor er klingelte. *Geschafft!* Neben mir lag meine Frau und schlummerte noch selig. Leise stand ich auf. Im Flur machte ich Licht, ging rüber ins Wohnzimmer und betätigte auch dort den Lichtschalter, denn obwohl wir Hochsommer hatten, war es noch nicht richtig hell draußen. Unser Ferienhaus liegt zudem direkt am Waldrand und die hohen Tannen lassen nur wenig Licht hindurchscheinen.

Das Urlaubsdörfchen in Kärnten heißt Nölbling, befindet sich auf der südlichen Seite des Gailtales und zählt wahrscheinlich keine 200 Seelen. Natürlich hat es eine Kirche sowie eine freiwillige Feuerwehr, deren Gebäude neben einem kleinen Bach steht, in dem sich ein altes, hölzernes Wasserrad unablässig dreht.

Gegenüber der Feuerwehr ist ein Gartenrestaurant mit Schatten spendenden alten Obstbäumen. Zu erwähnen wäre noch die Familie Grazer, die Urlaub auf dem Bauernhof anbietet. Das sind die Highlights des idyllischen Dorfes. Ansonsten bietet der Ort vor allem eines: Ruhe.

Endlich Urlaub und die erste heiß ersehnte Wandertour! Max, mein Hund und liebster Wanderpartner, hob den Kopf, wedelte sofort mit dem buschigen Schwanz und erwartete, dass ich ihn gebührend begrüßte. Der Australian Shepherd legte sich genüsslich auf den Rücken und streckte „alle viere" von sich. Wahrlich ein Genießer! Der Shepherd ist ein idealer Familienhund und, wenn er will, sehr gelehrig. Max ist ein aufgewecktes Kerlchen und ein vollwertiges Mitglied unserer Familie, seit wir ihn aus einem wilden Rudel Welpen ausgesucht haben.

Er hat es faustdick hinter den Ohren und versucht immer bis an die Grenzen seiner Möglichkeiten zu gehen. Manchmal schießt er jedoch über das Ziel hinaus, aber übel nehmen kann ich es ihm nicht. Er hat sich einen unbändigen Freiheitsdrang bewahrt. Ich respektiere das.

Nach einem leichten Klaps auf seine starke Brust ließ ich ab – ich brauchte Kaffee. Ich stellte den Kaffeeautomaten an, gab dem Hund frisches Wasser und füllte seinen Fressnapf. Anschließend ging ich ins Bad. Aufs Rasieren wurde großzügig verzichtet, es ging ja in die „Wildnis."

Während ich meine Wanderklamotten anzog, wich Max keinen Zentimeter mehr von meiner Seite. Er schnupperte an der Hose und wusste: Es ging los. Während des Frühstücks erfuhr ich aus dem Radio – es lief Ö3 –, dass das Wetter stabil bleiben sollte – alles war ideal. Kärnten und Osttirol zeigten sich von ihrer besten Seite. Der Sender spielte „Sultan of Swing" von den Dire Straits, mit dem Ausnahmegitarristen Mark Knopfler. Meine Laune wurde noch besser. Schon seit Jahrzehnten ist Knopfler einer meiner Lieblingsinterpreten.

Ich überprüfte nochmals meine Ausrüstung, bevor ich mir die Stiefel anzog und den Hut aufsetzte. Obwohl ich mit 190 cm Körpergröße nicht gerade klein und mit 90 kg auch kein ausgesprochenes Leichtgewicht war, musste mein Gepäck zum Wandern nicht unnötig schwer ausfallen. Leichte Kleidung, bloß keine großen Behälter für Getränke – jedes Gramm zählte. Durch meine bis heute regelmäßigen sportlichen Aktivitäten, u. a. habe ich über drei Jahrzehnte lang Handball gespielt, fühlte ich mich mit meinen 58 Jahren fit wie ein Turnschuh. Über das Jahr verteilte kleinere Wanderungen im Harz, Fichtelgebirge oder dem Bayerischen Wald sowie „Strecke machen“ in Berlin und Umgebung halfen mir und meiner Kondition. Bisher konnte ich jede Tour erfolgreich beenden.

So, alles war in bester Ordnung. Halt – der Skizzenblock fehlte noch. Also stopfte ich die Malutensilien noch in den Rucksack. An die warme Kaffeemaschine lehnte ich einen Zettel mit meiner Wanderroute und den avisierten Zeitpunkt meiner Rückkehr. Meine Frau bestand darauf, als zusätzliche Sicherheit. Hinzu fügte ich meine besten Wünsche für zwei herrliche Urlaubstage ohne ihre „Männer“. Ich schnappte mir die Hundeleine und den Rucksack. Max stand schon aufgeregt an der Tür. „Komm ja schon“, brummte ich. Leise schloss ich die Tür unserer gemütlichen Ferienwohnung und ging zum Auto. Mein Wanderkumpel machte noch einen raschen Zwischenstopp an der mächtigen Linde, hob kurz das Bein und setzte sich dann vor den Wagen. Er war bereit für die Fahrt. Ich pfiff den Oldie „Me and you and a dog named Boo“ und war rundum zufrieden.

2

Die Fahrt vom Gailtal in Kärnten nach Lienz in Osttirol dauerte knapp 50 Minuten. Um diese Zeit war wenig Verkehr und die kurvenreiche Strecke über den Gailbergsattel machte richtig Spaß. Beschwingt zu den Klängen von Eric Claptons „Lay down, Sally", das gerade im Radio lief, nahmen wir den Pass in Rekordzeit und näherten uns schnell Oberdrauburg. Nach mehreren Minuten auf der Bundesstraße Richtung Lienz, der Bezirkshauptstadt Osttirols, zeigten sich zum ersten Mal die Lienzer Dolomiten, unser Ziel. Ein großartiges Massiv, mit ca. 250 benannten Gipfeln, das jedem Begfreund das Herz höher schlagen lässt. Vom östlich gelegenen 2.410 m hohen Freyung bis zum westlichen, 2.718 m hohen Spitzkofel bietet das rund 15 km lange Hochgebirge mit dem Hausberg der Lienzer – der 2.772 m hohen Großen Sandspitze, die fast mittig liegt – ein beeindruckendes Panorama. Eine zweitägige Tour durch die „Unholde", wie die Berge südlich von Lienz noch heute von den Einheimischen manchmal genannt werden, war geplant. Denn erst 1885 wurden diese wilden Zacken von der Alpensektion in die „Lienzer Dolomiten" umbenannt. Die „Unholde" – ein schaurig-schöner Name, der einem den nötigen Respekt für diese Berggruppe einflößt. Denn bei aller Liebe zu den Bergen: Ohne Respekt und Umsicht im Gelände und ohne Rücksichtnahme auf seine eigene körperliche Verfassung ist es auch heutzutage nicht ungefährlich im Hochgebirge. Leider überschätzen sich einige jedes Jahr aufs Neue. Schlechte Vorbereitung, fehlende Kondition und die Unkenntnis über den eigenen Gesundheitszustand führen oft zu Problemen. Mangelnde Ausrüstung ist ein weiteres Kriterium für das Scheitern vieler. Selbst Hightech ist kein Garant für eine sichere Bergtour.

Pro Saison verunglücken immer noch zu viele Menschen tödlich. Die Hauptursache hierbei sind Herz- und Kreislaufbeschwerden.

Max jaulte kurz auf, ihm dauerte die Fahrt schon zu lange.

„Ist ja gut, mein Bester, wir sind gleich da“, sagte ich in der Hoffnung, ihn etwas zu beruhigen. Ich konnte jedoch seine Unruhe verstehen, denn auch ich war voller Vorfreude. Lienz, das sich malerisch an den Fuß der mächtigen Schobergruppe schmiegte, tauchte vor uns auf. Die nun fast 3.000 m hohe Spitze der Schleinitz, die ich vor drei Jahren erklommen hatte, glänzte stolz im Morgenlicht. Jeden Augenblick musste die Abfahrt von der Bundesstraße zum Tristacher See erreicht sein.

„Noch wenige Minuten, Max, dann hast du die schreckliche Autofahrt überstanden“, erklärte ich meinem Hund, denn Autofahren zählte nicht zu seinen Leidenschaften.

Ein Waldweg wurde durch einen schmalen Schotterweg abgelöst, der uns bergauf in engen Serpentinen zur Dolomitenhütte führte. Auf dem geräumigen Parkplatz war keine Menschenseele. Als ich ausstieg, umfing mich eine nahezu absolute Stille. Tief atmete ich durch und genoss die reine, frische Luft. Wir waren auf 1.620 m Höhe angelangt.

Die noch feuchten grünen Gräser glänzten und hin und wieder fielen Tautropfen von den Bäumen. Max sprang erleichtert aus dem Wagen, lief sofort zum nächsten Strauch und hob das Bein. Ich öffnete die große Heckklappe, setzte mich auf die Ladefläche und zündete mir eine Zigarette an. Während ich den würzigen Geschmack der filterlosen Gauloises genoss, ließ ich meinen Blick über die einzigartig gelegene Dolomitenhütte wandern. Sie steht mit ihrer Rückwand genau an der steil abfallenden Kante eines Felsvorsprungs. Schaut man von dieser Seite aus dem Fenster, kann man einen atemberaubenden Blick in die Tiefe wagen.

Leises Klappern von Geschirr drang aus dem Haus herüber. Die Leute bereiteten sich auf den Ansturm der Ausflügler vor. Ich trat die Zigarette sorgfältig aus und schnallte mir den Rucksack um. Der obenauf liegende Schlafsack war etwas verrutscht, das musste noch gerichtet werden. Da ich nicht gern mit den hütteneigenen Decken schlief, nahm ich den Sack mit. Er wog nicht viel, war groß und bequem und noch bei minus 15 °C zu gebrauchen. Aber das war ja glücklicherweise nicht zu befürchten.

Klappe zu, abschließen und los ging's. Ich pfiff Max herbei, der sich schon im Unterholz befand. Er kam angerannt, stoppte kurz vor mir und sah mich erwartungsvoll an. Dieser Hund hörte in einer für ihn unbekannten Umgebung aufs Wort. Zu Hause, bei den üblichen Gassigängen, ist dies nicht immer der Fall. Da markiert er oft den „Platzhirsch", wie meine Frau sein aufsässiges Verhalten nennt. Da gelten für ihn andere Regeln und er hat meist eigene Vorstellungen, wann für ihn der „Ausgang" beendet ist. Hier jedoch konnte ich mich auf ihn verlassen und das war gut so.

Wir ließen die Hütte rechts liegen, durchquerten den großen Biergarten und machten uns auf den Weg zur Karlsbader Hütte, die in einem weitläufigen Talkessel, direkt am wunderschönen Laserzsee, gelegen war.

Der Weg führte langsam in den Laserz, ein wild romantisches Wander- und Klettergebiet. Normalerweise braucht man bei zügigem Gang rund zwei Stunden, aber mit Max und seinen Abstechern plante ich eine Stunde mehr ein. Außerdem nahm ich mir vor, den Weg zu genießen und die großartige Natur genau zu beobachten, die kleinen und großen Wunder zu verinnerlichen und sie mit allen Sinnen auszukosten. Kurz gesagt: so zu wandern, wie man es immer machen sollte.

3

Wir überquerten einen schmalen, klaren Bach. Ich benutzte dafür eine dicke Holzbohle, die von Ufer zu Ufer reichte. Max tapste fröhlich durch das Wasser und nutzte die Gelegenheit, vom frischen Bachwasser zu saufen. Noch lagen saftige, bunte Wiesen entlang des Weges. Bald würde sich dieses Bild jedoch ändern. Stein und Fels beherrschten dann die Szenerie.

Max und ich genossen den herrlichen Duft der satten Blumenmatten. Die prächtige Feuerlilie stand stolz zwischen gelbem Frühlingsenzian. Vereinzelt zeigte sich die Alpenwaldrebe.

Max hatte seine Nase ausschließlich am Boden und lief im Zickzack zwischen den Gräsern und Blumen hindurch. Fleißige Hummeln und Bienen schwirrten geschäftig um die duftenden Pflanzen und es war so still, dass man ihr Summen und Brummen deutlich hören konnte. Während wir über die Wiesen streiften, dachte ich an meine Wanderung auf der Mussen, einem Bergrücken in den Kärntener Gailtaler Alpen, der weit über die Landesgrenze hinaus für seine Blumenvielfalt berühmt ist. Unter den dortigen Pflanzen befinden sich seltene Orchideenarten und die wunderschöne Schneeheide in großer Zahl. Apropos seltene Pflanzen – die wohl berühmteste Blume in Kärnten ist die blau blühende Wulfenia. Sie blüht im Juli und August in 1.300 bis 2.000 m Höhe im Bereich des Gartnerkofels, am Nassfeld. Sonst findet man sie nur noch im Grenzgebiet Serbiens und Montenegros. Selbstverständlich steht sie unter Naturschutz. Verwandte Arten findet man in Albanien, Syrien, Afghanistan und im Himalaja. Eigentlich gilt die Wulfenia als Weideunkraut, da sie vom Vieh nicht gefressen wird und besonders widerstandsfähig ist.

Eine gute Stunde später machten wir an einer kleinen, klobigen Steingruppe eine Pause. Ich lehnte mich mit dem Rücken an die kühle Steinwand, sie spendete etwas Schatten. Der Himmel war wolkenlos und die Sonne gab ihr Bestes.

Max legte sich zu meinen Füßen, pfiffigerweise auch in den Schatten. Ich öffnete den Rucksack und holte für den Hund einen faltbaren Wassersack aus festem Stoff und seine Wasserflasche heraus. Den Behälter stellte ich zwischen seine Vorderpfoten und goss ihn halb voll. Sofort fing er an zu saufen. Ich gönnte mir eine Gauloises und Max zwei Stück von der geschnittenen Lyonerwurst, seinem Lieblingsleckerli. Beide waren wir zufrieden. Ein herrlicher Tag. So konnten wir es noch eine Weile aushalten.

Zwei Mäusebussarde zogen in weiten Kreisen am blauen Himmel, auf der Suche nach einem schmackhaften Happen, ihre Runden. Hin und wieder schallten ihre heiseren Rufe zu uns herunter. Bisher hatten die Jäger wohl noch keinen Erfolg gehabt. Die Vögel waren gegen den klaren Himmel gut zu erkennen. Die einzelnen Federn an den Flügelenden und der typische Fächerschwanz des Räubers unterscheidet ihn vom Milan, der zwar auch solche Federenden wie der Bussard hat, jedoch einen markanten v-förmigen Schwanz aufweist. Von der Größe her gleichen sich die Vögel fast. Beide Arten gehören zu den Greifvögeln, die ihre Beute mit den kräftigen Krallen töten. Anders als z. B. Falken, die ihre Opfer mit dem Schnabel erledigen und somit nicht zu den Greifvögeln gezählt werden.

Plötzlich hob Max den Kopf. „Was ist los, Max? Hast du was entdeckt?“, wollte ich wissen.

Er stand auf und stellte sich in „Habachtstellung“, wedelte jedoch gleich darauf mit dem Schwanz. Also konnte es nichts Gefährliches oder Ungewöhnliches sein. Richtig – kurz darauf gesellte sich ein kleiner brauner Dackel hechelnd zu uns. Ich erhob mich von meinem harten Sitzplatz und umrundete die Felsgruppe, um nachzusehen, zu wem der Hund gehörte. Noch in einiger

Entfernung sah ich einen Mann auf uns zukommen, angezogen wie ein Jäger, Förster oder ähnlich. Das Gewehr hing ihm quer über dem Rücken. „Er würde uns bald erreicht haben." Ich sah zu den Hunden, die jedoch tobend mit sich selbst beschäftigt waren. Nach wenigen Minuten stand der Mann neben mir, sagte mit einer angenehmen, tiefen Stimme „Grüß Gott!" und nickte mir zu. „Grüß Gott", antwortete ich. „Unsere Hunde verstehen sich ja prächtig." „Gut so –", sagte der Mann, „meine Lisa mag eh jeden." Beim Sprechen nahm er seinen Rucksack ab und lehnte ihn samt Gewehr an die Steinwand. Er war ein kräftiger, breitschultriger Kerl von ca. 60 Jahren, also in etwa mein Jahrgang. Er trug einen leicht ergrauten Vollbart und das, was man von seiner Gesichtshaut erkennen konnte, war tief gebräunt. Tiefblaue, klare Augen schauten freundlich unter buschigen Augenbrauen hervor. Große Hände und starke Handgelenke deuteten auf enorme Kraft hin. Seine Bewegungen waren ruhig und geschmeidig. Einen Moment lang herrschte Schweigen zwischen uns und wir sahen den spielenden Hunden zu.

„Magst 'nen Schnops?", fragte er mich schließlich.

„Woll", antwortete ich. Er kramte aus seinem Sack eine flache Wanderflasche heraus. „Werner", stellte ich mich vor. „Sepp", war die knappe Antwort und wir stießen mit einem wohlschmeckenden Obstler an. Dann trat wieder Stille ein. „Jäger?", fragte ich ihn. Er schüttelte den Kopf. „Förster." Erneut Ruhe. Ich schaute zu den kreisenden Vögeln. „Bussarde", bemerkte ich. „Jo."

Nun fasste ich in meinen Rucksack und holte ein gutes Stück Gailtaler Schinkenspeck heraus. „Speck?" – „Pascht", kam als Antwort. Ich schnitt mit meinem Schweizer Taschenmesser zwei ordentliche Stücke ab und reichte ihm einen Teil. „Vergelt's Gott", murmelte er und wir kauten genüsslich den saftigen Speck. Den Rest des Schinkens verpackte ich wieder und legte ihn in den Rucksack. Er reichte prompt noch einen Obstler herüber. Von mir kam die Verdauungszigarette, die er dankbar annahm. Wir qualmten vor uns hin. „Schöner Hund", befand der Förster und nickte mit dem Kopf in Richtung Max. Fast gleichzeitig traten wir unsere Kippen umsichtig aus. „Auf geht's", sagte er nun und packte seine sieben Sachen. Auch ich raffte mein Zeug zusammen. Startklar standen wir uns gegenüber. „Pfiat di, bleib g'sund", verabschiedete er sich. „Dito." Er nickte wieder bedächtig und grinste mich freundlich an. Auch ich setzte ein Lächeln auf. Das war nach langer Zeit mal wieder ein gutes Gespräch. Aussagekräftig, immer auf den Punkt genau, klar und verständlich. Eben ein Gespräch, das nur zwei Individuen der Spezies Mann so führen können.

Mit dem Geschmack von gutem Obstler und leckerem Speck am Gaumen rief ich Max herbei, der nur widerwillig von Lisa abließ. Da ich wusste, dass auch Sepp sich nicht zu einem letzten Gruß oder gar zu einem wilden Abschiedswinken herablassen würde, drehte ich ab und nahm meine Wanderung wieder auf.

Die Landschaft ging nun mehr und mehr in raues, steiniges Gelände über und verlangte Aufmerksamkeit und Trittsicherheit. Nach etwa 40 Minuten war die Hütte in der Ferne schon zu erkennen. Die Vorfreude auf ein leckeres, frisches Gösser Bier machte sich in mir breit. Ich nahm mir vor, den Nachmittag zu genießen und die Seele baumeln zu lassen.

Links von uns erhob sich die großartige Laserzwand und Erinnerungen an meine persönliche Erstbesteigung stiegen in mir hoch. Damals waren mit mir zwei junge Italiener am Kreuz gewesen. Wir hatten ein paar Sätze in italienischem, englischem und deutschem Kauderwelsch ausgetauscht und zur Stärkung einen Grappa getrunken. Mit ihrem Fotoapparat hielt ich für sie den Moment am Gipfel fest, bevor wir uns verabschiedeten. Ich ließ ihnen den Vortritt beim Abstieg und besah mir noch ein wenig die imposante Bergwelt, als mich plötzlich ein markerschütternder Schrei erschreckte. Erregt sprang ich auf und sah, wie der jüngere der Italiener an der Nordseite des Laserz den Hang abrutschte. Zu seinem Glück fiel er jedoch nur wenige Meter weit hinunter, denn ein zackiger Felspfeiler ließ ihn zwar schmerzhaft aufprallen, verhinderte aber Schlimmeres. Laut stöhnend blieb er benommen liegen, während sein Kumpel schon sein Seil vom Rucksack abnahm. Laut rufend erkundigte er sich, ob sein Begleiter so weit in Ordnung sei. Zur Bestätigung hob dieser einen Arm. Einen Moment später stand ich neben dem Mann mit dem Rettungsseil und bot meine Hilfe an. Dankend lehnte er ab, sie kämen schon zurecht. Geschickt warf er die Leine dem Gestürzten zu, der sich das Seil unter den Achseln verknotete. Beim Hochziehen packte ich aber doch mit an und zusammen holten wir den Mann wieder auf sicheres Terrain. Vor Anstrengung keuchend saßen wir auf dem schmalen Weg und lachten trotz des Missgeschicks, denn es war ja noch mal glimpflich ausgegangen. Ein paar geprellte Rippen, ein bisschen abgeschürfte Haut, das war nicht so tragisch. Die beiden blieben noch ein wenig sitzen und wir tranken zur Beruhigung der Nerven noch einen Grappa, bevor wir uns zum zweiten Mal verabschiedeten. Ich beobachtete sie nun noch eine Weile, aber jetzt ging der Abstieg problemlos vonstatten. Wieder einmal bestätigte sich, dass man nicht vorsichtig genug sein kann.

Nach einer weiteren Kehre zwischen zwei mannshohen Felsbrocken öffnete sich nun der Weg und die Hütte lag vor uns. Zehn Minuten später stand ich auf der großen Veranda und stellte meinen Rucksack neben einer Holzbank ab. Niemand war zu sehen. Neben der Hüttentür stand eine Schüssel voll Wasser. Ich zeigte Max den Napf und er nahm gierig einen Schluck. Anschließend betraten wir die Stube, in der uns aus einem alten Bollerofen, der fast in der Mitte des Raumes stand, sehr warme Luft entgegenschlug. Am hinteren Ecktisch saßen einige Gäste, die bei unserem Erscheinen kurz von ihrem Frühstück aufschauten und zur Begrüßung nickten. Ein etwa 20-jähriger Mann kam die steile Stiege vom oberen Stockwerk heruntergeschlendert. Er hatte Kopfhörer auf und schnippte mit den Fingern der linken Hand im Takt. Er ging direkt hinter den Tresen und schob die Kopfhörer nach hinten. „Grüß Gott, darf's was sein?", fragte er freundlich. Der Junge hatte volles dunkles Haar, blassblaue Augen und ein ebenmäßiges Gesicht, war etwa 1,80 m groß und schlank. „Ich würd gern ein großes Gösser draußen trinken", sagte ich und sah gleichzeitig, dass Max die Leute am Tisch besuchte. „Das bring ich dir gleich raus", erklärte der junge Mann und begann mein Bier zu zapfen.

Bevor irgendjemand auf die Idee kam, meinen Hund mit einer Semmel zu füttern, rief ich scharf und kurz seinen Namen. Dann wandte ich mich dem Ausgang zu. Merklich zögernd folgte mein Kumpane mir, leicht enttäuscht, keine Beute gemacht zu haben.

Draußen setzte ich mich so auf die Terrasse, dass ich einen guten Blick auf den Laserz und den glasklaren See hatte. Im gleißenden Licht der Sonne war meine Aussicht überwältigend. Ich war sehr zufrieden und zu meinem Glück fehlte nur noch ein kühles Bier. Wie auf Kommando kam der junge Mann mit meinem Gerstensaft. Nahe am Verdursten nahm ich einen großen Schluck. Der Junge sah mir belustigt zu und wartete geduldig, bis ich das Glas abstellte. „Schon lange unterwegs?" – „Komm von der Dolomitenhütte", antwortete ich. Max schnupperte an seiner Hose, bestimmt gehörte ein Hund zur Hütte. „Was ist das für eine Rasse?" Er deutete auf Max. „Australian Shepherd." „Nie gehört und gesehen", sagte er. „Aber ich hol mal meinen, vielleicht spielen die beiden zusammen", sprach er und ging in die Hütte zurück. Ich griff zu meinem Bierglas und fischte mir eine Zigarette aus der Packung. Einen Moment später öffnete sich die Hüttentür erneut und der Mann kam mit einem Tablett wieder heraus. Neben ihm erschien ein riesiger Berner Sennenhund, der zielstrebig auf Max zueilte. Mein Hund stand freudig auf, dankbar für die Abwechslung, und wedelte wie wild mit seinem buschigen Schwanz. Der Mann stellte das Tablett auf den großen Holztisch, griff sich die Cola und zeigte dann auf das frische Bier und den Obstler. „Geht aufs Haus bzw. auf die Hütte." Dann setzte er sich mir gegenüber. „Danke", sagte ich und ergriff das Stamperl. „Pascht", erwiderte er und wir prosteten uns zu. „Ist noch ein Bett für heute bei euch frei?“, wollte ich wissen. Er nickte. „Heuer ist nicht viel los. Keine gute Saison.“ „Schade“, bemerkte ich, „denn es ist traumhaft hier oben. Wird schon wieder besser“, versuchte ich etwas Nettes zu sagen. „Von wo kommst du?“, war seine nächste Frage. „Aus Berlin.“ „Ich war noch nie dort, muss aber eine faszinierende Stadt sein, nach dem Mauerfall und so. Würde gern mal hin, vielleicht klappt es irgendwann.“ „Stimmt“, antwortete ich, „eine tolle Stadt, hat nur einen großen Fehler.“ Er blickte erstaunt auf. „Was denn für einen Fehler?“ „Berlin hat keine richtigen Berge“, fügte ich lachend hinzu. Er lachte und erhob sich. „Muss drinnen nach den Holländern sehen, die haben immer Durst, aber wir sehen uns ja noch.“ Er nahm sein leeres Cola-Glas und das Tablett mit in die Hütte.

Ich war wieder allein, was mir nicht unlieb war. Die Hunde tobten auf der kargen Wiese zwischen Hütte und See und waren auch sichtlich zufrieden. Langsam bekam ich Hunger und ich nahm mir vor, eine kräftige Brettljause zu essen. Aber ein wenig würde ich noch relaxen, bevor ich bestellte.

Nach und nach kamen zwei Wanderpärchen zur Hütte, teils mit puterroten Köpfen, entweder von der Anstrengung oder von der immer noch knallenden Sonne. Wieder musste ich feststellen, dass manche Menschen unbelehrbar waren und sich mit billigen Turnschuhen ins Hochgebirge wagten. Sicher geht es auf normalen Wanderungen meist gut, aber trotzdem – Sicherheit müsste für jeden das oberste Gebot sein.

Mir fiel wieder der Wunsch des Jungen ein, Berlin zu besuchen. Ich bin in Berlin geboren und lebe gern dort, denn es ist für mich die schönste Großstadt Deutschlands. Rund um die Uhr geöffnet, Multikulti-Stimmung, bunt, hektisch, schrill … und doch gibt es viele ruhige Ecken und viel Grün. In dieser quirligen Metropole hat man wirklich alles, was man zu einem modernen Großstadtleben braucht. Inklusive Currywurst und Döner. Trotz der vielen Möglichkeiten, die Berlin bietet: Ein- bis zweimal im Jahr muss ich raus und in die Berge. Am liebsten nach Kärnten oder Osttirol. Ohne meine Wanderurlaube könnte ich den heutigen Lebensstress nicht mehr meistern. Die wichtigen Zeiten in Österreich helfen mir, das restliche Jahr einigermaßen zu überstehen. Hoffentlich ist es mir noch lange vergönnt, diesen Rhythmus beizubehalten.

Als die Neuankömmlinge ihre Getränke bestellten, orderte ich auch gleich meine Jause. Ich nahm meinen Fotoapparat und machte ein paar Aufnahmen von den herrlichen Bergen rund um die Hütte. In Berlin würde ich einige der Bilder wieder meiner Sammlung zufügen. Erinnerung für die Zeit, wenn ich – aus welchen Gründen auch immer – solche Touren nicht mehr unternehmen können würde. Aber an diesen Augenblick wollte ich jetzt nicht denken. Zum Glück kam mein Essen schnell und ich machte mich mit großem Appetit ans Werk. Die Jause war sensationell. Sie bestand aus zwei dicken Scheiben Speck, einer geräucherten Landwurst, einer Portion Topfenkäse und einem Schlag Verhackerten. Dazu gab es zwei Scheiben Hartkäse, eine kleine Gewürzgurke, Paradeiser und Butter sowie mehrere Scheiben frisch gebackenes Brot mit Kümmel. Natürlich wurde die Jause mit einem Obstler für die Verdauung gereicht. Plötzlich war auch Max wieder bei mir, der Schlaumeier. Ich gab ihm etwas von seiner Wegzehrung. Max war schnell fertig und suchte wieder seinen Kumpel. Ich genoss die Brotzeit in vollen Zügen und ließ mir Zeit.

Einmal habe ich versucht, eine Jause in Berlin aufzutischen. Dazu nahm ich aus dem Urlaub alle Spezialitäten mit nach Hause. Voller Vorfreude deckte ich mit meiner Frau den Tisch. Alles aus Österreich, inklusive der Getränke. Auf unserer kleinen Terrasse, bei schönem Wetter und bester Laune, machten wir uns über die Leckereien her. Welch eine Enttäuschung! Alles, vom Gösser Bier über den Speck und dem einmaligen Verhackerten schmeckte gut. Natürlich. Aber es war nicht diese Geschmackssensation, die uns immer im Urlaub überfällt. Wir kamen überein, dass mehr zum Genuss einer Jause gehörte als nur die Zutaten. Es fehlten die Bergtour, die einmalige Luft, die Lokalität, es fehlte die Urlaubsatmosphäre. Selbstverständlich haben wir nie einen zweiten Versuch dieser Art unternommen.

Nachdem ich die obligatorische Verdauungszigarette ausgedrückt hatte, schulterte ich meinen Rucksack und betrat mit Max die Hütte. Der Junge stand hinter dem Tresen und spülte Gläser. Nun ließ ich mir erst mal seinen Namen sagen, er hieß Rudi, und dann meine Schlafstätte zeigen. Mein Bett lag im ersten Stock, es waren Etagenbetten und ich belegte das untere Bett am Fenster. Hier war noch ausreichend Platz für Max.

Ich legte mein Gepäck auf das Bett, griff mir nur den Fotoapparat und verließ mit Max die Hütte. Ein Spaziergang würde uns guttun. Wir schlenderten zum See und mein Hund erfrischte sich zum x-ten Mal. Er tauchte mit dem Kopf ein und hielt den Hintern hoch, eine typische Haltung für ihn. Ich fasste mit meiner linken Hand kurz ins glasklare Wasser und stellte fest, dass es klirrend kalt war. Auf ein Bad konnte ich gut verzichten. Wir verließen den schmalen Strand und gingen in einem großen Bogen um die Karlsbader Hütte. Mein Blick wanderte zu den scharfen Zacken der umliegenden Berge und besonders markante Eindrücke hielt ich fest. Plötzlich war auch der Sennenhund wieder bei uns und zu dritt beendeten wir unseren Rundgang. Langsam versteckte sich die Sonne hinter den Dolomitenspitzen und sofort wurde es kühl. Wir betraten die Hütte, die nun gut besucht war. Der Ofen verbreitete wohlige Wärme und ich steuerte auf den einzigen freien Tisch in der Ecke zu. Die Hunde legten sich neben den Bollerofen und streckten alle viere von sich. Ich tauschte schnell die Wanderstiefel gegen bequeme Hüttenschuhe und nahm in der Stube Platz. Neben Rudi bediente jetzt auch eine ältere, freundliche Frau – Rudis Mutter. Zusammen bewirtschafteten sie seit einigen Jahren die Hütte. Ich bestellte einen Strammen Max und schwarzen Tee. Neben mir auf der Bank lag ein Prospekt von Lienz. Um mir die Zeit zu vertreiben, blätterte ich ein bisschen herum.

Schon öfter war ich mit meiner Familie dort gewesen und als ich die tollen Aufnahmen sah, fielen mir einige schöne Erinnerungen ein. Bisher besuchten wir den Ort nur im Sommer und spontan beschloss ich, das nun auch mal im Winter zu tun. Feierlich geschmückt, tief verschneit und herausgeputzt zur Weihnachtszeit, stelle ich es mir sehr romantisch vor.

Als mir mein Abendbrot serviert wurde, wunderte ich mich, dass mein Hund noch nicht am Tisch war. Normalerweise roch er Eier 100 m gegen den Wind. Träge lag er neben seinem Kumpel beim Ofen. So konnte ich also mein Essen in Ruhe genießen. Ein guter Abschluss für den ersten Wandertag. Während Rudi später mein Geschirr abräumte, fragte ich ihn, ob ich nachher noch telefonieren könnte. Es war kein Problem.

Max brauchte seine letzte Runde und ich noch eine Zigarette, also machten wir uns auf den Weg. Natürlich mit Bruno, dem Sennenhund. Als wir ins Freie traten, empfingen uns Dunkelheit und Kälte. Es waren bestimmt Temperaturen um den Gefrierpunkt und automatisch zog ich meinen Kopf zwischen den Schultern etwas ein. Klar leuchteten die Sterne und deutlich konnte ich den Großen und Kleinen Wagen am Himmel erkennen. Zurück in der gemütlichen Hütte, ging ich zum Telefon und rief meine Frau an. Nach einigem Klingeln nahm sie ab und begrüßte mich sehr heiter, fast etwas aufgelöst, denn sie hatte von einem wunderschönen Tag mit unserer Tochter zu berichten. Sie waren im Schwimmbad von Kötschach-Mauthen gewesen, hatten sich etwas Bräune geholt und sogar zum Lesen seien sie gekommen. Mittags gab es einen knackigen Salat, ein rundum toller Ferientag. Als sie kurz Luft holte, berichtete ich schnell, dass es Max und mir auch gut ginge und nun das Bett lockte. Meine Äußerung bedachte sie mit einem knappen „Schön!“ und fuhr dann fort, dass sie gleich Schluss machen müsse, da ihr Columbo in wenigen Minuten anfinge. Ich musste unwillkürlich grinsen.

Diese amerikanische Krimiserie mit dem kauzigen, Trenchcoat tragenden, Zigarre rauchenden, lockenköpfigen Halbitaliener mit dem nervigen Charme eines zerstreuten Professors, diesem Typen mit einem Glasauge und einem temperamentvollen Basset mit Hängebauch und dem Namen „Hund", der Polizist der Mordkommission von Los Angeles war und sich von seinem alten, verbeulten französischen Oldtimer nicht trennen konnte, seit ewigen Zeiten glücklich verheiratet war, aber in keiner Folge den interessierten, neugierigen Zuschauern seine liebe Frau vorstellte, hatte es meiner Frau seit Beginn dieser Serie Anfang der 70er-Jahre angetan. Zugegeben, der nervige Schnüffler hat irgendetwas: Er löst seine Fälle ausschließlich mit Köpfchen und unterlässt dankenswerterweise die heutzutage üblichen Schießereien. Mit erstaunlicher Beharrlichkeit sieht sich meine Frau immer wieder diese Serie an. Aber „Jedem sei sein Späßchen gegönnt" und meist lese ich dann, wenn sie mit Columbo auf Täterjagd geht.

Jenny, mein liebes Töchterchen, war gerade unter der Dusche, als wir telefonierten, und ich ließ sie grüßen. Meiner Frau wünschte ich noch eine gute Nacht und versprach, mich sofort von der Kerschbaumer Schutzhütte, meiner nächsten Station, wieder zu melden.

Nachdem ich aufgelegt hatte, nahm ich noch mit Rudi einen Schlaftrunk. Nebenbei quatschten wir ein bisschen über die harte Arbeit eines Hüttenwirtes, gönnten uns einen weiteren Marillenbrand und verabschiedeten uns dann für die Nacht. Rudi hatte mich und Max geschickterweise etwas abgelegen von den anderen Gästen einquartiert, damit sich keiner an dem Hund stören konnte. Ich stellte Max noch frisches Wasser ans Bett und machte kurz Toilette. Dann kuschelte ich mich in meinen Schlafsack. Vor meinem geistigen Auge ließ ich den Tag noch einmal Revue passieren, legte meine linke Hand auf Max' Rücken und schlief Sekunden später ein.

4

Der Wunsch
Flügel möchte ich besitzen,
bis zum blauen Himmel dringen.
Wo die schönen Sterne blitzen –
schöner Engel, schenk mir Schwingen.
Als der Engel mich vernommen,
griff er in die Silbertruhe –
und was habe ich bekommen?
Gute, feste Wanderschuhe.
Hedwig Distel

Gleißendes Sonnenlicht weckte mich sehr früh, denn ich hatte vergessen, abends die karierten Vorhänge zuzuziehen. Aber das war in Ordnung. Ich fühlte mich ausgeschlafen und fit für den Tag. Da wir nicht unter Zeitdruck standen, ging ich es ruhig an. Nach der Morgentoilette packte ich den Rucksack und bewegte mich leise nach unten in die Gaststube. Der Ofen verbreitete schon wieder wohlige Wärme und es roch verführerisch nach Speck und Kaffee. Ich nahm wieder in meiner Ecke Platz und stellte Max frisches Wasser hin. Wenig später erschien Rudis Mutter aus der Küche und ich bestellte bei ihr ein deftiges Frühstück, Rühreier mit Schinken. Der Kaffee kam sofort. Automatisch griff ich zu meinen Zigaretten, steckte sie aber gleich wieder in meine Hemdtasche zurück, denn in den Hütten bestand zu Recht Rauchverbot. Das musste also noch warten. Ein weiterer Frühaufsteher betrat die Stube, grüßte kurz und setzte sich dann direkt neben den Ofen.

Beim Essen saß Max wie eine Eins neben mir und fixierte mich. Nun, da sein Kumpel nicht da war, waren meine Frühstückseier doch hochinteressant. „Nix da, mein Bester, das ist mein Essen, deins steht im Napf.“ Seelenruhig ignorierte ich seinen leidenden Blick und ließ es mir schmecken. Beleidigt nahm er sich sein Fressen vor, der Hunger gewann dann doch die Oberhand. Aus dem Brotkorb packte ich zwei Scheiben für unterwegs in eine Serviette und stopfte sie in den Rucksack. Jetzt war es aber Zeit für den morgendlichen Gassi-Gang und eine Fluppe. Draußen empfing uns ein strahlender Sonnenschein, jedoch war es noch extrem kühl. Die Berge, die uns umgaben, zeichneten sich rasiermesserscharf gegen den hellblauen Himmel ab.

Max erledigte prompt sein Geschäft und ging dann sofort wieder baden. Sein Kumpel stand plötzlich neben mir, ließ sich kurz streicheln und trabte dann gemütlich in Richtung See. Max war hellauf begeistert über den Besuch und schon rannten sie um die Hütte. Ich holte mir meinen restlichen Kaffee auf die Terrasse. Die Zigarette schmeckte doch mit Kaffee besser. Es war halb acht und ich gönnte Max und mir noch eine halbe Stunde, bevor wir aufbrachen.

Beim Bezahlen wünschte mir Rudi alles Gute. „Vielleicht sieht man sich mal wieder“, bemerkte er nebenbei. „Das ist gut möglich“, antwortete ich und steckte mein Portemonnaie ein. „Ich liebe diese Ecke der Lienzer Dolomiten sehr und dem Spitzkofel muss ich unbedingt demnächst einen Besuch abstatten. Also sieht es nicht schlecht aus.“ Beim Sprechen nahm ich meinen Rucksack auf und reichte Rudi die Hand. „Auf Wiedersehen, Rudi, war nett bei dir, bleib gesund, bis bald.“ „Berg Heil!“, wünschte er mir, als ich die gemütliche Hütte verließ.

Obwohl wir während meines kurzen Aufenthaltes nicht übermäßig viel geplaudert hatten, fühlte ich eine positive Verbindung zwischen Rudi und mir. Meine Ankündigung, ihn wieder zu besuchen, war deshalb keine dieser leicht dahin gesagten Höflichkeitsfloskeln. Hier in den Dolomiten waren noch viele Bergspitzen zu erobern. Und die Karlsbader Hütte war eine perfekte Basisstation. Hier fühle ich mich wohl, hier finde ich meinen Seelenfrieden, hier bin ich Mensch. Beim Wandern verschwinden alle negativen Gedanken und oft habe ich das Gefühl, beim Laufen ein ganz anderer zu sein. Frei von Problemen und Ärger, unantastbar, unverwundbar, durch nichts und niemanden zu erschüttern. Ausgeglichen und mit mir im Reinen. Nirgendwo sonst auf der Welt überkommt mich regelmäßig so ein einmaliges Gefühl. Beim Gehen könne die Seele Schritt halten, sagte einmal der Literat Achill Moser. Ich wünschte, jeder hätte so eine persönliche Zufluchtsstätte. Das tägliche Miteinander wäre bestimmt besser zu ertragen.

Da Max auf Anhieb nicht zu sehen war, musste ich laut rufen und sein Name hallte zwischen den Bergen wider. Plötzlich stand er hechelnd neben mir, natürlich mit seinem neuen Freund. Ich streichelte beiden den Kopf. „Wir müssen – verabschiede dich von deinem Kumpel!“ Dann nahm ich Kurs auf die Kerschbaumer Schutzhütte. Beide Hunde folgten mir, aber ich war sicher, dass der Sennenhund bald den Weg zurück zu seinem Herrchen antreten würde. *Der Weg ist das Ziel,* sagte ich zu mir und freute mich auf die anstehende Wanderung.

5

Sich in Gefahr begeben
und darin umkommen
kann jeder Dummkopf.
Arved Fuchs

Um genau die gleiche Zeit, als ich die Karlsbader Hütte verließ, machte sich auch Familie Leitner von der Kerschbaumer Schutzhütte in Richtung Karlsbader auf den Weg. Vater Hans Leitner hatte sich gegen seine Frau Maria und seine beiden Kinder, Rosi und Resi, durchgesetzt. Gegen den Willen der drei Frauen starteten sie eine Bergtour. Die Stimmung bei den Leitners war dementsprechend schlecht. Keine der Ladys liebte die Berge, lange Fußwege waren ihnen bisher unbekannt und deshalb nicht willkommen. Aber Hans, der als Jugendlicher mit seinen Eltern oft Urlaub in den Bergen gemacht hatte, wollte unbedingt ein paar Tage mit seiner jungen Familie in den Dolomiten verbringen. Hans und Maria waren erst zwei Jahre verheiratet, die Kinder aus Marias erster Ehe. Ihr damaliger Mann war bei einem Autounfall ums Leben gekommen. Es geschah auf einer Dienstfahrt und ausgerechnet in den Bergen, unweit von ihrem jetzigen Standort: am Plöckenpass in den Karnischen Alpen. Auf dem Heimweg von Italien nach Kärnten verlor er nachts die Kontrolle über sein Fahrzeug; vielleicht fuhr er zu schnell, die Gendarmerie schloss damals diesen Umstand nicht aus. Jedenfalls fuhr er frontal gegen einen kräftigen Baum und verstarb noch an der Unfallstelle. Schon allein aus diesem Grunde waren Maria die Berge regelrecht verhasst. Sie sahen zwar ganz nett aus und passten auch prima in die Landschaft, aber sie wollte nichts weiter mit ihnen zu tun haben. Unbewusst hatte sie ihre Aversion auf ihre Kinder übertragen und sie zu ausgesprochenen Stadtmenschen erzogen. Sicherlich hätte sich Maria gegen Hans letztlich durchsetzen können, jedoch wollte sie den Kurzurlaub nicht mit noch mehr Streit und Auseinandersetzungen belasten. Die letzten zwei Tage waren ätzend genug für sie und ihre Mädels gewesen. Die unbequemen Betten, die burschikose Art des Hüttenwirtes und seiner illustren Gäste, der spartanische Luxus der Hütte usw. Die drei Damen sehnten die Abreise herbei. Nur noch diese Tour, morgen Nachmittag ging es endlich wieder nach Klagenfurt. Maria wünschte sich in ihren mittelständischen Betrieb, zu ihrer geliebten Arbeit, zurück. Seit dem Tod ihres Mannes leitete sie den Familienbetrieb: einen in Italien, Österreich und Deutschland sehr bekannten Sanitärzubehör-Handel. Sie trug die Verantwortung für 150 Mitarbeiterinnen und Mitarbeiter sowie deren Familien. Im Lauf der Zeit arbeitete sich die fleißige ehemalige Hausfrau in die Aufgaben einer Firmenchefin ein, war erfolgreich und bei der Belegschaft beliebt.

Im Gegensatz zu Hans, den sie als Prokuristen mit in die Firma nahm. Meist ließ er den Chef raushängen, obwohl er eigentlich nichts zu sagen hatte. Das und seine bescheidene Körpergröße von 1,71 m – Maria übertraf ihn glatt um sechs cm – stärkten nicht gerade sein ohnehin mangelhaftes Selbstvertrauen. Trotzdem. Seine Chefallüren ließen ihn des Öfteren über das Ziel hinausschießen und seine Frau musste ihn hin und wieder bremsen. Erst kürzlich wollte er den Köfler Franz kündigen, weil dieser heuer schon zum zweiten Mal einige Tage krank war. Als Maria davon hörte, machte sie die Entlassung sofort rückgängig. Es gab mächtigen Stunk zwischen den Eheleuten und Hans musste sich einiges über Menschlichkeit und Menschenführung anhören. Maria faltete ihren Mann regelrecht zusammen. Hans hatte heute noch an dieser Geschichte zu knabbern. Er war sehr von sich überzeugt und konnte Kritik überhaupt nicht ertragen. Maria erkannte diese Charakterschwäche bei ihrem Mann erst lange nach der Eheschließung und hatte deshalb viele Probleme mit ihm.

Die kleine Karawane zog also durch das Kerschbaumer Tal in Richtung Törl. Hans versuchte, seine Mädels mit einigen gut gemeinten Worten ein wenig aufzubauen, denn das beharrliche Schweigen gefiel ihm ganz und gar nicht. Jedoch nahm keiner Notiz von ihm. Resi und Maria sprachen über die fällige Geburtstagsparty für Rosi. Das konnten sie ungestört tun, denn Rosi hatte die Kopfhörer ihres MP3-Players auf und ließ sich von Madonna vollträllern.

Gemächlich kam ich mit Max voran. Rudis Hütte lag nun schon eine gute halbe Stunde hinter uns und meine Gedanken kehrten zu der Begegnung mit dem Förster zurück. Ich mag solche Typen. Naturverbunden, wettergegerbtes Gesicht, gesund und kräftig, wortkarg und doch freundlich, trinkfest und ein Freund von deftigem Essen sowie tierlieb und hilfsbereit.

Vor einigen Jahren hatte ich mit Moni in Würmlach beim Thurner in seinem Biergarten gesessen – in einem winzigen, aber hübschen Dörfchen, nicht weit von unserem jetzigen Urlaubsdorf entfernt. Wir aßen zu Abend. Es war eine dieser lauen Abendstunden, an denen man im Urlaub nie ins Bett gehen will. Nach dem Essen lud uns Thurner noch zu einer Marille ein. Wir standen am Tresen in seinem Schankraum und sprachen über dies und das. Während des Gesprächs entdeckte ich an der Stubenwand hinter meiner Frau eine gerahmte Fotografie von einem alten Akkordeonspieler mit funkelnden Augen, einem verschmitzten Grinsen, vollbärtig mit zünftigem Hut. Auf Anhieb fand ich diesen Alten sympathisch. Nach unserer nächsten Bestellung fragte ich den Wirt, wer der Alte sei und ob er ihn kenne. „Sicher doch. Das ist unser Jupp. Er spielt bei Festen bei uns auf und sorgt für tolle Stimmung. Er ist ein Original, ein immer lustiger Bursche. Im Moment ist er als Almwirt auf der Würmlacher Alm und kümmert sich den Sommer über um das Vieh von einigen Bauern. Er ist schon 69 Jahre alt, aber noch fit genug für diese Arbeit.“ Ich nahm einen Schluck vom frisch gezapften Bier, natürlich Gösser, wischte mir dann den Schaum vom Bart, stellte das Glas ab und verkündete spontan: „Morgen früh geh ich auf die Würmlacher Alm, den Jupp besuchen." Thurner war wohl etwas schwerhörig, denn er fragte mich: „Wen gehst du besuchen?" Ich zeigte auf das Bild. „Jupp." Jetzt grinste der Wirt und nickte ein paar Mal. „Da wird er sich sicher sehr freuen, der Alte, denn dort oben bekommt er kaum Besuch. Die Alm liegt nicht in einem ausgesprochenen Touristengebiet, obwohl es dort oben sehr schön ist – aber einsam. Bestell ihm einen lieben Gruß von mir."

Am nächsten Tag machte ich mich früh auf den Weg und nach dreieinhalb abwechslungsreichen Wanderstunden bergauf durch dichten Mischwald, voll mit Rotwild und vielen munteren Vögeln, die mich mit ihrem Gesang die ganze Zeit begleiteten, erreichte ich die Alm. Jupp war von gedrungener Statur, hatte einen kleinen Bauchansatz und freute sich sichtlich über meinen Besuch. Sein Hund Arco, ein schwarzbrauner Colliemischling, war ebenfalls über die Abwechslung erfreut und wich mir kaum von der Seite. Nach anfänglicher Einsilbigkeit taute Jupp auf und es entwickelte sich eine interessante Unterhaltung.

Ich erfuhr viel über das harte, entbehrungsreiche Leben eines Almhirten. Die zwei Räume, die Jupp in der Hütte bewohnte, waren mehr als spartanisch eingerichtet. Ein brauner Schrank, ein gleichfarbiger Holzhocker und ein breites Bett mit rot-weiß karierten Bezügen standen im sogenannten Schlafzimmer. Als Dekoration hing der allgegenwärtige Jesus gekreuzigt an der Wand. Wir saßen in der guten Stube, die aus einer alten, aber gemütlichen Eckbank mit einem runden Tisch, einem einst weiß gestrichenen Küchenschrank und einem eisernen, großen, beheizbaren Herd bestand, der wohlige Wärme spendete. Ein Kühlschrank und ein Radio waren die technischen Highlights der Küche. Trotz dieser äußerlichen Bescheidenheit fand ich es urgemütlich und ich war wieder einmal erstaunt, mit wie wenig ein Mensch auskommen kann.

Ich bot ihm aus meiner Wanderflasche Obstler an, den er dankend annahm. Er schnitt vom selbst gebackenen Brot einige dicke Scheiben ab, legte sie in einen Strohkorb und drapierte auf einem weißen, großen Porzellanteller – wohl dem Prunkstück seiner Küche – zig Scheiben von Speck, den er von einem massiven Laib abschnitt. Es schmeckte fantastisch. Zwischendurch rauchten wir meine Gauloises. Jupp kümmerte sich sonst um Fleischkühe, die ihm verschiedene Bauern anvertrauten. Hier oben fanden sie das beste Futter. Dutzende Hühner liefen durch die Gegend. Selbst in der Küche bekamen wir hin und wieder Besuch von neugierigem Federvieh. Mehrere Katzen lagen an einigen Stellen verstreut faul in der Sonne.

Viel Arbeit machten die Ziegen, erklärte Jupp, denn sie verließen gern das Umfeld der Hütte und schlugen sich in den dichten Wald oder in die mannshohen Sträucher der Almlandschaft. Teilweise musste Jupp die Ausreißer tagelang suchen. „Sie haben eben einen eigenen, dicken Kopf, die Viecher“, schmunzelte Jupp. Aber er liebe jedes Einzelne von ihnen, so versicherte er mir. Ich nutzte die Pause in Jupps Ausführungen und goss uns noch einen Obstler ein. „Vergelt's Gott“, sagte der Alte und kippte den Schnaps hinunter. Er trug eine robuste, ausgebeulte Cordhose, ein braunes Flanellhemd und darüber eine blaue, grobe Strickjacke. Sein runzeliges Gesicht schien immerfort zu lächeln. Thurner hatte Recht: Er war ein angenehmer Zeitgenosse. Tief gebräunt sah man ihm seine fast 70 Jahre wahrlich nicht an. Er erhob sich, ging zum alten Küchenschrank, bückte sich und entnahm der linken unteren Schrankseite eine langhalsige Flasche. Ich ahnte Schlimmes. Jupp goss unsere Stamperle randvoll, dann setzte er sich wieder. Wortlos und mannhaft griff ich gleichzeitig mit ihm zum Glas und wir nickten uns zu. Als die selbst gebrannte Marille in mir brannte, verzog ich keine Miene. Ich stellte das leere Glas auf den Tisch und sagte nur: „Lecker.“ Dabei grinste ich ihn an. Jupp lachte herzhaft mit seinem tiefen Bass und schlug sich auf den Schenkel. „So ist's recht“, sagte er. „Gutes Zeug, was?“ „Pascht“, bestätigte ich, „ein ausgesprochenes Männergetränk, gut für einsame Stunden, ein perfekter Seelentröster.“

„Woll, mein Lieber, aber einer geht noch, gell?" Ich nickte tapfer und gab ihm noch eine Zigarette aus.

Beim Abschied streckte er mir seine raue, kräftige Hand hin, wünschte mir ein langes, gesundes Leben und immer viel Spaß in den Bergen. Ich war gute drei Stunden bei Jupp und Arco gewesen, doch die kurze Zeit hatte ausgereicht, um diese Begegnung für immer in meinem Herzen zu verankern.

Max bellte und riss mich abrupt aus meinen Erinnerungen. Er stand steif vor einer feuchten Felswand und starrte auf eine bestimmte Stelle. Als ich näher kam, sah ich, dass er einen Feuersalamander beobachtete, der sich reglos an die Wand klammerte. Ich sah beiden einen Moment zu und ging dann weiter. „Komm, Max, lass den Lurch in Ruhe, der will nicht mit dir spielen."

Beim Stichwort „spielen" fielen mir prompt die putzigsten Gesellen der Berge, die Murmeltiere, ein. Sie leben auf Höhen von 800 bis 3.200 m, werden ca. 42 bis 54 cm groß, haben einen kräftigen Körperbau, kurze Beine, kleine Ohren, hören aber gut und sehen ausgezeichnet. Meist sah ich sie auf meinen Wanderungen nur in respektvoller Entfernung, denn auf den abgelegenen, einsamen Wegen, die ich am liebsten ging, sind die Tiere sehr scheu. Sie bevorzugen alpine Matten mit vielen zarten Trieben und Blüten. Sie brauchen Geröllfelder für ihre Verstecke und lockeren Boden zum Höhlenbau. Späher beobachten sie unablässig die Umgebung. Bei möglicher Gefahr geben sie einen bestimmten Pfeifton von sich und warnen damit ihre spielenden Artgenossen. Oft ist es ein kurzes schrilles Pfeifen, wenn beispielsweise Gefahr aus der Luft, zum Beispiel durch den Steinadler, droht. Manchmal aber ertönen mehrere Pfiffe hintereinander, wenn sie Gefahr vom Boden her, wie z. B. den Marder, Fuchs oder auch den Menschen wahrnehmen. Auf meinem Weg zum Cellon, einem Berg am Plöckenpass in der Karnischen Region, habe ich mir mal die Zeit genommen, um diese knuffeligen Tiere zu beobachten. Ich versuchte, in die unmittelbare Nähe der Murmeltiere zu gelangen, um einige schöne Fotos zu machen. Näher als ca. 20 m kam ich jedoch nicht heran. Warnendes Pfeifen vertrieb sie in ihre unterirdischen Verstecke und erst, als ich mich zurückzog, kamen sie nach einer Weile wieder zum Vorschein. Mehrere Versuche endeten auf die gleiche Art und Weise, ich erhielt also kein gutes Bildmaterial. Die Tiere sitzen gern in der Sonne, sie lieben die Wärme. Sie fressen sechs Monate lang und verdoppeln in dieser Zeit ihr Gewicht. Dann halten sie ein halbes Jahr lang Winterschlaf.

In meinen kühnsten Träumen konnte ich mir nicht vorstellen, dass die Murmeltiere irgendwann für mich zu einer Gefahr werden könnten. Aber ich hatte mich gründlich geirrt, denn bei der Besteigung des Rauchkofels, in der Nähe des Wolayersees, hatte ich eine Begegnung der unheimlichen Art mit einem von der Sorte. Um auf den Kofel zu gelangen, musste ich eine Kletterpassage überwinden, die circa 20 m hoch war. Guter Dinge griff ich in den Fels. Ruhig und jeden Schritt gewissenhaft angehend zog ich mich langsam in die Höhe. In der Ruhe liegt schließlich die Kraft. Es ging sehr gut. Kurz bevor ich den Rand der Felswand erreichte, machte ich eine Verschnaufpause. Dann fasste ich mit der linken Hand über den Rand und suchte festen Halt. Als ich mir sicher war, dass ich genügend „Griff“ in der Linken hatte, stieß ich mich vorsichtig mit dem rechten Bein nach oben ab und kam dadurch mit meinem Kopf über den Rand hinaus. Das aber war sehr ungünstig. Denn plötzlich, völlig unerwartet, drang aus kaum mehr als drei Metern Entfernung ein greller, schneidender Pfiff direkt in mein rechtes Ohr. Instinktiv krallte ich mich mit aller Kraft, jedoch voll in Panik, nun auch mit der rechten Hand in das steinige Gelände. Völlig taub und am ganzen Körper zitternd, hing ich hilflos halb über dem rettenden Rand und blickte für einen kurzen Augenblick einem Murmeltier in das freche Gesicht, bevor es sich flink aus dem Staub machte. Da ich von unten kam, schien das Wachmännchen mich nicht schon vorher bemerkt zu haben und war deshalb vielleicht genauso überrascht wie ich. Aber nun hatte er seine Aufgabe bestens erfüllt. Er und seine Kumpels waren verschwunden und ließen mich völlig verkrampft und taub zurück. Erschöpft blieb ich am Boden liegen. Ich brauchte Zeit, um mich zu erholen. Das war verdammt knapp, dachte ich. Hätte ich durch den schrillen Pfiff die Nerven verloren und meinen Griff gelockert, läge ich nun zwanzig Meter tiefer und würde mich nicht nur über eine kurzfristige Taubheit beschweren. Schwer atmend lag ich auf dem Rücken und stellte mir vor, dass als Zusatz auf meinem Grabstein zu lesen sein würde: „Umgebracht von einem Murmeltier." Mein Fazit, was ich bis heute behalten habe, ist: Im Gebirge muss man auf alles gefasst sein und auch auf die Kleinigkeiten achten. Im positiven wie im negativen Sinn. Charles Dickens hat mal gesagt: „Ich fühle, dass Kleinigkeiten die Summe des Lebens ausmachen." Er hatte völlig recht.

Eben noch in Gedanken stolperte ich über einen größeren Stein. Hoppla! Ich sagte doch: auch auf Kleinigkeiten achten, schalt ich mich und sah gleich wieder genauer auf den Weg. Max ging wenige Meter vor mir, immer mit der Nase am Boden.

Unser Pfad bog leicht nach links ab und als ich um den Fels kam, fuhr mir plötzlich eine äußerst kräftige Windbö um die Ohren – so stark, dass mein breitkrempiger Wanderhut sich selbstständig machte und ich ihn mehrere Meter verfolgen musste, bevor ich ihn wieder aufsetzen konnte. Was war denn das? Verwundert blickte ich zum Himmel. Ich staunte nicht schlecht, als ich statt des gewohnten Blaus dunkle Cumulonimbuswolken aufziehen sah. Hier bei mir schien im Moment noch die Sonne. Daher hatte ich nichts bemerkt. Aber in wenigen Minuten würden die Wolken die Sonne verdeckt haben. Sie kamen mit rasender Geschwindigkeit aus Richtung Südwest.

Cumulonimbuswolken sind mächtige, dunkle Wolken, die immer Regen, meist auch Hagel, mit sich führen. Da kam was auf uns zu! Wo zum Teufel kamen die denn so schnell her?, fragte ich mich leicht irritiert. Es sollte doch laut Wetterbericht noch mindestens einen Tag lang sonnig sein! Ich musste um eine weitere Felsnase herumkraxeln und konnte so einen besseren Blick in die

Ferne werfen. Was ich sah, war wirklich übel: dunkle Wolken, so weit das Auge reichte. Max, der immer noch die Vorhut bildete, kam zu mir zurück und setzte sich vor mich hin. Er wollte ein Leckerli. Da er sich artig verhielt, hatte er es sich verdient. Aus der Hosentasche zauberte ich ein Stück hervor, gab es ihm und meinte dann: „Junge, ich glaube, wir bekommen Ärger." Dass das Wetter im Gebirge sehr rasch wechseln konnte, war mir nicht unbekannt. Dennoch war ich von der Schnelligkeit des Wechsels am heutigen Tag überrascht. Am Horizont ertönte ein gewaltiges Grollen. Bis zur Schutzhütte war es bestimmt noch über eine Stunde. Ein ungutes Gefühl breitete sich in mir aus.

6

Die Leitners wurden genauso überrascht, da sich das Unwetter hinter ihrem Rücken zusammenbraute. Resi, die sich – warum auch immer – irgendwann umblickte und nach hinten schaute, sah die dunklen, bedrohlichen Wolken zuerst und erschrak zutiefst. „Mama, Papa – dreht euch mal um!“, rief sie mit schriller Stimme. Wie auf Kommando starrten die Angesprochenen zurück. Nur Rosi mit ihren Kopfhörern lief weiter. „Das sieht nicht gut aus“, meinte Maria, rannte ihrer großen Tochter ein paar Schritte hinterher, zog sie am Arm zurück und ihr gleichzeitig die Kopfhörer von den Ohren. Verdutzt sah Rosi ihre Mutter an. Diese jedoch zeigte nur mit ausgestrecktem Arm gen Himmel. „Was ist zu tun, Mann der Berge?“, fragte Maria ironisch. Sie nagte nervös an ihrer Unterlippe, als ein frischer böiger Wind ihr eine Gänsehaut verursachte. Auch die Kinder sahen verängstigt ihren Stiefvater an. „Sicher“, meinte Hans und bemühte sich, seiner Stimme Kraft zu geben, „es sieht eventuell nach Regen aus, aber wir sind ja glücklicherweise nicht aus Zucker, stimmt's? In eineinhalb Stunden sind wir bei der Karlsbader Hütte. Bis dahin wird sich das Wetter schon halten. Wir werden etwas zügiger gehen, damit sind wir auf der sicheren Seite. Also los, auf geht's.“ „Wäre es nicht besser, umzukehren?“, fragte Rosi und ihre kleinere Schwester nickte zustimmend. „Was meinst du, haben die Kinder nicht recht?“, sah Maria auf Hans. „Schmarrn, wir gehen weiter. Kein Rückzug, das packen wir locker, vertrau mir!“ Maria blickte achselzuckend ihre Kinder an und dann gingen sie, etwas schneller, weiter der Hütte entgegen.

Währenddessen stand der Ortler Klaus vor seiner Kerschbaumer Schutzhütte und betrachtete sorgenvoll den Himmel. „Jesus, was wird das denn?", murmelte der Hüttenwirt vor sich hin. „Das sieht ja grauenvoll aus. Ich muss meinen Gästen von ihrer Tour heute abraten. Die Leitners werden schlau genug sein und umkehren. Besser wär's!" Er ging in die Hütte und trat an den Tisch seiner unternehmungslustigen Leute. „Es kommt ein Wetter auf, ich denke, heute wird es nichts mit eurer Wanderung. Vielleicht seht ihr selbst mal draußen nach dem Rechten." Die vier Gäste waren sofort verunsichert, denn sie hatten natürlich auch den Wetterbericht gehört und waren heiß auf ihre Tour. Zwei von ihnen standen auf und gingen sofort nach draußen.

Ortler schlich in seine Küche, um nochmals frischen Kaffee aufzusetzen, denn seine Wanderer würden weiteres Koffein gebrauchen können. Als er in die Stube zurückkam, saßen alle vier wieder beisammen und diskutierten eifrig. „Na, sieht toll aus, gell?" Er zog sich einen Stuhl ran und setzte sich. „Verdammter Mist!", fluchte einer von ihnen. „Wir hatten uns so auf diese Wanderung gefreut. Wann kommen wir alle vier noch mal so zusammen?" „Das Risiko ist zu groß, dass wir unterwegs Probleme kriegen. Abgesehen davon, dass bei Regen die Tour keinen Spaß macht", fügte ein anderer hinzu. „Verschieben wir unser Vorhaben auf morgen", schlug ein Dritter vor.

Als auch noch der erfahrene Hüttenwirt von der Wanderung abriet, war sich die Gruppe einig. „Trinken wir noch einen Kaffee und überlegen, was wir sonst noch anstellen können."

„Gerade frisch aufgesetzt", grinste Ortler und verschwand in der Küche. Einen Augenblick später kam er jedoch wieder hinaus und ging zum Telefon. Er wählte die Nummer der Karlsbader Hütte und sprach mit Rudi über den plötzlichen und unerwarteten Wetterumschwung. Rudi versicherte, dass er allen Gästen von ihren Touren abraten würde. Er werde noch die Hochstadl-Hütte anrufen und vorsichtshalber die Bergwacht. „Sehr gut", meinte Klaus „ich selbst rufe noch die Conny-Alm an, sicher ist sicher." Ortler legte auf und holte den duftenden, frischen Kaffee für seine enttäuschten Gäste.

Der Wind wurde sehr schnell kräftiger, ich zog den Hut tiefer ins Gesicht und nahm Max an die Leine. Es wurde nun richtig ungemütlich. Immer öfter ging mein Blick nach oben. Der Himmel sah bedrohlich aus. Ich straffte mich, rollte mit den Schultern, um meine leichte Verkrampfung zu lockern, und bereitete mich innerlich auf einen kräftigen Regenguss vor.

Aber es kam schlimmer. Es hagelte. Zuerst kleine feine, dann größere Körner. Das war mir nicht unbekannt – Hagelschauer im Hochsommer. Vor etwa vier bis fünf Jahren war mir dies schon einmal passiert, bei einem Einkaufsbummel in Hermagor, einem Städtchen im Kärntner Gailtal. Meine Frau und meine Tochter staunten nicht schlecht, als der Hagel uns sprichwörtlich aus heiterem Himmel überraschte. Aber man konnte sich rasch unterstellen und das Naturschauspiel sogar leicht belustigt bewundern. Kurze Zeit später war der Spuk vorbei und die Sonne zeigte sich wieder, als ob nichts gewesen wäre.

Jetzt war die Situation jedoch gefährlich. Mit der Leine zog ich Max dicht zwischen meine Beine, hockte mich mit dem Rücken an eine zackige Felswand und legte den Rucksack zum Schutz über den Kopf. Es knallte wie Sektkorken, als die Eisklumpen auf die Felsen und auf meinen Rucksack prasselten. Max leckte mir vor Aufregung meine Hand. Wenn's ihm hilft, ist's gut, dachte ich. Nach und nach bedeckte eine dichte weiße Schicht von Hagelkörnern die Landschaft.

7

Resi schrie auf, als sie die ersten harten Hagelkörner schmerzhaft auf ihrem kleinen Körper spürte. Sofort nahm Maria sie in den Arm und beugte sich schützend mit ihrem Oberkörper über ihr Kind. Hans zog energisch an der linken Hand von Rosi und drückte sie gegen den nackten Fels. „Komm her, Maria, an die Wand." Resi fing an zu weinen und klammerte sich angstvoll an ihre Mutter. Dicht zusammengedrängt stand die kleine Gruppe eng an der Steinwand, die Köpfe tief gebeugt.

Genauso plötzlich, wie der Schauer begann, endete er auch. Hans löste sich aus der Umklammerung und sah sich suchend um. Ein paar Meter weiter entdeckte er einen besseren Platz. Dort war die Felswand mit einem etwa 1,5 m breiten Überhang versehen, sodass sie sich dort vor weiteren Niederschlägen besser schützen könnten. Er bugsierte seine Frauen mit leichten Schubsern und aufmunternden Worten unter den Überhang. Kaum hatten sie den Platz erreicht, wütete Maria los. „Wären wir vorhin bloß umgekehrt", fuhr sie Hans an. Plötzlich kam ihr die verhasste Kerschbaumer Hütte wie ein heimeliger Ort vor. Sie nahm ihre Kinder in die Arme und kämpfte mit den Tränen. Hans holte tief Luft, bevor er antwortete. „Alles unter Kontrolle", meinte er leichthin. „Wir haben alles überstanden. Zweimal Hagel hintereinander ist so gut wie ausgeschlossen. Wir machen hier eine kleine Rast und sammeln neue Kräfte. Der Hagel am Boden wird schnell tauen und die Karlsbader Hütte ist nicht mehr allzu weit entfernt. Wir schaffen das."

„Ich will nach Hause", jammerte die Kleine. „Mir ist kalt." „Scheiß-Idee, die bekloppte Wanderung. Schwachsinn auf Befehl eines Einzelnen. Schöne Demokratie." Rosi sah provozierend ihren Stiefvater an und stampfte bockig mit dem rechten

Fuß auf. „Halt den Ball flach, Tochter", fuhr Hans seine Ältere an, „diesen Ton verbitte ich mir. Du vergisst wohl, wen du vor dir hast. Werdet nicht hysterisch, es ist alles o. k."

„Hört auf zu streiten!", rief Maria und presste beide Hände an die Schläfen. Sie war ziemlich am Ende. „Trinkt in Ruhe etwas", riet Hans, „und beruhigt euch, es ist alles vorbei." Demonstrativ holte er seine Wanderflasche mit würzigem Enzian heraus und nahm einen kräftigen Schluck.

Ich fluchte, weil ich nicht an meine Zigaretten herankam, denn mit einer Hand hielt ich den Rucksack halbwegs schützend über dem Kopf und mit der anderen drückte ich Max eng an mich. Er genoss die Umarmung und schien keine Angst zu haben.

Urplötzlich war der Spuk vorbei und erleichtert atmete ich auf, ließ den Rucksack zurück auf meinen Rücken gleiten. Vor Freude rubbelte ich Max den Kopf. „Feiner Junge, hast dich wacker gehalten, ich bin stolz auf dich. Da haben wir zu Hause was zu erzählen", erklärte ich ihn. Nun fummelte ich nach meinen Zigaretten und steckte mir eine an. Ein Obstler könnte auch nicht schaden, dachte ich. Gedacht, getan. Ein warmes, angenehmes Gefühl machte sich in meinem Inneren breit und wieder stellte ich fest, dass es empfindlich kühl geworden war und wesentlich dunkler. Die schwarzen Wolken hingen immer noch fest über uns. Max ging pinkeln und rutschte, als er ein Bein hob, leicht zur Seite. Verwundert suchte er einen festen Stand, um sein Problem zu lösen. Beim zweiten Versuch klappte es. Er kam zu mir zurück und schüttelte sich. Vorsichtig wagte ich mich auf den Pfad und probierte zaghaft ein paar kleine Schritte. Meine Bergstiefel waren ausgezeichnet und gaben mir auf trockenem Untergrund sicheren Halt. Der eisige, glatte Belag jedoch bescherte mir einen munteren Eiertanz. Ich beschloss in der Hoffnung, der körnige Niederschlag würde etwas schmelzen, meine Pause zu verlängern. Wahrscheinlich war der Hagel nur ein Vorspiel für einen lang anhaltenden Regen.

Hans stand wie ein General – mit leicht gespreizten Beinen, die Enzianflasche in der Linken – vor seiner verstörten Familie und starrte wütend auf seine drei Weiber. Diese hatten sich vor Erschöpfung auf den Boden gesetzt. Das, was Hans da sah, ließ leichten Ekel in ihm aufsteigen. Diese verweichlichten Großstadttussis, dachte er bitter. Verwöhnte Gören, Weicheier, zu nichts zu gebrauchen. Er steigerte sich in Rage. Er nahm noch einen Schluck. Und dann erst seine Frau, sinnierte er weiter. Beliebt bei der Belegschaft, ganz zu schweigen von der dankbaren Kundschaft. Seine derzeitige Prokuristentätigkeit war nicht ausreichend. Eigentlich müsste er der Chef sein. Er konnte hart und kompromisslos sein. Unter seiner Führung würde die Firma expandieren. Sogar mit weniger Mitarbeitern würde er das schaffen. Die Firma würde in einem neuen Glanz erstrahlen. Die Leute würden zu ihm aufsehen, ihn respektieren und ihm, wenn nötig, in den Arsch kriechen. Neue Filialen in der europäischen Gemeinschaft wären die nächsten Schritte. Klotzen, nicht kleckern!

Aber solange seine Frau das Sagen hatte, waren dies nur Träume. Er war gezwungen, gute Miene zum bösen Spiel zu machen, und sah keinen Ausweg aus seinem Dilemma. Verärgert nahm er erneut einen kräftigen Schluck und wischte sich anschließend mit dem Handrücken über den Mund.

Er schüttelte sich leicht, um die nervenden Gedanken zu verscheuchen, und sah auf seine Frau. Diese saß mit verheulten Augen auf dem harten Boden und schluchzte hin und wieder leise auf. „Heiliger Bimbam“, flüsterte Rosi, kaum hörbar. Verwundert riss sie plötzlich ihre hübschen braunen Augen auf und schaute ungläubig an ihrem Stiefvater vorbei. Mit dem rechten Ellenbogen stieß sie ihre kleine Schwester an, die mit geschlossenen Augen an der Schulter ihrer Mutter lehnte. Sie zuckte hoch und schaute mit leicht verklebtem Blick Rosi fragend an. „Aua, was ist los?“ Rosi zeigte stumm mit einem Finger in die Richtung von Hans. Die Kleine sah nach vorn. Dann fiel plötzlich ihre Kinnlade herunter und ihre Augen weiteten sich entsetzt. „Das glaub’ ich nicht! Wie lange sitzen wir denn schon hier? Ist denn schon Weihnachten?“

„Das ist nicht lustig ... das ist schier unmöglich!“, fuhr Rosi ihre Schwester an. Hans hatte natürlich die Aufregung seiner Kinder bemerkt und sah sie irritiert an. Was faseln die schon wieder für einen Mist?, schoss es ihm durch den Kopf.

Als sich jedoch zu dem anfänglichen Erstaunen noch ein panischer Ausdruck auf Rosis Gesicht zeigte und bei Resi die Unterlippe anfing zu zittern, drehte Hans doch seinen Kopf. Jetzt entglitten ihm seinerseits die Gesichtszüge. Das war doch nicht die Wirklichkeit, er musste träumen, das konnte und durfte nicht sein! Und doch war es schreckliche Realität. Es schneite dicke Flocken.

Der Wind nahm zu. Ich krempelte die Hemdsärmel herunter, denn ich bekam eine Gänsehaut auf den Unterarmen. Sollte ich weitergehen oder noch abwarten? Ich steckte mir eine Zigarette an und blickte unschlüssig auf Max. Zugegeben, ich war nervös. Noch während ich grübelnd rauchte, huschte eine weiße Feder vor meinen Augen vorbei. Und noch eine, da – schon wieder. Aber April, April, das waren keine Federn, wo sollten die auch herkommen? Das waren Schneeflocken! Große, dicke Flocken. Was war bloß mit dem Wetter los? Spielte hier alles verrückt?

Max war schneeverliebt und nahm die Flocken als willkommene Abwechslung. Er sprang in die Luft und versuchte, den Schnee mit dem Maul zu fangen. Wenigstens einer, der dem Wetter etwas Positives abgewinnen konnte. Ich öffnete meinen Rucksack, holte die leichte, aber wind- und wasserdichte Jacke heraus und zog sie rasch über. Der Schneefall nahm zu. Max hatte seinen Spaß. Mir dagegen wurde übel. Ich ahnte, dass es nicht bei einem kurzen Schauer bleiben würde. Warum ich mir so sicher war? Eine innere Stimme flüsterte mir zu, dass hier etwas Außergewöhnliches, etwas Einmaliges, noch nie da Gewesenes passierte. Gleichzeitig sagte mir die Stimme: *Bleib ruhig, verfall nicht in Panik, das könnte böse enden.*

Wind und Schneefall verstärkten sich, hier konnten wir nicht bleiben. Ich nahm Max wieder an die Leine. Das gefiel ihm überhaupt nicht, aber die Sicht wurde immer schlechter, sodass ich meine Maßnahme ratsam fand. Wohin? Wo konnte ich mich besser schützen? Bis zur Kerschbaumer war es noch ziemlich weit. Bei anhaltendem Schneefall würde ich es nicht schaffen. Schon jetzt war eine ansehnliche Schneedecke entstanden. Max sah aus wie ein Eisbär.

Vor meinem geistigen Auge breitete ich die Wanderkarte aus und suchte nach einem schützenden Versteck. Eine Höhle oder Ähnlichem. Denk nach!, ermahnte ich mich. Die Zeit rannte mir davon. Ich nahm kurz den Hut vom Kopf und schüttelte den Schnee ab. Ich zermarterte mir das Hirn, es musste eine Lösung her. Dann hatte ich die rettende Idee: die alte Kaverne aus der Zeit von 1914 bis 1918, auf dem Anstieg zur 2.486 m hohen Großen Gamsspitze. Die Abzweigung konnte nicht mehr allzu weit entfernt sein. Das müsste zu schaffen sein, redete ich mir ein und ging hoffnungsvoll los. Der Schneefall nahm weiterhin zu.

8

Als Ortler auf der Kerschbaumer Schutzhütte zufällig den Schneefall bemerkte, rief er umgehend die Lienzer Bergwacht an. „Ihr werdet es nicht glauben“, polterte der Hüttenwirt los, „aber wir haben hier oben heftigen Schneefall und es sieht nicht so aus, als würde es schnell wieder aufhören. Meinen Gästen konnte ich, bis auf einer Familie, die schon sehr früh die Hütte verließ, von Ausflügen abraten. Der Wind ist auch sehr stark. Ich rufe wieder an, wenn sich die Situation entschärft.“

Die diensthabenden Bergretter sahen sich nach dem Telefonat ungläubig an. Schnee im Hochsommer ohne Vorwarnung, das war nicht normal und konnte gefährlich werden. Einige Männer gingen vor die Station und schauten auf die Berge, die allmählich von einer dunklen Riesenwolke eingeschlossen wurden. Die Bergwacht nahm nach und nach mit allen Hütten der Lienzer Dolomiten telefonisch Kontakt auf. Sie ließen sich die Wetterlage vor Ort beschreiben, fragten nach abgängigen Gästen, der derzeitigen Hüttenbelegung und baten um Rückruf, falls sich die Lage wieder beruhigen oder verschlechtern würde.

Für das betroffene Gebiet wurde der Ausnahmezustand erklärt, d. h., die Hüttenwirte durften keine Gäste mehr aus den Hütten lassen und die Bergwacht in Nikolsdorf rief alle Mitarbeiter zum sofortigen Dienstantritt herbei. Als Nächstes wurden die Rettungshubschrauber einsatzbereit gemacht. Es herrschte höchste Alarmbereitschaft.

„Wollen wir mal positiv denken und hoffen, dass es schlimmer aussieht, als es ist“, sagte der Einsatzleiter zu seinen Kameraden. Vereinzelt trafen die telefonisch informierten Mitarbeiter ein und langsam füllte sich die Hütte. Eine angespannte Atmosphäre machte sich breit und in kleinen Gruppen wurde die ungewöhnliche Wetterlage diskutiert. Wieder klingelte das Telefon im kleinen Büro der Bergwacht. Kranz, der Leiter der Station, stand dem Telefon am nächsten und nahm ab.

Ein Wanderer rief über sein Handy an. Er berichtete über Sturm und starken Schneefall, bei sinkender Temperatur auf der Lesachtaler Seite der Lienzer Dolomiten. Kranz riet ihm, so schnell wie möglich die Conny-Alm aufzusuchen oder sofort mit dem Abstieg zu beginnen. Bei Problemen sollte er sich wieder melden.

Der Wanderer war sich jedoch sicher, die Alm zu erreichen, denn er sei nur noch eine Viertelstunde von der Hütte entfernt. Er beendete das Gespräch.

Drei Minuten später war er das erste Opfer des Unwetters. Eine äußerst stürmische Windböe riss ihm auf dem rutschigen Boden unverhofft die Beine weg. Ungebremst schlug er mit dem Kopf gegen eine messerscharfe Ecke einer Felswand und die Spitze der Steinkante bohrte sich in seinen Hinterkopf. Er war auf der Stelle tot und hing mit aufgerissenen, blicklosen Augen am Fels. Langsam wurde der leblose Körper eingeschneit.

9

Bei Volker Kranz auf der Bergrettungsstation herrschte geordnetes Chaos. Kranz stellte zwei Rettungsteams zusammen, die notfalls sofort ausrücken konnten, und befahl seinen Männern, ihre Ausrüstung sorgfältig zu überprüfen. Von der professionellen Arbeit der Bergretter hingen Menschenleben ab.

Ulrich Stangl und Xaver Zoppoth waren unbestritten die besten und erfahrensten Rettungsflieger der Lienzer Bergrettung. Deshalb erhielten sie auch als erste die Starterlaubnis für einen Aufklärungsflug.

Stangl war ein Hüne mit Händen wie ein Schaufelbagger. Trotz seiner Größe von 1,92 m und 120 kg Lebendgewicht bewegte er sich geschmeidig und flink. Seine Maschine flog er mit so viel Gefühl, dass man merkte: Der Mann war eins mit seinem Arbeitsgerät. Zoppoth war eher drahtig. Er dachte normalerweise für beide und war außerdem ein ausgesprochener Spaßvogel. Die Christophorus EC 135 war von den Mechanikern durchgecheckt worden und startklar. Die Männer stiegen in den Hubi und meldeten sich flugbereit. Sekunden später erhielten sie die Starterlaubnis und Stangl brachte die Maschine in die Luft. Der Hubschrauber, der in ganz Österreich bei der Bergrettung zum Einsatz kommt, hat zwei wesentliche Vorteile für aufgenommene Patienten: erstens das Anti Resonance Isolation System. Es sorgt für minimale Vibrationen während des Fluges. Und zweitens kann beim Ausfall einer Turbine mit der zweiten problemlos jedes Manöver ausgeführt werden. Die Maschine bietet Platz für vier Besatzungsmitglieder wie Pilot, Arzt, Sanitäter und, wenn nötig, einen Hundeführer sowie einen Patienten. Zur Not kann ein zweiter Liegeplatz eingebaut werden.

Über ihren Job als Bergretter wurden Stangl und Zoppoth sehr gute Freunde und konnten sich in jeder Situation blind auf den anderen verlassen. Dieses Vertrauen beflügelte sie zu außergewöhnlichen Leistungen. Ihre Erfolgsstatistik war makellos. Stangl lenkte den Hubschrauber in südliche Richtung auf die Unholde zu, über denen wie ein Damoklesschwert eine unübersehbare, riesige dunkle Wolke stand. Die Ausmaße waren nur zu erahnen. Der östliche Rand des Bergmassivs war erreicht, Ulrich blickte kurz zu seinem Partner und fragte: „Was hältst du davon, Xaver-Bub? Sieht unheimlich aus."

„Wir fliegen direkt in Satans Arsch", meinte Zoppoth grinsend. „Hoffentlich hat er keinen Durchfall." Ulrich musste den Steuerknüppel fester halten, denn der Gegenwind nahm von Meter zu Meter zu. Plötzlich neigte sich die Maschine nach links weg. „Hol's der Teufel, da kommen wir nicht durch", stellte Stangl fest. „Versuch's mal mit einem nördlichen, schrägen Anflug. Vielleicht finden wir doch noch einen Durchschlupf." Xaver-Bub gab nicht so leicht auf. Ulrich zog den Vogel nach Norden und flog einen Halbkreis. Nachdem er die Schnauze wieder auf die Berge gerichtet hatte, beschleunigte er und drückte die Maschine leicht nach unten, damit er besser in die dunkle Wolkendecke eintauchen konnte. Doch kaum waren sie in unmittelbarer Nähe der Wolke, fing der Hubi an, in seinen Grundfesten zu erbeben. Die Piloten wurden in ihren Sitzen durchgeschüttelt und die Armaturen spielten plötzlich verrückt. Der Sturm bremste zusätzlich die Geschwindigkeit und zog die Maschine kräftig nach unten. Ulrich konnte nicht mehr gegensteuern. Der Hubschrauber reagierte überhaupt nicht auf die Befehle, die der Pilot gab.

„Hat keinen Zweck", schrie Stangl , „das kann uns das Genick brechen." Er sprach in sein Mikro und informierte die Leitstelle, dass sie den Aufklärungsflug abbrechen müssten. Es war zu stürmisch und der starke Schneefall nahm ihnen die Sicht. Sie flogen zurück. Die Bodenstation bestätigte den Funkspruch und wünschte einen guten Rückflug.

„Ich möchte jetzt nicht als Wanderer dort unten sein“, bemerkte Ulrich. „Die armen Schweine haben nur eine hauchdünne Chance – nämlich, wenn das Unwetter schnell vorübergeht, ansonsten sehe ich schwarz.“

„Das ist eine Katastrophe!“, stellte Xaver fest. „Das kann zig Menschenleben kosten. Hoffen wir trotzdem das Beste. Wir sollten es später noch einmal versuchen. Es ist mir schleierhaft, wie so etwas passieren kann. Ohne jegliche Vorwarnung! Was taugen eigentlich unsere teuren Wetterstationen und die so gut bezahlten Meteorologen?“ Xaver stieß einen verächtlichen Ton aus und schüttelte sich. Stangl verstand den Unmut seines Freundes nur zu gut, denn auch er dachte mit Besorgnis an die Menschen in den Unholden. Er nahm sich vor, die Unglücklichen in sein Abendgebet aufzunehmen. Frustriert steuerte er seine Maschine zurück nach Nikolsdorf.

10

Erst wenn der letzte Baum gefällt,
der letzte Fluss versiegt
und der letzte Fisch geangelt ist,
werden die Menschen erkennen,
dass man Geld nicht essen kann.
Indianisches Sprichwort

Hans hatte sich vom „Schneeschock" rasch erholt und gleichzeitig erwachte in ihm seine latente kriminelle Energie. Jetzt oder nie!, dachte er diabolisch. Das ist vielleicht meine einzige Chance, mein beschissenes Leben auf einen Schlag zu ändern. Und zwar entscheidend. Ich darf bloß keinen Fehler machen!, ermahnte er sich. Bleib cool, Junge, und lass dir nichts anmerken. Bring es überzeugend rüber und alles wird gut. Kein Gefühl für seine „Brut" im Herzen; eiskalt stand sein Plan fest, der plötzlich Besitz von ihm ergriffen hatte und den er sofort in die Tat umsetzte. Er musste es tun – eine bessere Gelegenheit würde sich nicht noch einmal bieten. Nutze diese Situation!, spornte eine innere Stimme ihn an. Das Glück ist heute auf deiner Seite.

Der EC 135 landete wie gewohnt sanft und sicher auf dem Stützpunkt. Ein Mechaniker kam herbeigerannt, um den Rettungshubschrauber für einen erneuten Einsatz vollzutanken und entsprechend durchzuchecken.

Die Piloten betraten die Bergrettungshütte und wurden sofort von ihren Kameraden mit Fragen bombardiert. Kranz kam aus seinem Büro, winkte die Flieger zu sich und schloss hinter ihnen die Tür. „Setzt euch und erzählt. Wie sieht es aus?"

„Merde", meldete sich Xaver zu Wort. „Kein Erkundungsflug möglich. Mindestens Windstärke zehn dort oben, mit stetig wechselnden Richtungen, unberechenbar. Zusätzlich extremer Schneefall. Falls ein telefonischer Hilferuf eintrifft, was ich nicht glaube, dann wird es uns nicht möglich sein, zu helfen." Xaver schüttelte resigniert den Kopf und blickte zu Boden.

Kranz dachte einen Moment über das Gesagte nach. „Danke, Jungs. Geht und holt euch einen Kaffee. Ich komme gleich nach, muss nur noch ein Telefonat führen. Gute Arbeit trotzdem." Die Flieger erhoben sich und verließen das kleine Büro.

Kranz rief den Bürgermeister von Lienz, seinen Chef, an und schilderte ihm die Situation. „Danke für die Information, Kranz", sagte der Bürgermeister mit ruhiger Stimme. „Die Lage erfordert es, dass ich den Innenminister anrufen muss, denn es werden auch ausländische Gäste vom Unglück betroffen sein. Die Nummer ist zu groß für mich. Sollen die doch in Wien die nötigen Entscheidungen treffen. Auch, ob das Bundesheer eingeschaltet werden soll. Bleib mit deinen Männern am Ball, die Sache hat oberste Priorität. Über mein Handy bin ich Tag und Nacht für dich zu erreichen."

Kranz legte auf und ging zu seinen Leuten in den Bereitschaftsraum. „Alles herhören! Alarmstufe eins! Obwohl wir zurzeit nicht direkt eingreifen können, bleibt die Alarmstufe. Wir hoffen auf besseres Wetter. In regelmäßigen Abständen werden wir unsere Erkundungsflüge wiederholen. Der Bürgermeister will über den Innenminister eventuell das Heer zu Hilfe holen. Wir werden sehen, wie es weitergeht." Das Telefon klingelte und Kranz ging in sein Büro.

Auf der Karlsbader Hütte saßen alle Gäste in der warmen Stube. Auch hier gab es nur ein Thema: das Wetter. Etwas abseits saßen Rudi und seine Mutter Johanna. Sie tranken heißen Kakao. „Nun red schon, Bub", brach die Mutter das Schweigen. „Ich merk doch, wenn du etwas auf dem Herzen hast. Geht's um den Berliner?" Rudi nickte leicht mit dem Kopf und wich dem

Blick seiner Mutter aus. „Du magst ihn, gell?" Als keine Antwort kam, fuhr sie leise fort: „Dein neuer Freund ist ein großer, kräftiger Mann und er machte einen ruhigen, erfahrenen Eindruck. Sicher, er ist kein junger Spritzer mehr, aber im Gebirge zählen in sehr hohem Maße die Erfahrung und die Gesundheit. Er sah mir nicht krank aus." Sie machte eine kleine Pause und als ihr Sohn nichts erwiderte, nahm sie ihren Monolog wieder auf. „Sag, Rudi, was würdest du an seiner Stelle tun?" Johanna schaute voller Liebe auf ihren Sohn und legte ihre Hand auf seine. Er hob den Kopf und schaute seiner Mutter in die Augen. „Ich weiß es nicht." Er hob die Schultern an und ließ sie resigniert wieder sinken. „Die Kerschbaumer konnte er in dieser Zeit nicht erreicht haben. Er steckt mitten drin im Schlamassel. Hinzu kommt, dass er sich auch um Max kümmern muss. Ich schätze seine Chancen nur sehr gering ein. Der Schneesturm ist äußerst stark. Das hält keiner lange aus. Ich bete für ein Wunder." Seine Augen wurden feucht und er versuchte, seinen Kloß im Hals zu ignorieren. „Gott wird ihn beschützen. Ruf doch in einer guten Stunde beim Ortler an. Vielleicht ist er dann schon bei ihm eingetroffen", schlug Johanna vor. „Ja", sagte Rudi, „das werd ich tun. Der Berliner war mir auf Anhieb sympathisch, das geb ich zu. Manchmal ist es eben so. Muss mich jetzt um die anderen Gäste kümmern, das lenkt ab." Er erhob sich und wischte sich schamhaft über die Augen. Seine Mutter fühlte mit ihm. Ihr Junge hat ein gutes Herz, er war ein braver Bub. Sie war mächtig stolz auf ihn.

Werner Hoff und Erwin Schneider, die Piloten des zweiten Bergrettungshubschraubers, waren gute Bergretter. Schon mehrmals konnten sie ihre Fähigkeiten unter Beweis stellen. Sie passten ausgezeichnet in die Truppe. Beide waren 27 Jahre alt und zählten damit zu dem jüngeren Teil der Mannschaft. Sie sahen sich sehr ähnlich: mittelgroß, lockiger, voller Haarschopf und gebräunte Gesichter. Und beide hatten das gleiche Problem. Sie waren grenzenlos ehrgeizig. Es passte ihnen nicht, dass sie trotz guter Leistungen nur die zweite Besetzung waren. Oft hockten sie abends bei einem Glas Wein zusammen und versuchten in endlosen Gesprächen, einen Weg aus ihrer Unzufriedenheit zu finden. Hoff war der Meinung, dass jetzt ihre Stunde gekommen war. Ulrich und Xaver waren ergebnislos zurückgekehrt. Er und sein Partner aber würden erfolgreich sein. Davon war er überzeugt. Hoff suchte seinen Kumpel auf der Station, konnte ihn aber nicht finden. Der saß mit seinem Handy auf der Toilette und wählte die Nummer seines Spezies bei der Lienzer Zeitung. „Erwin", meldete er sich, als er ein forsches Hallo am anderen Ende vernahm. „Grüß dich, Erwin. Wo brennt's?" „Hey, Lothar", grüßte der zurück. „Bitte unterbrich mich jetzt nicht, hör einfach zu." In kurzen, knappen Worten erklärte Erwin die dramatische Lage in den Dolomiten, die durchaus in einer riesigen Katastrophe enden konnte. „Komm rüber zu uns, hier hast du deine Story, auf die du schon so lange gewartet hast. Exklusiv. Aber vergiss nicht, die Radio- und Fernsehanstalten zu informieren und dir die Exklusivrechte an dieser Geschichte zu sichern. Mit dieser Story könnten wir reich und berühmt werden. Das Ausland wird Interesse zeigen, glaub mir – das geht um die Welt. Also, ich vertrau dir. Vermassel die Sache nicht, dafür hängt zu viel Kohle dran. Hau rein." Bevor Lothar etwas erwidern konnte, hatte Erwin schon aufgelegt. Der Fisch hat angebissen, davon war er überzeugt.

„Wo warst du denn so lange?", fragte Hoff seinen Partner voller Ungeduld. „Ich hab dich überall gesucht. Hab was mit dir zu besprechen."

„Auf'm Klo, Großer. Manchmal überkommt's einen, stimmt's?"

„Komm mit raus auf die Veranda, das müssen ja nicht alle hören, o. k.?" „Sicher", antwortete Erwin, „hol' mir bloß noch einen Kaffee, bin gleich draußen."

Hoff trat auf die geräumige Veranda und zündete sich eine Zigarette an. Quietschend öffnete sich die Tür und Erwin erschien mit zwei Häferl mit frischem, dampfendem Kaffee und reichte seinem Freund einen Becher. Schweigend nippten sie an dem heißen Getränk und starrten in Richtung Lienzer Dolomiten. Die schwarze Wolke hatte schon ein gutes Drittel der Berge verhüllt.

„Was hältst du davon?", fragte Hoff und nickte mit dem Kopf in Richtung Berge. „Ich weiß nicht, was ich davon halten soll", antwortete Erwin zwischen zwei weiteren Schlucken. „So etwas Irres habe ich noch nicht erlebt. Die Natur spielt verrückt. Sie ist vielleicht sauer, dass ihr so arg zugesetzt wird. Knallt uns einen Schuss vor den Bug, um uns zur Räson zu bringen. Wie ist deine Meinung?"

„Alles Quatsch. Eine plötzliche Kaltfront, die bald ihre Kraft verloren haben wird. Aber eins ist viel wichtiger: Xaver und Stangl haben versagt. Die großen Asse haben sich vor Angst in die Hosen geschissen. Wir hätten nie einen Rückzug gemacht. Stimmt's, Partner?" Erwartungsvoll sah er Schneider an.

„Niemals, das ist so sicher wie das Amen in der Kirche. Wir haben einen Arsch in der Hose und wir stehen aufrecht beim Pinkeln", sprach der und spuckte, wie zur Bestätigung, auf den Boden. Hoff nahm noch einen tiefen Zug von seiner Zigarette und schnippte dann die Kippe in hohem Bogen in die Landschaft. „Das ist auch meine Meinung, Partner. Wir sollten es den Weicheiern zeigen. Bist du nicht auch dafür?"

„Jo, jederzeit bereit. Aber Kranz hat zurzeit jeden Start verboten."

„Scheiß' auf Kranz", fluchte Hoff und griff nervös wieder zu den Zigarettenpäckchen. „Scheiß' auf die Order. Wir starten ohne seine beschissene Zustimmung. Wir bringen den notwendigen Aufklärungsflug erfolgreich hinter uns und kommen mit greifbaren Ergebnissen zurück. Kranz wird und muss uns offiziell rügen, inoffiziell wird er aber unsere Leistung würdigen. Xaver und Stangl werden schäumen vor Wut und ihr Stern wird sinken. Unserer hingegen wird aufgehen. Wir werden die Nr. 1. Was ist – bist du dabei?" Grinsend und mit funkelnden Augen sah er Erwin gespannt an.

„Hey, Mann, wir werden es den Warmduschern zeigen! Ich bin dabei, das ist nach meinem Geschmack." Zur Bekräftigung reichte er Hoff die Hand.

II

Ruhe", raunzte Hans seine Frau an, „hör auf mit dem unnützen Geflenne! Es besteht kein Grund zur Panik. Ich habe auch schon einen Plan." Während er sprach, legte er den kleinen Rucksack vor seine Füße. Er entnahm ihm einen leichten, dünnen Pullover und zog ihn über den Kopf. Besser als nichts, dachte er bei sich. Er entnahm noch die beiden Bananen und die halb volle Teeflasche und reichte alles den Kindern. „Hier – nehmt und esst. Bananen geben viel Kraft."

Dann wandte er sich wieder an seine Frau. „Hör zu, Maria, und schau mich an, wenn ich mit dir rede. Es ist wichtig." Er blickte ernst und versuchte, ruhig zu bleiben. Er musste nun überzeugend wirken. Davon hing alles ab. „Ihr seid alle völlig fertig und nicht mehr gut zu Fuß. Zusammen kommen wir hier nie weg. Der Schneefall wird immer stärker, es wird sich wohl einschneien. Da ich der Kräftigste, der Schnellste und als Einziger noch fit bin, werde ich zur Kerschbaumer Schutzhütte zurückgehen und Hilfe holen. Ihr seid hier durch den Überhang einigermaßen geschützt. Kälter wird es bestimmt nicht mehr. Deshalb könnt ihr in Ruhe meine Rückkehr abwarten. Es wird nicht lange dauern. Teilweise werde ich zu rennen versuchen. Ich komme allein schneller voran. Ihr würdet durch eure dünnen Klamotten in Windeseile durchnässt sein, das wäre sehr gefährlich. Also, das ist meines Erachtens die einzige Möglichkeit für uns. Vertrau mir, Maria, es wird alles gut." Gespannt sah er seine Frau an. „Du kannst uns doch hier in der Wildnis nicht allein zurücklassen. Merkst du nicht, dass es immer stürmischer wird und der Schnee immer dichter fällt? Das ist doch Wahnsinn", wandte sie ein.

„Nein", widersprach er vehement, „das ist wirklich unsere einzige Chance. Ich muss sofort los, denn je mehr Zeit vergeht, umso verschneiter und gefährlicher wird der Weg. Jetzt oder nie. Wenn ich keine Hilfe hole, können wir alle draufgehen, das wäre nicht nach meinem Geschmack. Dafür liebe ich euch zu sehr." Glatt und flüssig kam diese Lüge über seine Lippen. Ungeduldig trat er von einem Bein auf das andere. Die Zeit, dachte er. „Setzt euch eng zusammen, umfasst euch oder steckt die Hände, wenn sie zu kalt werden, unter die Achseln, da ist es am wärmsten.

Ich zisch jetzt schnell ab, umso eher bin ich wieder bei euch. Ich liebe euch." Er fuhr kurz mit der Hand über die Köpfe der Kinder, die jedoch keine Notiz von dieser Geste nahmen und stattdessen enger an ihre Mutter heranrückten. „Also dann, bis gleich", meinte Hans, warf einen letzten Blick in die traurigen Augen seiner Frau und lief dann los.

Kranz saß allein in seinem Büro und telefonierte. Er wollte neue Informationen von den Schutzhütten einholen. Er wählte die Nummer der Karlsbader – die Leitung war tot. Besorgt legte er auf und probierte es bei der Hochstadelhütte: kein Anschluss. Und so erging es ihm auch bei der Conny-Alm und der Kerschbaumer. Er war verzweifelt. Was sollte er tun? Was konnte er überhaupt tun?

Der Bergretter rief den Bürgermeister an und unterrichtete ihn über die Funkstille. Die Hütten waren nun von der Außenwelt abgeschnitten. Fassungslos nahm der Bürgermeister dies zur Kenntnis, erklärte dann aber Kranz, dass er nicht untätig im Rathaus sitze, sondern schon die Medien, die Regierung, die Gendarmerie informiert und einen Krisenstab gebildet habe. Zusammen mit den Kollegen aus Kärnten. Er, Kranz, würde über jede Entscheidung oder Veränderung sofort informiert. Der Bürgermeister sprach Kranz noch sein uneingeschränktes Vertrauen aus, er sei der beste Mann vor Ort.

Kranz nahm sichtlich geschmeichelt die lobenden Worte entgegen, als er plötzlich einen Hubschraubermotor laufen hörte. Verwundert beendete er das Telefonat. Bekommen wir Besuch oder Unterstützung?, fragte er sich. Das Motorengeräusch wurde lauter und sein geschultes Ohr meinte, dass es sich jedoch eher nach einem Start als nach einer Landung anhörte. Er rannte aus seinem Kabuff durch den jetzt leeren Mannschaftsraum und stand Sekunden später auf der überfüllten Terrasse. Seine Männer diskutierten heftig in kleinen Gruppen und blickten alle zu dem Hubschrauber, der soeben vom Boden abhob. „Was geht hier ab?“, schrie Kranz seine Leute an. „Wer startet da? Xaver, Stangl, Schneider, Hoff, wo seid ihr?“

Plötzlich standen Stangl und Xaver neben ihm. „Wir sind hier, Boss“, sagte Xaver ruhig. „Hoff und Schneider war es bei uns wohl zu langweilig. Oder sie bezweifeln unseren Lagebericht und wollen sich ein eigenes Bild machen. Vielleicht haben sie aber auch nur ein Date.“

„Das darf doch nicht wahr sein. Sind die verrückt geworden? Ohne meine Erlaubnis abzuheben! Na, die können sich auf ’was gefasst machen! Ich werde ihnen den Arsch aufreißen! Und das wird noch das Harmloseste sein!“

Eichholz, der nicht nur der Stellvertreter von Kranz war, sondern auch die Funkstation bediente, bestätigte, dass Hoff und Schneider sich auf und davon gemacht hatten.

„Setz dich an deine Strippe, sofort, und hol die Idioten zurück! Ich will sie umgehend hier landen sehen. Die werden mich kennenlernen!“ Er drehte wutschnaubend auf dem Absatz um und polterte in die Hütte zurück. Betreten schauten die Männer sich an, dicke Luft im Team war überhaupt nicht lustig. Eichholz setzte sich an sein Funkgerät. „RH 2, bitte kommen, Leitstelle Lienz!“ Stille. Eichholz versuchte es wieder und wieder, jedoch ohne Erfolg.

Mit gesenktem Haupt saß der Funker über seinem Gerät und verfluchte seine Kameraden. Das ist wirklich nicht witzig, dachte er, das ist einfach nur ärgerlich. Plötzlich knackte es im Funkgerät und gleich darauf hörte der Funker die Stimme von Schneider. „RH 2 hier. Eichholz, mach dir nicht in die Hosen. Wir fliegen nur auf einen Sprung ins Krisengebiet, damit wir bessere Infos erhalten. Unsere Helden vom RH 1 haben ja versagt.

Ohne brauchbare Informationen kommen wir nicht weiter. Wir melden uns nach erfolgreichem Flug. Ende."

„Kranz will euch auf der Stelle wieder hier zurück sehen! Beendet also euren tollkühnen Ritt. Ihr habt keine Order, zu fliegen. Der Chef ist außer sich. Ihr könnt froh sein, wenn er euch nicht rausschmeißt!"

„Wir haben Probleme, dich zu verstehen, Eichholz", meinte Hoff fröhlich. „Wir haben aber deinen Worten entnehmen können, dass du uns viel Glück wünschst und Kranz mit uns zufrieden ist. Ich muss mich jetzt auf den Flug konzentrieren, es wird windig. Also, hasta la vista! Nerv uns nicht weiter!"

Erwin schlug sich vor Vergnügen auf die Schenkel. „Toll, wie besorgt unsere Kameraden sind. Da wird einem ja direkt warm ums Herz. Gut zu wissen, dass man Freunde hat. Schade, dass unser Funkkontakt gestört ist. Ich hätte große Lust, mich bei Volker Kranz zu bedanken." Lachend sah er zu Hoff. „Lass gut sein, Erwin, übertreiben wir es nicht. In zehn Minuten sind wir da. Konzentriere dich, wir wollen keinen Mist bauen."

Erwin schaltete die Scheinwerfer ein und starrte auf die Unholde, die sich drohend und dunkel vor ihnen erhoben.

12

Hans lief zügig den Weg zurück. Tief gebückt, den Blick auf den verschneiten, rutschigen Boden gerichtet. Es wurde immer dunkler und der starke Wind, der nun von vorn kam, zerrte an seiner dünnen Kleidung. Er fing an zu frieren. Trotz der widrigen Umstände spielte er während des Laufens immer wieder seine weitere Vorgehensweise durch. *Machst du nur einen Fehler, bist du weg vom Fenster,* sprach er zu sich. *Also deshalb noch mal von vorn:*

Angenommen, ich schaffe es zur Hütte:

A) Der Schneesturm würde noch kräftiger und gleichzeitig fiele die Temperatur weiter. Die Wege werden unpassierbar. Dann bestünde keine realistische Chance für die drei. Sie würden erfrieren.

B) Der Spuk hört auf. Dann können Retter nach ihnen suchen.

Wie er sein „Unglück" dem Hüttenwirt und später der Gendarmerie erklären würde, war klar. Er fror noch stärker und das freute ihn. Die Temperatur sank rapide, der Pfad war kaum noch zu erkennen, bis jetzt lief alles nach Plan. Seine Ohren und seine Finger spürte er kaum. Er grinste.

Hin und wieder kam er ins Rutschen und er ermahnte sich zur Vorsicht. Er wusste, dass er noch eine knappe Stunde durchhalten musste. 60 Minuten durch die Hölle und dann würde er frei sein, für immer. Das Risiko war hoch, aber er vertraute seiner Stärke, seiner Willenskraft und dem Wetter. Im Grunde war er sicher, dass er ein Siegertyp war. Er musste es nur noch beweisen.

Das österreichische Bundesheer zögerte nicht einen Augenblick, als sie um Hilfe im Krisengebiet gebeten wurden. Sofort wurden vier Rettungstrupps zu den neuralgischen Punkten in Kärnten und in Osttirol abkommandiert. Jeder Trupp verfügte über eine kleine Zeltstadt, ausgestattet mit Lazarett, Küche, Latrinen und Unterkünften. In kürzester Zeit befand man sich an den ausgewählten Stützpunkten. Einer im Lesachtal unterhalb der Conny-Alm, einer bei der Hochstadelhütte in Pirkach, ein weiterer am Tristacher See für die Karlsbader Hütte und der vierte Trupp bezog Stellung in Amlach am Fuße der Kerschbaumer Schutzhütte. Als Kranz davon erfuhr, vergaß er für einen Augenblick seinen Ärger mit seiner Hubschraubercrew. Er freute sich riesig, erhielt die Oberaufsicht über das gesamte Unternehmen und die Soldaten hatten kein Problem damit.

13

Lothar Ziegler stand plötzlich vor Kranz, der gerade den Telefonhörer auflegte. Natürlich kannte der Bergretter den Reporter. Deshalb war er wenig erfreut über den Besuch. „Aha, der Star-Reporter der Lienzer Tageszeitung, welche Ehre“, meinte er ironisch und deutete missmutig auf den Stuhl vor seinem Schreibtisch. „Was gibt's, dass du persönlich erscheinst?“, fragte Kranz. Gleichzeitig wusste er, dass irgendeiner seiner Mitarbeiter schon gequatscht haben musste.

Ziegler nahm Platz und streckte die langen Beine von sich. Er war sportlich gekleidet und sah eigentlich sympathisch aus. Er hatte etwas längere, lockige Haare, die gut zu seinem braunen Teint passten. Frauen fanden ihn äußerst attraktiv. „Mein lieber Kranz, wie geht's alldieweil?“ Er ignorierte souverän den Unterton in der Stimme des Bergretters. „Das Leben frisch, alles wohlauf?“ Kranz kniff die Augen zusammen. „Bei mir ja“, antwortete er. Der Zeitungsmann grinste. „Ein Hubschrauber ist ja weg“, stellte er nebenbei fest. „Is' was los? Könnte eine kleine Geschichte über eine Bergrettung gut gebrauchen. Is' sonst nicht viel los in und um Lienz herum.“

„Normaler Aufklärungsflug, reine Routine“, erklärte Kranz. „Hoff und dein Freund Schneider sind unterwegs. Ziehen dunkle Wolken über den Unholden, müsstest du eigentlich auf deiner Herfahrt bemerkt haben. Wir kontrollieren das nur, mehr ist nicht.“

„Oh, der Schneider. Hab lange nix von ihm gehört“, log Lothar frech. „Probleme?“, hakte er nach und sah dabei unschuldig auf Kranz. „Nö, mein Lieber, alles roger. Du kannst ja ruhig draußen noch einen Kaffee nehmen, aber mich entschuldige bitte, ich hab noch zu tun. Leidiger Schriftkram“, fügte er noch vorsichtshalber hinzu. „War nett, dein Besuch“, log nun Kranz seinerseits und strahlte dabei über das ganze Gesicht. „Den Kaffee nehm ich gern.“ Ziegler erhob sich umständlich. „Bis bald, Kranz, und immer schön sauber bleiben.“ Er verließ das Büro und nahm sich vor, den Jungs im Bereitschaftsraum ein wenig auf den Zahn zu fühlen.

Mittlerweile gingen die ersten Anrufe von Angehörigen bei den Gendarmeriestationen und den Bergwachten von Lienz, dem Lesachtal und Kötschach-Mauthen ein. Menschen, die sich Sorgen machten, da einige Wanderer schon lange überfällig waren und sich nicht wie verabredet über das Handy oder anderweitig gemeldet hatten.

Um 18 Uhr brachten die österreichischen Radiosender die ersten alarmierenden Nachrichten über den unvorhergesehenen Schneesturm. Wie dramatisch die Lage wirklich sei, wisse man noch nicht, aber laut zuverlässiger Quelle wäre die Bergwacht in Alarmbereitschaft und jederzeit bereit, schnell einzugreifen. Sowie weitere Informationen vorlägen, werde man die Bevölkerung sofort unterrichten. Das Fernsehen hielt sich noch zurück. Max und ich waren noch nicht überfällig.

„So einen heftigen, hartnäckigen Schneesturm im Sommer habe ich noch nicht erlebt“, stellte Erwin fest. Ihre Maschine wurde immer wieder kräftig durchgeschüttelt und die Scheibenwischer schafften es kaum, die Frontscheibe vom Schnee zu befreien. Hoff antwortete nicht, denn er hatte gerade große Probleme, den Hubschrauber auf Kurs zu halten. Sie waren noch etwa 1.000 m von der mächtigen Felswand der Dolomitenkette entfernt. Mit jedem Meter, den sie sich dem Gebirge näherten, wurde der Flug unruhiger. Plötzlich sackte die EC 135 etliche Meter ab. Hoff erschrak, denn er war gegen dieses unkontrollierte Verhalten der Maschine machtlos. Mit viel Mühe zog er den Steuerknüppel hoch; nur zögernd und schwerfällig reagierte Hubi. Schweißperlen bildeten sich auf Hoffs Stirn. Schneider blickte kurz zu seinem Freund. „Probleme?“

„Harte Arbeit. Wird verdammt schwer, durch diese Wolkendecke zu kommen. Unsere Geschwindigkeit wird vom Sturm enorm gedrosselt. Völlig ungewöhnlich, dass die Motoren gegen den Wind nicht ankommen.“ Wieder brach die Maschine aus, diesmal nach links. Massen von Schnee klatschten gegen die Frontscheibe. Dann neigten sie sie nach rechts und fielen gleichzeitig etliche Meter ab. Das war kein kontrollierter Flug mehr, das war Irrsinn! „Meinst du, dass es uns gelingt, durchzubrechen, oder sollen wir umkehren?“ Verbissen kämpfte Hoff mit der Maschine, schüttelte aber mit dem Kopf. „So leicht gebe ich mich nicht geschlagen. Ein bisschen rauer Wind und ein paar Schneeflocken halten mich nicht auf. Keine Panik. In wenigen Minuten sind wir durch.“

„Dein Wort in Gottes Ohr“, erwiderte Erwin. Krampfhaft bemühte er sich, durch die Scheiben etwas zu erkennen. Die starken Scheinwerfer versuchten, die Dunkelheit zu erhellen, aber ohne großen Erfolg. Ruckartig schlingerte das schlanke Heck von links nach rechts und Hoff musste feststellen, dass er dagegen machtlos war. Korrekturen seinerseits waren im Moment nicht möglich. Die EC 135 entwickelte ein Eigenleben, Hoffs Befehle nützen rein gar nichts. Plötzlich stellte sie sich quer in den Wind und war somit der vollen Kraft des Sturmes ausgeliefert. Erwin blickte erschrocken nach rechts, als klirrend das Seitenfenster zerbarst. Sofort füllte sich das Cockpit mit Schnee und eine eisige Kälte drang herein. Schneider bemerkte die Glassplitter in seinem Gesicht nicht, er stand schon unter Schock. Die Angst lähmte ihn so sehr, dass er nicht mehr in der Lage war, zu sprechen. Hoff versuchte trotz des plötzlichen Chaos, die Nerven zu behalten und die Maschine endlich abzudrehen. Er sah nun ein, dass er eine große Dummheit begangen hatte. „Hoff, dreh um“, schrie nun Erwin in den Wind. Blut rann ihm von der Stirn in die Augen. Die Luft war eisig. „Los, das wird nichts! Lass uns abhauen!“

„Ich versuch es ja, lass mich in Ruhe“, brüllte Hoff zurück und drückte den Steuerknüppel in Richtung Nord. Doch die ca. 1.380 PS reagierten nicht mehr. Im Gegenteil. Die Maschine steckte wie zum Trotz ihre Nase wieder gerade in den Wind und hielt auf die Felsen zu. Der 2.687 m große Hochstadel tauchte urplötzlich vor ihnen auf. Erwin schrie wie am Spieß und legte sich die blutigen Hände vor die angstvoll geweiteten Augen. Hoff starrte ungläubig auf die dunkle Wand und wusste: Das war's.

14

Die Detonation vom Aufprall des Hubschraubers vernahm ich noch Kilometer entfernt vom Unglücksort. Zu diesem Zeitpunkt wusste ich natürlich nicht, dass der Knall von einem tragischen Unfall stammte, für mich war es nur ein weiteres Unwetterzeichen. Ich zog die Schultern hoch und ging mit gegen den Schneesturm gesenktem Kopf weiter. Hoffentlich kam bald die Abzweigung zur großen Gamsspitze! Meine Lage wurde langsam kritisch und ich hatte, gelinde gesagt, die Schnauze voll.

Eigentlich zitiere ich gern Jean J. Rousseau, der einst meinte: „Wandern ist für mich ein Bedürfnis. Eine Fußreise bei schönem Wetter und in einer schönen Gegend zu machen, ohne Eile zu haben, ist von allen Arten zu leben am meisten nach meinem Geschmack." – Grundsätzlich bin ich der gleichen Meinung. Aber so hatte ich mir meine Wanderung wahrlich nicht vorgestellt! Max zog an der Leine, denn er lief nur sehr ungern so eingeschränkt. Bei diesem Unwetter jedoch war mir das Risiko, ihn aus den Augen zu verlieren, zu groß. Durch meinen mittlerweile geduckten Gang hätte ich beinahe den hölzernen Wegweiser verpasst. Nur schemenhaft war das Hinweisschild zu erkennen. Endlich! Noch etwa 100 m bergauf, da müsste die rettende Kaverne sein. Hoffentlich. Als ich nach rechts abbiegen wollte, zog Max plötzlich und völlig unerwartet nach links, sodass ich fast das Gleichgewicht verlor. Ich zog kräftig an der Leine und rief laut seinen Namen. Doch er stand wie ein Fels in der Brandung und bellte unablässig. „Max", schrie ich noch lauter, aber er reagierte nicht, sondern schlug weiter an und blickte starr in die entgegengesetzte Richtung. Verärgert über die meines Erachtens unnötige Verzögerung ging ich auf Max zu. Dadurch lockerte sich natürlich die Leine und Max zog wieder an, was bei mir wiederum Standprobleme auslöste. Ich war stinkig. „Max, steh!“, brüllte ich, denn sein Verhalten war für mich unerklärlich. Aber der Hund zog mich noch ein Stück weiter und blieb dann abrupt stehen. Wieder bellte er. Als ich endlich neben ihm zum Stehen kam, vernahm ich unmittelbar vor uns eine Art Wimmern. Irritiert ging ich ein, zwei Meter vor und versuchte, etwas zu erkennen. Nun stand ich unter einem kleinen Felsvorsprung, der etwas Schutz vor dem Schneegestöber bot und blickte auf ein unvorstellbares Elend. Gleichzeitig wusste ich, dass die Probleme für mich jetzt wohl erst richtig anfingen.

Bei Rudi, in der Karlsbader Hütte, saßen alle Gäste in der geheizten Stube. Sie sprachen leise miteinander, natürlich gab es nur ein Thema. Der Wind pfiff unablässig um die Hütte und es schien, als würde der Sturm immer lauter und bedrohlicher. Ein Gast versuchte, die niedergeschlagene Stimmung etwas aufzulockern, indem er Rudi laut fragte, ob seine Hütte auch sturmsicher sei. Viele Augen richteten sich sofort auf den jungen Wirt. Der goss gerade eine Lokalrunde Obstler ein, denn auch er wollte etwas zur Verbesserung der allgemeinen Stimmung beitragen. „Natürlich“, antwortete er, „ihr seid hier so sicher wie in Abrahams Schoß.“ Rudi kam mit dem Tablett hinter dem Tresen hervor. „Jetzt gibt’s a Schnops auf die Gesundheit und auf die gute Laune.“

Gerade, als er die Getränke abstellte, flog plötzlich die schwere Eingangstür auf. Eisige Kälte strömte sofort in die Hütte, begleitet von wild umherwirbelnden dicken Schneeflocken. Der Sennenhund schreckte hoch, bellte und alle Köpfe der Anwesenden drehten sich zur Tür, die im Wind hin- und herpendelte. Rudi reagierte als Erster und rannte durch den Gastraum, um die Tür zu schließen. Völlig unerwartet und wie von Geisterhand erschien plötzlich ein total eingeschneiter Mann im Türrahmen und flüsterte kaum hörbar: „Helft mir – meine Frau …“

Sofort sprangen weitere Männer auf und eilten hinter Rudi her. Der erschöpfte Wanderer zeigte mit der linken Hand in die

Dunkelheit hinter ihm. „Sie ist gestürzt und liegt etwa 100 Meter von hier im Schnee, am Viehgatter. Ich habe keine Kraft mehr, sie herzutragen, bitte helfen Sie mir." Zwei Gäste griffen zu und zogen den zitternden Mann in die Hütte. Rudi lief sofort, ohne zu zögern oder eine Jacke überzuziehen, nach draußen, gefolgt von einem beherzten jungen Bergsteiger. Sie kämpften sich gegen die tosenden Naturgewalten Stück für Stück zum Gatter vor. Der eisige Wind ließ sie nur schwer atmen und binnen Sekunden froren sie am ganzen Körper. Verbissen stapften sie durch den hohen Schnee, Seite an Seite, mühsam nach Luft ringend. Endlich sah Rudi das Gatter, aber keine Person. „Hier – rechts!", schrie der Helfer und wies auf einen Schneehaufen, aus dem gerade noch der Kopf herauslugte. Ein in Todesangst verzerrtes Gesicht starrte die Männer an. Sofort fingen diese mit bloßen Händen an, die Frau aus dem Schnee zu buddeln. Als sie die Arme freigeschaufelt hatten, trat Rudi hinter die Frau, steckte ihr seine Arme unter die Achseln und zog die Eingeschneite vorsichtig aus dem Schneehaufen.

Unfähig, allein auf ihren Füßen zu stehen, drohte die Frau wieder zusammenzubrechen. Rudi musste sie stützen. Also griff er erneut unter ihre Arme, verschränkte seine Hände vor ihrer Brust und zog sie rückwärts durch den Schnee zur Hütte. Sein mutiger Helfer wühlte den Rucksack der Frau hervor und folgte dann dem Hüttenwirt, immer bereit, ihm zu helfen. Glücklicherweise funktionierte die Außenbeleuchtung der Hütte noch, sodass sie sich in der Dunkelheit etwas orientieren konnten und damit keine wertvolle Zeit verschenkten.

15

Langsam werd ich nervös. Papa könnte sich jetzt mal ruhig melden", sagte meine Frau im Ferienhaus zu ihrer Tochter. Da sich im Gailtal einige Wolken ausbreiteten und es etwas kühler wurde, waren sie ins Haus gegangen. „Du kennst doch Papa", erwiderte meine Tochter ruhig, „er wird seine Freiheit bis zur letzten Sekunde auskosten – aber gemeldet hat er sich bisher noch immer. Darauf ist Verlass." Dabei grinste sie ihre Mutter aufmunternd an und nickte zur Bestätigung mit dem Kopf. Meine Frau lächelte etwas entspannter zurück. „Na klar, du hast recht. Komm, gönnen wir uns ein Eis mit heißen Himbeeren!"

Während Kranz den Telefonhörer ablegte, fuhr er sich mit der rechten Hand über seinen schütteren Haarschopf. In seinem Kopf klingelten die Alarmglocken. Kein Funkkontakt zu seinem Hubschrauber und eine nicht identifizierte Explosion in Höhe des Hochstadels. Kranz zählte eins und eins zusammen. Trotzdem ging er zu Eichinger in den Funkraum. „Versuch weiterhin, Hoff und Schneider zu erreichen", sagte er mit schwerer Stimme und zog sofort die Tür vom Funkraum hinter sich zu. Im Büro wählte er die Telefonnummer des Bürgermeisters. Der diskutierte gerade mit seinem Krisenstab. Als der Gemeindevorsteher die Stimme von Kranz vernahm, bat er seine Mitarbeiter per Handzeichen um Ruhe. „Ja, Kranz, was gibt es Neues?" Gebannt schaute die Runde auf ihren Chef. Der lauschte angespannt, was Kranz zu berichten hatte. Als dieser ihm seine Befürchtung mitteilte, dass ein Hubschrauber möglicherweise verunglückt sein könnte, wurde der Bürgermeister blass und nestelte nervös an seiner Krawatte. Nach weiteren schier endlos langen zwei Minuten legte er wortlos auf und sah betroffen in die Gesichter seiner Mitarbeiter. Dann zitierte er Tom Hanks: „Houston, wir haben ein Problem."

Sekundenlang stand ich fassungslos vor drei erbärmlich frierenden weiblichen Geschöpfen. Was ist hier los?, fragte ich mich. Wie kommen die denn in diesem Aufzug hierher? Was haben die hier verloren und wer sind sie?

Reiß dich zusammen!, ermahnte ich mich. Das ist jetzt völlig unwichtig. Du musst sofort handeln, sonst gibt es eine Tragödie. Da die Kinder auf Augenhöhe mit Max saßen, fing der an zu schmusen. Die Kleine legte ihren dünnen Arm um seinen Hals und zog Max zu sich heran. Jetzt musste ich die Kaverne um jeden Preis finden. Hier hatten sie keine Chance, zu überleben. Ihre luftige Kleidung war nicht auf einen Wintereinbruch ausgerichtet und langjährige Erfahrung im Gebirge, wie ich sie besaß, schien auch nicht im Geringsten vorhanden zu sein. Kurz gesagt, sie waren hilflos.

Das größere Mädel und die Frau sahen mich unverwandt an, wobei ich den Eindruck hatte, dass sie mich aber gar nicht wirklich wahrnahmen. „Können Sie mich verstehen?", rief ich laut und schaute dabei die Frau an. Keine Reaktion. Ich ging noch einen Schritt vor, beugte mich ihr entgegen und schrie noch einmal. „Verstehen Sie mich jetzt? Sprechen Sie deutsch? Geben Sie mir ein Zeichen, das Sie mich hören und verstehen, irgendwas, verdammt noch mal, wir haben nicht endlos Zeit." Angst kroch in mir hoch, dass ich die Situation nicht in den Griff bekommen könnte. Mein Adrenalinspiegel schoss in die Höhe. Ich fing leicht an zu zittern, jedoch nicht vor Kälte. Handeln war angesagt.

Fest packte ich die verstörte Frau am linken Arm und schüttelte sie heftig. „Los, kommen Sie hoch, wir müssen hier weg! Sofort!" Die Frau spannte ihren Körper an, aber sie rührte sich nicht. Ängstlich sah sie mich an. „Auf", brüllte ich sie an. „Kommen Sie, denken Sie an ihre Kinder! Das ist kein Spaß, wir müssen hier verschwinden! Ich will einen sicheren Unterstand finden – hier erfrieren wir." Ich zog noch kräftiger, aber ich erreichte nichts. Die Situation wurde unerträglich. Ohne die drei konnte ich hier nicht mehr weg, das war mir klar. Vor Wut biss ich mir auf die Unterlippe. „Mama, steh auf. Lass uns mit dem Mann gehen, er weiß, wo eine schützende Unterkunft ist. Bitte, gehen wir mit! Mir ist schrecklich kalt, ich möchte nicht erfrieren. Bitte, ich hab Angst!" Flehend sah die Größere ihre Mutter an. Dann stand sie selbst auf und zog ihre Mutter energisch am rechten Arm, ich zerrte gleichzeitig am linken. Wie in Zeitlupe erhob sich die ängstliche Frau. Max bellte, als sich auch die Kleine aufraffte. Na also, es ging doch! Als alle drei vor mir standen, zog ich Max heran und erklärte den Mädels: „Ich hoffe, etwa 100 m entfernt von hier eine alte Kaverne zu finden. Wir müssen uns aber beeilen. Es wird sehr kalt und ungemütlich für euch, aber eine andere Wahl haben wir nicht." An die Frau gerichtet schrie ich: „Ich nehme die Kleine auf den Arm und Sie halten Ihre Große beim Laufen fest. Bleiben Sie ganz dicht hinter mir! Halten Sie sich an meiner Jacke oder an meinem Rucksack fest. Bleiben Sie nicht stehen! Wir dürfen uns nicht verlieren. Es wird hart, aber Sie dürfen nicht schlappmachen, nicht aufgeben. Denken Sie an Ihre Kinder! Wir werden es schaffen, vertrauen Sie mir!"

Ich hoffte, meine kleine Ansprache würde zu ihr durchdringen. Da ich mir nicht sicher war, sagte ich zusätzlich zu der Großen: „Hast du mich verstanden? Es geht um alles. Unterstütze deine Mutter, so gut es geht. Sie macht mir keinen so starken Eindruck. Aber mit deiner Hilfe kriegen wir das schon hin." Sie nickte stumm. Ihre Lippen waren fest aufeinander gepresst. Ich grinste verkrampft. „Wir packen das jetzt an. Es wird alles gut. Gib mir fünf, dann geht's los." Ich hielt ihr meine rechte Hand hin und sofort schlug das tapfere Mädel fest und entschlossen zu. „Los", feuerte sie mich an. Ich nahm die Lütte auf den Arm, die alles scheinbar eher spaßig fand, und Max an die Leine. Dann drehte ich mich um und stellte fest, dass der Schneefall weiterhin zunahm. Meinen Hut zurechtrückend, sah ich auf meine Begleitung und rief: „Auf geht's!" Den starken Wind im Rücken verließen wir den Unterstand. Mir fiel das Buch „Der Schneesturm“ von F. M. Dostojewski ein. Eine irrwitzige, winterliche Odyssee, jedoch mit einem Schlitten und wesentlich wärmerer Bekleidung und mit einem versöhnlichen Ende. Doch was stand uns bevor?

16

Er hatte noch nie gebetet. Jetzt jedoch flehte er den Herrgott inständig an, ihm zu helfen und an seiner Seite zu stehen. Er fror erbärmlich und hatte Schwierigkeiten, das Gleichgewicht zu halten. Zweimal hatte er schon im Schnee gelegen und wollte einfach liegen bleiben. Doch dann dachte er an sein großes Ziel und raffte sich wieder auf. Diese einmalige Gelegenheit wollte er nutzen! Keinen Gedanken verschwendete er an die Zurückgebliebenen, er war ohne Skrupel.

Manchmal meinte er, durch den dichten Schnee Lichter zu erkennen, und hoffte, die rettende Hütte bald erreicht zu haben. Aber seine Sinne täuschten ihn. Hatte ihn das Glück verlassen? Hatte er zu hoch gepokert? Zweifel an seinem Durchhaltevermögen kamen auf. „Barfuß oder Lackschuh“, murmelte Hans vor sich hin und taumelte weiter.

„Es war die Hölle“, erzählte der Wanderer in der Karlsbader Hütte, als er sich einigermaßen erholt und aufgewärmt hatte. Seine Begleiterin lag versorgt auf einem kuscheligen Lager und schlief fest. Rudis Mutter hatte sich rührend um sie gekümmert. „Beim Hagel hatten wir weit und breit keinen Schutz. Er fiel völlig unerwartet. Nur unsere Rucksäcke verhinderten Schlimmeres. Dann der Schnee. Erst war es wenig und wir dachten, es hört gleich wieder auf. Dann wurde es mehr und mehr, teilweise fiel er schräg durch den Wind direkt in die Gesichter. Die Temperatur sank enorm schnell. Man sah die Hand vor Augen nicht, geschweige denn den Weg. Viel länger hätten wir es nicht aushalten können. Dass wir die Hütte fanden, war pures Glück und grenzt an ein Wunder! Wir hatten völlig die Orientierung verloren. Ich bin Gott sehr dankbar, dass er uns nicht im Stich ließ." Tränen liefen dem Mann über die Wangen, als er berichtete, und so mancher Gast musste bei der Erzählung schlucken. „Mein Name ist Willi Schäfer und das ist meine Frau Jutta. Wir kommen aus Berlin und sind das erste Mal in den Bergen unterwegs. Und ich kann euch versprechen, auch das letzte Mal. Hundertprozentig." Er nahm einen großen Schluck vom wärmenden Jagertee und meinte danach: „Der Tee ist noch das Beste, was ich in den Bergen kennengelernt habe." Als Rudi das Wort „Berlin" hörte, fiel ihm sein neuer Bekannter wieder ein und er fragte Willi, aus welcher Richtung er gekommen war – in der Hoffnung, dass dieser sagen würde, er komme von der Kerschbaumer Schutzhütte. Enttäuscht schüttelte er mit dem Kopf, als er vernahm, dass das Ehepaar aus Richtung Hochstadel gekommen war.

Ärgerlich stand er auf und zapfte sich ein Gösser Bier. Mit dem vollen Glas ging er zu seinen Gästen zurück, die sich leise über das Gehörte unterhielten. Alle waren froh, in der warmen, schützenden Hütte zu sitzen. Dieses Bier trinke ich auf dein Wohl, mein Berliner Bergkamerad, Gott möge dich beschützen, sagte Rudi zu sich selbst.

Willi riss ihn aus seinen Gedanken. Er fragte ihn nach dem Telefon, denn er wollte seine Wirtin im Drautal anrufen. „Das Telefon geht nicht. Das Handy auch nicht", sagte Rudi unhöflicher, als er wollte. Aber er war zu niedergeschlagen, um auf solche Feinheiten zu achten.

Als meine Tochter gegen 19.30 Uhr den Fernseher einschaltete, um den Wetterbericht von morgen zu sehen, dachte sie an nichts Böses. Doch als der Nachrichtensprecher von einem verheerenden Unwetter in den Lienzer Dolomiten berichtete, rief sie erschrocken nach ihrer Mutter. „Mama, komm schnell, Papa könnte in Schwierigkeiten stecken!" Meine Frau ließ sofort in der Küche alles stehen und liegen und rannte ins Wohnzimmer.

„Laut Berichten der Osttiroler und Kärntener Bergwachten tobt seit dem frühen Nachmittag ein völlig unerwarteter Schneesturm in den Lienzer Dolomiten. Dutzende Wanderer und Bergsteiger sind von dem extremen Wetterumschwung überrascht worden. Der Sturm soll die Wucht eines Blizzards haben. Die Bergwachten sind zurzeit hilflos, denn sie können weder zu Fuß noch mit den Rettungshubschraubern in das betroffene Gebiet vordringen. Der Telefonkontakt zu den Schutzhütten ist unterbrochen, Handys funktionieren ebenfalls nicht. Angaben über eventuell verunglückte Personen liegen uns nicht vor. Die Meteorologen stehen vor einem Rätsel. Es ist ihnen unklar, wie der Blizzard unbemerkt entstehen konnte. Auf den stetig beobachteten Monitoren der Wetterinstitute wurden keine entsprechenden Veränderungen registriert, sodass auch keine Wetterwarnung ausgesprochen wurde. Alle hoffen, dass der Sturm schnell an Stärke verliert, damit den Menschen dort oben geholfen werden kann. Sollten Sie Angehörige, Freunde oder Bekannte in den Dolomiten vermissen, rufen Sie bitte die unten eingeblendete Notrufnummer an. Wir werden diese Telefonnummer am Schluss der Sendung wiederholen. Sollten wir neue Erkenntnisse erhalten, unterbrechen wir das laufende Programm, um Sie sofort zu informieren. Und nun zur Außenpolitik."

Moni sah ihre Tochter verstört an. „Meinst du, dass Papa auch davon betroffen ist?"

„Hoffentlich nicht. Aber er ist in genau diesem Gebiet und er hat sich bisher nicht gemeldet. Er ist fast eine Stunde überfällig. Vorsichtshalber notiere ich mal die Notrufnummer. Es wird schon alles o. k. sein, Unkraut vergeht nicht, meinte sie etwas scherzhaft, um ihre Tochter und sich selbst aufzumuntern." Zuversichtlich drückte die Tochter daraufhin die Hand ihrer Mutter.

Auch die Männer der Bergrettungsstation, Sektion Lienz, mit Sitz in Nikolsdorf, sahen die Nachrichten im Fernsehen und Kranz fragte sich, wer den ORF benachrichtigt hatte. Der Bürgermeister oder sein Lieblingsreporter? Doch egal. Der Medienrummel würde noch umfangreicher und sensationsgeiler werden. Wenn RH 2 wirklich verunglückt war – und Kranz ging jetzt davon aus –, war sowieso die Hölle los. Er telefonierte die Camps des Bundesheeres ab und erfuhr nichts Neues. Sollte er es riskieren, RH 1 nochmals aufsteigen zu lassen, oder sollte er das Heer bitten? Er brauchte nähere Informationen, um weitere Schritte einzuleiten. Da er sich nicht aufraffen konnte, beschloss er, noch etwas abzuwarten.

Er griff in seinen Schreibtisch, ganz unten hinter die Telefonbücher, holte eine Flasche Strohrum heraus und goss sich einen ordentlichen Kanten in den Tee. Der Leiter der Bergwacht war nervös.

Wie lange waren wir schon unterwegs? Mir kam es wie eine Ewigkeit vor. Der Schnee hüllte uns ein und der schneidend kalte Wind pfiff uns um die Ohren. Ich spürte die Hand hinten an meiner Jacke und mein linker Arm wurde durch die Last der Kleinen langsam lahm. Wie mussten meine Begleiter frieren, sie hatten ja so gut wie nichts an! Sie taten mir unendlich leid. Wann kam endlich die verdammte Kaverne? War sie überhaupt noch vorhanden? Sie musste! Ansonsten hätten wir ganz schlechte Karten. Nur mit Mühe konnte ich den Weg erkennen. Aber wie lange noch? Ich verließ mich fast blind auf Max, der unbeirrt zwei Meter vor mir dahintänzelte. Ihm schien das Wetter nichts anhaben zu können. Beneidenswert.

Über was er stolperte und fiel, war ihm eigentlich egal. Fakt war: Er stürzte und stieß mit seinem rechten Knie gegen einen harten, scharfkantigen Gegenstand, der ihm den Schmerz in die Augen trieb. Es durchzog ihn wie nach einem elektrischen Schlag. Zusammengekrümmt und schwer atmend blieb er liegen. Verzweifelt rang er nach Luft. Hans wusste, dass er nicht lange am Boden bleiben durfte. Deshalb nahm er alle noch vorhandene Energie zusammen und stemmte sich auf. Dieser Kraftakt zerrte an seinen letzten Reserven. Zittrig und leicht schwankend kam er auf die Beine. Der Schmerz im Knie ließ etwas nach und er ging langsam weiter. Bei jedem Schritt verzog er krampfhaft sein

Gesicht. Er wusste, dass er kurz vor seinem Ende war. Ich habe es wenigstens versucht, sagte er grimmig zu sich selbst. Kismet – es sollte nicht sein. Taumelnd und humpelnd setzte er einen Fuß vor den anderen, fast schon automatisch. Plötzlich knallte er mit einem Schienbein gegen eine steinerne Mauer und fiel mit dem Oberkörper fast vornüber. Instinktiv stützte er sich mit beiden Händen an den Rändern des alten Ziehbrunnens ab.

Ja, er stand vor einem Brunnen! Wo kam der denn her? Hans war völlig verwirrt. Die Kälte, der Schmerz im ganzen Körper, die Angst, auf der Strecke zu bleiben, hatten sein Gehirn fast lahmgelegt. Wo ein Brunnen ist, sind auch Häuser nicht weit, sinnierte er. War er vielleicht schon … – aber ja, es war unglaublich, er musste auf der Kerschbaumer Hütte sein! Jetzt erinnerte er sich an den großen dekorativen Brunnen, etwas abseits der Hüttenveranda. Er hatte erst vorgestern seinen Töchtern erklärt, dass hier noch frisches Wasser heraufgeholt werden konnte. Mit dem am Seil befindlichen Holztrog machte er es ihnen vor und mit der Schöpfkelle probierten sie das Wasser. Obwohl es stark nach Mineralien schmeckte, war es köstlich.

Hans hatte es geschafft. Mit den Händen tastend humpelte er um den Brunnen. Jetzt musste er sich etwas links halten – da musste die Veranda sein. Die Außenbeleuchtung der Hütte war nicht eingeschaltet und es war stockdunkel. Vorsichtig ging er weiter. Nach wenigen Metern stieß er leicht mit dem Fuß an die erste Stufe des Vorbaus. Erst jetzt konnte er die Hütte erkennen, die von den Verwehungen schon fast zur Hälfte mit Schnee bedeckt war. Vor der Tür blieb er stehen. Schwer nach Luft ringend versuchte er, seinen Atem zu beruhigen. Gleichzeitig dachte er daran, dass die nächsten Minuten entscheidend sein könnten. Jetzt ist dein schauspielerisches Talent gefragt, dachte er. Du musst unbedingt glaubwürdig sein. Nicht zu dick auftragen, mein Junge – sonst geht das in die Hose!, ermahnte er sich. Er verwarf den Gedanken, dass seine Frau und seine Kinder noch zu retten seien, das war unmöglich. Hans war sich sicher: Diesen Sturm überlebte da draußen kein Mensch.

Jenny notierte am Ende der Nachrichten die eingeblendete Notrufnummer. „Wir warten noch bis 21 Uhr", meinte meine Frau, „dann rufen wir an. Ich geh mal runter zu Helga und frag sie nach ihrer Meinung." Kaum hatte sie ausgesprochen, als es an der Wohnungstür klopfte.

„Moni, bist du da?", fragte unsere Vermieterin und öffnete vorsichtig die Tür. Zwischen Helga, ihrer Familie und uns hatte sich im Laufe der Jahre eine sehr gute Freundschaft entwickelt. „Komm rein", rief meine Frau. „Habt ihr die Nachrichten gesehen?", platzte Helga sofort heraus, als sie sich im Wohnzimmer auf die gemütliche Couch fallen ließ. „Ist Werner nicht in den Unholden zum Wandern? Hat er sich gemeldet, geht es ihm gut?" Nervös und aufgeregt nestelte sie an ihrer Schürze und blickte unsicher in die kleine Runde. Stumm schüttelte meine Frau den Kopf und Jenny erklärte, dass ich mich noch nicht gemeldet habe. Gegen 21 Uhr wollten sie die Gendarmerie anrufen. „Das ist ja fürchterlich mit diesem Unwetter! So etwas hatten wir noch nie", meinte Helga. „Damit konnte auch keiner rechnen." Aus der Tiefe ihrer Schürze zauberte sie eine kleine Flasche hochprozentigen Selbstgebrannten hervor. „Gib mal zwei Gläser, das beruhigt die Nerven. Jenny trinkt ja so etwas nicht, stimmt's?" Meine Tochter lächelte und schüttelte den Kopf. Monika holte Gläser und Helga sagte: „Wird schon alles passen. Werner wird sich zu helfen wissen, gell?"

„Sicher", antwortete meine Tochter, „er packt das schon. Er hat ja Max dabei, der wird auf Papa aufpassen", meinte sie zuversichtlich. Helga goss die Stamperle voll. „Salut", murmelte sie und griff zu. „Prost", antwortete meine Frau, „auf uns."

„Und auf Papa und Max", setzte Jenny hinzu. Es war viertel vor neun. Sie nahm sich vor, pünktlich zum Telefon zu greifen. Sie stand auf und ging auf den Balkon. Ihr Blick glitt hinüber zu den Gailtaler Alpen. Dahinter lagen die Lienzer Dolomiten.

17

Irgendwelche brauchbaren Vorschläge?", fragte der Bürgermeister seinen Krisenstab. Erwartungsvoll blickte er in die honorige Runde, doch er sah nur in ratlose Gesichter. Der Touristenbeauftragte Meyer-Lingen hob zögerlich die Hand. „Na, Meyer, eine Idee?"

„Nicht direkt", brachte Meyer-Lingen etwas krächzend hervor. „Aber …", er erhob etwas die dünne Stimme und rückte seine Brille zurecht, „aber wir müssen auch an unseren guten Ruf als Urlaubsregion denken. Wenn das Unglück vorbei ist, wie wollen wir in Zukunft noch Gäste in unser Land holen? Inwieweit hat uns der Sturm geschadet, wird er uns hohe Verluste in den Übernachtungszahlen bringen? Können wir unsere positiven Bilanzen der letzten Jahre halten oder versinken wir wieder in ein touristisches Mittelmaß? Das hört sich im Moment vielleicht etwas übertrieben an, aber auch darüber müssen wir uns Gedanken machen. Je eher, desto besser." So sprach er und war zufrieden, dass er den Mut aufgebracht hatte, sein größtes Problem hier vor allen zur Sprache zu bringen.

Der Bürgermeister verdrehte die Augen und seufzte tief. „Ja, ja, Meyer, hast recht. Aber im Moment haben wir doch wohl andere Sorgen. Die Frage ist: Sollten wir das Bundesheer bitten, zu versuchen, die Leute von den Hütten zu holen? Vielleicht haben die Möglichkeiten, die unsere Bergwacht nicht hat. Ferner müssen wir die Spitäler diesbezüglich informieren. Es könnte Verletzte geben. Um die Presse kümmere ich mich persönlich. Eine kurze Pause trat ein. „Also die Kavallerie. Wer ist dafür?" Sämtliche Mitarbeiter hoben die Hand. „Nun denn. Zaglauer, du rufst das Heer an und Nagler, du sagst den Spitälern Bescheid. Auf geht's, Buam, machen wir uns an die Arbeit!"

Als Hans die Tür der Kerschbaumer Schutzhütte aufstieß und völlig verschneit und entkräftet kurz im Türrahmen stehen blieb, ging ein kollektiver Aufschrei durch die Gaststube. Erschrocken und ungläubig starrten einige auf Hans, während ihm der Hüttenwirt und zwei weitere Gäste sofort zu Hilfe eilten. Sie zogen den erschöpften Mann in den warmen Raum und schlossen die Eingangstür sofort wieder. „Holt von den Lagern einige Decken!", rief der Wirt und einige Leute liefen los. „Wir müssen ihm die nassen Klamotten ausziehen, besorgt Handtücher. Macht die Bank am Ofen frei, setzt euch woanders hin. Zieht den Tisch vor, wir brauchen Platz." Der Wirt und seine Helfer trugen Hans zur Bank und sogleich zogen sie ihm die Kleidung vom Leib. Hans klapperte mit den Zähnen und zitterte fürchterlich. Mit den Handtüchern rieben sie den geschundenen Körper kräftig ab, damit die Blutzirkulation wieder in Schwung kam. Während Hans in diverse Decken gewickelt wurde, versuchte ein Gast, ihm heißen Tee mit einem ordentlichen Schluck Strohrum einzuflößen. Nur mühsam nahm er etwas von der belebenden Flüssigkeit auf. Er war zu kraftlos, um zu trinken. Stöhnend ließ er den Kopf nach hinten sinken, wo mehrere Decken als Kopfkissen dienten. Stumm sahen die Leute auf Hans hinab, jeder ging seinen Gedanken nach. Aber alle dachten das Gleiche: Wo kam er her? Wie lange war er im Sturm schon unterwegs? Sie alle hatten so viele Fragen. Ortler saß am Kopfende von Hans und versuchte weiter, ihm den Tee einzuflößen. Die anderen setzten sich wieder und langsam legte sich bei ihnen die Anspannung. Allgemein war man froh, dass der Mann die schützende Hütte erreicht hatte. Er musste einen Schutzengel gehabt haben. Anders war es nicht zu erklären. Nur schemenhaft nahm Hans seine Umgebung war. Automatisch nippte er mittlerweile an dem heißen Becher. Ein schmerzendes Prickeln durchzog seinen Körper, das Blut floss wieder flotter. Langsam ebbte auch das Zittern etwas ab und seine Glieder erwärmten sich ein wenig. Sofort wurde er schläfrig. Der Wirt registrierte, dass Hans hin und wieder die Augen verdrehte und kurz schloss. Er stellte den Becher ab, legte Hans' Kopf behutsam auf die Decken und stand auf. Leitner fiel sofort in einen tiefen Schlaf. Der Wirt sah auf ihn herab und fuhr sich nachdenklich mit der Hand durch den dichten Bart. Vor sich lag ein menschliches Wrack, denn Ortler wusste natürlich, dass Hans heute Morgen seine Hütte nicht allein verlassen hatte, sondern, dass er in Begleitung seiner Frau und seiner Töchter war. Eine kalte Gänsehaut kroch über seinen Körper. Was für ein Drama hat sich da draußen abgespielt? Wo war der Rest der Familie? Ihm wurde schlecht. Eine düstere Ahnung überfiel ihn. Jetzt brauchte er selbst einen Schnaps. Er hatte Angst vor der Wahrheit.

Die Sonne schien vom wolkenlosen Himmel und brannte etwas auf meiner eingecremten Haut. Der Wanderhut bedeckte mein Gesicht. Es war herrlich im bequemen Liegestuhl und das kühle Bier war äußerst schmackhaft. Ein Buch von Deon Meyer, zzt. mein Lieblingsautor, lag neben mir.

Meyer ist wohl im Moment der beste Kriminalschriftsteller in Südafrika. Nicht nur, dass er spannende und intelligente Storys schreibt, er kann auch dem Leser seine Heimat anschaulich vor Augen führen. Der Roman des Rugby-Fans und Mozartliebhabers, der mich so fesselte, „Das Herz des Jägers", hatte den deutschen Krimipreis erhalten.

1958 in Südafrika geboren, schreibt Meyer auf Afrikaans, übersetzt werden in der Regel seine autorisierten, englischen Übersetzungen. Im „Herz des Jägers" versucht der Protagonist Thobela Mpayipheli, ein ehemaliger Befreiungskämpfer, im bürgerlichen Leben wieder Fuß zu fassen.

Meine Frau nippte an ihrem gekühlten Campari-Orange und meine Tochter spielte mit ihrem Laptop, Verzeihung, „arbeitete" mit ihm. Ich blickte direkt auf meinen Lieblingsberg, den 2.374 m hohen Reißkofel. 1996 bestieg ich ihn, ein spannendes Unternehmen. Der Grat des Kofels ist so schmal, dass man sich im Sitzen mit einem Bein im Drautal und mit dem anderen im Gailtal befindet. Ein luftiges Erlebnis – aber unvergesslich. Ich nahm einen Schluck

Gösser und fand, dass es auch schöne Momente im Leben gab. Erst recht, wenn man als Bergsüchtiger wusste, dass es bald wieder auf Tour gehen würde. Meine Frau schien zufrieden, meiner Tochter ging es gut, Max untersuchte die Bäume und fahndete nach der Katze des Nachbarn. Paschte. Heute Abend sollte mit den Vermietern noch gegrillt werden – ein Urlaubsidyll par excellence.

Eine plötzliche eisige Böe riss mir den Filzhut vom Kopf und mich in die raue Wirklichkeit zurück. Mit Mühe konnte ich den Hut einfangen. Scheiße, was machte ich hier eigentlich und wo war die verdammte Kaverne? Wer waren die Leute hinter mir, was machte meine Familie, stand die Hütte von Rudi noch und warum passierte gerade mir das? Ich hatte Fragen über Fragen und keine Antworten. Obwohl noch drei weitere Personen in meiner Begleitung waren, fühlte ich mich so einsam wie noch nie.

Um 21.00 Uhr zögerte meine Tochter noch, ans Telefon zu gehen, und schaute fragend ihre Mutter an. „Soll ich?" Helga war gleich dafür und Moni stimmte mit einem unbehaglichen Gefühl zu. Jenny wählte die Nummer und stellte den Apparat auf Mithören ein. „Gendarmerie Lienz, guten Abend." Meine Frau nahm Jenny den Hörer ab und meldete sich mit vollem Namen. „Mein Mann ist in den Dolomiten unterwegs und hat sich bisher nicht gemeldet. Er ist seit zwei Stunden überfällig." Der Polizist blieb sachlich und fragte routiniert: „Nennen Sie mir bitte den Namen, das Alter, die Wanderroute und das Ziel Ihres Gatten." Meine Frau beantwortete die Fragen und erkundigte sich, wie schlimm denn die Lage sei. „Das wissen wir auch nicht genau", erhielt sie als Antwort, „die Telefone der Hütten funktionieren nicht, auch Handys streiken. Wir haben im Moment keinen Kontakt. Es ist jedoch richtig, dass Sie uns informieren, damit bekommen wir einen besseren Überblick über die Anzahl der eingeschlossenen Personen. Das ist für einen späteren Hubschraubereinsatz sehr wichtig. Sicher wird sich Ihr Mann in einer der Schutzhütten befinden und es geht ihm gut. Machen Sie sich keine Sorgen. Sollte sich Ihr Mann bei Ihnen melden, so geben Sie uns bitte umgehend Bescheid. Wir bleiben also in Verbindung. Bitte geben Sie mir noch Ihre Adresse und Ihre Telefonnummer." Nachdem meine Frau das Gespräch beendet hatte, griff sie automatisch zum Stamperle. Das Glas war jedoch schon leer. Sofort füllte Helga die Gläser wieder. Durcheinander, wie sie war, füllte sie auch ein Glas für meine Tochter. Als sie „Prost" sagte, griff sogar Jenny zu. Außergewöhnliche Situationen schaffen außergewöhnliche Handlungen. Erst als der Schnaps schon durch ihre Kehle geronnen war, bemerkte meine Tochter das Versehen. „Papa geht es bestimmt gut. Max passt ja auf ihn auf", krächzte sie und schüttelte sich mit schmerzverzogenem Gesicht.

„Friert denn der Hund nicht?", rief mir die Kleine auf meinem Arm ins kalte Ohr. Sie selbst zitterte wie Espenlaub und klapperte zusätzlich mit den Zähnen. Und was machte ihr wirklich Sorgen? – Max. Erstaunlich! „I wo", brüllte ich zurück, „der hat ein dickes Fell. Er liebt Schnee und kühle Temperaturen. Um ihn musst du dir keine Sorgen machen. Aber es ist lieb von dir, dass du an ihn denkst." Ich versuchte, ihr ein wenig den Schnee vom Kopf zu wischen. Gleichzeitig hörte ich trotz des ohrenbetäubenden Lärms, den der Sturm verursachte, ein klapperndes Geräusch. Mein Kopf ruckte nach links. Da war sie, die lang ersehnte Kaverne. Ich zog Max heran und stapfte auf die schützende Unterkunft zu. Halleluja, wir hatten es geschafft! Das Klappern wurde lauter. Der rechte Fensterladen hing lose im Rahmen und der Wind schlug ihn hin und her. Ohne dieses Geräusch wäre ich mit Sicherheit vorbeigelaufen.

„Warte, Rosi", sagte ich zu meiner kleinen Reisebegleitung, „ich setz' dich kurz ab, wir sind da." Die Frau und ihre Tochter lehnten sich erschöpft an meinen Rücken. Durch meine Jacke spürte ich das Zittern ihrer frierenden Körper. „Wir sind da", rief ich auch ihnen zu, „lasst mich kurz los, ich will die Tür öffnen." Die war mit einem Holzsplint gesichert. Natürlich war das kein Hindernis. Ich zog das Scheit mit einem kräftigen Ruck heraus und schon konnten wir in den Unterschlupf.

18

Das Bundesheer hatte in kürzester Zeit alle Camps rund um das Krisengebiet aufgebaut. Es entstanden kleine Zeltstätten und es herrschte ein militärisch geordnetes, emsiges Treiben. Man war für jede Situation eingerichtet. Durch die Fernseh- und Rundfunkübertragungen trafen auch langsam die sogenannten Katastrophentouristen ein und fingen an, die Zufahrtswege zu verstopfen. Gendarmerie und Soldaten hatten alle Hände voll zu tun, die Karawane der Neugierigen abzudrängen. Natürlich versuchten die Vertreter der Medien, sich auch geschickt in die besten Positionen zu bringen.

In Nikolsdorf, auf dem Gelände der Bergrettungsstation, herrschte das blanke Chaos. Der Platz vor der Hütte glich einem Ameisenhaufen. Neugierige, Reporter, besorgte Freunde und Angehörige von Vermissten belagerten das Gelände. Sogar ein mobiler Getränkewagen schenkte am Rande des Platzes Erfrischungen aus und reichte eine Bratwurst gegen Bares dazu.

Kranz versuchte, einen klaren Kopf zu behalten und seinen Unmut über den Trubel zu unterdrücken. Seine Stimmung war auf einem persönlichen Tiefpunkt.

Unablässig dachte er an Hoff und Schneider. Er war auf das Schlimmste gefasst. Er erwog die Möglichkeit, das Heer zu einer Suchaktion einzuspannen, verwarf den Gedanken jedoch gleich wieder. Es wäre unverantwortlich, die Soldaten dazu zu überreden. Seine Hilflosigkeit kotzte ihn an. Der Bürgermeister nervte ihn mit andauernden Anrufen. Beim letzten Telefonat hatte er ihn gebeten, die Gendarmerie einzuschalten, um sein Gelände zu räumen. Er brauchte den Platz für seine Hubschraubereinsätze. Den Mob konnte er wahrlich nicht gebrauchen! Der Bürgermeister versprach sofort, sich darum zu kümmern. Die Spitäler seien verständigt, erfuhr Kranz noch, dann legte er auf.

Kranz schüttelte den Kopf. Wie sich das Leben in wenigen Augenblicken grundlegend verändern konnte! Hoffentlich war er in der Lage, die notwendigen und richtigen Entscheidungen im richtigen Moment zu treffen. Wenn er Scheiße baute, das war ihm bewusst, würde man ihn in der Luft zerreißen und seine Reste den Löwen vorwerfen.

In der Kerschbaumer Schutzhütte saßen die meisten Gäste noch zusammen und diskutierten leise, denn sie nahmen an, Hans schliefe noch. Dabei war er wach, behielt aber die Augen geschlossen, damit er seine Ruhe vor lästigen Fragen hatte. Langsam taute er auf und es ging ihm ein wenig besser. Er lebte und war sich sicher, dass sein perfider Plan aufgehen würde. Es war nun schon Stunden her, als er seine Familie verlassen hatte. Wie lange konnten sie der Kälte getrotzt haben? Eine Stunde? Zwei? Bestimmt nicht länger. Es war vorbei. Diese verweichlichten Kreaturen hatten keine Chance gegen solch ein Naturereignis. Er zog sich behaglich die Decke zurecht und öffnete vorsichtig ein Auge. Augenblicklich zuckte er zusammen. Ortler stand mit einem dampfenden Becher vor seinem Bett und schaute auf ihn runter. Eindringlich sah er Hans an. Dann, für alle völlig unerwartet, platzte der Wirt mit der Frage heraus: „Hans, wo sind denn eigentlich deine Frau und die Kinder?"

Inzwischen war ganz Österreich über die Lage in den Unholden informiert. Man fragte sich allerorts, ob die Menschen im Gebirge noch eine Überlebenschance hätten. Würde dieses Unwetter schwerwiegende Folgen für den Tourismus nach sich ziehen? Gab es eine neue Debatte über die Veränderungen in der globalen Wetterlage? Auch in den angrenzenden Ländern, speziell in Italien und Deutschland, wurden die bislang spärlichen Berichte aufmerksam verfolgt. Für die Presse war die zentrale Frage, wie viele ausländische Gäste betroffen waren. Bisher lagen darüber keine Informationen vor – man ging aber davon aus, dass Dutzende Urlauber in den Lienzer Dolomiten festsaßen.

In Nölbling hockten die drei Frauen vor dem Fernseher und hofften auf neue Nachrichten. Meteorologen in ganz Europa saßen ihrerseits vor den Bildschirmen und starrten ungläubig auf die Monitore, die die Wetterkarte von Osttirol zeigten. Rings um das Gebirge war das Wetter normal, nur über den Bergen hing eine schwarze, undurchdringliche, nicht zu erklärende überdimensionale Wolke. Solche Formationen am Himmel hatten sie noch nie gesehen, schon gar nicht live. Hinzu kam, dass ihnen völlig unklar war, wie sich diese riesige Wolkendecke unbemerkt hatte entwickeln können. Besonders erschreckend war die Schnelligkeit des Unwetteraufbaus. Keiner wusste damit etwas anzufangen. Unwissenheit war allgegenwärtig, Hilflosigkeit beherrschte die Wissenschaftler. Aber ... eines war absolut sicher: Es war ein gewaltiger Blizzard. Und ein schnelles Ende war nicht abzusehen.

Deshalb lautete auch die Erklärung des österreichischen Wetteramtes an die Presse, an die Bergwachten und an das Bundesheer wie folgt: „Da uns die Entstehung des Unwetters, das unsere Meteorologen nun einstimmig als Blizzard eingestuft haben, immer noch völlig unerklärlich ist, können wir auch die Dauer und den Verlauf der Naturkatastrophe nicht vorhersagen. Dieses Phänomen stellt uns bisher vor eine unlösbare Aufgabe. Sollten uns neue Erkenntnisse vorliegen, werden wir unserer Auskunftspflicht sofort nachkommen."

Aber selbst in den Spätnachrichten wurden keine weiteren Informationen bekannt gegeben. Die Bevölkerung des Landes war besorgt und viele Menschen schlossen die Leute in den Bergen in ihre Abendgebete ein.

19

Stockfinster war es in der Kaverne und es roch modrig. Aber mir erschien diese alte Kriegsunterkunft wie ein prachtvolles Luxusquartier. Hier waren wir vor Schnee und Wind geschützt.

Ich bugsierte die drei schon etwas blau angelaufenen Frauen an die Innenwand links neben der Tür und befahl ihnen, sich nicht zu rühren. Ich musste mir schnellstens einen Überblick verschaffen. Dazu ließ ich Max von der Leine und öffnete mit steifen Fingern meinen völlig verschneiten Rucksack, um die Stirnlampe rauszuholen. Es war nicht so einfach und ich fluchte leise vor mich hin. Als endlich die LED-Lampe aufleuchtete, wackelte der helle Lichtstrahl unkontrolliert durch die Kaverne, bis ich das Teil schließlich auf meinem Kopf fixiert hatte. Es sah gespenstisch aus. Max schüttelte sich den Schnee vom Fell, blieb aber still. Also gab es keine unliebsamen Überraschungen in den Räumen. Der Unterschlupf bestand aus zwei unterschiedlichen großen quadratischen Räumen. In dem Eingangsraum, in dem wir gerade standen, war bis auf ein paar am Boden verstreute Steine nichts zu entdecken, im Nebenraum standen diverse Biergartentische an die Wand gelehnt. Ansonsten war nichts weiter zu erkennen. Wahrscheinlich hatte man nach einer Feier vergessen, die Bänke abzuholen. Das Glas der Fensterscheiben war zur Hälfte herausgebrochen. Der eisige Wind pfiff durch diese Öffnung. Mein Check war beendet und ich wandte mich an meine Begleitung, die sich leise weinend umklammert hatten, aber noch da standen, wo ich sie abgestellt hatte. „Wir haben Glück“, erklärte ich ihnen, „wir haben ein gemütliches Heim gefunden. Aber um zu überleben, müssen wir zusammenhalten. Es müssen einige Dinge getan werden. Erstens: die Gesundheit. Wir dürfen nicht krank werden, denn mit Krankenpflege kenne ich mich nicht aus. Sie werden deshalb tun, was ich sage. Bedingungslos und ohne Widerrede. Also bleiben Sie noch einen Moment hier stehen und reiben Sie sich gegenseitig etwas warm, so gut es eben geht. Ich bereite inzwischen ein kuscheliges Lager für uns vor."

Bei Assling, einer kleinen Gemeinde in Richtung Pustertal kurz hinter Lienz, hatte das Heer sein Lager ORCA 1 aufgebaut. Gerade schloss der Befehlshaber der Gebirgsjägereinheit seinen Rundgang ab, auf dem er sich vom ordnungsgemäßen Zustand des Camps überzeugt hatte, als das Feldtelefon klingelte. Am anderen Ende grüßte sein Vorgesetzter, General Burgemeister, und erkundigte sich nach dem Stand der Dinge. Sperling klärte ihn auf: „Alles roger."

„Mir gefällt die Situation überhaupt nicht", platzte der General frei heraus. „Wir haben viel zu wenige Informationen. Es wäre mir lieber, wir wüssten mehr über das tatsächliche Ausmaß des Sturmes. Vielleicht ist eine Evakuierung der Hütten doch möglich. Und wir sitzen hier unten mit den Händen im Schoß und drehen Däumchen. Das ist nicht unser Stil. Kurzum – ich möchte, dass sie einen Erkundungstrupp losschicken. Anschließend erwarte ich einen detaillierten Bericht. Viel Erfolg. Ende."

Sperling legte den Hörer zurück und stöhnte leise auf. In Gedanken stellte er schon seinen Trupp auf, aber wohl war ihm bei der Sache nicht. Es erschien ihm sinnlos und zu gefährlich. Trotzdem konnte er sich dem Befehl ja nicht verschließen. Er ging ins Mannschaftszelt, wo fast alle seiner 32 Männer versammelt waren. „Liebherr, Specht, Jürgens, Eigenbauer zu mir." Die Angesprochenen folgten ihrem Chef und nahmen im kleinen Offizierszelt nebeneinander Haltung an.

„Meine Herren", fing Sperling an. „Der General wünscht mehr Informationen über das Ausmaß des Unwetters. Er erwartet von uns brauchbare Ergebnisse. Und Sie wissen, sein Wunsch ist für uns ein Befehl. Sie haben die Ehre, seine Neugier zu befriedigen. Machen Sie sich abmarschbereit und vergessen Sie nicht Ihre Winterausrüstung. Jürgens hält Funkkontakt mit der Basis. Alle halbe Stunde wird Meldung gemacht. Specht geht als Ambulanz mit. Liebherr, Sie haben das Kommando. Sie entscheiden vor Ort. Nach Absprache mit mir, selbstverständlich. Ziel ist, die Kerschbaumer Schutzhütte zu erreichen. Trotzdem, keine Heldentaten. Die meisten Helden sind tot. Noch Fragen?"

Die vier schüttelten mit den Köpfen und Liebherr sprach für alle: „Keine Fragen, Leutnant."

„Dann abtreten! Viel Erfolg, meine Herren." Der Trupp nahm erneut Haltung an, grüßte vorschriftsmäßig und verließ dann das Zelt. Sofort suchten sie ihre Ausrüstung zusammen und beantworteten nebenbei die aufgeregten Fragen ihrer Kameraden. Einige von ihnen waren etwas neidisch, dass sie nicht zu den Auserwählten gehörten, denn das Warten zerrte an den Nerven. Action wäre ihnen wesentlich lieber gewesen. In kürzester Zeit waren die Gebirgsjäger marschbereit und setzten sich, mit den besten Wünschen ihrer Kumpels gesegnet, in Richtung Kerschbaumer Schutzhütte in Bewegung. „Ein Lied, zwei, drei", scherzte ein Soldat, der nur allzu gern dabei gewesen wäre. „La Montanara", rief Liebherr lachend zurück und hob die Hand zum Gruß. Wenige Momente später hatte sie die Dunkelheit verschluckt.

„Geh doch schlafen, Mami. Jetzt können wir nichts andres tun, als abzuwarten. Papa und Max geht es gut. Sie sind bestimmt in einer warmen Hütte. Wir machen uns hier unnötig verrückt." Auch Rudi und Helga waren dafür, dass alle versuchen sollten, etwas Schlaf abzukriegen. Unsere Freunde wünschten eine Gute Nacht und zogen sich diskret zurück. „Morgen wird sich alles zum Guten richten", ließ Helga noch im Gehen fallen. „Gut's Nächtle", wünschte meine Tochter und schloss die Wohnungstür ab. Ungern folgte meine Frau Jenny ins Schlafzimmer. „Ich schlaf' heut natürlich bei dir", bot sie ihrer Mutter an. „Das ist lieb von dir. Allein würde ich bestimmt nicht zur Ruhe kommen."

„Geh doch schon ins Bad." Folgsam ging meine Frau, um sich für die Nacht frisch zu machen, und war froh über das Angebot ihrer Tochter. Insgeheim hatte sie nämlich große Angst, dass ihrer Familie eine schreckliche Zeit bevorstand.

20

Hans hatte diese Frage natürlich erwartet und war deshalb gut vorbereitet. Anscheinend verzweifelt senkte er den Kopf, denn er konnte keinem der Gäste, schon gar nicht dem Hüttenwirt, bei seiner Antwort in die Augen sehen. Als er dann mit leiser, stockender Stimme „Sie sind tot!“, hervorbrachte, war nur noch das Knistern des Kaminfeuers zu hören. Fassungslos und tief betroffen starrten ihn alle an. Eine ältere Frau schlug sich die Hände vor den Mund und flüsterte durch die Finger: „Mein Gott, wie schrecklich, der arme Mann.“

Klaus Ortler nahm erschüttert neben Hans Platz und legte fürsorglich den Arm um dessen Schulter. Mit der freien Hand goss er geschickt zwei Stamperle voll und schob dem leise Schluchzenden ein Glas zu. „Komm, trink. Und wenn du willst, erzähl uns, was passiert ist. Sich den Schmerz von der Seele zu reden, ist manchmal viel wert. Hin und wieder hilft auch ein Schnaps. Ich weiß, wovon ich rede. Vor drei Jahren ist meine Frau tödlich verunglückt, am Spitzkofel. Sie war eine erfahrene Bergsteigerin. Trotzdem, ein Fehler brach ihr das Genick. Der Berg verzeiht keine Unachtsamkeit. Der Berg kann grausam sein.“

Hans schaffte es tatsächlich, nach Ortlers Worten einige Tränen zu vergießen. Leicht zuckten seine Schultern. Nicht einen der Gäste ließ das Schicksal des Klagenfurters kalt. Frau und zwei unschuldige Kinder auf einen Schlag verloren – eine Tragödie, unvorstellbar, herzzerreißend.

„Wir waren schon auf dem Rückweg, als es passierte. Ich werde ihre Schreie nie vergessen können, als sie plötzlich den Halt verloren, im glatten Schnee ausrutschten und abstürzten. Ich konnte ihnen nicht helfen. Es ging alles so unheimlich schnell. Ich habe kläglich versagt, ich bin schuld an ihrem Schicksal. Mein Leben ist völlig sinnlos geworden. Mein Gott, was soll ich nun tun?" Kollektive Trauer erfüllte die Hüttenstube. Hans klang wirklich sehr überzeugend. Selbst Ortler, der schon einiges erlebt hatte, hier in dieser rauen und nicht immer gerechten Bergwelt, schämte sich seiner Tränen nicht.

Die Biergartenbänke könnten unsere Rettung sein!, dachte ich und holte nach und nach vier von ihnen in den vorderen Raum. Drei legte ich, ohne sie aufzuklappen, nebeneinander auf den Boden der Kaverne. Die vierte stellte ich gut einen Meter von den anderen entfernt auf die Füße. Dann holte ich den Schlafsack, die Isomatte und mein einziges Handtuch aus dem Rucksack. Die Matte breitete ich auf die drei zusammengelegten Bänke, obenauf den Schlafsack. Mit dem Handtuch ging ich zu den Frauen und hielt der Mutter das Tuch hin.

„Hier, nehmen Sie", sagte ich zu ihr. „Ziehen Sie erst Ihre Kinder nacheinander aus und rubbeln Sie sie ordentlich ab, das fördert die Durchblutung. Dann rein mit ihnen in den Schlafsack. Anschließend sind Sie dran. Klamotten aus, abrubbeln und husch-husch rein ins Körbchen. Sie haben alle Platz im Sack. Ihre gemeinsame Körperwärme wird ihre Lebensgeister wieder wecken. Also los! Die nassen Sachen legen Sie auf die einzelne Bank. Ich werde versuchen, ein Feuer zu entzünden und die Kleidung nebenbei trocknen. Bitte keine falsche Scham, ich hab' schon viele nackte Menschen gesehen. Wenn Sie nicht sofort in den Sack kriechen, werden Sie krank und etwas später sind Sie erfroren. Beeilen Sie sich also, jede Minute zählt." Ich drehte mich um und überließ ihr die Entscheidung. Aus dem Nebenraum holte ich noch weitere Bänke. Max wuselte mir hinterher.

Eine Bank stellte ich wieder auf die Beine, sie war für mich. Bisher fror ich, bis auf meine Hände, nicht sehr. Meine Klamotten waren ihr Geld wert. Aus den Augenwinkeln registrierte ich, dass die Kleine schon im Schlafsack lag. Na geht doch!, dachte ich. Mit der Stirnlampe suchte ich den Kavernenboden nach Brennbarem ab. Aber außer vier, fünf dünnen, mickrigen Ästen fand ich nichts Brauchbares. Ein Feuer musste jedoch unbedingt her. Die Lampe spendete nicht ewig Licht und Wärme konnte auch nicht schaden. Abgesehen davon gab ein Feuer auch Zuversicht, Geborgenheit und Hoffnung. Meine dürftige Ausbeute an Brennmaterial legte ich zwischen die Bank an der Wand und meine. Zufrieden sah ich, dass nun alle drei im Schlafsack verschwunden waren und leise miteinander sprachen. Dass sie das taten, war ein gutes Zeichen. Die nassen Sachen lagen auf der Wandbank. Max hatte sich neben die Mädels gelegt, beobachtete jedoch meine Aktivitäten. Bisher war er wohl der Einzige, der unsere Lage nicht brenzlig fand. Im Gegenteil. Er hatte drei neue Spielkameraden. Wart' ab, mein Lieber, dachte ich grimmig, wenn wir nicht ausgiebig Gassi gehen und dein Fressen nicht so üppig ausfällt wie gewohnt, dann ist für dich auch der Spaß vorbei. Nun ja, vielleicht ist der Spuk auch schnell vorbei und die Bergwacht macht sich auf die Suche nach uns. Besser wär's.

Erst einmal verwarf ich den Gedanken an schnelle Rettung und holte meinen Skizzenblock aus dem Rucksack. Ich riss einige Blätter ab und zerknitterte sie einzeln. Dann legte ich sie vor mich hin und drapierte darauf meine Äste. Mit dem Feuerzeug entzündete ich das Papier und stellte missmutig fest: Das würde kein Feuer werden, höchstens ein Strohfeuer. Also ran an die Arbeit. Ich schnappte mir eine Gartenbank. Das Teil legte ich mir über den linken Oberschenkel und fing mit dem großen Messer meines Victorinox an, das Holz von der Bank zu schnitzen. Die scharfe Klinge löste Span für Span. Vor meinen Füßen bildete sich schnell ein ansehnliches Häufchen Brennholz. Interessiert kam Max zu mir rüber und sah den fallenden Spänen zu. Bevor mein klägliches Feuerchen erlosch, legte ich einige kleine Stücke hinein, damit die kleine Flamme neue Nahrung bekam. „Mühsam ernährt sich das Eichhörnchen", murmelte ich vor mich hin und schnitzte eifrig weiter. Zwischendurch sah ich zum Schlafsack rüber. Leises Schnarchen war zu hören. Ich grinste Max zufrieden an. „Denen geht's besser, mein Freund. Und wenn sie aufwachen, werden sie durch ein prächtiges Feuerchen und gemütliche Wärme in absolute Hochstimmung versetzt. Robinson lässt grüßen.“ Ich steckte mir entspannt eine Zigarette an und machte mich wieder an die Arbeit.

Liebherr und seine Kameraden waren jetzt 40 Minuten unterwegs und hatten etwa 200 Höhenmeter zurückgelegt. Der anfängliche Nieselregen war in leichten Schneefall übergegangen und der Wind frischte böig auf. Jürgens hatte vor zehn Minuten den Leutnant informiert – keine Neuigkeiten. Ohne nennenswerte Probleme setzten sie ihren Weg fort. Im Gänsemarsch, Liebher voran, gingen sie stumm Meter um Meter. Und mit jedem Schritt bemerkten sie, dass der Wind und der Schneefall zunahmen. Trotz ihrer Winterausrüstung stellten sie weiterhin einen rapiden Temperaturabfall fest. Sie waren einiges gewohnt. Deshalb erschreckte sie das Wetter bisher nicht besonders. Nur die Schnelligkeit, mit der die Temperatur sank, machte ihnen Sorge. Der nächste Anruf ins Camp war bald fällig und Jürgens erkundigte sich bei Liebherr, was er melden sollte. Beim Sprechen flog ihm der Schnee in den Mund, den er ärgerlich ausspuckte. Liebherr drehte sich um. Sein Bart war vollkommen mit Schnee bedeckt, er sah aus wie der Weihnachtsmann. Der kleine Zug hielt an und jeder nutzte die Gelegenheit, um zu verschnaufen. Liebherr bemerkte, dass er den etwa fünf Meter weit entfernten Funker kaum erkannte. Dicht fielen die Schneeflocken und der immer stärker werdende Wind trieb die weiße Pracht nun fast waagerecht den Soldaten entgegen. Mit gesenkten Köpfen hörten sie Liebherr sagen, dass sie ihre Schneeschuhe anschnallen sollten. Während sie dies taten, ging ihr Anführer zu Jürgens, stellte sich neben ihn und zog sich auch die Schuhe über. Dann erklärte er ihm, indem er sich nah an Jürgens Ohr beugte: „Melde ca. Windstärke 8 der Beaufortskala und äußerst starken Schneefall. Tendenz zunehmend. Wir gehen jedoch weiter.“ Jürgens nickte als Zeichen, dass er verstanden hatte, und gab dann die Meldung durch. Als er fertig war, setzte sich der Trupp langsam, wie in Zeitlupe, wieder in Bewegung.

Trotz der vielen Erlebnistouristen auf dem Gelände der Lienzer Bergwacht ebbte der Lärmpegel allmählich ab und etwas mehr Ruhe kehrte ein, sodass Kranz seine weitere Vorgehensweise durchdenken konnte. Definitiv stand für ihn fest, dass RH 2 etwas zugestoßen sein musste und die Maschine für einen späteren Rettungseinsatz nicht mehr zur Verfügung stehen würde. Er hoffte nur inständig, dass seinen Männern nichts Ernsthaftes passiert war. Eine saftige Abreibung würde es natürlich geben für die beiden Verrückten. Kranz war immer noch stinksauer. Aber der Fall würde später behandelt werden. Selbstverständlich hatte ihn der Kommandierende von Camp 1 über den Erkundungstrupp informiert. Für diese Unterstützung war der Leiter der Bergwacht sehr dankbar. Vielleicht konnten die Alpinis die Kerschbaumer Schutzhütte tatsächlich erreichen. Dann wäre es auch für seine Jungs machbar. Kranz war ungeduldig. Er wollte unbedingt aktiv eingreifen und helfen. Dieses nervige Abwarten war nicht sein Ding. Er wartete gespannt auf die neuesten Informationen aus dem Gelände. Glücklicherweise unterließ der Bürgermeister seine dauernden Anrufe. Wahrscheinlich waren er und sein Krisenstab schlafen gegangen.

Im Gegensatz zum Lienzer Bürgermeister ging in der Kerschbaumer Schutzhütte niemand schlafen. Zu sehr nahm sie das fürchterliche Drama um Hans und seine Familie gefangen. Wie ein Häufchen Elend lehnte Hans an der kräftigen Schulter des Hüttenwirts. Tränen rannen ihm über das Gesicht. Leise und respektvoll unterhielten sich die Gäste und der Obstler machte eifrig die Runde. Schon längst standen mehrere Flaschen des Selbstgebrannten auf den Tischen. Ohne wäre es nicht auszuhalten. Ortler, der Hans im Arm hielt, dachte die ganze Zeit über dessen Aussage nach. Was war wirklich passiert? Ihm war es schleierhaft, wo die Frau und die Kinder abgestürzt sein könnten. Wo hatten sie sich zum Zeitpunkt des Unfalls befunden? Waren sie zu hoch, in Richtung Gamskofel, unterwegs gewesen, sich verlaufen und waren vom relativ sicheren Pfad abgekommen? Sicher, dort gab es ein paar Passagen, die etwas ausgesetzt waren. Aber doch nicht so exponiert, dass solch ein Unglück geschehen konnte. Ortler war hin- und hergerissen zwischen ehrlicher Anteilnahme und nagenden Zweifeln. Könnte es sein, dass Hans seine Familie im Stich gelassen hatte, um seinen eigenen Arsch zu retten?, überlegte er – damit er allein eine bessere Chance hatte, die Hütte zu erreichen? Diese Gedanken gingen dem Wirt nicht mehr aus dem Sinn. Was war wirklich in der Schneehölle passiert?

Trotz der modernen Winterausrüstung frierend, stapften die Gebirgsjäger durch den hohen Schnee. Roboterhaft, tief vornübergebeugt, gingen sie keuchend gegen den eisigen Wind an. Sie mussten bei jedem Schritt die Beine hoch anziehen und die Kraft ließ rapide nach. Specht ging nun als Letzter der Gruppe. Er war ziemlich am Ende und fror erbärmlich. Seine Beine fühlte er kaum noch und sein Atem ging pfeifend und rasselnd, wie bei einer alten Lokomotive. Er wünschte sich in sein warmes Bett, an die Seite seiner hübschen Frau. Specht verfluchte diesen Job. Aber vor seinen Kameraden schlappzumachen kam nicht infrage. Immer wieder wischte er mit den Handschuhen über seine Schneebrille. Er sah kaum etwas. Automatisch ging er seinen Trott weiter. Bald musste Jürgens wieder eine Meldung machen und Specht hoffte inständig, dass sie umkehrten. Er hatte die Schnauze gestrichen voll.

Tief vornübergebeugt konzentrierte er sich darauf, nicht hinzufallen, denn er hatte Angst, vor Erschöpfung nicht mehr aufstehen zu können. Der ohrenbetäubende Lärm des Sturmes machte ihn verrückt und verursachte ihm obendrein höllische Kopfschmerzen. Für einen Moment hatte er das Gefühl, nicht mehr auf dieser Welt zu sein. Specht hatte abgeschaltet. Darum bemerkte er auch nicht, wie unter der enormen Last des Schnees eine hohe Lärche fast in der Mitte des Stammes abknickte. Specht hatte keine Chance. Völlig unerwartet traf ihn der Baum mit ganzer Wucht – getrieben vom Sturm von der rechten Seite – und riss ihn schmerzhaft von den Beinen. Er schrie laut und schrill seine Überraschung und seinen Schmerz heraus. Eigenbauer, der nur wenige Schritte vor Specht herging, meinte, trotz des tosenden Sturmes etwas gehört zu haben und drehte sich schwerfällig um. Im Schein seiner Stirnlampe sah er schemenhaft einen Baum quer zum Weg liegen. Sofort ging er zurück, denn er wusste, dass Specht noch hinter ihm gelaufen war. Eine böse Ahnung stieg in ihm auf. Kurz bevor er den Baum erreichte, sah er zwei Schneeschuhe und hörte gleich darauf die verzweifelten Hilferufe seines Kameraden. Eigenbauer ließ sich neben dem Stamm auf die Knie fallen. Das Licht seiner Lampe war auf das schmerzverzogene Gesicht von Specht gerichtet und Eigenbauer musste schlucken. Verdammte Scheiße, das sah übel aus. Er riss sich jedoch zusammen und drückte seinen Kloß im Hals runter. „Ich bin da, Specht, der alte Eigenbauer. Ich helf' dir da raus. Das kleine Bäumchen habe ich gleich weg. Nur einen Moment." Mit den Händen umfasste er, so gut es ging, den knorrigen Stamm und versuchte, ihn anzuheben. Aber er hatte nicht die Kraft, die dafür nötig war. Er brauchte die Hilfe der anderen. Er nahm seinen Rucksack von der Schulter und zog die groben Handschuhe aus, um besser die Außentasche öffnen zu können. Sofort froren ihm die Fingerspitzen fast ab, doch er ignorierte den Schmerz. Eigenbauer holte die Signalpistole heraus, entsicherte sie, hob den rechten Arm gestreckt nach oben und zielte schräg nach oben, etwa in Richtung seiner vorderen Kameraden. Dann drückte er ab.

Ich hatte ein munteres Feuer entfacht. Es war noch klein und wärmte nicht recht, aber es brannte stabil. Meine Schnitzerei hatte sich gelohnt. Die Stirnlampe konnte ich ausschalten, ich musste Energie sparen. Wer wusste schon, wann ich sie nötiger brauchte. Ich legte einige Späne nach. Es wurde langsam besser. Die Mädels schliefen. Aus dem Nebenraum holte ich zwei weitere Bänke zur Feuerstelle. Diese stellte ich wie ein spitzes Indianerzelt, mit den oberen Enden gegeneinander, rechts und links knapp neben den Feuerplatz. Durch ihr Eigengewicht konnten sie nicht umfallen. Das Dreieck stand wie eine Eins.

Ich setzte mich wieder auf meine Bank und zog aus meinen Wanderstiefeln beide Schnürsenkel heraus. Dann verknotete ich sie miteinander. Anschließend stand ich auf und befestigte die Senkel etwa in der Mitte der Bänke an dem Eisengestänge der Bankfüße. Nun hatte ich eine perfekte Wäscheleine und konnte die Kleidung meiner Begleitung trocknen. Das war nahezu Luxus pur.

Liebherr und Jürgens hörten durch die Lautstärke des Sturmes die Detonation der Signalpistole nicht, doch das phosphoreszierende Licht der Leuchtpatrone durchbrach die Dunkelheit und signalisierte ihnen Gefahr! „Da muss etwas passiert sein!“, schrie Jürgens seinem Kameraden zu. Er zog Liebherr an der dicken Jacke und wies in die rückwärtige Richtung. So schnell es ihnen möglich war, stapften sie durch den tiefen Schnee zurück. Die Lichter ihrer Stirnlampen konnten ihnen gerade so den Weg weisen. Die Lichtpunkte tanzten wie überdimensionale Glühwürmchen durch die Dunkelheit. Der stürmische Wind drückte sie nun von hinten und die enorme Kraft ließ sie unsicherer gehen. Prompt verlor auch Jürgens das Gleichgewicht und fiel lang hin. Liebherr fluchte, bückte sich jedoch sofort und zog seinen Kameraden wieder auf die Beine. „Wir haben keine Zeit für ein Nickerchen“, rief er Jürgens zu. Dieser kam taumelig hoch und stand dann zittrig vor Liebherr. „Geht’s wieder?“ Jürgens nickte und trabte steif weiter. Wenige Augenblicke später erkannten sie im Schein ihrer LEDs den umgestürzten Baum und davor den knienden Eigenbauer. Fast schon völlig eingeschneit lag Specht unter dem Stamm und stöhnte leise. Eigenbauer wischte ihm ständig den Schnee aus dem Gesicht. „Der Baum liegt quer über seinen Oberschenkeln, wir müssen versuchen, ihn hervorzuziehen. Allein schaffe ich das nicht.“ Er erhob sich und schüttelte dabei die Schneeschicht von seinem Körper.

Die Männer legten ihre Ausrüstung beiseite. Liebherr befahl Eigenbauer, dem Kräftigsten der Truppe, mit ihm zusammen den Stamm für einen kurzen Augenblick anzuheben, und Jürgens sollte den Verletzten schnell unter dem Baum hervorziehen. Jürgens stellte sich dafür breitbeinig am Kopf von Specht auf und fasste mit den Händen an die Gurte des Rucksacks. Dann suchte er Blickkontakt mit Liebherr. Der brüllte: „Auf drei – und dann alles geben! Zwei, drei – los!" Jürgens zerrte am Gurt. Specht schrie vor Schmerzen markerschütternd auf. Nichts geschah. Eigenbauer und Liebherr hatten es nicht geschafft, den Stamm hoch genug anzuheben. Schwer atmend standen die drei Gebirgsjäger mit gesenkten Köpfen vor dem Baum. „Wir müssen versuchen, das Gewicht von Specht runterzuhebeln oder runterzuziehen. Wir werden nur noch einen Versuch haben, dann sind unsere Kräfte wohl am Ende. Da uns ein passender Hebel fehlt, werden wir ziehen. Also, auf drei ziehen wir den Stamm zu uns zurück. Aber pass auf seine Füße auf", ermahnte Liebherr seinen Kameraden Eigenbauer. „Und du ziehst auf Teufel komm raus", schrie er Jürgens zu. Der packte wieder entschlossen an die Gurte und wartete auf das Kommando. Als es endlich kam, zog er mit aller Kraft und schrie seinen Frust in die Dunkelheit. Völlig überrascht, dass Specht sich plötzlich hervorziehen ließ, und durch seinen kraftvollen Zug fiel er rücklings in den hohen, weichen Schnee. Geschafft!, war sein erster Gedanke. Gott sei Dank!

Sofort rappelte er sich auf, um nach seinem verletzten Kameraden zu sehen. Specht war in eine erlösende Ohnmacht gefallen. Alle drei knieten vor Specht und Liebherr tastete vorsichtig die Beine ab. „Ausgerechnet unser Sani ist verletzt, das ist doch reine Schikane. Jürgens, du gibst die Meldung durch, der Leutnant wird schon ungeduldig sein. Sag ihm, dass wir umkehren. Die Kerschbaumer Schutzhütte erreichen wir nie. Er soll den Krankenwagen bereithalten. Erzähl ihm kurz von Specht. Das wär's. Eigenbauer und ich bauen eine Trage." Jürgens betätigte das Funkgerät. Die Nottrage war rasch zusammengebaut. Gemeinsam legten sie den Ohnmächtigen darauf und banden ihn fest. Eigenbauer zog seinem Freund die wärmende Kapuze eng vor das Gesicht. Dann nahm er das Kopfende und Liebherr griff am anderen Ende kraftvoll zu. Jürgens ging voran. „Eng zusammenbleiben und achtet auf die Bäume! Durch das Gewicht der Schneemassen sind sie zu einer Gefahr geworden. Ich brauch einen kräftigen Jagertee und 'ne Zigarette. Und vom Schnee habe ich die Nase voll", bemerkte Liebherr nicht ohne Groll in der Stimme. „Also, dalli, dalli, ich will nach Hause!" Gleichzeitig hoben sie Specht hoch. „Ist ja ein Leichtgewicht", lachte Eigenbauer, der Riese. „Ein Lied", spöttelte Liebherr, mehr zu sich selbst und der Trupp setzte sich in Bewegung. Liebherr hatte sich freiwillig zu den Gebirgsjägern gemeldet und auf etliche Jahre verpflichtet. Jetzt fragte er sich, ob die Marine nicht doch besser gewesen wäre.

Auf der Kerschbaumer Schutzhütte gingen die Gäste nunmehr nach und nach zu Bett. Die deprimierende Stimmung und der reichlich genossene Alkohol zogen die Wanderer auf ihre Lager. Ortler nahm mit Hans noch einen Schluck aus der Obstlerflasche. „Ich denke, für uns wird es auch Zeit, was meinst du?" Hans nickte zustimmend. Ihm war es nur recht, von der fürsorglichen Belagerung durch Ortler befreit zu werden. Er hatte seine geheuchelte Niedergeschlagenheit satt. Es strengte ihn zu sehr an und er wollte endlich allein sein. Deshalb stimmte er sofort zu. Mühsam kam er auf die Beine und ließ sich von Klaus bis an sein Lager bringen, das absichtlich abseits der anderen Gäste lag. „Versuch trotz allem, ein wenig Schlaf zu finden, das Leben geht irgendwie weiter. Schlaf dich aus, Hans. Und falls du mich brauchst, ich bin hinten, im Zimmer, wo ‚Privat' draufsteht. Ich bin jederzeit für dich da. Zier' dich nicht, wenn du Hilfe brauchst." Er klopfte Hans leicht auf die Schulter, schob ihn sanft in den Raum und zog die Tür leise hinter sich zu. „Armes Schwein", dachte er bei sich, „oder Satan in Menschengestalt." Ortler zweifelte immer noch. Es kam ihm alles so ungereimt vor. Irgendetwas stimmte da nicht. Es ließ ihn nicht in Ruhe. Es graute ihm vor der Nacht, denn er kannte sich und seine Grübelei. Vielleicht sollte er noch ein Gläschen vom Einschlafmittel nehmen. Aufgeräumt hatte er eh noch nicht. Klaus fand seine Überlegung genial und ging zurück in die Gästestube.

Max lag völlig entspannt mir gegenüber und hatte seinen Mir-ist-langweilig-Blick aufgesetzt. „Tja, mein Junge, eine Weile werden wir hier noch aushalten müssen." Ich fühlte an der Wäsche auf meiner Schnürsenkelleine, alles wurde langsam trocken. Aus dem Schlafsack kamen weiterhin ruhige Schlafgeräusche.

Jetzt war es an der Zeit, meinen Nahrungsmittelvorrat zu checken. Aus dem Rucksack kramte ich eine halb volle Wasserflasche, meinen Flachmann mit Obstler und ein letztes Päckchen Gauloises hervor. Ich beschloss, mich für meine bisherige Leistung zu belohnen, und trank einen Schluck vom leckeren Muntermacher. Immer wieder ein Genuss. Max warf ich ein Leckerli zu. Nachdem ich mir eine Zigarette angezündet hatte, fuhr ich mit der Bestandsaufnahme fort. Zwei trockene Brötchen vom letzten üppigen Frühstück, die eigentlich für Max gedacht waren, ein Stück Gailtaler Schinkenspeck, etwa 150 Gramm Almkäse sowie zwei Energieriegel. Dazu noch vier lösliche Vitamintabletten mit Erdbeergeschmack. Für Max waren eine letzte volle Portion Hundenahrung, etwas Lyonerwurst und einige Leckerli vorhanden. Für vier Personen nicht gerade üppig. Tabak und Papier zum Drehen hatte ich als Reserve. Sorgen machte mir mein Trinkvorrat, das war wirklich eng. Die Kinder würden, wenn sie aufwachten, bestimmt Durst haben und hungrig sein. Mit den kargen Vorräten musste ich also sehr sparsam umgehen. Da kam einiges auf mich zu, stellte ich mürrisch fest. Um mich von meinen Problemen abzulenken, fing ich wieder an zu schnitzen. Zum Thema Trinkwasser musste mir schnell etwas einfallen.

Sie hatten die Trage mit dem verletzten Specht abgesetzt, um kurz zu verschnaufen. Der Schneefall ging langsam in Schneeregen über und der Wind nahm an Intensität ab. Sie kamen dem Tal näher. In etwa einer guten halben Stunde würden sie ihr Lager erreicht haben. Eigenbauer schaute mitfühlend auf Specht. „Dieser Scheißunfall war nicht nötig. Der Scheißbefehl völlig überflüssig. Was denken diese Sesselfurzer eigentlich, wer sie sind? Es war von vornherein völlig klar, dass wir die Hütte nie erreichen können! Wir haben uns sinnlos den Arsch abgefroren und bringen obendrein einen feinen Kameraden womöglich als Krüppel zurück. Für nichts und wieder nichts. Manchmal stinkt mir die Armee.“ Keiner seiner Kumpel sagte etwas, aber jeder dachte ebenso. Wortlos hoben sie Specht wieder hoch und zogen weiter bergab. Durch den anhaltenden Regen wurde der steile Pfad nicht besser. Er war glitschig und rutschig, also kreuzgefährlich. „Langsamer“, brüllte deshalb Eigenbauer dem voran gehenden Jürgens zu, „oder willst du an die Trage? Wir gehen mit der Last wie auf Eiern. Ich habe keine Lust, mir auch noch die Knochen zu brechen. Also mach halblang, Kamerad.“ Fluchend setzte er vorsichtig einen Fuß vor den anderen und wünschte dem General die Pest an den Hals.

Jan Feddersen war zum ersten Mal in den Bergen. Dafür tauschte er sein geliebtes Husum gegen 14 Tage Österreich ein. Viel Gutes hatte er von Osttirol und den Lienzer Dolomiten gehört. Sein Freund und Nachbar, Sven Johannsen, fuhr regelmäßig hierher. Jahrelang hatte er Feddersen von der vorzüglichen Bergluft und dem imposanten Lienzer Bergpanorama vorgeschwärmt. Auch vom tollen Essen und den netten Menschen. „Irgendwann musst du da mal hin“, meinte Johannsen immer. Jahr für Jahr verschob Feddersen diese Reise. Er war eben ein echter Mann der Küste. Dieses Jahr jedoch bot sich für Jan an. Er wurde 65 und trat in den Club der Rentner ein. Vor acht Wochen erhielt er den Bescheid. Jetzt oder nie, meinte Feddersen. Mit fachmännischer Beratung durch seinen Freund erstand er ein paar Wanderschuhe und einen kleinen Rucksack sowie einige weitere Utensilien, ohne die man nicht wandern geht. Jan war nun fest entschlossen, die positiven Aussagen seines Freundes zu überprüfen.

Scheiß-Idee, dachte Feddersen. Jetzt sitz ich hier mit dem Rücken zur Wand, habe völlig eingeschneite, gefühllose Beine, den leeren Rucksack über dem Kopf. Und das seit Stunden! Ihm war arschkalt und seine Finger waren steif und abgestorben. Vor gefühlter endloser Zeit hatte er auf dem glatten Weg den Halt verloren und war schwer gestürzt. Sein rechtes Bein schwoll sofort gigantisch an. Er versuchte, aufzustehen, doch der Schmerz im Bein war nicht auszuhalten. Erschöpft robbte Jan zu seinem jetzigen Platz an der Felswand. Er wollte einen Moment verschnaufen und neue Kräfte sammeln. Dabei musste er eingenickt sein. Als er erwachte, war er schon stark eingeschneit und halb erfroren. Alle seine schmerzhaften Versuche, wieder auf die Beine zu kommen, scheiterten. Er hatte keine Kraft mehr und sein Bein gehorchte ihm nicht. Trotz der misslichen Lage versuchte er, sich zu konzentrieren und nachzudenken. Reiß dich zusammen, Feddersen!, ermahnte er sich. Natürlich funktionierten auch seine Hände nicht, es war fast stockduster und er wusste nicht genau, wo er sich befand. „Tolle Aussichten", murmelte er. Jan wollte ursprünglich zur Conny-Alm und nahm an, dass er noch eine knappe Stunde entfernt war. Ich werde auf dem Bauch zu dieser Scheiß-Hütte robben und mein lahmes Bein hinter mir herziehen. Egal wie schmerzhaft das auch wird. Etwas Besseres fiel dem Husumer nicht ein. Dafür wiederum brauchte er Kraft. Also musste er noch ein wenig ausruhen, es war nicht so wichtig für ihn, dass er pünktlich auf der Alm eintraf. Er konnte durchaus auf das Abendbrot verzichten. Ein kleines Betthupferle wär aber schon in Ordnung, fand Feddersen und grinste über seinen schwarzen Humor.

Er schloss für einen Moment die müden Augen. Vor sich sah er große weiße Segelschiffe, die sich lautlos dem Leuchtturm an der Ausfahrt der Bucht näherten. Gischt schoss an den Klippen hoch, auf denen der stolze Turm stand. Feddersen dachte an Labskaus, Jever-Bier und Küstennebel. Plötzlich riss ihm eine fürchterliche Bö den Rucksack vom Kopf, den er sich als Schutz vor den Schneemassen aufgesetzt hatte. Er war nicht in der Lage, seine Arme zu heben, um den Sack festzuhalten. Sofort legten sich weiße Flocken auf sein Haupt. „Heiliger Klabautermann", fluchte Jan laut, „bei diesem Wetter schickt man keinen Hund vor die Tür." Seine Ohren fingen an, ihm wehzutun, aber so richtig beunruhigen konnte ihn das auch nicht mehr. Feddersen ahnte, dass er in Kürze überhaupt keine Schmerzen mehr haben könnte. Ja, er wünschte sich für einen Augenblick diese Schmerzfreiheit sogar herbei. Seine Hilflosigkeit kotzte ihn an. Er war nur maßlos verblüfft, dass er, als typische Wasserratte, in den Bergen verrecken sollte. Das wär ein schlechter Scherz. Ich müsste langsam in die Hufe kommen!, dachte Jan weiter. Ein, zwei Minuten Pause noch, er war so fürchterlich müde. Nur zu gern hätte er sich diesem wohligen Gefühl der Mattigkeit hingegeben, doch ihm war auch klar, dass dies sein Ende bedeutet hätte. Feddersen schüttelte verbissen den Kopf. Massenweise Schnee fiel von seinen Haaren und für einige Minuten war er wieder klar bei Sinnen. Zum wiederholten Mal verbot er sich selbst, laut um Hilfe zu schreien. Der Sturm und der mit ihm einhergehende Lärm würden seine Rufe sofort verschlucken. Sinnlose Energieverschwendung. Jans Augen fielen erneut zu. Plötzlich sah er sich in seiner Stammkneipe am Hafen sitzen. Und er sah Sonja, die freundliche Bedienung. Sie lachte und scherzte mit ihm, obwohl die Fischerhütte gut besucht war. Lautes Stimmengewirr, dicker Tabaksqualm, der Geruch von Bier und Rum. Ach, wie liebte er diese Atmosphäre! Vielleicht wäre ja was aus Sonja und ihm geworden, dachte Jan. Wenn er nur etwas mutiger gewesen wäre. Draufgängerisch. Sonja, auch alleinstehend wie er, schien nicht abgeneigt, ihn besser kennenzulernen. Dann wäre alles ganz anders gekommen und er säße jetzt nicht hier in den chaotischen Bergen. Jedoch für Wenn und Aber konnte er sich nichts kaufen. Das Leben war hart und endete in den ihm bekannten Fällen tödlich. Feddersen öffnete seine Augen zu winzigen Schlitzen. Auch unnütz, stellte er fest, es gab ja doch nichts zu sehen. Er wollte gern sein Gesicht vom Schnee befreien, jedoch bekam er die Arme nicht mehr hoch. Verzweifelt lachte er lautlos auf. Wenn es das nächste Mal wieder so heftig schneit und so verteufelt kalt ist wie heute, dann schwör ich bei Gott, dass ich das Haus nicht verlasse, nahm er sich felsenfest vor. Als ihm diesmal die schweren Lider seine grauen Augen verschlossen, wusste er, dass er den ungleichen Kampf mit der Natur verloren hatte und in diesem Leben nirgendwohin mehr ging.

In der militärischen Zeltstadt bei Assling herrschte eine angespannte Stimmung. Der Leutnant und seine Männer erwarteten den erfolglosen Suchtrupp jede Minute zurück. Keiner der Soldaten blieb in den Zelten. Alle starrten gebannt in Richtung Wald, wo jeden Augenblick die Lichter der Stirnlampen ihrer Kameraden aufleuchten mussten. Ein großer Suchscheinwerfer zog an der Baumgrenze seine Kreise. Der Krankenwagen und die Sanitäter waren bereit, Specht in Empfang zu nehmen und sofort ins Spital zu überführen. Das Krankenhaus war informiert. Neben dem knisternden Bollerofen im Mannschaftszelt standen drei vorbereitete Feldbetten mit warmen Decken. Heiße Getränke warteten auf die unterkühlten Männer. Der Koch war als Einziger an seinem Arbeitsplatz und rührte in einer sämigen Kartoffelsuppe. Selbst den Funker hielt es nicht an seinem Gerät, er stand im Zelteingang und beobachtete von dort das Geschehen. Sperling hatte an alles gedacht, denn er war der Meinung, dass sich seine Soldaten diese kleinen Annehmlichkeiten redlich verdient hatten. Sperling stand etwas hinter seinen Leuten und dachte an Specht, während er wie alle anderen den Waldrand mit seinen Augen absuchte. Er hoffte, dass die Verletzung nicht allzu schwerwiegend war und der Soldat bald wieder gesund auf seinen Beinen stand. Der Leutnant hasste es, Angehörigen und Freunden seiner Männer schlechte Nachrichten zu überbringen. Nervös rauchte er schon die zweite Zigarette in Folge. Sperling ging ein, zwei Schritte vor, als könne er dann besser sehen. Auch das war ein Zeichen seiner inneren Unruhe. Die Soldaten vor ihm waren nicht besser dran. Jeder von ihnen fieberte der Ankunft ihrer Kameraden entgegen. Sie waren eine verschworene, starke Gebirgsjägertruppe und jeder konnte sich blind auf den anderen verlassen. Viele gemeinsame Einsätze hatten sie fest zusammengeschweißt und tiefe Freundschaften waren dabei entstanden. Und Specht war einer von ihnen. Sie mochten ihn alle. Deshalb standen sie hier, als eine Demonstration der Kameradschaft.

„Da!“, rief plötzlich einer der Männer laut und deutete mit dem Arm und ausgestrecktem Zeigefinger in Richtung Wald. „Da, ich sehe Lichter!“ „Scheiße, ich seh nichts. Hast wohl schon Hallus, was“? Antwortete ihm sein Nachbar. Auch Sperling kniff die Augen zusammen. Aber er sah keine Lichter. Enttäuscht griff er erneut zur Zigarette. „Werde in der Armee noch zum Kettenraucher“, murmelte er vor sich hin. „Glaubt mir, ich träum doch nicht. Ich habe das Licht einer Stirnlampe gesehen. Ehrlich“, wehrte sich der Mann. Dann ging auch er ein paar Schritte vor und einige Kameraden folgten ihm. Plötzlich rief ein anderer Gebirgsjäger: „Jetzt sehe ich sie auch, sie kommen, ich sehe mehrere Lichter, sie haben es geschafft!“

Nun hielt es die Soldaten nicht mehr auf ihren Plätzen. Laut rufend, erleichtert, liefen sie in die Dunkelheit, ihren Kameraden entgegen. Der Leutnant warf die Kippe auf den Boden und trat sie energisch aus. Na endlich. Seine Jungs waren wieder zu Hause!

Mein Feuer brannte nun prächtig und ich überlegte, ob ich schon den Rest der Gartenbank quer über die Flammen legen konnte, ohne das Feuer zu ersticken. Das würde bestimmt viel Wärme bringen, und falls jemand von meiner Reisebegleitung plötzlich wach würde, könnte sie sich über eine warme Hütte freuen. Ich riskierte es und es klappte. „Ein junger Mensch muss auch mal Glück haben“, sagte ich gut gelaunt leise zu mir. Die Flammen fraßen sich knisternd in das trockene Holz. Etliche Funken stoben auf. Max kam aus dem Nebenraum. Er war allein draußen gewesen. Was hatte ich doch für einen sauberen Hund! Er kam zu mir und setzte sich vor mich hin. Ich nahm seinen Kopf in meine Hände und kraulte ihn ein wenig. Er hatte es gern. Da ich wusste, dass ihm ein Leckerli noch lieber war, gab ich ihm eins. Max nahm es mir behutsam aus den Fingern und legte sich hin. Mein Gott, wie liebte ich dieses Tier! Ich erhob mich, nahm die nun trockene Wäsche von der Leine und legte die Sachen ordentlich auf die Bank mir gegenüber. Nun konnte ich meine Schnürsenkel wieder in die Stiefel ziehen.

Bis auf die Tatsache, dass wir wahrscheinlich schon meterhoch vom Schnee eingeschlossen waren, ohne fremde Hilfe hier nicht mehr wegkämen, viel zu wenig Proviant hatten und ich keine Vorstellung davon hatte, wie lange das Chaos noch anhalten würde, fand ich meine Lage halbwegs erträglich. Es hätte alles viel schlimmer kommen können. Wir lebten und deshalb haben wir auch eine Chance.

Ich steckte mir eine Gauloise an und zum ersten Mal fand ich Zeit, an meine Familie zu denken. Jetzt hatte ich die Situation im Griff und meine Gedanken konnten abschweifen. Wie ging es ihnen? Wie kamen sie mit meinem unerklärlichen Fortbleiben bzw. meinem Nichtmelden zurecht? Ob sie von dem Schneesturm wussten? Ließen sie mich suchen? Kamen sie zum Schlafen? – Viele Fragen schossen mir durch den Kopf. Sie würden sich sicher wahnsinnige Sorgen machen und meine Leidenschaft für die Berge verfluchen. Aufregung war für meine kranke Frau überhaupt nicht gut. Hoffentlich konnte Jenny beruhigend auf sie einwirken. Rudi und Helga sind ja auch noch da, dachte ich. Die werden meinen Mädels sicher helfen. Ich wünschte mir, dass meine Familie gut mit der außergewöhnlichen Situation umgehen würde. Sie taten mir leid und ich wollte bei ihnen sein.

21

Längst hatten die Jungs die Trage mit dem verletzten Specht übernommen und in fast schon ausgelassener Stimmung zog der Tross die letzten Meter zum Lager. Liebherr, Jürgens und Eigenbauer trugen auch ihre Ausrüstung nicht mehr selbst, das übernahmen die glücklichen Kameraden. Gerade wurde Specht in den Krankenwagen geschoben, er schlief immer noch. Der Wagen verließ mit eingeschaltetem Blaulicht den Platz. Während der Fahrt würden die Sanis eine vorläufige Diagnose erstellen und Sperling dann über Funk informieren.

Unter heftigem Schulterklopfen wurden die drei anderen in das Mannschaftszelt bugsiert und sofort reichte man ihnen heiße Teetöpfe, natürlich mit einem großen Schuss Strohrum. Nachdem sie sich an dem Getränk die Zunge verbrannt hatten, entledigten sie sich ihrer nassen Kleidung. Mit ihren Fingern, die trotz dicker Handschuhe klamm waren, fiel ihnen das nicht leicht. Bald jedoch saßen sie, in wärmende Decken gehüllt, inmitten ihrer Kameraden und schlürften vorsichtig den Tee. Sie wurden mit Fragen bombardiert. Wie war es draußen, war es sehr kalt? Wie kam es zu dem Unfall? Wie hoch lag der Schnee? War wirklich kein Durchkommen? Liebherr versuchte, den Männern einen realistischen Eindruck von der Tour zu geben und danach war so manch einer froh, doch im gemütlichen Basislager gewesen zu sein.

Geduldig wartete Sperling, dass sich seine Männer etwas beruhigten, im Moment sprachen alle durcheinander. Liebherr zog genüsslich an seiner Zigarette und überließ Jürgens weitere Erklärungen. Durch Blickkontakt mit dem Leutnant wurde er an seine offizielle Meldepflicht erinnert. Pflichtbewusst trat er seine Zigarette aus. Er erhob sich, nahm aber den Teepott mit, davon wollte er sich nicht trennen. Sein Vorgesetzter legte freundschaftlich den Arm um Liebherr und gemeinsam gingen sie in das Offizierszelt. „Nimm Platz“, forderte Sperling auf und setzte sich seinem Soldaten gegenüber. Erwartungsvoll blickte er auf Liebherr, drängte ihn aber nicht. Stattdessen holte der Leutnant seine Zigaretten hervor und bot seinem Mann eine an. Dankbar griff der Soldat zu. Nach einem tiefen Zug blies Liebherr den Rauch an die Zeltdecke und meinte dann: „Es war die Hölle.“

Eigenartigerweise war ich nicht müde – im Gegenteil, ich fühlte mich gut. Ich hievte meinen Rucksack auf den Schoß und sortierte meine Kleidung. Was war für die Damen zu gebrauchen? Ein T-Shirt, ein paar dicke Wandersocken, eine Unterhose, ein wärmendes Sweatshirt, ein paar Hüttenschuhe, mein altes Stirntuch aus der Zeit, als ich noch ohne Hut und mit vollerem Haar durch die Berge gestreift war, Kletterhandschuhe, die also an den Fingerspitzen offen waren, und ein kariertes, dickeres Hemd. Viel war es ja nicht, aber besser als nichts.

Mein Magen knurrte und ich gönnte mir einen Power-Riegel. Das musste für Stunden reichen. Genug Kohlenhydrate waren ja enthalten. Während ich langsam und bedächtig kaute, stand Max vor mir. „Das schmeckt dir nicht, Partner.“ Für ihn öffnete ich seine Tupperbox und gab ihm ein größeres Leckerli. Zufrieden nahm er wieder am Feuer Platz und Sekunden später war seine Mahlzeit verschwunden. Zu wenig für ihn. „Wir müssen sparen“, sagte ich zu ihm und steckte mir den Rest des Riegels in den Mund.

Ich langte nach meinen Zigaretten. Bevor ich jedoch eine aus dem Päckchen nehmen konnte, erschrak ich fürchterlich, denn etwas pikste mich in die Seite und ein dünnes Stimmchen sagte: „Ich habe Durst.“

Als Sperling den ausführlichen Bericht von Liebherr vernommen hatte, konnte er sich gut in die Lage der Männer hineinversetzen und er bewunderte ihren Schneid. Er war sich auch nicht sicher, ob er selbst früher den Rückzug angetreten hätte. „Die Schneehöhe ist schon außergewöhnlich“, nahm Liebherr das Gespräch wieder auf. „Aber der Schnee ist es nicht allein. Der Sturm war viel schlimmer. Die enorme Kraft ließ uns nicht vorankommen. Hinzu kam dieses unmenschliche Heulen. Diese grässlichen Töne gehen einem durch Mark und Bein. Die Temperatur lag mindestens bei 20 Grad minus und der Wind trieb diese Kälte bis in die Unterhose. Ein für diese Jahreszeit ausgerüsteter Bergwanderer hat da oben eine Chance wie eine Motte im Fegefeuer. Wie wir wissen, tobt der Sturm seit etlichen Stunden, das heißt für mich, dass wir später beim Aufräumen einen großen Friedhof vorfinden werden. Alle, die nicht rechtzeitig eine Schutzhütte erreicht haben, werden erfrieren oder sind schon erfroren. Sie gingen ohne Vorwarnung in ihr Verderben. Unsere viel gelobte Technik hat kläglich versagt. Unsere hoch dotierten Wetterfrösche waren ahnungslos wie Babys. Wie die Fachleute sich diesmal herausreden wollen, ist mir schleierhaft. Ich bin schon gespannt auf das qualifizierte Gestammel. Die Natur hat uns wieder einmal gezeigt, wer der wahre Herrscher dieser Welt ist. Wir sind es gottlob nicht.“

Liebherr steckte sich eine weitere Zigarette an. In ihm brodelte es, er war stinksauer und ein weiteres Mal enttäuscht über die Unzulänglichkeit der Menschen. Selten hatte der Leutnant seinen Unteroffizier so wütend gesehen. Lange Vorträge wie eben waren auch keine Spezialität von Liebherr. Umso erstaunter war er über die emotionale Rede – er konnte Liebherr nur zustimmen, dieser sprach ihm aus der Seele. Notgedrungen musste Sperling jedoch das Gespräch beenden, denn er hatte nun viel zu erledigen. Vorrangig telefonieren. Er bedankte sich bei Liebherr für den Bericht und die offenen Worte und entließ ihn zu seinen Kameraden. Dann schnappte er sich das Telefon. Die Reihenfolge der Anrufe stand auf einem Zettel:

A) Vorgesetzter in Klagenfurt
B) Kranz von der Bergwacht
C) Bürgermeister von Lienz

D) Gendarmerie von Lienz und Kötschach-Mauthen
E) Ehefrau – komme etwas später

Als ich mich erstaunt umdrehte, stand die Kleine nackend hinter mir und sah mich lächelnd an. Ich grinste freundlich zurück, erhob mich von meiner Bank und nahm die Püppi an die Hand. „Komm, wir ziehen uns jetzt erst einmal an, denn eine junge Dame läuft nicht nackig in einer alten Kaverne herum, das schickt sich nicht." Den rechten Zeigefinger im Mund lutschend, ließ sie sich anstandslos zu der Bank mit den getrockneten Sachen führen. Natürlich begleitete uns Max. Endlich kam wieder etwas Leben für ihn in die Bude. „Ziehst du dich allein an oder soll ich dir helfen?" Ein rascher Blick zum Schlafsack bestätigte mir, dass die anderen noch schliefen. „Das kann ich schon allein, Onkel, ich bin ja schon sechs", sprach sie und fing an, sich anzuziehen. Ich zog Max von ihren dünnen Beinchen weg, denn er begann, sie abzulecken. Die Kleine kicherte vergnügt. „Komm, Junge, lass das sein, die Dame ist schon sauber." Am Halsband zog ich ihn zurück. Nur widerwillig ließ er von ihr ab und legte sich schmollend zu ihren Füßen. Belustigt sah ich zu, wie sie sich umständlich anzog. Sie erinnerte mich plötzlich an meine Tochter. Wie doch die Zeit verging! Wahnsinn.

Ich holte mein warmes Ersatzhemd aus dem Rucksack und reichte es ihr. „Hier", sagte ich „zieh das über, es wärmt dich, denn deine Kleidung ist nicht für den Winter gedacht." Artig nahm sie mir das Hemd ab und zog es über ihre anderen Sachen. Es reichte ihr bis zu den Füßen. „Steht dir ausgezeichnet", bestätigte ich ihr, „das ist die neueste Mode in Berlin. Frauen, die in sind, tragen große, lange Männerhemden, bevorzugt kariert. Du siehst chic aus."

„Wenn du es sagst", antwortete sie fröhlich und kreuzte die Arme über ihrem Oberkörper. „Schön mollig", fügte sie noch hinzu und schlenkerte dabei mit den Knien. „So soll es sein, mollig und bequem", lachte ich und war froh, dass es ihr anscheinend gut ging. Sie schien die Situation nicht allzu negativ zu empfinden, eher als ein großes Abenteuer. Die Unbeschwertheit der Jugend – wunderbar. Nachdem ich ihr auch noch die dicken Socken gereicht hatte, fiel mir wieder ein, dass sie ja Durst hatte. „Hier“, ich gab ihr die halb volle Wasserflasche, „was hältst du von einem Eskimoflip, ohne Eis?“ Sie setzte den Tupperbecher an, nahm einen Schluck und gab ihn mir dann entsetzt zurück. „Pfui Deibel, das ist ja pures Wasser.“ Sie verzog das Gesicht, als hätte sie einen hochprozentigen Original-Bärwurz aus Zwiesel getrunken. „Das ist leider das Einzige, was ich im Moment anbieten kann, und ich bin sicher, dass die Geschäfte schon geschlossen haben. Aber wenn wir wieder unten im Dorf sind, spendiere ich dir eine prima Schartner Bombe. Einverstanden?“ Sie lachte hell auf. „Da bin ich ja mal gespannt, ob du dein Wort hältst. Wann gehen wir eigentlich wieder runter?“

Er kam in dieser fürchterlichen Nacht einfach nicht zur Ruhe. Der Sturm heulte unablässig um seine Hütte und zerrte an seinen Nerven. Rudi stand deshalb schon lange vor Sonnenaufgang, der heute wohl wegen schlechten Wetters ausfiel, auf, ging sofort in die Küche und brühte Kaffee. Während das Wasser durch die Maschine lief, entzündete er in der Gaststube den Ofen, denn es war empfindlich kalt. Seine Gedanken kreisten dabei immer wieder um den sympathischen Berliner und seinen Hund. Hatten sie sich rechtzeitig in Sicherheit bringen können? Er hoffte es inständig. Rudi ging zurück in die Küche und feuerte dort auch den Backofen an. Seine Mutter sollte es warm haben, wenn sie hinunterkam. Seine Gäste schliefen noch allesamt und würden heute auch länger liegen bleiben als sonst. Nichts trieb sie aus dem Bett. Ihm war es nur recht. Er liebte es, morgens seinen Kaffee in Ruhe und allein zu genießen. Er füllte seinen Pott: Kaffee schwarz mit etwas Zucker und setzte sich an den Ofen. Vorsichtig nahm er einen Schluck und legte dann einige Holzscheite nach. Grübelnd schaute er in die gelben Flammen. Sein Hund kam gemächlich die Stiege herunter und legte sich zu Rudis Füßen. Automatisch streichelte er dem Sennenhund über den

Kopf. Ob es Max genauso gut geht wie dir?, dachte Rudi und seufzte tief auf.

Hatte er die Kerschbaumer Schutzhütte erreicht? Vom Zeitablauf, also vom Verlassen seiner Hütte bis zum Beginn des Unwetters, müsste der Wanderer etwa auf halbem Weg überrascht worden sein. Wieder nippte er an seinem Kaffee. Rudi war sehr nachdenklich, als seine Mutter die Gaststube betrat.

Gute Frage – nächste Frage, dachte ich. Was konnte ich der Kleinen antworten? Wir hörten den Sturm seit Stunden und im Moment viel lauter als bei unserer Ankunft bei der Kaverne. Ich entschloss mich, ehrlich zu antworten, denn die Püppi schien mir nicht ängstlich zu sein. „Das weiß ich auch nicht“, erklärte ich ihr leise, denn ich wollte die anderen nicht aufwecken. „Dieser Schneesturm ist für diese Jahreszeit völlig ungewöhnlich und deshalb schwer einzuschätzen. Dieses Wetter ist beispiellos. Die Natur muss ziemlich sauer sein.“ Ich steckte mir eine Zigarette an und fuhr fort: „Aber hier sind wir einigermaßen sicher. Wir haben es warm und das große Glück, dass wir uns getroffen haben. Ich heiße übrigens Werner.“ Über das Feuer hinweg reichte ich ihr meine Hand. „Ich heiße Resi und komme nächstes Jahr in die Schule“, antwortete sie mir und drückte dabei leicht meine Hand. Was für ein süßer Fratz! Ich konnte sie gut leiden.

Max stand auf und schnupperte an meinem Hemd, das Resi nun trug. Unbekümmert streichelte sie ihn und Max ließ sich das gern gefallen. „Das ist Max. Wenn du lieb zu ihm bist, hast du einen neuen Freund gewonnen.“ Ich nahm heimlich ein Leckerli in die Hand und reichte es Resi. „Wenn du dich bei ihm beliebt machen willst, dann nimm das Teil aus meiner Faust und gib es Max. Er beißt dich nicht dabei. Er nimmt es dir ganz vorsichtig aus der Hand.“ Ich ließ das Stück in ihre kleine Hand gleiten, sie legte es sich in ihre Rechte und hielt es Max hin. Wie vorhergesagt nahm er das Knabberteil geschickt in die Schnauze und legte sich wieder hin. „Siehste“, sagte ich, „er ist ganz lieb.“

„Ich hätte auch gern einen Hund, aber Papa mag keine Hunde. Wenn ich groß bin, werde ich mir aber einen holen. Ich liebe Tiere." Wir sahen beide einen Augenblick auf Max. Dann stellte ich vorsichtig und behutsam die Frage, die mir schon lange durch den Kopf ging. „Sag, Resi, wo ist denn dein Papa?" Zuerst dachte ich, Resi hätte meine Frage nicht gehört, und ich wollte gerade erneut ansetzen, als sie antwortete, ohne mich dabei anzusehen. Sie streichelte verträumt Max. „Mein Papa ist Hilfe holen. Er ist zurück zur Hütte, wo wir Urlaub machen. Es ist aber nicht mein richtiger Papa. Mein richtiger Papa ist im Himmel." Und nach einer kleinen Pause meinte sie: „Auf der Hütte haben sie auch einen Hund. Er heißt Jockel."

Also doch! Erstens waren sie nicht allein im Gebirge gewesen. Zweitens war es richtig, dass ich sie mitgenommen hatte, denn drittens konnte man die Sache mit der Hilfe vergessen. Der Mann konnte von Glück sagen, wenn er die Hütte lebend erreicht hatte. Ich tippte auf die Kerschbaumer. Entsetzt war ich vor allem, wie dumm ein einzelner Mensch sein konnte, der annahm, dass seine Familie in den dünnen Klamotten unbeschadet stundenlang auf Rettung warten könne. Niemals!

Unmöglich – er hätte seine Frau und die Kinder unter allen Umständen mitnehmen müssen. Zusammen hätten sie vielleicht eine Chance gehabt.

Aber hin zur Hütte zu taumeln, eine Suchtruppe zu finden und dann zurück zu gehen, das hätte zu lange gedauert. Die Frauen wären längst erfroren. Ein Scheißplan. Konnte ein Mensch sich so irren? Wer brachte es übers Herz, diese zarten, hilflosen Geschöpfe in diesem barbarischen Schneesturm alleinzulassen, ihren Tod in Kauf zu nehmen? Was hatte diesen Kerl dazu bewogen, so zu handeln? Mir war es schleierhaft und ich hatte ein ungutes Gefühl bei der Sache. Der Mann war mir unbekannt, aber trotzdem schon unsympathisch. Für mich sah es aus, als wollte er sich nur allein in Sicherheit bringen.

Sperling hatte endlich alle Telefonate erledigt und genehmigte sich eine starke Tasse Kaffee. Was für eine verrückte Zeit, dachte er, völlig absurd, dieses Wetter! Wie um Himmels willen kann im Hochsommer solch ein lang anhaltender Schneesturm entstehen? Unbemerkt, quasi aus dem Nichts heraus! Die Natur spielte verrückt. Oder wehrte sie sich nur gegen die permanenten Verstöße gegen sie? Er schaute auf die Uhr. Kurz vor Sonnenaufgang. Bald würden die Medien ihre Berichte in die ganze Welt tragen. Würde es einen Aufschrei geben? Würde das Drama in den Lienzer Dolomiten und Teilen von Kärnten Konsequenzen nach sich ziehen? Dahin gehend, dass die Natur pfleglicher behandelt werden musste? Der Leutnant zweifelte daran. Er ging nach draußen, er brauchte frische Luft. Er genoss den Geruch des nahen Waldes und des taufrischen Grases sowie die Stille.

Auch der Wirt der Kerschbaumer Schutzhütte stand früher auf als sonst. Er hatte Schlafprobleme – etwas, was ihm bisher völlig fremd war. Fortwährend ging ihm die Geschichte von Hans durch den Kopf. Er war weiterhin überzeugt, dass irgendetwas an der Story nicht stimmte. Ortler wusste nicht, was es war, das ihn so zweifeln ließ. Es war mehr so ein Bauchgefühl. Mit einem dampfenden Morgenkaffee ging er zu seiner Eingangstür und überlegte, ob er diese gefahrlos öffnen konnte. Die Neugier siegte. Er stellte den Kaffeepott ab und drehte den Türschlüssel. Mit beiden Händen griff er an die eiserne Klinke. Noch zögerte er, denn er spürte, wie der Sturm gegen die Hütte wütete.

Vorsichtshalber stellte er sich ganz eng an die Tür und zog sie mit angespannten Armmuskeln ein wenig auf. Sofort legte sich ein enormer Druck auf die schwere Holztür und Ortler riskierte einen flüchtigen Blick nach draußen. Dicke Schneeflocken drangen durch den Spalt und stoben ihm ins Gesicht. Klirrende Kälte strömte nach und was er in diesem kurzen Moment von der Landschaft erkennen konnte, ließ ihn blass werden. Sofort drückte er die Tür wieder ins Schloss und drehte den Schlüssel zweimal um. Meterhoher Schnee lag vor der Hütte und obwohl der Sonnenaufgang schon vorbei war, lag die Landschaft in völliger Dunkelheit. „Scheißwetter draußen, gell?" Einer seiner Gäste stand, noch etwas verschlafen, hinter ihm. „Einen Morgenspaziergang kann ich heute nicht empfehlen", pflichtete Ortler bei und wischte sich die Flocken aus seinem Gesicht. „Kaffee ist schon fertig. Auf Frühstück musst du noch etwas warten, bin selber grad erst auf. Konnte nicht richtig schlafen."

„Kaffee ist in Ordnung. Auch ich war die Nacht über sehr unruhig. Der Tod von Hans seiner Familie hat mich doch sehr stark mitgenommen. Meiner Frau geht es überhaupt nicht gut. Sie ist eben erst eingeschlafen. Immer wieder stellte sie sich die Frage, was passiert wäre, wenn wir nicht auf dich gehört hätten und auf Tour gegangen wären. Ich glaube, alle hier bereuen es nicht, deinem Rat gefolgt zu sein." Ortler holte Kaffee, Milch und Zucker und setzte sich mit dem Tablett zu seinem Gast. Er streckte die Beine unter den Tisch und bemerkte, mehr zu sich selbst als zu seinem Gegenüber: „Ich will hoffen, dass der Sturm, und vor allem der Schneefall, bald nachlassen, denn ich weiß nicht, wie viel Druck das Dach noch aushält. Solche Massen haben wir hier sonst nicht mal im schärfsten Winter." Sein Tischpartner sah ihn entgeistert an. Mit nicht ganz fester Stimme fragte er dann: „Meinst du, dass die Hütte einstürzen könnte? Das ist doch nicht dein Ernst?" Nervös griff er zur Tasse. Seine Hände zitterten. Ortler stand auf und auf dem Weg zur Küche sagte er über die Schulter: „Seit gestern Mittag hat sich die Welt extrem verändert – warum sollte die Hütte nicht unter der Last zusammenbrechen? Seit gestern ist für mich nichts mehr unmöglich."

Der Landeshauptmann der Gendarmerie von Kötschach-Mauthen, Stefan Kannengießer, hatte eine harte, anstrengende Nacht hinter sich. 36 Stunden Dienst am Stück. Seine Augen waren schwer und gerötet. Die ganze Zeit kamen Anrufe von besorgten Angehörigen herein. Dazu die laufenden Gespräche mit den betroffenen Polizeistationen, Bergwachten und aufdringlichen Presseleuten. Ganz zu schweigen vom Bürgermeister von Lienz.

Bisher waren 112 Vermisstenanzeigen eingegangen und Kannengießer hoffte, dass dies so langsam das Ende der Fahnenstange war. Ferner hoffte auch er, dass alle Personen die Schutzhütten erreicht hatten. Aber das war wohl illusorisch. Mit wie vielen Opfern musste man rechnen? Er war vollkommen überfragt. Auch eine Wahrscheinlichkeitsrechnung wollte er nicht aufstellen. Für eine Evakuierung nach dem Sturm war alles perfekt vorbereitet, darüber machte er sich keine Sorgen. Kannengießer betete, dass sich die Zahl der Opfer in erträglichen Grenzen hielt. Aber was zum Teufel waren erträgliche Grenzen? – Er wusste es nicht. Doch jedes einzelne Opfer würde der Region schaden, da war er sich sicher. Der Landeshauptmann nahm die Brille von der Nase und fuhr sich über die müden Augen. Eine Ablösung war nicht drin, dafür hatte er zu wenig Personal. Resigniert griff er zum Ordner mit den Vorschriften im Katastrophenfall. Dem Hauptmann fiel dabei auf, dass die Akte leicht verstaubt war.

Im Lager von Leutnant Sperling war wieder Ruhe eingekehrt. Die Männer vertrieben sich die Zeit mit Kartenspielen, einige konnten sogar schlafen. Der Koch bereitete das Frühstück vor und Sperling telefonierte. Nach und nach sprach er mit seinen Kollegen der Lager 2–4. Von allen erfuhr er nichts Neues. Sie waren wie er in akuter Bereitschaft. Alle warteten auf das Ende des Sturmes und alle wünschten dem Kameraden Specht baldige Gesundheit.

Er legte auf und besorgte sich Kaffee. Zurück in seinem Büro beugte er sich über die topografische Karte des Krisengebiets und studierte sein baldiges Einsatzgebiet. Er suchte auch nach Höhlen und ähnlichen natürlichen Verstecken, als das Telefon ihn unterbrach. Es war sein Sanitäter, der Specht ins Krankenhaus brachte. „Specht liegt schon im OP. Laut erster Diagnose vom Unfallarzt, Dr. Neumeyer, hat Specht wohl Glück im Unglück gehabt. Sein Becken ist gebrochen sowie mindestens ein Oberschenkel und diverse andere Kleinigkeiten, aber er kommt durch." Er gab Sperling noch die private Telefonnummer vom

Doktor und erklärte, dass der Arzt nach Beendigung der Operation den Leutnant anrufen werde. Sperling legte auf und atmete tief durch. Das war eine gute Nachricht! Plötzlich schmeckte auch der Kaffee und er bekam Appetit auf ein kräftiges Frühstück. Doch vorher musste er noch die Meldung an den Generalstab weitergeben. Wenn alles vorbei war, würde Specht wohl eine Auszeichnung für vorbildlichen Einsatz im Gelände erhalten. Der Leutnant würde sich dafür einsetzen, dass auch die anderen drei Gebirgsjäger diese Spange erhielten.

Das Gespräch mit dem Generalstab war schnell erledigt. Sperling ging ins Mannschaftszelt und teilte seinen Männern die gute Nachricht mit. Als der Koch im Anschluss an Sperlings Worte noch verkündete, dass er das Frühstück fertig habe, war die Welt bei den Jägern wieder in Ordnung. Jetzt müsste nur noch der Sturm mitspielen, damit es endlich losging. Sperling setzte sich zu seinen Jungs und bestellte beim Koch eine große Portion Eier mit Speck.

Auch die Männer der Bergwacht in Nikolsdorf saßen teilweise beim Frühstück. Kranz war schon eine Weile mit dem Essen fertig und hörte mit halbem Ohr den Gesprächen seiner Leute zu. Einige Kameraden schliefen noch, so auch die beiden Piloten. Sie waren es, die unbedingt ausgeschlafen sein mussten, wenn Kranz den Einsatzbefehl gab. Von ihnen hing es maßgeblich ab, dass eine Suche nach Vermissten erfolgreich ausging. Xaver und Stangl würden ihr Bestes geben, davon war Kranz überzeugt. Besorgt dachte er wieder an sein zweites Team. Er war sich nicht sicher, ob er seine Piloten gesund wiedersehen würde. Als Leiter der Abteilung würde er noch zur Verantwortung gezogen werden, das war sicher. Aber seinen Arsch kriegten die nicht! An dieser unkontrollierten, eigensinnigen Aktion von Schneider und Hoff traf ihn keine Schuld. Er hatte eindeutige Befehle unter Zeugen ausgegeben. Trotzdem fühlte er sich irgendwie schuldig. Er stand auf, holte sich eine weitere Tasse Kaffee und ging vor die Tür. Ihm war nach einer Zigarette. Als die Fluppe brannte, sog er den

Rauch tief ein und sah hinüber zu den Unholden. Verdammte, geliebte Berge, dachte er mit schwerem Herzen. Was haben wir euch bloß getan, dass ihr so viel Elend über uns bringt? Jetzt tragt ihr euren Namen zu Recht, stellte Kranz grimmig fest. Ärgerlich schnippte er die Zigarettenkippe in hohem Bogen von sich und ging zu seinen Leuten zurück. Er brauchte ihre Nähe, denn er kam sich sehr einsam und verlassen vor.

22

Ich plauderte leise mit Resi über alles Mögliche und schnitzte dabei an einer weiteren Bank. Das Feuer durfte nicht ausgehen. Etwas Wärme am Hintern würde mit Sicherheit die Stimmung heben. Max knabberte gerade sein Frühstück. Bisher hielt er sich vorbildlich, obwohl er sicher seine ausgiebigen Spaziergänge vermisste. Der Nebenraum diente uns allen als Toilette, das hatte ich diktatorisch beschlossen.

Max nutzte jede Gelegenheit, sich von seiner neuen Bekanntschaft kraulen zu lassen. Richtig so. Er sollte ja auch nicht leben wie ein Hund. Weiterhin herrschte Ruhe im Schlafsack. Der Sturm dachte nicht daran, aufzuhören und jaulte mit unverminderter Lautstärke um die Kaverne. Langsam ging mir dieses böse Geräusch auf den Senkel. Mit brutaler Gewalt machte mir der Sturm unsere Hilflosigkeit gegenüber der Natur klar. „All we are is dust in the wind“, lautet eine Textzeile der amerikanischen Rockgruppe Kansas. Recht haben sie. Zu meinen Füßen entstand wieder ein ansehnlicher Haufen Brennholz und ich beschloss, eine Zigarettenpause einzulegen. „Mein Papa raucht nicht“, erklärte mir Resi. „Er sagt, es ist ungesund.“ Sie sah mich mit ihren großen Kulleraugen ein wenig strafend an. „Recht hat er, dein Papa. Und wenn du auf deinen Papa hörst, fängst du erst gar nicht damit an. Aber ich bin ein unbelehrbarer Genussmensch. Ich genieße Tabak genauso gern wie einen guten, starken Kaffee oder ein delikates Essen. Gegen leckere Süßigkeiten bin ich genauso machtlos wie gegen sahniges Eis. Ohne diese kleinen Freuden wäre mein Leben sinnlos.“

Sie ließ sich Zeit mit der Antwort. „Eis und Spaghetti mag ich auch“, erwiderte sie und lachte. Im Schlafsack regte sich was und neugierig ging Max hin. Da ich nicht wusste, was nun auf mich zukam, wurde ich leicht nervös. Bis jetzt ging ja alles gut. Ich ermahnte mich, ruhig und cool zu bleiben. Wir saßen alle im gleichen Boot und es war weit und breit kein Land in Sicht.

In sämtlichen Medien weltweit, allen voran den österreichischen, war das unerklärliche Unwetter Thema Nr. 1. In den Gazetten füllte es die erste Seite und in den Nachrichten bei Funk und Fernsehen begannen die Sendungen mit dem Sturm. Ausführlich, soweit man davon reden konnte, berichteten sie von dem Ereignis. Rätselraten überall. Spekulationen statt Tatsachen. Dramatisch aufgezogen brachten sie die Menschen in gespannte Erwartung auf mehr. Die Fortsetzung sollte folgen. Die Welt blickte auf Osttirol und Kärnten. Dabei entstanden nur Fragen, denn „nichts Genaues wusste man nicht". Wann kamen verlässliche Zahlen über Tote und Verletzte? Wann griff die Armee ein, oder war sie schon involviert? Was tat die Bergrettung? Wie stellte sich die Regierung in Wien zu dem Drama? Konnte das Unwetter auf andere Landesteile übergreifen? Woher kam es? Wie lange würde es noch bleiben? Was sagten die ausländischen Gäste? – All das waren Fragen, die beantwortet werden wollten. Aber wer war dazu in der Lage?

Auf der Hochstadelhütte, dem östlichsten vom Sturm betroffenen Häuschen, stand der Wirt mit seiner Frau in der Küche. Auch hier schliefen die Gäste länger als üblich, sodass die Wirtsleute noch etwas Zeit für sich hatten. Karl Wurzer ging in die Gästestube und schaute nach dem Ofen. Grete, seine Frau, kam mit einem Tablett mit Getränken nach. Sie setzten sich an einem Tisch gegenüber und schwiegen sich einen Moment an. Grete zählte zwei Pillen vom Süßstoff ab und ließ sie in den Tee fallen. Liebevoll beobachtete Karl seine Frau. Er war stolz auf sie. Eine Frau aus dem Flachland, sie kam aus Wien, die sich auf wundersame Art und Weise für die Berge – Karls Leidenschaft – erwärmt hatte. Seit 15 Jahren waren sie verheiratet und seit nunmehr zehn Jahren Pächter dieser Hütte. Sie hatten es noch nie bereut, obwohl es eine verdammt schwere Aufgabe für beide war. Vielleicht war die harte Arbeit daran schuld, dass ihre Ehe kinderlos blieb. Sie waren sich selbst genug, das Thema Kinder wurde von beiden niemals angesprochen.

Wurzer genoss die wenigen ruhigen Minuten am Tage mit seiner Frau, bevor die Gäste wieder ihre volle Aufmerksamkeit in Anspruch nahmen. „Auch dieses Unwetter geht vorüber", unterbrach Karl die Stille. „Ich weiß zwar nicht, wie lange uns der Sturm die Ehre gibt, aber egal, ob noch Stunden oder Tage – wir sind gut behütet. Unser Lebensmittelvorrat ist ausreichend, wir sind gesund, auch unsere Gäste. Mach dir also keine Sorgen. Du weißt, auf Regen folgt Sonnenschein. Stimmt's?" Karl war ein Zweimeterhüne, hatte Kraft für mehrere ausgewachsene Männer, war aber lammfromm. Ein gutmütiger Bär, mit einem unwiderstehlichen Lächeln. Grete legte ihre Hand auf seine Pranke und schaute ihm in die blauen Augen. Lachfalten bildeten sich um sie herum. „Ich habe keine Angst vor diesem Sturm. In deiner Gegenwart spüre ich niemals Furcht." Sie streichelte ihn leicht. „Aber ich denke an die Zukunft. Werden wir jetzt öfter solche Wetterphänomene haben? Hat die Menschheit die Natur mit ihrer Umweltverschmutzung und mit ihrem Raubbau zu viel zugemutet? Etliche Naturkatastrophen in aller Welt werden unserem sorglosen Umgang mit der Natur zugeordnet. Und diese negativen Meldungen häufen sich, ich habe den Eindruck, kein Mensch kümmert sich darum. Was muss noch passieren, dass die zuständigen Leute reagieren? Werden wir wohl unsere Hütte in zehn Jahren noch bewirtschaften können und so glücklich sein wie jetzt? Das macht mir Sorgen." Sie senkte den Kopf und kostete von ihrem Tee. Wieder schwiegen beide. Jeder hing seinen Gedanken nach.

Insgeheim gab er seiner Frau recht. Auch er machte sich ähnliche Gedanken über die Zukunft. Er sah es im Moment noch nicht so dramatisch wie Grete, aber recht hatte sie. Die meisten Menschen gingen zu lax mit der Natur um. Dabei braucht die Natur uns Menschen nicht, wir aber brauchen sie. Karl stand langsam auf und ging zu seiner Frau, legte seine mächtigen Arme vorsichtig um sie und küsste Grete zärtlich auf die Wange. „Kopf hoch", flüsterte er ihr zu, „solange wir fest zusammenstehen, kann uns überhaupt nix passieren. Hier oben ticken die Uhren anders. Wir werden noch lange auf unserer Hütte bleiben können. Glaub mir." Er fuhr ihr beruhigend mit der Hand über die Schulter und ging dann in die Küche. Seine Gäste würden bald erscheinen und Hunger haben.

Er wälzte sich unruhig von einer Seite auf die andere. Schweißausbrüche und bizarre Bilder im Kopf ließen ihn immer wieder im Bett hochschrecken. Zweifel, ob er sich auch erschüttert und verzweifelt genug präsentiert hatte. Ortlers Augen machten ihm zu schaffen. Er sah in ihnen pure Verachtung. Aber er konnte sich auch irren. Gewiss – er musste wachsam sein und darauf achten, was er sagte. Ein falsches Wort und alles war umsonst gewesen. Er graulte sich schon vor dem Tag, wenn die besorgten Gäste ihn wieder fragten, beobachteten und andauernd ihr Mitgefühl bekundeten. Wie sollte er das nur überstehen? Dass seine Frau und die ungeliebten Gören längst tot waren, daran bestand für ihn kein Zweifel. Von dieser Seite aus bestand keine Gefahr mehr. Es gab keine Zeugen. Der Weg zu Reichtum und Macht war frei. Er blickte in eine sorgenfreie Zukunft. Warum war ihm trotzdem so flau in der Magengegend? Wie spät war es eigentlich? Er drückte auf den Knopf seiner teuren Cartier-Uhr, der das Zifferblatt beleuchtete. Schon kurz vor 9 Uhr. Er musste von seinen negativen Gedanken weg und sich der Meute stellen. Das lenkte ihn bestimmt ab, denn es würde seine Konzentration fordern. Er entschloss sich, aufzustehen. Wenn Ortler auch nur eine schwache Stelle in seinen Äußerungen erkannte, würde er nachbohren und das konnte ihn den Kopf kosten. Von einem primitiven Hinterwäldler würde er, Hans Leitner, sich seine Zukunft nicht versauen lassen! Das schwor er sich, als er ins Bad ging.

Luigi stand im oberen Stock des Hochstadelhauses im Waschraum, sah in den Spiegel und streckte vergnügt die Zunge raus, die zwischen dem weißen Rasierschaum kräftig rosig aussah. Er hatte geschlafen wie ein Murmeltier. Trotz des anhaltenden Sturmes war seine Laune hervorragend. Luigi hörte das Pfeifen des Windes und pfiff drauf. Routiniert fuhr er mit dem Einwegrasierer über seine eingeseiften Wangen. Er würde das Beste aus der verkorksten Situation machen, gut essen und trinken sowie stundenlang mit seinem Freund und Wanderpartner Rafael Schach spielen. Und die ganze Zeit dabei hoffen, dass der Sturm im Laufe des Tages das Weite suchte.

Ein ihm unbekanntes Geräusch irritierte ihn. Er runzelte die Stirn und lauschte angespannt. Alles ruhig. Seltsam. Vielleicht hatte er sich ja geirrt. Munter rasierte er sich weiter. Plötzlich wieder dieses merkwürdige Geräusch. Etwas lauter als zuvor, meinte Luigi. Was geht ab, Mann?, dachte er. Es hörte sich etwa so an, als rieben zwei morsche Holzbretter aneinander. Ruhe. Luigi war mit der Rasur fertig, spülte sein Gesicht mit warmem Wasser ab und griff mit geschlossenen Augen zum Handtuch. Genüsslich trocknete er sich mit dem flauschigen Tuch das Gesicht ab. Dann hängte er das Handtuch an den Haken, blickte wieder in den Spiegel und grinste sich dabei an. „Du bist ein schöner Italiener“, sagte er zu seinem Spiegelbild. Er fuhr sich mit der flachen Hand über die glatten Wangen. „Zart wie ein Babypopo“, stellte er fest. Wie von Geisterhand entstand plötzlich ein breiter Riss quer über dem großen Spiegel. Fast geräuschlos und wie in Zeitlupe. Millimeter für Millimeter. Mit offenem Mund beobachtete der Italiener den wachsenden Sprung im Glas. „Was passiert hier?“, fragte er sich laut. „Es spukt in der Hütte.“ Das musste unbedingt Rafael sehen. Luigi wusste, dass sein Freund wach im Bett lag und darauf wartete, dass er das Bad frei machte. Rafael war gern allein beim Waschen. Aufgeregt stand Luigi Sekunden später am Lager seines Freundes. „Rafael, steh auf, das musst du gesehen haben, im Bad spukt es.“ Ohne weitere Fragen stieg Rafael aus dem Bett und folgte seinem Freund, der schon wieder auf dem Weg zum Waschraum war. Die beiden Italiener standen vor dem Spiegel und Luigi zeigte mit dem Finger auf den Riss. „Sieh dir das an. Dieser Sprung kam plötzlich, als ich mich rasierte. Ich habe den Spiegelschrank nicht berührt. Das kam von ganz allein, ich schwör's bei der Jungfrau von Parma." Rafael ging näher an den Schrank heran und fuhr mit dem Zeigefinger den gesamten Riss nach. „Auch mysteriöse Geräusche kannst du hier hören. Jesus Maria. Nachher frag ich den Wirt, ob das normal ist." Luigi sammelte sein Waschzeug ein, schnappte sich das Handtuch vom Haken und wollte gerade kehrtmachen und den Raum verlassen, als sich mit einem fürchterlichen Krachen die Holzdecke des Bades bewegte. Zuerst zerplatzte die an der Decke montierte flache Lampe und besprühte die beiden Männer mit kleinen, scharfen Splittern. Luigi schrie vor Überraschung auf und Rafael starrte wie gebannt zur Decke. In diesem Augenblick kam mit ohrenbetäubendem Lärm die gesamte Holzdecke runter. Die breiten Bohlen zerbarsten in der Mitte wie Streichhölzer und ein schwerer, zerrissener Balken schoss wie ein Pfeil auf den ungläubig zur Decke blickenden Rafael, der vor Angst gelähmt schien.

Ein ekliges, matschiges Geräusch entstand, wie wenn man einen Wanderschuh aus einem morastigen Boden zieht, als die zentnerschwere Bohle mit voller Wucht in das Gesicht des Italieners klatschte, es platt drückte und es ruckartig nach hinten riss, sodass augenblicklich das Genick brach. Weiteres Gebälk fiel herab, schmiss Luigi von den Beinen und drückte ihn in die linke Ecke des ehemaligen Bades, wo er sich ängstlich verkroch. Aus dem entstandenen riesigen Loch in der Decke, fielen nun Unmengen von Schnee und füllten rasch den Raum. Der Spiegelschrank knallte auf das Waschbecken. Der Schnee verteilte sich in alle Ritzen und Luigi versuchte, in seiner Ecke auf die Beine zu kommen, damit er wenigstens den Kopf über den Schneemassen behielt. Mit den Händen verteilte der Italiener den Schnee so gut es ging und schrie dabei hysterisch um Hilfe. Panik ergriff ihn und die Kälte kroch unter seinen dünnen Schlafanzug.

Übelkeit überkam ihn. Er sah wieder den Balken auf Rafael stürzen. Lebte er noch?

Karl hörte in der Küche das berstende Geräusch. Erschrocken ließ er alles fallen und rannte durch die Stube, wobei ihn verschreckte, ängstliche Augenpaare anstarrten. Die Gäste saßen steif und verschüchtert auf ihren Plätzen und keiner rührte sich. Auch Grete machte da keine Ausnahme. Sie sah ihren Mann die Stiege hochjagen und das Einzige, was ihr einfiel, war es, zu beten. Wurzer stieß oben auf der letzten Stufe mit einem seiner Gäste zusammen, der panikartig das Stockwerk verlassen wollte. Der Aufprall mit dem Hünen riss den Gast von den Füßen und er schlug hart mit dem Hinterkopf auf die Holzdielen. Benommen blieb er liegen. Eine Frau beugte sich über den am Boden liegenden Mann und schrie dabei kurz auf. Karl kümmerte sich nicht um diese Bagatelle. Die rechte Zimmerflucht sah aus wie ein Schlachtfeld. Holz, Schutt und Schnee versperrten ihm den Weg. Er drehte den Kopf und sah, dass die linke Seite der Etage wohl in Ordnung war. Er registrierte, dass die Frau dem Mann vorsichtig ins Gesicht klatschte. Unwichtig.

Jetzt hörte Karl einen verzweifelten Hilferuf. Gut, dachte Karl, da lebt noch einer. Aber er brauchte Werkzeug, um sich einen Weg durch das Chaos zu bahnen. „Haltet noch einen Moment aus", rief er deshalb nach hinten, „ich brauche Werkzeug. Ich mach so schnell es geht, keine Sorge, ich hol euch da raus." Keine Antwort. Absolute Ruhe. Wurzer eilte blitzschnell die Stiege hinunter. Jetzt zählte jede Sekunde!

Der Kornspitz zum Frühstück wollte meiner Frau nicht so recht schmecken. Lustlos kaute sie an ihrem Marmeladenbrötchen. Meine Tochter dagegen hatte, wie immer, einen guten Appetit. Herzhaft langte sie zu. Im Radio lief Ö3 und sie warteten gespannt auf die Nachrichten. Im Augenblick hing jede der beiden ihren Gedanken nach. Aus dem Radio ertönte bei mittlerer Lautstärke Roy Orbinson mit „You got it", doch niemand hörte richtig hin. Jenny goss ihnen Kaffee nach und schaute dann aus dem Fenster. Die Sonne versuchte, sich einen Weg durch die zahlreichen Wolken zu bahnen. Ihr Blick ging zurück zu ihrer Mutter, sie suchte Blickkontakt und wagte ein leichtes Grinsen. „Heute werden wir bestimmt von Papa hören. Glaub mir, ihm und Max ist nichts passiert. Er ist doch erfahren, kennt sich aus und kann eine schwierige Situation richtig einschätzen. Bald haben wir unseren Waldschrat wieder und er kann uns von seinen Abenteuern erzählen." Sie bestrich sich noch eine halbe Semmel mit Honig und biss ab.

Zwei Minuten vor neun. Meine Tochter versuchte mit aller Macht, positiv zu denken. Aber sie machte sich Sorgen um ihre Mutter. Wie lange würde sie diese Stresssituation noch aushalten können? Aufregung war überhaupt nicht gut für sie, denn einige gesundheitliche Probleme belasteten ihr Immunsystem. Eigentlich war Ruhe die beste Medizin. Jenny wischte sich mit der Serviette den Mund ab und drehte das Radio etwas lauter. Dann stand sie auf und setzte sich auf den Stuhl neben ihrer Mutter. Zärtlich legte sie den Arm um sie. „Es ist neun Uhr, meine Damen und Herren, die Nachrichten."

Zur gleichen Zeit setzte sich im Lienzer Rathaus der Bürgermeister mit seinem Krisenstab wieder an einen Tisch. Die meisten der Anwesenden kamen sich in dieser Runde überflüssig vor, doch ihr Chef bestand auf diesem Stab – allein schon, um nach außen hin Aktivität zu demonstrieren. Der Bürgermeister berichtete von den wenigen Neuigkeiten der vergangenen Nacht, u. a. von dem gescheiterten Versuch durch eine Gebirgsjägertruppe, die Kerschbaumer Schutzhütte zu Fuß zu erreichen, vom tragischen Unfall des Soldaten Specht und von seinem miserablen Schlaf.

Zwei Damen des Kantinenpersonals kamen mit frischem Kaffee, Tee und belegten Brötchen in das geräumige Besprechungszimmer, verteilten alles auf dem ovalen, blank polierten Holztisch und entfernten sich dann diskret. Leise zogen sie die Tür hinter sich zu. Nachdem sich jeder bedient hatte, fuhr der Chef fort:

„Meine Herren, wir sollten uns auch darüber Gedanken machen, was wir tun können, wenn das Unwetter vorüber ist. Unsere fleißigen und tapferen Helfer müssten gebührend gewürdigt werden, das bringt uns Pluspunkte in der Presse und in der Bevölkerung, die wir gut gebrauchen können. Man wird uns kritisch beobachten. Wenn das Chaos beendet ist, wollen sie ihre Helden feiern und stolz auf sie sein. Also, es wäre toll, wenn Ihnen dazu etwas einfallen würde. Gruber dient ab jetzt als Schriftführer. Es werden alle Vorschläge gesammelt und später diskutiert. Aber denken Sie bitte an unsere schwache Stadtkasse. Allzu dick können wir nicht auftragen. Klein, aber fein und doch wirkungsvoll, so stell ich mir das vor." Der Bürgermeister stand auf. „Der Oberbefehlshaber des Heeres will mit mir noch einige Dinge besprechen, ich informiere Sie anschließend ausführlich. Gegen 13.30 Uhr ist das Mittagessen vorgesehen. Bis dahin viel Erfolg, meine Herren."

Der Nachrichtensprecher ging sofort auf das Unwetter ein: „Laut Angaben der verantwortlichen Stellen sind bisher 112 Vermisste gemeldet worden. Über Verletzte oder Tote liegen noch keine Angaben vor. Ein Vordringen zu den betroffenen Schutzhütten ist weder zu Fuß noch mit Hubschraubern möglich, berichtet die Bergwacht. Die Armee ist zur Unterstützung angefordert worden und hat an vier strategisch wichtigen Punkten Stellung bezogen. Immer noch gibt es keinen Telefonkontakt mit den Hütten, auch Handys funktionieren nicht im Krisengebiet. Wir werden Sie selbstverständlich über die Ereignisse in den Lienzer Dolomiten auf dem Laufenden halten. Nun zu weiteren Themen des Tages."

Jenny ging zum Radio und drehte es etwas leiser. Viel schlauer als vorher waren sie nun auch nicht. Aber es gab auch keinen Grund zur Panik. Sie sprachen nicht über verunglückte Wanderer. Es war also durchaus möglich, dass ich mich auf einer sicheren Hütte befand. Um ihre Mutter abzulenken, schlug sie einen Spaziergang vor. „Komm, wir gehen an die Gail, etwas Luft und

Bewegung wird uns guttun. Im Moment können wir ja doch nichts ändern. Vielleicht gibt es etwas Neues in den Zwölf-Uhr-Nachrichten, bis dahin sind wir wieder zurück."

Luigi fror erbärmlich. Er war bis zur Brust eingeschneit. Obwohl er die Arme frei hatte, konnte er sich nicht von den kalten Massen befreien, denn er wusste nicht, wohin damit. Er hatte keinen Platz in seinem Gefängnis. Er hatte etwas Hoffnung geschöpft, als er laute Geräusche vom Gang vernahm. Er hoffte, dass der Wirt und die Gäste nach ihm und Rafael suchten, denn lange würde er die Kälte nicht aushalten können. Luigi ließ den Kopf hängen und sah dabei Blut in den Schnee tropfen. Nasenbluten. Eine Bagatelle, dachte er. Rafael hatte bestimmt größere Probleme. Bisher hatte dieser nicht auf seine Rufe geantwortet. Wahrscheinlich war er bewusstlos. Dann merkt er wenigstens seine Schmerzen nicht, hoffte Luigi. Eine Ohnmacht kann auch etwas Gutes haben, redete er sich ein und versuchte dabei, mit Schnee sein Nasenbluten zu stoppen. Wieder Geräusche von draußen. Sie hatten ihn nicht vergessen, den hübschen Luigi aus Parma, der seine Bergsteigerei gern den Frauen in abenteuerlichen Geschichten servierte und nicht vergaß, teilweise schamlos zu übertreiben. Er war ein begnadeter Geschichtenerzähler. Trotz seiner misslichen Lage grinste er schelmisch. Der Zweck heiligte die Mittel. Das galt auch in Italien. Dann hörte er den Hüttenwirt rufen.

Hans hatte den Eindruck, dass die Stimmen leiser wurden, als er die Treppe zum Gastraum herunterkam. Er steuerte bewusst den einzigen leeren Tisch in der äußersten Ecke des Raumes an, als er nett aufgefordert wurde, am Tisch der aus Graz stammenden Familie Rautenschläger Platz zu nehmen. Alle Anwesenden schauten ihn an und er war gezwungen, der gut gemeinten Einladung zu folgen. Frau Rautenschläger sah ihn freundlich an und deutete auf den freien Stuhl neben ihr. Hans rang sich ein zaghaftes Lächeln ab und nickte in die Runde, grüßte die ganze

Stube mit einem halblauten „Guten Morgen!“ und setzte sich. „Sie müssen doch nicht allein frühstücken, mein Lieber. Wie geht es Ihnen? Ich denke, Sie haben wenig geschlafen. Nur zu verständlich. Wir haben wohl alle nicht gut geschlafen.“ Frau Rautenschläger war kaum zu bremsen. Nur ein strafender Blick ihres Mannes hielt sie davon ab, weiterzuplappern. Enttäuscht rührte sie mit dem Löffel in ihrem Kaffeepott. „Ich habe kaum ein Auge zugetan, das stimmt. Aber ich möchte im Moment auch nicht darüber sprechen. Sie werden das verstehen, nicht wahr?“ Ortler half ihm, das Gespräch zu unterbrechen, als er an den Tisch trat. „Kaffee, Hans?“ Der sah auf und nickte dem Wirt dankbar zu. „Magst auch was essen?“

„Nur eine Kleinigkeit. Vielleicht eine Semmel und etwas Marmelade. Mehr werde ich kaum runterkriegen.“ Klaus ging in die Küche, um das kleine Frühstück zu bereiten, und Hans blickte starr geradeaus. Frau Rautenschläger wollte die Stille am Tisch unterbrechen, aber rechtzeitig erkannte ihr Mann ihre Absicht und stieß unter dem Tisch mit seinem Fuß gegen ihr Schienbein. Widerwillig hielt sie sich daraufhin zurück und schmierte sich ärgerlich ein weiteres Brötchen. Wie das Summen eines Bienenschwarmes drangen die Gespräche der Gäste in das Ohr von Hans. Ortler brachte das karge Essen und verzog sich sofort wieder. Hans biss zaghaft in seine Semmel. Er fürchtete sich vor den nächsten Stunden.

Karl ackerte wie ein Berserker und brach mit der Axt eine Schneise in das Durcheinander. Er hatte jegliche Hilfe von seiner Frau und von hilfsbereiten Gästen strikt abgelehnt. Grete sollte sich um die Gäste kümmern, er mache das schon. „Das ist meine Hütte“, erklärte er ihr lauter als gewollt, „ich bin für sie verantwortlich.“ Energisch nahm er sein Werkzeug und ließ Grete im Gastraum stehen. Zwischen den fürchterlichen Axthieben und dem wilden Schaufeln von Schnee rief er immer wieder nach hinten und erkundigte sich, ob noch alles in Ordnung sei. Nur einmal hörte er ein leises Rufen, aber das ließ ihn noch eifriger arbeiten. Er schwitzte wie ein Saunabesucher. Ein hervorstehender Balkennagel riss ihm seinen Unterarm auf, er bemerkte es nicht. Seine Gedanken kreisten nur um seine in Gefahr befindlichen Gäste. Da dachte er genauso wie ein Tuareg. Der beschützte seine Gäste sogar mit seinem eigenen Leben, was übrigens sehr spannend und großartig in dem Roman „Tuareg" von dem spanischen Schriftsteller Alberto Vásquez-Figueroa beschrieben wurde, den er einmal gelesen hatte.

Karl war bis an die Badezimmertür vorgedrungen und als er sich im Raum umsah, konnte er das blasse Gesicht von Luigi hinter einigen Deckenbohlen erkennen. Schwer atmend stand der Wirt im schrägen Türrahmen und überlegte, wie er an den Italiener herankommen konnte, ohne den Raum völlig zum Einsturz zu bringen. Er beschloss, die Bohlen an Ort und Stelle zu belassen und nur den Schnee beiseitezuräumen. Dann wollte er den Mann vorsichtig herausziehen.

Wurzer ließ keine Zeit unnütz verstreichen, nahm die Schaufel und legte los. Mühsam kam er Stück für Stück voran, doch trotz seiner Bärenkräfte wurden ihm die Arme schwer wie Blei. Als er einmal zwischen den Schaufeln zu den Eingeschlossenen hinüberschaute, sah ihn Luigi mit seinen großen, blauen Augen erwartungsvoll an. Im Angesicht der nahen Rettung keimte wieder Lebensmut in dem Italiener auf und er versuchte nun, mit den Händen den Schnee um sich herum wegzuschieben. Es brachte nicht viel, aber er wollte unbedingt etwas tun und dem Wirt bei seiner schweren Aufgabe helfen.

Es zog sich noch fast eine halbe Stunde hin, bis Karl zu Luigi vordringen konnte und ihn halbwegs freigeschaufelt hatte. Er packte den Mann an den eiskalten Beinen und zog ihn behutsam zwischen dem Holzgestänge hervor. Der Italiener rutschte langsam aus seinem frostigen Gefängnis und kam, auf den Rücken liegend, im Zeitlupentempo zur Badezimmertür geschlittert. Karl nahm den am ganzen Körper zitternden Mann wie eine Puppe auf die Arme und trug ihn nach unten in die Wärme. „Grete, hol Decken und das aufklappbare Feldbett aus der

Kammer“, rief er seiner Frau schon von der Treppe aus zu. Grete lief sofort los. Wenig später stand das Bett neben dem heißen Ofen und Karl legte Luigi vorsichtig darauf. Grete zog den durchnässten Schlafanzug des Italieners aus und rubbelte ihn mit einem derben Handtuch kräftig ab. Apathisch ließ er alles über sich ergehen. Er war todmüde und fix und fertig. Sofort fielen ihm die Augen zu. Er merkte nicht mehr, wie Grete ihn in warme Decken einwickelte.

23

Helga war überrascht und schaute ungläubig, als auf ihrem Grundstück ein Übertragungswagen des ORF einbog und kurz vor dem Schuppen zum Stehen kam. Was wollen die den hier?, rätselte sie und rückte an ihrer Schürze. Eine elegante braunhaarige Frau und ein junger Mann in schwarzer Lederjacke mit einer großen Kamera verließen den Van und gingen schnurstracks auf unsere verwunderte Vermieterin zu. „Grüß Gott", rief die Frau, noch einige Schritte von Helga entfernt. Helga nickte ihnen zu und blieb abwartend stehen. „Wir sind vom ORF", erklärte sie überflüssigerweise. „Mein Name ist Rita Klammer, mein Kameramann Ralf." Sie deutete mit dem manikürten Finger auf den Mann, der ihr artig gefolgt war. Helga schwieg und wartete ab, was noch passierte. „Sie sind Frau Themeßl und bei Ihnen wohnt die Familie Wegener aus Berlin, stimmt's?" Helga nickte und verschränkte die Arme vor der Brust. Die Frau plapperte munter weiter. „Können wir Frau Wegener kurz sprechen? Ist sie daheim? Ralf, mach ein paar Bilder vom Haus, von der Umgebung, na du weißt schon, das Übliche. Wo wohnt denn die Familie?", wandte sie sich wieder an Helga. „Was wollen Sie denn von meinen Urlaubsgästen?", fragte Helga leicht verunsichert, denn das Fernsehen hatte sie nicht alle Tage im Haus.

„Wir würden gern ein Interview mit Frau Wegener führen und sie zu uns ins Studio zu einem Live-Auftritt einladen. Deshalb sind wir hier." Etwas ungeduldig wedelte sie mit dem Arm durch die Luft. Time is Money!, dachte sie. Warum verstanden diese Hinterwäldler das nur so schlecht? In diesem Augenblick trat meine Frau auf den Balkon und blickte von oben auf die Szene. Als Helga sich umdrehte und der Reporterin den Eingang zum Ferienhaus zeigen wollte, sah sie Monika. Erleichtert atmete sie auf. „Hey, Moni", rief sie zum Balkon rauf. „Hier ist Besuch für dich. Das Fernsehen. Kannst du herunterkommen?" Meine Frau, die sich neue Informationen erhoffte, rief: „Ich komme", und ging in die Wohnung zurück. Wortlos schnappte sie sich meine verblüffte Tochter. Als sie das Haus verließen, lief die Kamera von Ralf, und Rita stand mit dem Mikrofon in der Hand vor ihnen. „Grüß Gott, Frau Wegener. Ist das Ihre Tochter?"

Resi hockte am Kopfende meines Schlafsacks und Max versuchte, seine Nase noch dazwischenzudrängen. Ich schnitzte. „Ihr braucht keine Angst vor Max zu haben", hörte ich Resi sagen, „er ist ganz lieb." Verschlafen, aber durchaus interessiert, schaute ihre Schwester zum Feuer. Die Frau streichelte Resi sanft über den Kopf und öffnete ein wenig den Reißverschluss vom Schlafsack. Resi ging zur Bank, wo die getrockneten Sachen ihrer Mutter und ihrer Schwester lagen. Sie nahm alles auf den Arm, und als sie bei mir vorbeiging, blinzelte sie mir keck zu. „Hier, zieh das an, Rosi – alles trocken, hat Werner hingekriegt." Dabei zeigte sie auf mich. Max kam kurz zu mir, um gleich wieder zur Lagerstätte zurückzueilen. Er war sichtlich zufrieden, dass wieder Leben in die Bude kam. Je mehr, umso besser. Rosi sah wieder zu mir, und als sie sicher war, dass ich intensiv Holz schnitzte, streifte sie schnell ihre Sachen über. Anschließend kamen die Kinder Hand in Hand zum Feuer. Max war unentschlossen. Wo sollte er sich nun platzieren? Er entschloss, sich an Resis Füße zu legen. „Werner schnitzt Holz, damit wir es warm haben", erklärte Resi ihrer Schwester, als wäre dies etwas ganz Besonderes. Ich entnahm meinem Rucksack das Sweatshirt mit Kapuze und reichte es der Großen. Zögernd griff sie nach dem Kleidungsstück. „Zieh es an, Rosi", sagte ich, „du musst warm bleiben. Deine eigenen Sachen sind zu dünn. Eine Erkältung können wir uns nicht leisten. Wir müssen gesund bleiben."

Sie zog das Shirt anstandslos über. „Wie ich hören konnte, bist du die Rosi, ich heiße Werner. Hast du Durst?" Rosi schüttelte den Kopf. „Gut", sagte ich, „wir haben nicht mehr viel Wasser in der Flasche und vielleicht will deine Mutter etwas trinken?" Dabei drehte ich mich zum Schlafsack hin. Die Frau lag noch und schaute nicht zu uns. Lass sie, dachte ich, das wird schon noch. Ich wandte mich wieder den Kindern zu. „Wie sieht es mit eurem Hunger aus?", fragte ich und hoffte gleichzeitig, dass sie keine größere Bestellung aufgaben.

Im Lager Orca 1 legte Sperling den Hörer des Feldtelefons auf. Er schüttelte den Kopf. Gerade hatte ihm sein Vorgesetzter mitgeteilt, dass zu allen Camps jeweils zwei Lawinensuchhunde samt Führer unterwegs seien. Vergeblich hatte der Leutnant versucht, seinem Boss klarzumachen, dass, auch wenn der Sturm sich legte, vorerst keine Möglichkeit bestünde, zu Fuß in diese Region vorzudringen. Aber der Chef war nicht davon abzubringen. „Wir müssen auf alles vorbereitet sein. Die Öffentlichkeit beobachtet uns. Die Medien achten auf alles. Ich will mir später nichts vorwerfen lassen. Also richten Sie sich darauf ein. Ende." Achselzuckend ging Sperling nach draußen. Heute wollte es am Fuße der Berge nicht so richtig hell werden. Außerdem war es wesentlich kühler als gestern. Er schaute auf den dichten Wald, der noch im Nebel vor ihm lag, und fragte sich zum x-ten Mal, wann er endlich seine Hubschrauber starten lassen konnte.

Der Hochstadelwirt war schon wieder auf dem Weg nach oben, denn bevor Luigi vor Erschöpfung die Augen schloss, flüsterte er noch: „Rafael, auch im Bad." Dieter Junghans, ein pensionierter Polizist aus Wien, begleitete Karl nach oben. Er wollte helfen und diesmal lehnte der Wirt nicht ab. Gemeinsam suchten sie mit den Augen das zerstörte Bad ab, ohne etwas zu erkennen. Sie mussten wohl oder übel in den Raum und Dachteile aus dem Weg räumen, die Einsturzgefahr war groß. Bei jedem Teil, das sie anpackten und beiseitelegten, warteten sie einen Moment ab, ob sich dadurch etwas negativ veränderte. Sie hatten Glück: Alles blieb stabil, bis zu dem Augenblick, als Dieter rief: „Hier ist was!" Er legte noch ein Brett zur Seite und erkannte darunter eine bleiche, blutverschmierte Hand. „Ja, ich habe recht, hier liegt der andere Italiener." Fieberhaft versuchten sie, ihn unter dem Schutt und Schnee freizubekommen. Nach einer Weile hatten sie den Oberkörper freigelegt. Der Kopf des Mannes lag noch unter einem dicken Balken. Die Schneeschaufel als Hebel benutzend, hoben die Helfer den Holzklotz gemeinsam hoch und schoben ihn zur Seite. Als Dieter das zerschmetterte Gesicht von Rafael sah, explodierte sein Magen. Ohne dass er es verhindern konnte, übergab er sich. Gerade noch rechtzeitig konnte er seinen Kopf abwenden, um nicht auf den Toten zu speien. Denn dass der Mann tot war, daran bestand kein Zweifel. Nase, Mund und Augen waren eine breiige Masse und an der Stelle, wo eine Stirn sein sollte, klaffte ein großes, blutverschmiertes Loch. In seinen vierzig Dienstjahren hatte Dieter so etwas noch nie sehen müssen. Inzwischen hatte Karl die Beine befreit und sah nun seinerseits auf das entstellte Gesicht. Vor Ekel und Wut drehte er den Kopf schnell zur Seite und spuckte in den Schnee. „Wir müssen ihn runterbringen", sagte er dann zu seinem blassen Helfer. „Wir werden ihn in den Vorratskeller legen. Da ist noch genug Platz und es ist auch recht kühl. Ich hol eine Liege und Decken. Die anderen Gäste müssen ihn nicht so sehen. Es ist schlimm genug, ihnen zu sagen, dass er tot ist."

Karl verließ den Raum und Dieter stand immer noch würgend neben der Leiche. Seine Beine konnten ihn kaum noch halten. Was für ein beschissener Urlaub! Das hatte er sich wahrlich anders vorgestellt. Dieter brauchte einen Schnaps, aber einen großen. Er nahm etwas Schnee in die Hand und kühlte damit sein Gesicht. „Scheiße, Scheiße, Scheiße", fluchte er. Bewusst schaute er auf die eingestürzte Decke. Rafael zu seinen Füßen war zu viel für ihn. Erleichtert stöhnte er auf, als er bemerkte, dass Karl wieder bei ihm war. Der Wirt hatte grobe Decken unter dem Arm. „Wir wickeln ihn darin ein. Vor allem der Kopf muss völlig verdeckt sein." Sie legten Rafael behutsam in eine Decke, so vorsichtig, als würde der Italiener diese Prozedur sonst noch als schmerzhaft empfinden. Dieter sah ein letztes Mal in das zerschlagene Gesicht und wusste, dass er diesen Anblick sein Leben lang nicht loswerden würde. Auf „drei" hoben die Männer den Leichnam hoch und im Gang auf eine Trage. Karl legte noch zwei weitere Decken über Rafael und stopfte sie unter den toten Körper, damit sie nicht verrutschten. Als sie die steile Stiege zur Gaststube hinuntergingen, achteten sie peinlich darauf, dass sie ihre Last nicht an das Holzgeländer stießen. Es war totenstill in der Hütte, als die traurige Fracht durch den Raum und in die Kammer getragen wurde. Erst als die Tür sich hinter Karl und Dieter schloss, begannen einige Gäste wieder leise zu sprechen.

Luigi bekam von alledem nichts mit, er schlief tief und fest. Nachdem sie Rafael untergebracht hatten, setzten sich Karl und Dieter zu den anderen an den großen, runden Tisch, wo ihnen bereitwillig Platz gemacht wurde. Plötzlich standen vor ihnen auch zwei Gläser neben einer Flasche Marillenbrand. Irgendjemand goss die Stamperle voll und die Männer griffen gleichzeitig zu. Sie tranken, ohne sich zuzuprosten. Dieter fühlte den hochprozentigen Schnaps durch seine Eingeweide jagen und Tränen schossen ihm in die Augen. Trotzdem war er es, der gleich wieder zur Flasche langte. Er musste seine Übelkeit bekämpfen. Respektvoll beobachteten die anderen den Wirt und seinen Helfer. Keiner sagte einen Ton – und das, obwohl manch einer nur zu gern erfahren hätte, was sich dort oben im ersten Stock der Hütte abgespielt hatte. Als Karl seinen zweiten Schnaps intus hatte, sagte er: „Der andere Italiener, der Freund von unserem Luigi da", und zeigte dabei mit dem Kopf auf das Bett, „ist leider tot. Die Decke im Bad hat die Schneelast nicht verkraftet und ist eingestürzt. Er wurde von einem Holzbalken erschlagen. Wir konnten nichts mehr für ihn tun. Luigi hat sehr viel Glück gehabt. Der ganze Raum ist ein Trümmerhaufen. Und da wir gerade dabei sind, sind sonst alle wohlauf?" Dabei sah Karl auf den armen Mann, den er vorhin umgerannt hatte. Der grinste schief und nickte dem Wirt zu.

„Bis auf die beiden Holländer, die im Zimmer 6 direkt hinter dem Bad einquartiert waren, sind alle hier im Raum", erklärte

Grete ihrem Mann. Der erschrak bis ins Mark, als er das hörte. „Hinter dem Bad ist völliges Chaos, da ist alles zusammengebrochen. Da ist kein Durchkommen. Jeder Versuch könnte zur Katastrophe ausarten. Aber wenn die beiden noch am Leben wären, so hätten sie sich doch mit Rufen, Schreien, Klopfzeichen oder Ähnlichem bemerkbar gemacht. Sie hätten hören müssen, dass wir im Bad waren. Wir waren laut genug. Grete, wir müssen leider vom Schlimmsten ausgehen. Tut mir leid." Die Worte des Wirtes hingen wie ein Damoklesschwert über den Köpfen der kleinen Gruppe von Leidensgefährten. Keiner sagte ein Wort. Man hörte nur das Knistern im Bollerofen. Starr und betroffen saßen oder standen die Menschen in der Hüttenstube. Karl bewegte sich als Erster. Er setzte sich wieder vor die Marillenflasche, goss die beiden Gläser randvoll und winkte Dieter zu sich heran. Der setzte sich lautlos und kippte den scharfen Schnaps in einem Zug herunter. Wurzer verfluchte den Sturm. Bisher hatte es nicht den kleinsten Unfall in seiner Hütte gegeben. Jeder Gast war zufrieden und glücklich, wenn er sich auf der Hochstadelhütte bei Karl Wurzer befand. Jetzt hatte der Wirt drei Tote zu beklagen. Das Leben konnte so grausam sein! Verbittert nahm er sich vor, sich langsam zu besaufen. Scheiß was auf die Gäste, Scheiß was auf Grete, Scheiß was auf den Sturm, dachte er nur. Er war auch bloß ein Mensch.

Die Leute vom ORF, Helga, meine Frau und meine Tochter saßen vor frisch gefüllten Seltersgläsern im Garten und machten freundliche Konversation, bis Frau Klammer zum Grund ihres Besuches kam. „Liebe Frau Wegener. Wie wir ja alle wissen, ist ihr Mann zurzeit in den Lienzer Dolomiten und vom Jahrhundertunwetter, vom Blizzard, wie wir sagen, gefangen." Blizzard, aha. So nennen die Medien also das ungewöhnliche Wetterchaos, dachte meine Frau und spitzte weiterhin die Ohren. „Wir wissen rein gar nichts über die genauen Umstände im Gebirge, nur dass es sehr stark schneit und der Wind Orkanstärke haben soll. Für uns ergibt sich daraus, wenn wir den Zeitfaktor mit einbeziehen, dass alle Wanderer, die bisher keine Schutzhütte erreicht haben, nicht mehr am Leben sind. Das ist traurige Realität. Wo glauben sie, befindet sich ihr Mann im Moment?"

Meine Tochter antwortete anstelle meiner Frau, denn sie fand die Frage mehr als provokant. „Mein Vater lebt, da gibt es für uns keinen Zweifel. Entweder er hat eine Hütte erreicht oder er hat in der Natur eine Schutzmöglichkeit gefunden. Mein Vater ist ein harter Brocken und verdammt zäh. Er kennt sich bestens in der Natur aus. Er liebt und schätzt sie sehr. Wir sind sicher, dass es ihm den Umständen entsprechend gut geht." Mit blitzenden Augen sah sie direkt auf die Reporterin. „Das wünsche ich Ihnen von Herzen. Aber es könnte ja sein, dass dieses Unwetter auch für Ihren Vater zu viel ist. Ich möchte seine Fähigkeiten nicht bestreiten, doch bei der Schwere dieses Sturmes ...?" An dieser Stelle unterbrach meine Frau die Fragestellerin schroff: „Das geht mir jetzt ein bisschen zu weit, Frau Klammer, davon möchte ich nichts mehr hören. Wir, meine Tochter und ich, glauben fest daran, dass es meinem Mann – wie auch immer – gelingen wird, gesund zu uns zurückzukehren. Er würde uns niemals im Stich lassen. Er weiß, dass wir ihn brauchen und noch viel gemeinsam erleben wollen. Mit Sicherheit wird er uns da keinen Strich durch die Rechnung machen. Er hat unser vollstes Vertrauen. Wir glauben an ihn. Außerdem möchte ich an dieser Stelle das Gespräch beenden. Negative Einflüsse und Gedanken belasten mich. Sie sind nicht gut für meine Gesundheit. Sie kennen jetzt unsere Einstellung. Ich hoffe, das reicht Ihnen. Es wäre mir recht, wenn Sie jetzt gehen würden." Jenny legte schützend einen Arm um die Schulter ihrer Mutter, zog sie zu sich heran und gab ihr einen Kuss auf die Wange. Sie war mächtig stolz auf ihre Mom. „Es ist besser, Sie gehen nun", schlug auch Helga vor. „Sie merken doch, dass die Situation für meine Freunde schwierig genug ist. Jede zusätzliche Belastung ist völlig unnötig."

Rita nickte nachsichtig, wandte sich aber nochmals an meine Frau: „Dafür habe ich vollstes Verständnis, meine Damen, und ich muss zugeben, Ihre Haltung imponiert mir. Sie sind starke und stolze Frauen. Und Sie glauben an sich und an die Kraft Ihrer Familie. Das ist großartig und beneidenswert. Allzu oft findet man diese Einstellung nicht mehr. Aber eine letzte Frage sei mir noch gestattet, bevor wir uns verabschieden. Mein Sender hat heute Abend, zur besten Sendezeit um 20.15 Uhr eine kleine Diskussionsrunde vorgesehen. Es sollte eine Runde mit einem erfahrenen Bergspezialisten, einer Person wie Sie, Frau Wegener, die einen Angehörigen vermisst, und unserem sehr beliebten Moderator, Herrn Jörg Schönbichl, sein. Sie wären genau die richtige Teilnehmerin. Denn mit ihrer starken Haltung und ihrer festen Überzeugung könnten sie vielen betroffenen Menschen Mut machen, damit sie wieder an einen guten Ausgang für ihre lieben Vermissten glauben. Geben Sie den Menschen ein wenig Hoffnung, geben Sie ihnen etwas von Ihrer Stärke ab! Sie könnten viel Positives erreichen. Wir alle vom Sender würden uns freuen. Unser gesamtes Team steht hinter Ihnen. Bringen Sie Ihre reizende Tochter mit. Sie werden es nicht bereuen. Die Herzen der Zuschauer werden Sie beide im Sturm erobern. Und noch eins: Als ich vorhin auf den Hof hier fuhr, war es ein Job wie jeder andere. Er musste gemacht werden, gerissen habe ich mich nicht um diesen Auftrag. Nun aber bin ich froh, dass ich hier war. Es war schön, dass ich Sie kennenlernen durfte. Dieser Vormittag war sehr lehrreich für mich. Ich danke Ihnen dafür. Überlegen Sie meinen Vorschlag in Ruhe. Ich lasse Ihnen meine Handynummer da, falls Sie sich doch noch für unsere Idee entscheiden können. Aber auch wenn Sie nicht zurückrufen, werde ich Ihre Entscheidung respektieren und unser Gespräch nie vergessen.“ Sie legte ihre Visitenkarte auf den Tisch und bedankte sich für die Gastfreundschaft. Dann gab sie dem Kameramann ein Zeichen zum Aufbruch. Der schweigsame Mann lächelte verlegen in die Runde. Rita ergriff ihre Tasche und ging mit ihrem Kollegen zurück zum Wagen. Als sie die Beifahrertür öffnete, drehte sie sich nochmals den Frauen zu und hob zum Gruß leicht die Hand. Gerade als die Reporterin einsteigen wollte, hörte sie meine Frau fragen: „Wann können

Sie uns abholen? Meine Tochter und ich wollen sehen, ob wir wirklich behilflich sein können!“

Ich gab den Kindern je ein halbes trockenes Brötchen. Dann steckte ich mir eine Zigarette zwischen die Lippen und sah ihnen beim Kauen zu. „Esst langsam und kaut jeden Bissen gut durch, das sättigt besser. Ich kann euch auch ein Stück Speck oder etwas Käse anbieten.“ Resi schüttelte mit dem Kopf. „Vielleicht später, Werner“, sagte sie. Dann sah sie ihre Schwester an, ob die anderer Meinung wäre. Rosi ignorierte den Blick und kaute langsam an ihrem Brötchen. Ich schaute auf die Uhr. 11 Uhr vormittags. Schon gut zwanzig Stunden tobte der Sturm. Es war ein ausdauerndes Ungeheuer. Mir fiel mein Skizzenblock ein und ich fragte, ob jemand etwas malen wolle, um sich die Zeit zu vertreiben. Resi meldete sich prompt: „Ich kann gut malen, stimmt's, Rosi?“ Ich war erstaunt, dass Rosi mit „stimmt“ antwortete. Vielleicht taut sie ja langsam auf, das könnte zur Gemütlichkeit in unserer Hütte beitragen, dachte ich, warf die Kippe ins Feuer und sah zum Schlafsack. Huch, da war ja jemand wach! Die Frau hatte ihren Kopf auf die Arme gestützt und blickte ins Feuer. Sie schien jedoch mit den Gedanken weit weg. Bestimmt bei ihrem Mann, dachte ich. Den Block und einen Bleistift gab ich Resi, die sich artig bedankte. „Was soll ich denn malen?“, fragte sie mich.“Was du willst, du hast die freie Wahl. Bloß keine Schneelandschaft. Von der weißen Pracht bin ich restlos bedient. Mal was Lustiges“, schlug ich vor. Resi kicherte und beugte sich über den Zeichenblock. Verstohlen sah ich wieder zur Frau, keine Veränderung. Mir kam eine Idee. Ich stand auf, holte die Kleidung von ihr und ging zum Schlafsack. Wenn der Prophet nicht zum Berg geht, muss der Berg zum Propheten gehen. Alte Weisheit. Ich legte die Sachen neben sie. „Guten Morgen. Ich hoffe, Sie haben gut geschlafen und es geht Ihnen den Umständen entsprechend. Ihren Kindern geht es blendend und sie haben schon gefrühstückt. Sie können gern noch liegen bleiben. Es liegt keine eilige Arbeit an. Falls Sie einen Wunsch haben, den ich Ihnen erfüllen kann, lassen Sie es mich wissen. Die Morgenzeitung wurde noch nicht geliefert, kein Verlass mehr auf guten Service. Ich werde mich wieder um das Feuer kümmern, meine Lieblingsaufgabe, damit es mollig warm bleibt. Also dann, bis später." Ich setzte mich auf meine Bank, zündete eine Zigarette an und sah zu den Kindern. Resi kritzelte auf dem Zeichenblock herum, Rosi schaute ihr gelangweilt über die Schulter, Max lag ruhig neben ihnen und die Frau war im Schlafsack gut aufgehoben. Es ging uns ausgezeichnet, ich hatte alles im Griff. Das war einen Obstler wert. Beim Trinken fiel mir auf, dass ich noch nie einen Schnaps vor dem Frühstück getrunken hatte. Egal. Der Zweck heiligt die Mittel und irgendwann war es ja immer das erste Mal.

In der Kerschbaumer Schutzhütte hatten die Gäste gefrühstückt und vertrieben sich die Zeit mit Karten- oder Brettspielen, manche lasen oder unterhielten sich leise. Hans hatte sich einen Katalog für einheimische Trachten zur Hand genommen und sah angestrengt auf die Bilder. Familie Rautenschläger hatte sich entschuldigt und sich an einen anderen Tisch zum Canasta-Spielen begeben. Hans war froh, allein zu sein. Doch das blieb er nicht lange. „Stör ich?" Hans fuhr zusammen. Er hatte den Hüttenwirt nicht bemerkt. Enttäuscht über die unliebsame Störung, schüttelte Hans den Kopf. Ortler nahm ihm gegenüber Platz. „Na, mein Junge, wie geht es dir heute?"

„Es geht", antwortete Hans. „Wenn ich dir irgendwie helfen kann, lass es mich wissen. Wenn du jemanden zum Reden brauchst, leg los. Ich bin auch ein guter Zuhörer. Manchmal hilft es, sich die Trauer von der Seele zu quatschen. Is' auf alle Fälle besser, als den Kummer in sich reinzufressen." Abwartend schaute Ortler sein Gegenüber an und drehte dabei seinen Teepott in den schwieligen Händen. Hans rang sich ein gequältes Lächeln ab und nippte an seinem kalten Kaffee, bevor er antwortete.

„Danke, Klaus. Ich weiß das zu schätzen und vielleicht komme ich auf dein Angebot zurück. Im Moment fehlen mir jedoch die Worte. Ich frage mich die ganze Zeit über: Warum gerade ich? Warum ist das mir passiert, was habe ich verbrochen, dass Gott mich so hart bestraft?" Beim Sprechen sah Hans zu Boden und insgeheim beglückwünschte er sich, den lieben Herrgott mit ins Spiel gebracht zu haben. Der punktete immer. „Vielleicht hilft ein kleiner Marillenschnaps. Ich habe einen feinen Selbstgebrannten, für außergewöhnliche oder besondere Anlässe. Versteh das bitte nicht falsch. Bei mir hilft das meistens. Gewiss ist das keine Lösung auf Dauer. Aber es kann den Moment wesentlich angenehmer gestalten. Wart', ich hol schnell die Flasche." Ortler stand auf und ging in die Küche. Reine Berechnung, dachte er grimmig. Vielleicht löste sich, nach einigen Stamperle, die Zunge von Leitner und er kam endlich mit der Wahrheit heraus. Ortler war immer noch misstrauisch. Möglich, dass er falschlag. Aber Klaus war ein guter Menschenkenner. Hans verschwieg ihm etwas oder er log. Ortler nahm sich vor, das herauszufinden. Zurück am Tisch goss er zwei Gläser randvoll. „Na dann, Prosit, mein Lieber." Klaus hob sein Glas. „Wie gesagt, manchmal hilft es. Auf dich und die Zukunft." Hans hob ebenfalls sein Glas und stieß mit dem Wirt an. Obwohl seine Gedanken unkontrolliert durch seinen Kopf zogen und er sich kaum auf das Gespräch konzentrieren konnte, bemerkte er doch, dass er einen außergewöhnlich guten Brand trank. Genüsslich fuhr er sich über die Lippen, und als er das Glas abstellte, sagte Hans: „So einen Guten habe ich noch nie getrunken. Obwohl er sehr mild ist, schmeckt man die Frucht voll raus. Den hast du prima hingekriegt. Mein Kompliment." „Danke für die Blumen", antwortete Klaus und nahm die Bemerkung von Hans zum Anlass, wieder einzuschenken. Na geht doch!, dachte er. Sein „Feuerwasserplan" könnte aufgehen.

Als der Bürgermeister nach seiner Besprechung wieder den Raum des Krisenstabes betrat, stellte er erfreut fest, dass eine rege Diskussion die Gemüter erhitzte. Eine Gruppe war für eine stille Ehrung der gesamten Hilfsmannschaften und eine mehr förmliche Begrüßung der geretteten Personen, der andere Teil war eher für eine öffentliche, fröhliche Veranstaltung auf dem Platz vor dem Rathaus. Dabei sollten auch die Medien präsent sein. Es konnte bestimmt nicht schaden, positive und heitere Bilder aus der Region in die Welt zu tragen. Der Bürgermeister hörte einen Moment der regen Unterhaltung zu und sah dann auf seine Armbanduhr. Mittagszeit. Das Essen müsste fertig sein. Er wusste, dass es u. a. seine Leibspeise geben würde. Warmen Apfelstrudel mit Vanilleeis. Da war er mit dem alten, österreichischen Kaiser Franz Joseph einer Meinung, der einst sagte: „Ein Tag ohne Strudel ist wie ein Himmel ohne Sonne." Unbewusst fuhr er sich mit der rechten Hand über seinen im Ansatz erkennbaren Bauch. Einen Augenblick lang vergaß er seine Sorgen und den Grund, warum sie hier zusammensaßen. Er hasste Probleme.

Rudi saß mit seiner Mutter allein am Tisch und sie unterhielten sich leise. Ihre Gäste waren versorgt und jeder machte das Beste aus der verkorksten Situation. „Sicherlich werden unsere Leute mit dem Hubschrauber ausgeflogen, eine andere Möglichkeit gibt es wohl nicht", sagte der Junge. „Im Tal werden sicher alle Gewehr bei Fuß stehen und auf ihren Einsatz warten. Nach der Evakuierung wird es hier oben für uns beide sehr still werden. Eine Zeit lang werden keine Gäste kommen können."

„Auch das werden wir überstehen, mein Sohn. Wichtig ist doch nur, dass wir alle gesund aus dieser Sache rauskommen, alles andere ist zweitrangig. Mach dir darüber keine Sorgen." Aufmunternd sah sie Rudi dabei an und der lächelte zaghaft. „Sicher", stimmte er seiner Mutter zu „pascht scho." Aus der geblümten Kanne vor ihm goss er sich lauwarmen Kaffee nach. „Ich weiß", nahm sie das Gespräch wieder auf, „du denkst wieder an den Berliner. Bestimmt sitzt er auf der Kerschbaumer, beim Ortler. Wenn die Telefone wieder funktionieren, wird er sich sicher melden. Das trau ich ihm zu. Er wird wissen, dass du dir als Hüttenwirt Gedanken über ihn machst. Jeder Wirt würde so denken wie du. Und das weiß er. Wart ab, es wird alles gut. Ich muss in die Küche, das Mittagessen richten. Kümmer dich um die Gäste. Halt sie bei Laune. Auch für die ist es nicht leicht, hier eingesperrt zu sein. Vielleicht kannst du heut' Abend dein Akkordeon rausholen. Ein bisschen Musik ist bestimmt eine willkommene Abwechslung." Sie stand auf und ging in die Küche. Rudi hoffte, dass seine Mutter recht behalten würde und der Berliner sich bei Ortler in Sicherheit befand. Pflichtbewusst erhob auch er sich und ging zu einer Gruppe, die Domino spielte. Unkonzentriert sah er einen Augenblick zu. „Rudi, können wir eine Lage Bier haben?", fragte einer aus der Skatrunde. „Sicher", antwortete der Wirt, „ist schon so gut wie fertig."

Als Luigi wach wurde, saß Grete an seiner Seite und legte ihm gerade ein neues kaltes Tuch auf die heiße Stirn. Der Italiener schien Glück gehabt zu haben, denn die Wirtin konnte nach einer intensiven Untersuchung, sie war in Erster Hilfe ausgebildet, keine schwerwiegenden Verletzungen feststellen. Jedoch fing Luigi nach einer gewissen Zeit an zu glühen. Er hatte sich erkältet und bekam Fieber. Mit verschwommenem Blick erkannte er Grete und versuchte, sich zu erinnern. Nur bruchstückhaft gab sein Gehirn die vergangenen Ereignisse preis. Trotz seines Fiebers spürte er die eisige Kälte wieder in sich aufsteigen. Dann krampfte sich sein Magen urplötzlich schmerzhaft zusammen. Rafael! Deutlich sah er seinen Freund unter den Schnee- und Geröllmassen verschwinden. Wie geht es ihm? Es muss ihn böse erwischt haben. Ich muss unbedingt nach ihm sehen, dachte Luigi. „Rafael", flüsterte er deshalb und sah die Wirtin flehend an. Fast tonlos fügte er hinzu: „Wo ist mein Partner, wie geht es ihm, ist er schwer verletzt?" Beruhigend fuhr Grete über das dunkle Haar des Mannes. „Ruhig, mein Guter, du hast hohes Fieber. Du musst ruhig bleiben, darfst dich nicht aufregen. Ruhe ist für dich die beste Medizin. Versuch, noch etwas zu schlafen." Hilfesuchend sah sie ihren Mann an, der genauso wie die Gäste mitbekommen hatte, dass der Italiener wach geworden war. Karl erhob sich und ging zu den beiden. Am Lager ging der Riese in die Hocke und ergriff die heiße Hand. „Hey,

Kumpel, wieder unter den Lebenden? Jetzt ist erst mal wichtig, dass du auf die Beine kommst. Also hör auf deine persönliche Krankenschwester und nimm noch eine Mütze Schlaf. Die Schwester kann sehr unangenehm werden, wenn man ihre Anordnungen nicht befolgt. Ich kenn sie gut. Schlaf dich gesund. Alles andere ist zweitrangig." Mit seiner tiefen, ruhigen Stimme versuchte Karl, den Italiener von seiner unangenehmen Frage nach dem Freund abzulenken. „Wenn du nachher wieder wach wirst, geht es dir bestimmt viel besser und das Fieber wird zurückgegangen sein."

„Und eine kräftige Suppe wird dann ihr Übriges tun", fügte Grete hinzu. Tatsächlich fühlte sich Luigi noch sehr schlapp und gab sich nur allzu gern dem warmen Gefühl der Geborgenheit hin. Er schloss die Augen und genoss die Schwere, die von seinem Körper Besitz ergriff. Sekunden später war er eingeschlafen. Erleichtert atmete Grete auf. Dankbar sah sie ihren Mann an, der sie wieder einmal nicht im Stich gelassen hatte.

„Wie sollen wir bloß diesem armen Jungen den Tod seines Freundes beibringen, Karl? Wenn er nachher wach wird, kommt diese Frage und er wird sich nicht noch einmal so austricksen lassen. Was sagen wir, hast du eine Idee?" Karl brummte irgendwas in seinen Bart. „Nicht wirklich, Grete, nicht wirklich. Aber vielleicht bin ich nachher so betrunken, dass es mir nichts mehr ausmacht, die Wahrheit zu sagen. Du weißt ja, Besoffene und kleine Kinder lügen nicht."

„Ich geh in die Küche, den Zwiebelrostbraten herzurichten. Trink nicht so viel. Kümmere dich lieber um unsere Gäste."

Karl ging schnurstracks an seinen Tisch zurück und goss sich und Dieter, der immer noch Horrorbilder im Kopf hatte, die Gläser voll. „Auf das Leben", sagte Karl, „es ist eins der schwersten und endet meist tödlich. Auf Rafael und die armen Holländer."

„Genau, darauf trinken wir jetzt, Karl. Die Toten sollen leben. Prost." Dieter war schon ziemlich angeknallt. Auf ex vernichtete er den Schnaps.

In meiner Hütte war Ruhe. Resi malte, die Große hatte ihre Kopfhörer auf, Max döste vor sich hin und die Frau lag weiterhin im Schlafsack. Bei einer Zigarette, die ich mir aus dem zerknitterten Päckchen fischte, dachte ich an meinen ersten Berg und den Beginn meiner Leidenschaft.

Seit Jahren fuhren wir in den Sommerferien schon nach Österreich, speziell nach Kärnten, ins wunderschöne Gailtal. Dort gab es relativ wenige Touristen, nette Gastgeber, schmackhafte Speisen und Getränke, eine einmalige Landschaft und vom Wetter wurden wir selten enttäuscht. Wir erkundeten jeden Winkel im Tal. Mit den Jahren nahmen wir noch das Lesachtal, das Gitschtal und Osttirol hinzu. Meine Frau verliebte sich in die Gail, meine Tochter favorisierte eher das schöne Schwimmbad in Kötschach und unser Hund liebte das Streunen in den dichten Wäldern. Ja – und ich, was liebte ich besonders? Mich lockten die Bergspitzen. Aber ich war mir nicht sicher, ob ich genug Kondition hätte, um hinaufzukommen. War ich überhaupt schwindelfrei? Jahr um Jahr verschob ich den Versuch, einen Berg zu besteigen.

Dann, im August 1995, war es endlich so weit. Meine Frau und ich saßen wie so oft an einem lauen Abend auf unserem geräumigen Balkon und genossen die prächtige Aussicht auf die Karnischen Alpen. Wir tranken gut gekühlten Wein und knabberten in dünne Streifen geschnittenen Gailtaler Bauernspeck und gewürfelten Almkäse. Diese Köstlichkeiten hatten wir von einem Besuch auf der Eggeralm mitgebracht. Ich blickte auf die wunderschönen Berge vor uns und plötzlich war mir, als sähe ich sie zum ersten Mal richtig. Vielleicht war es das besondere Licht an diesem Abend. Die scharfen Zacken zeichneten sich messerscharf vor dem wolkenlosen Himmel ab. Jetzt waren die Berge für mich auf einmal wie Magneten. Ich fühlte mich zum ersten Mal persönlich von ihnen angesprochen und entwickelte ein inniges Gefühl für sie. Ich hatte mich urplötzlich in diese stummen Riesen verliebt und wollte sie nun unbedingt besuchen. Ich wollte eintauchen in ihre Welt und sie besser kennenlernen.

Nichts, aber auch gar nichts, konnte mich von diesem Entschluss abbringen. Ich war mir sicher, dass ich eine besondere, einzigartige, geheimnisvolle Welt für mich entdecken würde. „Is was?“, riss mich meine Frau aus meinen Träumen. „Du bist so still. Ich esse ja den ganzen Speck allein. Halt dich ran!“ Weiterhin den Blick auf die Berge gerichtet, verkündete ich ihr: „Morgen früh geh ich auf den Polinik.“ Einen Moment war gespannte Ruhe, dann aber platzte es aus ihr raus: „Was ist los? Hast du heut zu viel Sonne abgekriegt? Du willst da drüben auf dieses Monstrum? Zu Fuß? Meinst du nicht, dass du dich da ein bisschen überschätzt? Du hast doch gar keine Erfahrung. Und wenn dir was passiert, was dann?“

Ich ließ die Kaskaden von Fragen unbeantwortet und ging ins Wohnzimmer. Aus dem kleinen Schrank, auf dem der Fernseher stand, holte ich einen Wander- und Tourenführer der Gemeinde Kötschach-Mauthen heraus und ging wieder zu meiner erstaunten Frau. „Hier“, sagte ich zu ihr, „hier im Heft sind mehrere Wandertouren aufgezeigt, auch der Weg auf den Polinik. Er ist 2.332 m hoch und der Aufstieg beginnt hinter dem Waldbad von Mauthen. In fünf Stunden könnte ich oben sein. Der Rückweg geht über den Plöckenpass, zum Plöckenhaus. Von dort komme ich per Anhalter wieder nach Hause. Ich will es unbedingt versuchen.“ Ich war wie elektrisiert. Meine Frau nahm das Heft in die Hand und las die Beschreibung des Weges. Ich nahm mein Weinglas in die Hand. Mein Mund war plötzlich ganz trocken. Am liebsten wäre ich sofort losgegangen, aber das war Quatsch. Im Gegenteil. Ich musste mich auf mein Abenteuer vorbereiten und dann zeitig zu Bett, gegen 6 Uhr in der Früh wollte ich losmarschieren.

Eigenartigerweise spielte meine Frau mit. Ich war überrascht, dass keine weiteren Einwände von ihr kamen. Wahrscheinlich hatte ich sie zur richtigen Zeit auf dem richtigen Fuß erwischt. Als sie mich auch noch fragte, ob sie mir beim Packen helfen könne, erkannte ich mein holdes Weib kaum wieder. „Das wäre prima“, sagte ich deshalb und dachte, je mehr ich sie in dieses

Unternehmen einspannte, umso reibungsloser würde mein Abenteuer vonstattengehen.

Plötzlich stand unsere Tochter neben uns. „Ihr seid so aufgeregt, ist was los?" Abwechselnd sah unsere zehnjährige Tochter von einem zum anderen. „Papa geht morgen auf den großen Berg dort drüben", sagte meine Frau so, als sei es das Normalste der Welt. Mit offenem Mund starrte ich meine holde Gattin an. So was! Ich konnte mich immer noch nicht beruhigen. „Wir können ihm helfen, seine sieben Sachen zu packen. Er ist bestimmt den ganzen Tag unterwegs und braucht auch etwas zu trinken und zu essen. Hilfst du mir?"

„Toll, du gehst auf einen Berg! Hast du keine Angst?", fragte sie mich, ohne ihrer Mutter gleich zu antworten. „Nö", sagte ich, „es wird bestimmt aufregend. Und wenn ich zurück bin, erzähl ich euch alles haarklein."

„Was kann ich tun?", wandte sie sich nun an ihre Mutter. „Komm mit in die Küche, da fangen wir an." Als ich einen Moment später allein auf dem Balkon war, hob ich das Weinglas und prostete dem Polinik zu. „Morgen steig ich dir aufs Haupt, mein Großer."

Die Tour wurde für mich zu einem überwältigenden Erlebnis und war gleichzeitig der Beginn einer neuen, glühenden Leidenschaft, die bis heute anhält. Es war äußerst anstrengend und viel schwerer, als ich vermutet hatte. Aber unglaublich schön. Ich war fix und fertig, als ich am Nachmittag wieder bei meiner Familie eintraf, aber selig. Meine Frau erzählte mir später, dass ich fürchterlich erschöpft ausgesehen hatte und sie besorgt über meine Gesundheit war. Aber ich lachte und erklärte ihr, dass es das Beste gewesen war, was ich bisher in meinem Leben unternommen hatte.

Ein lautes Knacken in meinem Feuer holte mich in die Gegenwart zurück. Ich schaute mich um und sah, dass alles in Ordnung war. Mein Abenteuer auf dem Polinik war in keiner Weise mit meinem jetzigen zu vergleichen. Das hier war überhaupt nicht spaßig. Das hier könnte bös ins Auge gehen. Erstaunlicherweise hatte ich keine Angst um mich, aber die Verantwortung für meine drei „Mädels“ machte mir arg zu schaffen. Sie waren völlig hilflos, und wenn ich versagte, hatten sie in dieser Schneehölle keine Überlebenschance. Ich war ihre einzige Hoffnung und ich hatte mir vorgenommen, sie nicht zu enttäuschen.

Ich erreichte unter großen Mühen das Gipfelkreuz des Polinik. Meine Beine schmerzten und mein Rücken sehnte sich danach, dass ich ihn vom Rucksack befreite. Trotz aller Schmerzen überwog ein Gefühl: Stolz. Ja, ich war unheimlich stolz auf mich. Dieses Gefühl, am Kreuz des Polinik zu sitzen, war unbeschreiblich. Und schon zu diesem Zeitpunkt wusste ich, dass dies nicht mein letzter Berg war. Ich machte ein paar Fotos, gönnte mir eine Zigarette und einen Schluck Obstler aus meiner Wanderflasche und genoss den großartigen Ausblick. Welch ein Panorama! Berge, wohin ich schaute. Glücklicherweise war ich allein am Kreuz. Diese fantastische Stille! Ich war mit mir und der Welt im Reinen. Alle weltlichen Sorgen waren wie ausgelöscht. Mein Kopf war völlig frei. Es war ein mir bisher unbekanntes Gefühl. Nur widerwillig trat ich den Rückweg an. Bei makellosem Sonnenschein ging ich fast leichtfüßig den Berg hinab und war mir eigentlich sicher, dass ich das Beste des Tages hinter mir hatte. Aber ich sollte mich irren, es kam noch besser.

24

Auf der Karlsbader Hütte räumte Rudi die leeren Teller vom Mittagessen ab und brachte sie in die Küche. Er freute sich über die vereinzelten Komplimente, die das gelungene Essen betrafen. Er gab sie an seine Mutter weiter, die an der Spüle stand. Einige der Gäste zogen sich zu einem Mittagsschläfchen zurück. Die Skatfreunde setzten sich wieder zusammen und Rudi gesellte sich mit einem frischen Kaffee zu ihnen. Ein älteres Ehepaar saß noch am Ecktisch. Alle anderen hatten sich zurückgezogen.

Rudi dachte an die Worte seiner Mutter und beschloss, heute Abend sein altes Akkordeon abzustauben und für seine Leute aufzuspielen. Er war ein exzellenter Spieler. Das bislang leise Gespräch am Ecktisch wurde plötzlich lauter und Rudi hörte, wie die Frau klagte: „Ich halt das nicht mehr aus, dieses Eingesperrt-Sein! Ich muss raus hier, ich bekomme keine Luft mehr.“ „Lass den Blödsinn“, fuhr ihr Mann sie barsch an, „wir können hier nicht raus. Wir müssen uns wie alle anderen gedulden. Reiß dich zusammen!“ „Mir fehlt die Luft zum Atmen“, fuhr die Frau unbeirrt fort. Sie nestelte an ihrem Hemdkragen und öffnete die oberen zwei Druckknöpfe. „Mir schnürt’s die Kehle zu“, setzte sie noch einen drauf, „ich ersticke gleich.“ Rudi schaute kurz auf und hoffte, dass die Frau sich wieder einkriegen würde. Der Mann würde das wohl hinbiegen, dachte der Wirt und wandte sich wieder den Spielern zu. Kaum hatte er sich umgedreht, sprang die Frau, ohne dass es ihr Mann verhindern konnte, unvermittelt von ihrem Sitz hoch und war mit wenigen schnellen Schritten an der Hüttentür und riss sie auf. Sofort erfüllte das Fauchen des Sturmes den Raum und fegte gleichzeitig Unmengen von Schnee herein. Der kräftige Wind schleuderte die massige Holztür gegen die zierliche Dame, die dadurch wie vom Blitz getroffen zu Boden ging. Polternd fielen einige Stühle um, als die Spieler und Rudi aufsprangen und der Frau zu Hilfe eilten. Ihr Mann saß wie gelähmt auf der Bank. Schnell verteilte sich der Schnee im vorderen Teil der Stube. Der Sturm blies so kräftig, dass Rudi es nicht allein schaffte, die Eingangstür zu schließen. Erst als zwei weitere Männer anpackten, konnten sie mit vereinten Kräften die Tür ins Schloss drücken. Der dritte Mann kniete neben der Frau und versuchte, sie zu beruhigen. Beide waren schon ziemlich mit Schnee bedeckt und die Frau wimmerte jämmerlich vor sich hin. „Verdammt, was sollte denn das?", fragte Rudi mehr sich selbst, denn von der Frau erwartete er keine vernünftige Erklärung. „Sie ist auf einmal hysterisch geworden", antwortete ihr Mann. „Sie hat eine große Beule am Kopf", stellte der am Boden hockende Skatspieler fest. „Vielleicht hat sie eine Gehirnerschütterung. Bin kein Arzt. Aber ich würde vorschlagen, sie in ihr Bett zu legen. Der Mann kann sich ja dann weiter um sie kümmern. Die Beule kühlen wäre gut." Zustimmendes Gemurmel. „Wir haben Zimmer 4", sagte der verstörte Mann. „Ich danke Ihnen für Ihre Hilfe, meine Herren. Oben werde ich mich um sie kümmern. Könnten Sie meine Frau noch hinaufbringen, ich schaff das nicht allein? Ich wäre Ihnen sehr verbunden." Zwei Männer nahmen sich der Frau an und trugen sie in ihr Zimmer. Der Mann stand immer noch ein wenig zittrig im Raum, als könne er selbst die Stiege nicht mehr meistern. „Soll ich Ihnen nach oben helfen?", fragte deshalb der Wirt. „Nein danke, es geht schon. Bitte, ich möchte Ihnen und den Herren gern einen Schnaps spendieren. Schreiben Sie das bitte auf meine Rechnung, ja? Was ist bloß in meine Frau gefahren. Sie ist sonst nicht so ängstlich. Hoffentlich geht es ihr bald wieder besser. Es tut mir leid, dass wir Ihnen Umstände gemacht haben."

„Nicht der Rede wert", beruhigte ihn Rudi, „der Sturm kann einem schon zusetzen. Machen Sie sich keine Vorwürfe. Es ist alles in Ordnung." Der Mann nickte dankbar und ging langsam die Treppe hoch. Mit einem breiten Besen fegte Rudi den

Schnee zu einem Haufen neben der Eingangstür, damit keiner versehentlich ausrutschte. Gleichzeitig nutzte er die Gelegenheit, die Hüttentür abzuschließen. Er steckte den Schlüssel in seine Hosentasche. „Sicher ist sicher", erklärte er den anderen. „Oder will einer der Herren eine Zigarette auf der Veranda rauchen?"Dabei grinste er spitzbübisch in die Runde. „Trinken wir lieber auf Kosten des Alten einen Obstler", schlug stattdessen einer vor, „und dann spielen wir weiter. Ich hasse Unterbrechungen." Rudi lachte und ging die Getränke holen. „Dieser Sturm und dieses ewige Geheule können einem schon an die Nerven gehen", meinte einer verständnisvoll. „Habt Ihr gesehen, wie hoch der Schnee draußen liegt? Mindestens zwei bis drei Meter! Zu Fuß kommen wir hier nicht weg. Ausgeschlossen. Ich nehme an, dass wir ausgeflogen werden, mit Hubschraubern. Ist jemand mit so einem Ding schon mal unterwegs gewesen?" Alle schüttelten den Kopf. „Landen können die auch nicht. Die Maschinen würden im Schnee versinken", setzte der Mann noch einen drauf. „Vielleicht wehen die starken Rotoren den Schnee weg bei der Landung?", suchte sein Kumpel nach einer Lösung. „Aber eigentlich ist mir das egal, wie sie uns hier herausholen, Hauptsache sie tun es bald." Der Mann sah dabei auf Rudi und fügte dann schnell hinzu: „Obwohl deine Hütte wirklich toll ist. Ich bin gern hier, aber nicht bei so einem Sauwetter."

„Die werden uns wohl mit der Seilwinde evakuieren müssen. Dann bekommen wir ein luftiges Abenteuer gratis dazu. Da haben wir eine prima Geschichte für unsere Enkel."

„Hoffentlich machst du dir vor Angst nicht in die Hose, wenn du über der Hütte schwebst", flachste sein Freund. „Du hast es nötig", konterte der prompt, „du bekommst doch schon Muffensausen, wenn du bei dir in Klagenfurt aus dem Fenster im ersten Stock deiner Mietskaserne schaust." Die Männer kicherten und Rudi erhob sein Glas. „Was soll's, Männer. Trinken wir auf die Berge und auf uns. So jung kommen wir nicht mehr zusammen."

„Wahrlich trefflich gesprochen. Vernichten wir also den teuflischen Stoff, damit sich andere Gäste nicht mit dem Zeug vergiften." Die gute Stimmung zog wieder in die Karlsbader Hütte ein. Nach einer weiteren Runde nahmen die Männer die Karten erneut auf und Rudi ging nach oben. Er wollte sich nach dem Befinden der scheinbar verwirrten Frau erkundigen.

„Hast du sie wirklich abstürzen sehen?", fragte Karl so beiläufig wie möglich. Sie hatten schon einiges intus und der Wirt stellte gerade zwei frische Gösser Bier auf den Tisch. Da er selbst eine Menge vertrug, hoffte er, dass sein Plan aufging. Hans dagegen war den starken Schnaps nicht gewohnt und leichtes Schwindelgefühl im Kopf bestätigte ihm das. „Nein, natürlich nicht direkt, Karl. Aber wo sollten sie sonst abgeblieben sein. Sie liefen genau hinter mir und waren dann plötzlich spurlos verschwunden. Auf meine verzweifelten Rufe keine Antwort. Ich ging weit zurück. Nichts. Ich schrie, ich jammerte, ich war völlig verzweifelt, nervlich am Ende. Das bin ich jetzt noch. Alle drei – wie vom Erdboden verschluckt. Es war unheimlich, ja gespenstisch! Vor dir siehst du ein menschliches Wrack. Nur der reine Selbsterhaltungstrieb ließ mich hierher zurückkehren." Er nahm das Bierglas in die Hand und verschüttete etwas beim Trinken. Karl registrierte das mit Genugtuung und legte noch einen Schnaps nach. „Heilige Mutter Gottes, was für ein Unglück." Der Wirt versuchte, leicht betrunken zu wirken. „Ich bin schon lange Hüttenwirt und habe viel erlebt in den Jahren, aber so etwas Schreckliches noch nie. Eine Tragödie. Die Natur kennt kein Gut und kein Böse – die Natur ist, wie sie ist. Grausam und unberechenbar." Hans nickte zu den Worten, die ihm vernünftig erschienen, obwohl er sich nicht sicher war, dass er alles verstanden hatte. „Ich muss mich um die Firma kümmern", sagte er unvermittelt und Karl spitzte die Ohren. „Die Belegschaft braucht Sicherheit, das Leben geht weiter. Ich trage jetzt die Verantwortung und muss meine Frau würdig ersetzen. Und darauf kannst du einen lassen, dass ich das hinkriege. Hundertprozentig." Diese Aussage fand Karl hochinteressant. Die Frau besaß eine Firma und sie schien bisher das Sagen gehabt zu haben. Es stand also eine Machtübernahme bevor und Hans bereitete sich schon gedanklich darauf vor. Ortler fand es befremdlich, dass in solch einer schrecklichen Situation ein Mensch an materielle Dinge denken konnte. Er hakte nach: „Ihr besitzt eine Firma?“ Hans nahm noch einen kräftigen Schluck und nickte zustimmend. „Ja, eine Sanitärfirma. Sie gehört meiner Frau. Ich bin Geschäftsführer. Aber wie es aussieht, bin ich jetzt der Chef. Meine Frau hätte es so gewollt. Trinken wir auf diese liebe Seele. Gott hab sie selig.“ Die Männer stießen mit den Stamperle an. Nach kurzer Pause bemerkte Karl: „Dann bist du jetzt ein gemachter Mann, ein wohlhabender Fabrikant. Das hilft dir bestimmt über die schwere Zeit ein wenig hinweg. Und die Firma wird deine ganze Aufmerksamkeit fordern, sodass du von den privaten Problemen abgelenkt wirst. Es wird hart für dich, aber ich denke, du schaffst das, du bist ein gefestigter Charakter.“ Ortlers Worte taten Hans so gut! Worte wie „wohlhabend“ oder „gefestigter Charakter“ waren Musik in seinen Ohren. Seine Zukunft war gesichert. Zwar auf Kosten anderer, aber Skrupel kamen ihm nicht. Im Gegenteil. Er rechtfertigte sein Verhalten damit, dass nur die Starken überlebten. Weicheier wie seine Frau hatten heutzutage keine Existenzberechtigung.

Schon reichlich vom Alkohol gezeichnet, fand er seinen Eingriff in die Natur völlig korrekt. Wenn die natürliche Auslese nicht funktionierte, dann musste er das eben geradebiegen. Nicht mehr und nicht weniger hatte er getan, davon war er felsenfest überzeugt. Fast hätte er in seinem Suff und in seiner Euphorie dem Wirt seine gezielte Auslese an den Kopf geschmissen. Aller Welt hätte er am liebsten seine Großartigkeit erklärt, aber er entschied, die Welt im Unklaren zu lassen, denn er ahnte, dass die Menschheit noch nicht reif war für seine Art, die wichtigen Dinge des Lebens zu regeln. „Ja, Karl, das hast du gut erkannt. Ich habe einen gefestigten Charakter. Das Schicksal fordert mich heraus. Aber ich werde allen beweisen, dass ein Hans Leitner vor keinem noch so schweren Schicksalsschlag in die Knie geht. Anders wird ein Schuh daraus: Ich werde wie Phönix aus der Asche auferstehen und das Unternehmen im Gedenken an meine liebe Frau zu einem europäischen Großbetrieb hinführen. Schenk ein, Karl, darauf trinken wir jetzt!"

Während ich die einfache Hütte mit den verstreut aus dem Rasen liegenden oder grasenden Rindern vor mir sah, ahnte ich in keiner Weise, dass mein erstes Bergabenteuer hier seine Krönung erfahren sollte. Erfreut über die unerwartete Abwechslung betrat ich Minuten später die Veranda und begrüßte die beiden alten Männer mit festem Handschlag. „Werner", stellte ich mich knapp vor und setzte mich auf die breite Holzbank. „Johannes", sagte der Vollbärtige ebenso knapp und zeigte mit dem Daumen auf den glatzköpfigen Partner, der mich mit einem wettergegerbten Gesicht fröhlich ansah. „Das ist Jochen." Ich nahm den Rucksack ab und reckte die leicht schmerzenden Schultern. „Kommst vom Polinik?", fragte Jochen. „Jo", antwortete ich und tat so, als ob es das Normalste der Welt wäre und nicht mein erster Hügel. „Prächtig, prächtig", stellte Jochen fest. „Dann hast du bestimmt Durst. Magst ein Bier?"

„Sicher doch." Jochen verschwand kurz in der Hütte und kam gleich darauf mit drei Flaschen Gerstensaft zurück. Wir stießen über den Tisch hinweg an und ließen es uns schmecken. „Ich habe hier gar keine Hütte erwartet", begann ich das Gespräch und bot dabei Zigaretten an. Beide griffen dankend zu und Johannes erklärte: „Wir sind hier den Sommer über und hüten Fleischrinder. Ist keine öffentliche Hütte, sondern privat. Seit zehn Jahren machen wir schon den Job. Uns gefällt es. Sind bezahlte Sommerferien. Ansonsten sind wir schon in Pension." Ein wenig beneidete ich die beiden um ihren Traumjob. Ich steckte die müden Beine unter den Tisch, genoss die Sonne, die Landschaft und die angenehme Gesellschaft. Hin und wieder an der Flasche nippend, schwiegen wir eine Weile. Die dadurch entstandene Stille war herrlich. Ab und zu muhte eine Kuh, das war alles. So ließ es sich aushalten. „Hast du schon mal einen Adlerhorst gesehen?" Jochen unterbrach mit dieser Frage das Schweigen und ich antwortete wahrheitsgemäß mit: „Nein, noch nie.“ Jochen langte unter die Bank und holte ein großes Fernglas hervor. „Wenn du rüber zum Cellon schaust, kurz bevor die Kellerwand hervortritt, auf der rechten Bergseite – siehst du da den schwarzen Fleck?“ Er deutete mit dem Arm in die angegebene Richtung. Nachdem ich mich einen Moment orientiert hatte, sah ich den Punkt. Jochen drückte mir nun das Glas in die Hand und sagte: „Das ist der Horst. Die Alten sind gerade auf der Jagd.“ Ich starrte durch das Fernglas und versuchte, mein Ziel zu finden. Es war nicht ganz einfach und es dauerte eine Zeit, bis ich fündig wurde. Im ersten Augenblick war ich enttäuscht, denn ich sah nur ein dunkles Loch, wahrscheinlich ein mit Reisig und anderen brauchbaren Utensilien erbautes Etwas. Einen richtigen Horst konnte ich auf diese Entfernung nicht erkennen. Die Jungen befanden sich sicher auf dem Boden des Nestes, für mich unsichtbar. Trotzdem war ich beeindruckt. Ein echter Adlerhorst. Immerhin. „Wunderbar“, sagte ich deshalb und gab dem Alten sein Glas zurück. „Wenn du noch ein Weilchen Zeit hast und etwas Glück dazu, dann siehst du vielleicht noch einen der prachtvollen Jäger“, meinte Johannes. „Das wäre natürlich irre“, entfuhr es mir euphorisch. Aufgeregt öffnete ich meinen Rucksack, nahm den Flachmann heraus und bot einen Obstler an. Nachdem die Rinderhirten meinen Schnaps getrunken hatten, sahen sie sich schmunzelnd an. Joachim nickte seinem Kumpel wortlos zu und der verschwand in der Hütte. Stimmt was nicht mit meinem Getränk? Mir schmeckte er sehr gut. Meiner Frau übrigens auch. Man schmeckte das Obst klar heraus und er war angenehm mild im Abgang. Jochen kam mit einer halb vollen, grünen Literflasche ohne Etikett zurück. Stumm füllte er die Gläser, setzte den Korken auf die Flasche und hob sein Stamperle mit den Worten: „Probier den mal, Werner.“

„Selbst gebrannt?“

„Freilich, aber mit viel Liebe.“ Ich ahnte Fürchterliches. Ich tat es meinen Gastgebern nach und trank das Glas auf ex. Man will ja nicht unhöflich sein. Meine Magenwände glühten und meine Leber klatschte in die Hände. Schweißperlen traten auf meine Stirn. „Heiliger Strohsack! Das nenn ich ein Getränk für Männer!" Verstohlen wischte ich mir die Tränen aus den Augen. „Und man schmeckt sogar die Liebe heraus", fügte ich lachend hinzu. Die Alten hatten ihren Spaß und schmunzelten vergnügt. Mir war klar, dass mein im Dorfladen gekaufter Obstler für die beiden nur ein guter Wille war.

Ich schaute bergab, da musste ich nachher weitergehen, als ich jemanden aus dem noch weit entfernten Wald treten sah. Wahrscheinlich auch ein Wanderer. „Erwartet ihr Besuch?", erkundigte ich mich bei Johannes. „Nö", murmelte er, „wahrscheinlich einer von deiner Zunft."

„Hier ist ja heute mehr Verkehr als in der Rosengasse in Lienz", lachte Jochen und sein sympathisches Gesicht bekam noch mehr Runzeln. Dann schwiegen wir und beobachteten den Wanderer, der gemütlich auf die Hütte zusteuerte. Er würde noch eine Weile brauchen. Plötzlich hörten wir das helle Bellen eines kleinen Hundes, der weit vor seinem Herrchen den Weg hinaufhoppelte. „Der riecht bestimmt das Wasser unserer Rinder", bemerkte Jochen fachmännisch, „auf dem Weg vom Pass herauf gibt es kaum Wasserstellen. Der kleine Kerl wird durstig sein." Es stellte sich heraus, dass es ein Kurzhaardackel war, der unablässig kläffte und auf seinen kurzen Beinen so schnell wie möglich den Hang hochlief. „Unverantwortlich", schimpfte Johannes und schüttelte ärgerlich den Kopf. Erstaunt blickte ich ihn an. „Was ist unverantwortlich?", fragte ich. Er entspannte sich und erklärte mir, dass man mit so einem kleinen Hund nicht ins Hochgebirge geht. Schon gar nicht, ohne ihn anzuleinen. So ein Kerl ist nicht größer als ein Murmeltier. Und Murmeltiere sind nun mal die Hauptspeise der Raubvögel. Da hatte ich wieder was gelernt. „Verstehe", antwortete ich. Das Herrchen war noch etwa 200 m von uns entfernt, während der Dackel in wenigen Augenblicken am Objekt seiner Begierde, dem Wasser, ankommen würde. Das köstliche Nass zog ihn an wie ein Magnet. Gleich hatte er es geschafft. Ich langte zu meiner

Bierflasche, doch mitten in der Bewegung hielt ich inne, denn plötzlich verdunkelte sich die ganze Veranda. Ich war irritiert, denn eben noch war keine einzige Wolke am Himmel zu sehen gewesen. Ein Bilderbuchwetter. Aus den Augenwinkeln sah ich die Alten mit offenen Mündern nach oben starren. Sogleich tat ich es ihnen nach.

Was ich sah, war für mich das unglaublichste und gleichzeitig das schönste und größte Naturschauspiel meines bisherigen Lebens. Lautlos, majestätisch, einfach atemberaubend schwebte ein riesiger Vogel über uns hinweg, knickte im Flug elegant nach links ab und stürzte dann mit rasender Geschwindigkeit zielstrebig auf den Dackel. Der Hund ahnte nichts von der Gefahr, kläffte munter weiter und war kurz vor der ersehnten Wasserlache, als der Raubvogel seine scharfen Krallen, mitten im Flug, in das ahnungslose Tier bohrte, es scheinbar mühelos vom Boden hob und dann in Richtung Horst verschwand. Bei Familie Adler würde es heute ein Festessen geben. „Uff", entfuhr es mir, denn ich hatte die ganze Zeit die Luft angehalten. Vor Aufregung vergaß ich das Atmen. „Er hatte ein schnelles Ende, der Kleine." Jochen sah mich an. „Der Greif tötet mit seinen starken Fängen. Er erdrückt quasi seine Beute. Der Hund hat nicht lange gelitten."

Der Wanderer war außer sich, als er endlich die Hütte erreicht hatte. Er schrie Zeter und Mordio. Am Dialekt erkannte ich, dass er ein Österreicher war, kein Piefke wie ich. Das beruhigte mich. Auch Einheimische machten Fehler. Der Wanderer ließ sich auf die Bank fallen und fragte wiederholt, wie er das bloß seiner Frau erklären solle. Die glaubte ihm sicher kein Wort. Ein Adler, du spinnst!, würde sie sagen. Johannes besorgte ein weiteres Glas und wir stießen mit dem zutiefst erschütterten Mann an. „Johannes ist ein wahrer Samariter", erklärte mir Jochen indes leise. „Er wird den Typ beruhigen, er kann das gut." Der Alte nahm einen Schluck aus der Bierflasche, fuhr sich über den Mund, blickte mich an und grinste dann schief. „Ich hasse es, immer recht zu haben, es macht mich so ..., so ... ähm ...", er suchte nach einem passenden Wort, legte dabei den Kopf etwas zur Seite, als fiele ihm das Denken schwer und blinzelte mir verschwörerisch zu, „ … so besonders." Trotz der für den Österreicher traurigen Situation musste ich lachen. Die Alten waren schon in Ordnung. Ich mochte sie. Stundenlang hätte ich noch mit ihnen quatschen können, aber ich musste in die Hufe kommen. Herzlich verabschiedeten wir uns voneinander und Johannes gab mir noch einen Selbstgebrannten mit auf den Weg. „Damit läuft es sich besser", grinste er. „Und schneller", warf Jochen ein. Dieser Tag, vollgepackt mit spektakulären Eindrücken, ist einer, an den ich gern und oft zurückdenke.

Ich legte ein paar Holzscheite nach. In meiner Hütte war alles ruhig. Gerade wollte ich mir eine Zigarette anstecken, als ich deutlich, jedoch völlig unerwartet, die Worte: „Danke, danke für alles", vernahm und verwundert in Richtung Schlafsack sah. Die Frau saß angezogen auf dem weichen Sack und schaute zu mir herüber. Ich zündete die Gauloise an, blies den Rauch zur Decke und sagte: „Keine Ursache, schon gut. Kommen Sie zu uns ans Feuer, hier ist es gemütlich und ich muss mir nicht so den Hals verrenken, wenn ich mit Ihnen rede."

Luigi erwachte und stellte fest, dass es ihm schon besser ging. Er hatte Hunger. Blinzelnd schaute er zur Decke und hörte dabei auf die leise Unterhaltung der Gäste. Er versuchte, sich aufzurichten, ließ es jedoch bei einem Versuch bewenden, denn starke Schmerzen in seiner linken Seite und zittrige Arme hinderten ihn daran. Außerdem bekam er kaum Luft. Er war anscheinend doch noch nicht wieder fit. Ein Gast sah Luigis Bemühungen und rief zur Küche hin: „Unser Italiener ist wach, vielleicht hat er Durst oder so." Grete kam aus ihrer Küche, wischte sich die Hände an der Schürze ab und ging lächelnd zum Lager. „Hallo, wie geht es dir? Etwas besser? Hast du Hunger oder Durst? Brauchst du was?" Die Wirtin war mächtig aufgeregt. Luigi sah sie mit fast klaren Augen an. „Ich glaube, ich habe Hunger. Mein Magen knurrt fürchterlich."

„Das ist ausgezeichnet“, sagte Grete erfreut, „Hunger ist ein gutes Zeichen. Ich hab extra für dich eine kräftige Suppe angerichtet. Bin gleich wieder da.“

Während sie in die Küche zurücklief, nahm ihr Mann seinen Stuhl und setzte sich neben den Italiener. Er half ihm behutsam beim Aufrichten. Leichtes Schwindelgefühl stellte sich bei dem Patienten ein, aber das war nicht so schlimm wie der Schmerz in seinen Rippen. Er presste die Hände gegen die Seite, als ob er dadurch die schmerzhaften Stiche lindern könnte. „Geht's halbwegs?“ Luigi stöhnte leise auf. „Meine Rippen tun mir weh und ich bekomme nur schwer Luft. Wahrscheinlich habe ich mir eine Prellung zugezogen. Aber es geht, ist auszuhalten.“ Grete stand mit einer dampfenden Schüssel neben ihnen und bat ihren Mann, einen weiteren Stuhl als Tisch für die Suppe neben das Bett zu stellen. „Kannst du alleine essen?“, fragte sie besorgt. „Ich probier es, wird schon gehen.“ Während Luigi mit dem Löffel in der heißen Suppe rührte und durch Pusten versuchte, sie abzukühlen, sortierte Karl seine vorbereitete Rede nochmals gedanklich durch. Lange Vorträge oder gar Mitgefühl in schöne Worte zu kleiden, war nicht gerade eine Stärke des robusten Hüttenwirts. Deshalb hatte er auch ein ungutes Gefühl in der Magengegend, als er leise zu Luigi sprach. „Hey, Italiener, mein Freund. Weißt du, das Leben macht es uns manchmal nicht leicht, es zu mögen. Oft stellt es uns sogar vor schier unlösbare Probleme oder zeigt uns unsere Grenzen schonungslos auf. Hin und wieder müssen wir entsetzliche Schicksalsschläge hinnehmen, dass wir meinen, dieses Leid nicht ertragen zu können. Doch glaub mir, der Satz, die Zeit heile alle Wunden, der trifft wirklich zu. Auch wenn es noch so dick kommt, irgendwie geht es immer weiter. Der Mensch kann erstaunlich viel ertragen. Das Leid und die Trauer gehören ebenso zum Leben dazu wie das Glück und die Freude.“ Er machte eine Pause. Ihm war kotzübel. Luigi rührte immer noch in seiner Suppe, den Blick gesenkt. „Verstehst du, was ich dir sagen will? Hoffentlich. Es tut mir sehr leid, Luigi, aber wir konnten deinen Freund Rafael nur noch tot bergen. Aber eins ist sicher. Er hat nicht lange leiden müssen. Gott sei seiner Seele gnädig." Lange Zeit sagte keiner ein Wort. Selbst die Gäste verhielten sich ruhig. Jeder war ergriffen von den Worten des Wirtes und manch einer griff zum Taschentuch. Grete stand in der Küchentür und schämte sich ihrer Tränen nicht.

Weiterhin zu Boden schauend, sagte dann der Italiener: „Ich hab es mir schon gedacht, aber ich wollte es nicht wahrhaben." Er atmete tief durch, verzog dabei sein Gesicht, denn die Rippen schmerzten beim Luftholen. „Rafael war überzeugt, dass er irgendwann seinen letzten Atemzug im Gebirge machen würde, er war damit mit sich im Reinen. Aber dass dies so schnell passieren würde und dann noch in einer Hütte, nicht im freien Gelände, das wird ihm bestimmt nicht gefallen haben. Francesca, seine Frau, wird mir die Augen auskratzen, weil ich ihn zu dieser Tour überredet habe. Eigentlich wollten wir erst im Herbst gehen, zu seinem 30. Geburtstag." Er nahm nicht war, wie seine Tränen in die Suppe fielen. Karl erhob sich, legte kurz eine Pranke auf die schmale Schulter des Italieners, drückte sie einen Augenblick und wandte sich dann schnell ab. Ohne zu den Gästen zu schauen, legte er umständlich neues Feuerholz in den Ofen, sodass niemand sehen konnte, dass auch ihm die Tränen in den Augen standen.

25

Meine Frau erschrak, als es an unserer Ferienwohnung klingelte, denn sie dachte gerade darüber nach, wie sie wohl reagieren würde, wenn die Polizei käme und schlechte Nachrichten von ihrem Mann überbringen würde. Es war jedoch nur der angekündigte Wagen vom ORF, der sie und Jenny nach Lienz bringen sollte. Ein schlanker, gut gekleideter, höflicher Mann – Mitte 30 und, wie meine Damen feststellten, nicht hässlich – stand im Garten. Pünktlich wie ein Maurer. Das hatte Stil. Geduldig wartete er auf das Erscheinen seiner Fahrgäste. Helga kam aus ihrer Wohnung, grüßte den Mann und wartete mit ihm. Eine Erfrischung hatte der Chauffeur dankend abgelehnt.

Natürlich wollte Helga ihren Fernsehstars „Toi, toi, toi!" wünschen. Sie konnte die Sendung kaum erwarten. Es war eine kleine Sensation für sie, ihre Familie, sogar für das ganze Gailtal. Als Moni und Jenny in den Garten kamen, nahm Helga beide herzlich drückend in die Arme. Der Fahrer stand diskret neben der dunklen Limousine und beobachtete belustigt die kleine Abschiedsszene. Er hatte die strikte Anweisung, alles für das Wohlergehen der beiden Damen zu tun und ihnen sämtliche erfüllbaren Wünsche von den Augen abzulesen. Der Sender war äußerst dankbar für die Mitarbeit der deutschen Urlauber. Nachdem Helga meine Mädels endlich wieder freigab, gingen sie gemeinsam zum Fahrzeug und der Fahrer öffnete ihnen mit einer angedeuteten Verbeugung die Türen.

„Bringen Sie doch den Schlafsack mit, dann können wir uns draufsetzen. Ist bestimmt wärmer am Hintern." Wir legten das Teil auf die Biergartenbank und setzten uns nebeneinander. Kommentarlos nahmen die Kinder das Erscheinen ihrer Mutter am

Feuer zur Kenntnis. Sie diskutierten hektisch die künstlerischen Fähigkeiten von Resi. Ihre Schwester hatte wohl ernsthafte Kritik parat. Die Frau streckte ihre Hände näher ans Feuer und rieb sie leicht aneinander. „Hier", sagte ich, „nehmen Sie meine Jacke. Die wärmt ausgezeichnet." Ohne zu zögern zog sie die Joppe über ihren Kopf. „Danke sehr. Aber ist Ihnen nicht kalt, nur so im Hemd?" „Nö", antwortete ich, „mir ist warm genug. Alles o. k. Wollen Sie etwas Wasser oder vielleicht einen Streifen Speck? Käse und ein trockenes Brötchen kann ich Ihnen auch noch anbieten."

„Ein Schluck Wasser würde mir im Moment reichen. Übrigens, ich heiße Maria." Ich reichte ihr die Tupperflasche. „Werner", antwortete ich kurz. „Gibst du mir auch ein wenig Wasser?", fragte Rosi ihre Mutter. Maria hielt ihr die Flasche über das Feuer hin. „Wie geht es euch, Kinder?", fragte besorgt die Mutter. „Habt ihr gut schlafen können? Ist euch warm genug?" „Uns geht's prima", erklärte die Lütte fröhlich. „Werner ist sehr nett. Er hat mir seinen Malblock gegeben. Ich mal Max. Ist der nicht süß? Er hat ganz flauschiges Fell. Du kannst ihn ruhig streicheln. Er beißt nicht, ehrlich. Er ist mein Freund." Beim Sprechen kraulte sie meinem Hund die Ohren. „Ich hab ihm einen Hundekeks gegeben. Er hat ihn ganz vorsichtig aus meiner Hand genommen. Wenn wir wieder zu Hause sind, müsst ihr mir auch so einen kaufen. Bitte Mama, du musst Papa überreden. Ich werd mich auch doll um ihn kümmern. Versprochen. Großes Ehrenwort." Maria sah auf meinen Hund, der artig am Boden lag. „Er sieht sehr lieb aus, das stimmt. Und hübsch ist er auch. Aber du kennst ja Papa. Er mag keine Hunde, aber ich versprech dir, mit ihm zu reden." Resi seufzte. Große Hoffnungen machte sie sich wohl nicht. Ich sah auf die Uhr. Früher Nachmittag. Unwillkürlich musste ich gähnen. Konnte ich für zwei bis drei Stunden die Augen zumachen, ohne Risiko? Was könnte passieren? Eigentlich bestand zurzeit. keine Gefahr. Das Feuerholz würde reichen. Max ging ja immer allein in den Nebenraum, um sein Geschäft zu erledigen. Etwas Schlaf würde mir guttun. Ich fragte Maria, ob es in Ordnung ging, wenn ich eine Mütze voll Schlaf nähme. Fast schon empört über meine anscheinend dumme Frage stand sie auf und legte den Schlafsack wieder an seine alte Stelle. „Bitte, weck mich in spätestens drei Stunden, das reicht mir. Und ich will dann unbedingt die Nachrichten im Fernsehen mitbekommen." Grinsend gab ich ihr meine Uhr. „Denk ans Feuer, Maria, lass es nicht zu weit runterbrennen, sonst wird es zu kalt. Leg hin und wieder was nach." Sie brummte so etwas wie „Ganz doof bin ich ja nun auch nicht", aber das bekam ich kaum noch mit. Ich kuschelte mich in den Sack und war einen Lidschlag später eingeschlafen.

Die Leute auf der Kerschbaumer Schutzhütte hatten sich die Tische so zusammengeschoben, dass sie im Kreis saßen. Thema Nummer eins war der Sturm. Alle vermieden es, Hans, der neben Ortler unter ihnen saß, auf das Unglück anzusprechen. Und der war froh darüber. Der Alkohol hatte ihm ganz schön zugesetzt und er beteiligte sich kaum an der Unterhaltung. In Gedanken war er weit weg. Auf den Seychellen. Er lag faul am Strand, umringt von den obligatorischen Badenixen, die ihm jeden Wunsch von den Augen ablasen. Seine Firma lief auch ohne ihn glänzend. Hans genoss das Leben. Erschrocken fuhr er zusammen, als ein Gast versehentlich ein Glas umwarf. Das Klirren des zerspringenden Glases holte ihn in die Wirklichkeit zurück. „Alles in Ordnung, Hans?", fragte Ortler. „Ja, alles in Butter", antwortete er mit schwerer Zunge, „mir geht es gut."

„Einen nehmen wir aber noch, was Hans?" Ohne eine Antwort abzuwarten, goss der Wirt ihre Gläser randvoll. Innerlich war er stinksauer, denn aus Hans war auch mit Hochprozentigem nichts rauszukriegen. Entweder Ortler lag völlig falsch oder Leitner war ein besonders guter Schauspieler. „Na gut, einen noch, dann aber verzieh ich mich. Vielleicht finde ich durch meinen Rausch etwas Schlaf." Zerknirscht nickte Ortler. „Prost, Hans."

„Prost, Klaus. Und pass auf, dass deine Hütte nicht wegfliegt, während ich ruhe." Er würgte den Schnaps runter, denn er schmeckte schon lange nicht mehr. War viel zu viel für ihn. Schwankend stand er auf, grüßte lallend in die Runde und ging mit unsicheren Schritten nach oben. Ortler sah ihm gedankenvoll nach. Armer Teufel oder Teufel in Menschengestalt? Der Wirt wusste, dass ihn diese Frage auch heute Nacht nicht zur Ruhe kommen lassen würde.

Die schwere Limousine fuhr fast lautlos in Richtung Lienz. Meine Frau, die neben dem Fahrer saß, unterhielt sich angeregt über die bevorstehende Talkshow. Der freundliche Chauffeur versuchte, ihr die Angst vor dem Fernsehauftritt zu nehmen und es als das Normalste der Welt darzustellen. Meine Tochter fand alles sehr spannend und aufregend. Natürlich war sie auch ein wenig nervös, jedoch nicht ängstlich. Nachdem sie die kurvenreiche Fahrt über den Gailbergsattel hinter sich und Oberdrauburg passiert hatten, gab der Fahrer auf der Bundesstraße etwas Gas, sodass sie schon nach wenigen Minuten die östlichen Ausläufer der Lienzer Dolomiten sahen. Mit Entsetzen blickten die drei auf das Gebirge. Es sah Furcht einflößend aus. Mehr als zwei Drittel des Gebirgszuges waren durch eine schwarze Wolke verhüllt. Das restliche untere Drittel lag teilweise verschneit vor ihnen. „Unfassbar", entfuhr es meiner Tochter. „Das sieht wirklich übel aus. Wenn dort oben ein Mensch keinen Schutz gefunden hat, dann hat er Probleme. Seit nunmehr 30 Stunden hält sich diese Wolke über den Bergen. Und wenn noch nicht einmal die Gebirgsjäger zu den Hütten vordringen konnten, wie ich erfahren habe, dann ist da oben die Hölle los." Die Worte des Fahrers waren nicht gerade aufbauend für meine Damen. Deshalb sagte auch meine Frau: „Sie machen einem ja richtig Mut. Ihr Optimismus ist direkt ansteckend, junger Mann."

„Es tut mir leid, Frau Wegener, das war unüberlegt von mir und nicht so gemeint. Um ihren Mann müssen sie sich keine Gedanken machen. Der hat mit Sicherheit eine Schutzhütte erreicht." Als sie auf das Dörfchen Nikolsdorf zufuhren, deutete der Mann auf den kleinen Flugplatz. „Hier ist der Sitz der

Bergwacht mit ihren Hubschraubern. Hier ist alles in dauernder Alarmbereitschaft, wie bei den Soldaten. Die Männer warten nur auf ihren Einsatz."

Diese aufmunternd gemeinten Bemerkungen kamen bei meiner Frau schon etwas besser an. Tapfer lächelte sie ihre Tochter an und sah dann wieder in Fahrtrichtung. Mit rascher Geschwindigkeit näherten sie sich nun Lienz. Als sie das Ortsschild passierten, fielen ihnen sofort die außergewöhnlichen Menschenmassen auf. Sensationshungrig verstopften sie die engen Gassen. Viele trugen große Ferngläser um den Hals und schauten damit immer wieder auf die Unholde. Es lag eine elektrisierende Spannung über der hübschen Landeshauptstadt. Alle Sitzplätze in den Biergärten und Cafés waren belegt. Viele Wirte hatten zusätzliche Bänke aufgestellt, um das unerwartete Zusatzgeschäft mitzunehmen. Nur im Schritttempo kam der Wagen voran. Schließlich hielt der Fahrer auf einem reservierten Parkplatz hinter dem schmucken Rathaus. Der ORF hatte dort einige Räume für seine Übertragungen angemietet. Die ehemalige Liebburg, das heutige Rathaus am Hauptplatz und Wahrzeichen der Stadt, war zwischen 1605 und 1608 errichtet worden. Zweimal brannte sie ab. 1981 wurde die Burg von der Stadt gekauft und nach umfassenden Renovierungsarbeiten seit 1988 als Rathaus genutzt. Der Chauffeur stieg aus, ging um den Wagen und öffnete meiner Frau die Tür. Jenny verließ auf der anderen Seite die Limousine. „Ich begleite Sie beide noch nach oben. Aber keine Hast, wir haben genügend Zeit." Bei diesen Worten reichte er meiner Frau die Hand, um ihr beim Aussteigen behilflich zu sein.

Die Geschwister standen neben meiner Schlafbank und beide rüttelten mich sanft an der Schulter. „Du wolltest geweckt werden, Werner – aufwachen!", riefen sie im Duett. Durch ihre hellen Stimmen animiert, fing Max an zu bellen. Ich war sofort hellwach. „Ist was passiert?", fragte ich noch etwas benommen, aber beide schüttelten den Kopf. „Nö, alles in Ordnung. Das Feuer brennt noch und der Sturm hat noch immer nicht nachgelassen."

Das hörte ich zu meinem Leidwesen auch. Ich schälte mich aus dem Sack und fuhr in meine Stiefel. „Wir haben etwas Hunger und auch Durst. Hast du noch was da?", fragte Resi. Ohne gleich auf ihre Frage einzugehen, reckte ich mich erst einmal ausgiebig, denn so bequem ist eine Biergartenbank auch nicht gerade. Dann sah ich zum Feuer, denn ich fühlte eine merkliche Abkühlung. Es war wieder Zeit, den gesamten Rest der Bank über das Lagerfeuer zu legen. Nachdem das erledigt war, schüttelte ich den Tupperbecher, etwas Wasser war noch drin. „Trinkt ruhig aus", sagte ich zu den Kindern, „ich werde neues Wasser besorgen."

„Wenn du einkaufen gehst, dann bring mir bitte auch zwei belegte Semmeln mit", meinte Resi mit einem breiten Grinsen. Ich sah zu Maria. „Gnädigste, auch einen Wunsch? Ihre Tochter möchte einen Einkaufszettel für mich schreiben." Sie lächelte. „Nein danke. In Anbetracht der miesen Umstände würde mir ein Schluck Wasser durchaus reichen."

„Ihr Wunsch ist mir Befehl. Also Wasser. Ich mach mich gleich an die Arbeit, etwas Geduld bitte. Erst mal gibt es für alle noch ein leckeres trockenes Brötchen." Aus meinem Rucksack holte ich die letzte Semmel und reichte sie Maria.

Dann ging ich das Wasserproblem an. Tief unten im Rucksack fand ich mein altes Seidenstirnband, das ich aus reiner Nostalgie immer noch mit mir herumschleppte. In der Zeit, als ich noch keinen Hut trug, band ich es mir als Schweißstopper um die Stirn. Ich sah damit sehr verwegen aus. Das Tuch breitete ich aus und füllte es dann mit Schnee, der im Nebenraum durch das zerbrochene Fenster fiel. Anschließend verknotete ich die vier Enden miteinander und hing das pralle Tuch an das Eisengestänge meiner über dem Feuer befindlichen Gartenbank, so nah wie möglich an die Wärmequelle. Darunter platzierte ich den nun leeren Tupperbecher. Aufmerksam wurde ich von den drei Grazien beobachtet. Nur mein Hund zeigte kein Interesse. Er lag träge zu Rosis Füßen. „Und das soll funktionieren?", fragte Maria skeptisch. „Abwarten. Gut Ding will Weile haben", antwortete ich und hoffte inständig, dass bald ein Tropfen in den Becher fallen würde. Alle starrten auf das Stückchen gefüllten Stoffs. Betont lässig zündete ich mir eine Zigarette an. Kaum drei Züge später bildete sich, zu meiner Freude, unten am Tuch ein großer Tropfen. Er zitterte leicht, wurde noch etwas praller und schwerer und fiel dann mit einem hörbaren Plopp in den Plastikbecher. „Es klappt", rief Resi begeistert und klatschte vor Vergnügen mit ihren kleinen Händen. Wieder löste sich ein Tropfen. „Es funktioniert tatsächlich", rief die Lütte erneut. Dann stand sie auf, kam zu mir und legte mir ihre Ärmchen um den Hals. „Du bist ein Genie", strahlte sie über das ganze Gesicht, „verdursten werden wir also nicht." Sie erdrückte mich fast. Ihre Mutter zog sie leicht am Arm. „Bitte erwürg ihn nicht, mein Liebes, wir brauchen unser Genie noch. Wer weiß, wie lange wir hier noch eingesperrt sind." Meine neue Verehrerin war immer noch außer sich und gab mir eine ganze Anzahl kleiner Küsschen auf die Wange. „Hey, hey, Schätzchen", versuchte ich sie zu bremsen, „alter Pfadfindertrick, kein Geniestreich." Die Tropfen fielen nun zahlreicher und schneller. Ich nahm mir vor, bei der nächsten Füllung die Kleine mitarbeiten zu lassen. Rosi, die weiterhin ihre Kopfhörer aufhatte, hob kurz den Daumen in meine Richtung und nickte anerkennend. Ich nahm es als großes Kompliment.

Zur Feier des Augenblicks schnitt ich vier Streifen von meinem Schinkenspeck und verteilte sie dann. „Bitte kaut sehr langsam daran. Der Vorteil hierbei ist, dass man dann ein besseres Sättigungsgefühl hat. Und gebt Max nichts. Schweinefleisch ist für Hunde nicht ideal. Er hat seine Leckerli." Kauend saßen wir schweigend in der Runde. Als ich fertig war, steckte ich mir wieder eine an. Auch Tabak verdrängt für einen Moment das Hungergefühl.

„Was meinst du, Werner, hat mein Mann die Hütte erreicht und konnte er einen Rettungstrupp zusammenstellen, der uns möglicherweise verfehlt hat? Ich mache mir große Sorgen." Ich sah in ihre traurigen Augen. Verlegen nestelte sie an den Schnüren meiner Jacke. Natürlich war ich ratlos, antwortete aber: „Klar hat er die Kerschbaumer erreicht. Ihm wird es besser gehen als uns. Abgesehen von den Sorgen, die er sich um euch macht. Denn eins ist auch sicher, einen Suchtrupp haben sie nicht losgeschickt. Dazu ist der Sturm zu böse und der Schneefall zu stark. Abgesehen von der Kälte. Keiner der Gäste wird sein eigenes Leben riskieren, um euch zu helfen. Das sind normale, durchschnittliche Wanderer – keine Helden, die sich aufopfern würden. Der Wirt selbst kann auch nicht die Hütte verlassen. Er ist für seine Gäste verantwortlich und müsste auch jedem von solch einer Mission abraten. Aber deinem Mann geht es gut. Und uns geht es doch auch prima. Wir werden das hier alle heil überstehen, das versprech ich dir. Ich selbst habe noch viel vor im Leben. Da wird mir ein kleines Schneegestöber keinen Strich durch meine Rechnung machen." Beim Sprechen griff ich nach ihrer zittrigen Hand und streichelte sie leicht. Zuversichtlich sah ich sie dabei an. „In deiner Gegenwart fühle ich mich gut aufgehoben. Es war ein Riesenglück, das du uns gefunden hast. Ich denke, ansonsten wären wir schon steif. Wir wären jämmerlich erfroren." Sie machte eine kleine Pause. Ich wusste, da kam noch was. Und ich ahnte leider, was folgen würde. Vorsichtshalber schenkte ich uns einen Obstler ein und hielt ihr den kleinen Becher hin. Ohne mich anzusehen, nahm sie ihn mir ab und stürzte den Schnaps auf einen Hieb herunter. Als sie mir den Becher zurückgab, sah sie mir direkt in die Augen. „Du hättest uns auf gar keinen Fall alleingelassen, stimmt's?"

26

Die Männer des Bundesheeres und der Bergwacht waren weiterhin zur Untätigkeit verdammt. Langsam kam bei ihnen Unmut auf. Hilflos herumsitzen war nicht ihre Sache. Die Einzigen, die immer zu tun hatten, waren die Funker und die Köche. Um ihre Kameraden bei Laune zu halten, gaben die Köche sich besonders große Mühe und zauberten die leckersten Speisen, die unter diesen Umständen möglich waren. Längst war allen Hilfskräften klar, dass sie nach Beendigung des Sturmes und der anschließenden Schneeschmelze Unfalltote zu bergen hatten. Vor dieser leidigen, aber notwendigen Aktion hatten sie alle Schiss. Jeder graulte sich davor. Hinter vorgehaltener Hand wurde über die Anzahl der Opfer spekuliert. Teilweise wurden über 50 Tote gehandelt. Wenn sich diese Zahl bestätigen würde, wäre es eine Katastrophe für die Hinterbliebenen, aber auch für die Helfer und für die ganze Region.

Im Rathaus schlug den Ankömmlingen rege Betriebsamkeit entgegen. „Ein Bienenschwarm", stellte meine Tochter trocken fest. „Das ist ein Irrenhaus", korrigierte der Fahrer. „Der Krisenstab, die Leute vom Fernsehen und dazu die Pressefritzen. Eine bunte Mischung ausgeflippter Typen. Aber keine Bange, ich führe Sie unbeschadet durch das Chaos. Wir gehen nämlich erst einmal was essen. Ich habe Hunger. Einverstanden?" Trotz der Anspannung fand meine Frau die Idee nicht schlecht. Vielleicht würde sich das flaue Gefühl in ihrer Magengegend dann verflüchtigen. Deshalb nickte sie zu den Worten des Mannes und fügte hinzu: „Sagen Sie Monika und Jenny zu uns. Das macht den Umgang leichter."

„Sehr nett von Ihnen, ich heiße Peter Hinrichs."

Nachdem Resi mein Stirnband wieder mit Schnee gefüllt hatte, hing es gleich darauf an seinem Platz. „Diese Füllung ist für Max“, stellte ich klar und gab ihm dabei sein Fressen. Die Mädels unterhielten sich über ihre verkorksten Ferien und machten Pläne für die Zeit nach ihrer Gefangenschaft. Ich drehte eine Zigarette und wandte mich dann Maria zu. „Weißt du, es geht nicht in meinen Kopf, warum euch dein Mann nicht mitgenommen hat. Ich kann den Grund nicht erkennen. Deshalb gibt es für mich nur zwei Möglichkeiten. Erstens: Er ist ein erbärmlicher Feigling und wollte nur seinen eigenen Arsch retten, entschuldige meine derbe Ausdrucksweise. Oder zweitens: Er hat einen Vorteil aus der Tatsache, dass du nicht mehr auf dieser schönen Welt lustwandelst. Etwas anderes fällt mir partout nicht ein, oder hast du eine Erklärung für sein Verhalten?“

„Er wollte Hilfe holen. Das waren seine Worte. Und ich habe ihm geglaubt, dass er allein schneller ist. Du bringst mich ganz durcheinander. Ich weiß nicht mehr, was ich glauben soll.“ Unsicherheit lag in ihrer Stimme. Sie tat mir leid. Da hatte ich wohl zu viel Argwohn verstreut. Manchmal bin ich wie der berühmte Elefant im Porzellanladen. „Mit Sicherheit liege ich mit meinen Vermutungen falsch. Ich kenne deinen Mann doch nicht so gut wie du. Entschuldige, Maria, ich wollte dir keine Angst machen. Wenn man so viel Zeit wie wir hat, da komme ich eben auf dusselige Gedanken. Tut mir leid, Maria. Lass uns das Thema wechseln, o. k.?“

„Ich verstehe, dass du als Außenstehender ganz anders darüber denkst. Mein Mann ist bestimmt kein Feigling.“ Um ihre Worte zu unterstreichen, nickte sie mehrmals mit dem Kopf, blickte dabei jedoch zu Boden. „Eigentlich esse ich ja nicht gern Suppe, stimmt’s Mami? Aber jetzt würde ich sogar über eine warme Suppe herfallen.“ Ich war der kleinen Resi äußerst dankbar, dass sie mich aus dem Gespräch mit ihrer Mutter erlöste. „Also doch Hunger.“ „Nö, nicht direkt Hunger, nur etwas Warmes im Bauch, das wäre himmlisch.“

„Hör auf mit diesem Blödsinn", fuhr Maria dazwischen. „Wo soll denn Werner eine warme Suppe hernehmen. Manchmal kommst du mir wie eine Dreijährige vor. Er hilft uns schon genug. Zaubern kann er aber auch nicht."

„Schade", antwortete die Kleine fröhlich und völlig unbeeindruckt von der Rüge ihrer Mutter. „Ich hätte da eine ganze Menge von Wünschen, die ein richtiger Zauberer für mich herbeizaubern könnte. Als Erstes einen zweiten Max für mich." Sie kicherte unbeschwert. Ihre Schwester stupste sie in die Seite. „Du spinnst", meinte sie und zog missbilligend die Augenbrauen hoch. Dann setzte sie ihre Kopfhörer wieder auf und lauschte ihrer Musik. Hoffentlich halten die Batterien noch eine Weile, dachte ich.

„Also, Maria, wenn deine Tochter eine Suppe essen würde, die sie sonst verabscheut, dann sollten wir aus erzieherischen Gründen die Gelegenheit beim Schopf greifen und ihr eine zubereiten. Was meinst du, als Erziehungsberechtigte?" Maria sah mich an, als hätte ich plötzlich den Verstand verloren und tippte sich mit dem Finger an die Stirn. „Nun mach mal 'nen Punkt, mein Lieber. Resi meint das nicht so. Das ist dummes Kindergeplapper. Darauf musst du nicht eingehen." Sie warf ihrer Tochter einen bösen Blick zu und schüttelte den Kopf. Ohne Kommentar erhob ich mich, gab Max das neue Wasser und füllte mein Tuch erneut mit Schnee. Von meinem Skizzenblock, der immer noch bei Resi lag, riss ich einen leeren Bogen ab und ging zu meinem Platz zurück. Gut gelaunt steckte ich mir eine Zigarette zwischen die Lippen und fing an zu falten. Innerlich war ich froh, dass ich vor Jahren meiner Tochter ein Buch gekauft hatte, aus dem Kinder und auch Erwachsene lernen können, sich in der Natur sinnvoll zu beschäftigen. Auch wie man ihr mit selbst gebastelten Hilfsmitteln Nahrung abringen kann. Ein sehr lehrreiches Buch. Daraus stammte dieser kleine, verblüffende Trick, den ich meinem weiblichen Publikum vorstellen wollte. Abwechselnd rauchend und faltend beendete ich nach wenigen Minuten mein Werk. Es entstand ein rechteckiger, oben offener Kasten, an dem ich an den beiden Außenseiten je ein kleines Loch mit dem Taschenmesser bohrte. Aus meinem Holzvorrat nahm ich einen Span, den ich so weit zurechtschnitzte, dass er quer, von links nach rechts, durch die Löcher passte. So hatte ich einen perfekten Griff. Es herrschte absolute Ruhe in unserem Wohnzimmer, nur das Feuer knackte ab und zu, dann stoben Funken auf. Ich ignorierte die fragenden Blicke, goss aus meiner Wanderflasche einen Obstler für Maria ein und reichte ihn ihr. Dankend nahm sie den gefüllten Trinkverschluss und nippte dran. Resi konnte nicht mehr länger an sich halten. „Warum hast du denn diese Schachtel gebaut?“ Unruhig rutschte sie dabei auf der Bank hin und her. „Abwarten“, sagte ich und beobachtete, wie Max ins Nebenzimmer ging, um sich zu erleichtern. Perfekt. Ob mein Trick auch hier gelang? Ich war gespannt. Auf einer Wohnmobilreise vor etlichen Jahren habe ich ihn das erste und auch bis dahin einzige Mal ausprobiert. Damals gelang es und ich konnte meine Frauen zum Staunen bringen. Aber noch tat ich nichts, als mir eine weitere Zigarette zu gönnen, und meine erwartungsvolle Gesellschaft freundlich anzugrinsen. Max kam zurück und legte sich ausnahmsweise mal zu mir. Insgeheim wartete ich, dass der Tupperbecher wieder voll Wasser lief. Derweil nahm ich die Röhre mit den Vitamintabletten aus meinem Rucksack, ohne sie meinem Publikum zu zeigen und entnahm zwei Pillen mit Erdbeergeschmack. Endlich war der Becher genügend gefüllt. Das Wasser goss ich in meine Schachtel. Den Holzspan zog ich so weit nach rechts raus, dass ich einen guten Griff hatte. Dann nahm ich den Behälter auf und hielt ihn knapp über das Feuer. Maria schüttelte den Kopf und fragte: „Was soll denn das? Gleich wird das Papier Feuer fangen und verbrennen, das ist doch klar.“ Resi sah wie gebannt auf meine Konstruktion und nagte an ihrer Unterlippe. Rosi rümpfte die Nase. Unbeirrt hielt ich meinen „Pott“ über die Flammen, achtete nur darauf, dass ich nicht zu nah an das Feuer kam, und bewegte zusätzlich die Schachtel langsam von links nach rechts. Nach einiger Zeit musste ich die Hand wechseln, denn mein Arm wurde lahm. Wenig später steckte ich zur Probe einen Finger in das Wasser und war zufrieden. Ich wusste, dass ich das Wasser nicht zum Kochen bringen konnte, aber etwas wärmer als es jetzt war, würde es schon. „Ich frage mich, warum das Ding nicht anfängt zu brennen." Maria runzelte die Stirn und beugte sich interessiert weiter vor. „Das erkläre ich dir später", antwortete ich ihr und prüfte nochmals die Temperatur. Gut, wärmer wird es nicht. Das reicht auch für meine Zwecke, dachte ich. Unbemerkt legte ich die Tabletten in das Wasser, die sofort anfingen, sich aufzulösen und die Flüssigkeit rötlich zu färben. Einen Moment schwenkte ich den Behälter noch über den Flammen, dann reichte ich die Schachtel an Resi weiter. „Die Suppe. Erdbeersuppe, warm, schmackhaft und voll Vitamine. Die beste Suppe des Hauses." Vorsichtig probierte Resi. Überrascht weiteten sich ihre blauen Augen, und als sie den Pott absetzte, sagte sie erstaunt: „Richtige Erdbeersuppe." Ihre Mutter nahm ihr skeptisch die Suppe ab und kostete. Die Augenbrauen hochziehend und mit einem breiten Lächeln gab sie die Papierschachtel an ihre Tochter zurück. „Unglaublich, es ist wirklich sehr warm. Langsam denke ich, du kannst echt zaubern. Wenn ich es nicht gesehen hätte – ich bin beeindruckt." Auch Rosi kostete die Suppe. Lächelnd blickte sie mich dabei an. „Schmeckt sogar", war ihr kurzer Kommentar. Ich grinste sie an und nickte, denn sie hatte weiterhin die Kopfhörer auf den Ohren. Was waren das für Batterien? Ich muss sie bei Gelegenheit danach fragen. Mich an Maria wendend, erklärte ich, dass es keine Zauberei gewesen sei, sondern ich hatte es in einem Buch gelesen. Dass ich mir die Faltkunst bis heute merken konnte, war das einzige Geheimnis. „Du liest viel, nicht wahr?"

„Man kann mich durchaus als Leseratte bezeichnen", stimmte ich ihr zu, „es ist mein größtes Hobby." „Diese Erdbeersuppe werd ich mein Lebtag nicht vergessen und meine Tochter auch nicht. Resi hat recht, du bist ein kleines Genie."

„Nix Genie", korrigierte ich sofort, „ein wenig belesen bin ich, das ist alles." Gut gelaunt gönnte ich mir eine Gauloise und blickte auf die Uhr. Kurz vor 19 Uhr. Das bedeutete, dass seit rund eineinhalb Tagen dieser Jahrhundertsturm tobte und es war mir völlig schleierhaft, wie er sich derart lange halten konnte.

Unvermittelt holte mich Maria aus meinen Gedanken. „Weißt du, Werner, um auf das Gespräch von vorhin zurückzukommen, ich habe eine kleine Firma. Finanziell geht es uns recht gut. Hans ist Geschäftsführer. Ein bescheiden guter, aber er ist mein Mann und so habe ich ihn in den Betrieb aufgenommen. Natürlich hat er höhere Ambitionen, aber er ist meines Erachtens noch nicht so weit. Das wurmt ihn und mir ist das bewusst. Wir hatten deshalb in der letzten Zeit öfter Streit. Denkst du, dass er nun die Situation für sich ausgenutzt hat? Das will und kann ich nicht glauben. Aber du hast mir da einen Floh ins Ohr gesetzt. Das macht mich sehr nachdenklich."

„Um Himmels willen, nein, Maria! Bitte, ich wollte keinen Argwohn schüren. Mir kam bloß sein Verhalten etwas merkwürdig vor, da ich anders reagiert hätte. Bestimmt ist alles in Ordnung. Er wird sich Sorgen um euch machen und todunglücklich auf der Kerschbaumer Schutzhütte sitzen. Ich möchte nicht in seiner Haut stecken."

Peter Hinrichs führte meine Ladys in das Rathausrestaurant und suchte eine halbwegs ruhige Ecke aus. „Ich besorge erst mal was zu trinken und schau bei der Gelegenheit gleich nach, was das Büfett hergibt." Das Restaurant war sauber und gut besucht. Aus unsichtbaren Lautsprechern kam leise Musik. Hinrichs erschien mit einem Tablett mit gekühltem Prosecco, Orangensaft und Gläsern. Während er die Kelche füllte, erklärte er: „Es gibt Kasspatzen, Topfenschinken, Szegediner Gulasch und frische Bachforellen als warme Gerichte. Ansonsten noch kalten Aufschnitt. Es ist reichlich vorhanden, wir brauchen nicht zu hetzen." Sie prosteten sich zu, wobei Peter bemerkte, dass er froh über die Bekanntschaft sei. Der italienische Tropfen schmeckte meiner Frau vorzüglich und löste ein wenig ihre innere Anspannung. Nach einem weiteren Glas meldete sich sogar der kleine Hunger und gemeinsam besuchten sie deshalb das Buffet. Während sie ihre Teller mit köstlichen österreichischen Speisen füllten, wurde die Musik ausgeblendet und eine Frauenstimme bat die Berliner Gäste der Talkshow, in 30 Minuten in der Maske zu erscheinen. Während der Durchsage beobachtete Hinrichs schmunzelnd meine Frauen und stellte fest, dass sie unwissend waren. Nun, das würde er gleich klären. Nachdem alle wieder am Tisch saßen und herzhaft zulangten, bemerkte er so nebenbei, dass die Damen in nunmehr ca.25 Minuten in der Schminkgarderobe erwartet würden. Moni hätte sich beinahe verschluckt. „Was?“, fragte sie lauter, als sie wollte, und fragte leise weiter: „Wo müssen wir hin?“ Peter wiederholte freundlich und aß dabei ruhig weiter. „Schon in 25 Minuten?“ Automatisch schob sie den Teller von sich. „Ich bin satt, ich krieg nix mehr runter.“ Jenny aß ungerührt, sie hatte Hunger und es schmeckte hervorragend. Peter grinste und goss unaufgefordert das Glas meiner Frau wieder voll. „Ja, den brauch ich jetzt. Mein Magen ist zu und der Appetit ist mir vergangen. Ich werde wohl bei flüssiger Nahrung bleiben.“ So kurz vor ihrem ersten Fernsehauftritt wurde ihr nun doch mulmig.

Hinrichs hatte vollstes Verständnis und unterließ jeglichen Kommentar. Im Gegenteil. Als er mit seinem gebeizten Lachs fertig war, erhob er sich und bemerkte trocken: „Ich hol uns noch ein Fläschchen. Kann ja nicht schaden. Macht locker. Und keine Sorge, ich bring euch rechtzeitig in die Maske.“

In Nikolsdorf, bei den Bergrettern, herrschte miese Stimmung und teilweise lagen die Nerven blank. 36 Stunden in Alarmbereitschaft und nichts geschah. Das war auch für viele der hartgesottenen Männer unerträglich. Kranz ging es nicht anders, doch versuchte er, sich nichts anmerken zu lassen. Um seine Leute bei Laune zu halten, erlaubte er ihnen sogar, in Maßen Bier zu trinken. Ausgenommen die Piloten. So weit ging seine Großzügigkeit nun doch nicht. Kranz' Augen waren leicht gerötet und ihm fehlte Schlaf. Hinzu kam die panische Angst, dass seiner zweiten Hubschrauber-Crew etwas Ernsthaftes passiert sein könnte. Bei dem Gedanken drehte sich sein Magen um und er musste an die frische Luft. Tief sog er die Abendluft in seine Lungen und wie von selbst ging sein Blick hinüber zu den Unholden. Es ärgerte ihn, dass seine Lieblingsberge ihn so arg in Bedrängnis gebracht hatten. Mal einem verunglückten Wanderer zu helfen, ob zu Fuß oder mit dem Hubschrauber, das war ihm einerlei. Das war in Ordnung. Das war seine Aufgabe. Nun stand er aber vor einem größeren Problem, vielleicht dem größten seiner Laufbahn. Seine Gedanken wanderten zu den betroffenen Hütten. Was wäre, wenn der Sturm und der Schneefall noch weitere zwei bis drei Tage anhielten? Dann waren auch die Schutzhäuser gefährdet. Die enorme Schneelast könnte die Dächer zum Einsturz bringen. Das wäre allerdings eine Katastrophe. Schnell schob Kranz diese negativen Gedanken beiseite. Er musste positiv denken und nicht verzweifeln, denn wie der gute Martin Luther sagte: „Aus einem verzagten Arsch kommt kein fröhlicher Furz."

Auch in den Hütten war bei einigen Gästen die Stimmung auf dem Tiefpunkt angelangt. Manch einem war es egal, solange noch genügend Alkohol bereitstand. Das stetige, fürchterliche Heulen des Sturmes fraß sich tief in die Köpfe der Leute und löste teilweise Verzweiflung aus. Sehr bedenklich war die Lage in der zum Teil eingestürzten Hochstadelhütte. Einige der Gäste hatten sich völlig betrunken, denn sie waren der Meinung, dass es sich leichter stirbt, wenn man nichts davon merkt. Jeder versuchte auf seine Art und Weise, die Zeit totzuschlagen. Die Wirte gaben ihrerseits alles, um es den Eingeschlossenen so angenehm wie möglich zu machen. Und alle Hüttenwirte dachten dasselbe: Wie lange würde das noch gut gehen?

Ungezwungen und locker erzählte Maria aus ihrem bisherigen Leben. Über ihre Firma, ihren ersten Mann, die Kinder und die Zeit mit Hans. Ihre Anwesenheit auf Mutter Erde war nicht mit Abenteuern oder vielen positiven Überraschungen überhäuft gewesen. Ihr Leben verlief eher in festen, geordneten Bahnen, so wie es sich für eine anständige Frau und Mutter eben gehörte. Die Kinder standen vornan, dann kam aber sofort die Firma und damit die Verantwortung für ihre Mitarbeiter und deren Familien. Sie war sehr sozial eingestellt. Ab und zu warf Resi eins ihrer Abenteuer dazwischen. Für sie bestand die Welt bisher überwiegend aus aufregenden Momenten. Sie war eine rundum glückliche Person. Rosi blieb bei ihrer Musik. Die Batterien waren bombastisch.

Während ich Maria zuhörte, schnitzte ich Feuerholz. Über die Offenheit, mit der die Frau erzählte, war ich sehr erfreut. Es zeigte, dass sie Vertrauen zu mir hatte. Als Resümee stellte sie zum Schluss ihres Monologs für sich klar, dass ihr Leben nicht allzu spektakulär verlaufen war. Das musste geändert werden. Sie werde mehr an sich als an andere denken, ohne ihre notwendigen Aufgaben zu vernachlässigen. Sie wollte von nun an ihre Interessen mehr in den Vordergrund stellen. Abenteuer erleben. Ihr erstes habe sie ja nun schon. Und wenn sie das gut überstünde, betonte sie, würden weitere folgen. Hans, ihr Mann, würde sich wundern. Ihr Leben sollte lebenswerter werden. Ab heute sei sie ein anderer Mensch.

Ich sah in ihr energisches Gesicht, lächelte sie an und beglückwünschte sie zu diesem Entschluss. Hoffentlich hielten die guten Vorsätze bei ihr lange genug an. Obwohl Resi bestimmt nicht alles verstanden hatte, was ihre Mutter gesagt hatte, merkte sie doch, dass sich im Leben ihrer Mama etwas ändern würde. Spontan ging sie zu ihr und nahm sie in die Arme. Maria lächelte glücklich und streichelte ihre Tochter. Nachdem die Kleine wieder Platz genommen hatte, sah sie mich an und prompt kam auch schon die unausweichliche Frage an mich: „Und du Werner, wer bist du eigentlich?“

Peter begleitete meine Frauen in den provisorischen Schminkraum und sah interessiert zu. Eigentlich hatte er schon Feierabend. Ein anderer Fahrer sollte später die Gäste wieder nach Hause bringen. Doch Hinrichs hatte einen Narren an meinen Mädels gefressen und wollte sie weiterhin begleiten, sie moralisch unterstützen. Per Handy hatte er seine Ablösung informiert und der Kollege freute sich über die unerwartete Freizeit. Der Regisseur stürzte in den Raum, stellte sich knapp vor und bat nach dem Pudern in das Zimmer Nummer 7 zu einer kleinen Einweisung. Der Raum befände sich quer über den Gang. Schon war er wieder draußen. Die Kosmetikerin nahm sich meine Tochter vor. Wieder öffnete sich schwungvoll die Tür und eine junge Frau rief ihnen zu: „In fünf Minuten Besprechung in Zimmer 7, quer über den Gang.“ Mit einem kräftigen „Pünktlich!“ zog sie die Tür hinter sich zu. „Ich sag ja“: meinte Hinrichs, „ein Irrenhaus.“

„Ist doch nicht so schlimm“, antwortete ihm meine Frau. „Die machen doch bloß ihre Arbeit. Für die ist Hektik wohl normaler Alltag.“

„Da haben Sie bestimmt recht, Frau Wegener. Bemerkenswert, wie locker Sie und Ihre Tochter die Sache angehen. Richtig profimäßig.“

„Danke für die Blumen“, nahm meine Frau das Kompliment entgegen. „Glücklicherweise sieht man meine innere Unruhe nicht.“ Nachdem auch meine Tochter fertig geschminkt war, sie fand es grässlich, gingen sie zusammen ins Zimmer 7 – wie gesagt, quer über den Gang.

27

Ein Stockwerk höher im Rathaus saß wieder der Krisenstab beieinander. Kurz vor Ausstrahlung der ORF-Sondersendung wollte der Bürgermeister von seinen Leuten die konkreten Vorschläge hören, die sie für die Feier nach dem Unwetter parat hatten. Der Plan sah Folgendes vor:

Nach der geglückten Evakuierung sollten die Leute zu dem Überraschungsfest auf dem Festplatz vor dem Rathaus gebracht werden. Auf der Bühne würden der Bürgermeister und sein Kollege aus Kötschach-Mauthen die Gäste und die Helfer begrüßen. Rings um das Rathaus sollten die Schausteller für Speisen, Getränke und Musik sorgen. Übermorgen, also am Samstag, sollte das Fest sein und man ging davon aus, dass der Sturm bis dahin endlich vorbei wäre. Eine kleine Abordnung des Krisenstabs würde die Gäste, die leider in die Spitäler müssten, mit Blumen und Genesungswünschen des Bürgermeisters aufsuchen. Eine Ehrung der Helfer sei auch vorbereitet. Da das Fernsehen grad im Haus sei, versprach der Bürgermeister, mit den Leuten zu sprechen und sie für Samstag einzuladen. Positive Live-Bilder von ihren Bemühungen, alles erdenklich Gute für die leidgeprüften Urlaubsgäste zu tun, könnten nur förderlich sein. Bevor der Chef den Stab verließ, erinnerte er nochmals an die Fernsehsendung. Er erwartete, dass alle sich das ansahen. Aus sicherer Quelle hatte er erfahren, dass der weltbekannte Bergsteiger Reinhold Messner mit von der Partie sei sowie eine Berliner Urlauberin und ihre Tochter. Sie vermissten ihren Mann und Vater. Trotzdem waren die beiden felsenfest davon überzeugt, dass der Mann gesund zurückkäme. Solch positive Äußerungen könnten sie gebrauchen. Solche öffentlichen Bekenntnisse sollen Mut machen. Er sei gespannt. „Stellen Sie sich vor, meine Herren, die Frauen behalten recht, der Mann wird unversehrt aus dem Schlamassel rausgeholt und verkündet vor laufender Kamera, dass die Arbeit der Osttiroler Hilfskräfte großartig war und er weiterhin in unserem schönen Land Urlaub machen wird. Eine bessere Reklame könnten wir nicht bekommen.“ Volle Zustimmung schlug dem Chef entgegen. Er war jetzt so richtig in Fahrt. „Für diese Familie müssen wir uns etwas Besonderes einfallen lassen. Kostenloser Urlaub auf Lebenszeit oder Ähnliches. Da brauch ich noch Vorschläge. Vielleicht können wir uns vorher mit ihnen unterhalten und eventuelle Wünsche heraushören. Also dranbleiben, unsere Arbeit ist noch längst nicht zu Ende.“

Noch eine halbe Stunde bis zum Beginn der Sondersendung. Vorher wollte der Bürgermeister die Zeit nutzen, um mit Jörg Schönbichl, dem beliebten Talkmaster, zu reden. Er musste den Moderator noch auf seine Wünsche hinweisen. Keine negativen Äußerungen über Lienz und Osttirol. Das könne er nicht gebrauchen. Der Chef machte sich auf die Suche. Dabei dachte er, dass er bisher mit sich und seiner Arbeit zufrieden sein konnte. Er fand, er sei ein guter Bürgermeister, die Stadt Lienz hatte ihn verdient. Warum waren am Sonntag eigentlich keine Wahlen?

Natürlich hatte ich keine Lust, ausführlich mein bisheriges Leben vor Maria auszubreiten. Deshalb fasste ich mich kurz. „Vor dir sitzt ein 58-jähriger, selbstständiger Versicherungskaufmann, verheiratet, eine Tochter. Meine Hobbys sind Lesen, gute Musik und lange Wanderungen. Vornehmlich in den Bergen. Mein bester Freund ist Max.“ Damit hatte ich eigentlich alles Wesentliche erzählt. Aber für Maria und für Resi war dies zu dürftig. „Wie alt ist denn deine Tochter, wie heißt sie?“ Gespannt sah mich die Kleine an. Wohl oder übel musste ich ihren Wissensdurst stillen. „Sie ist schon 21 Jahre alt, heißt Jennifer, hat gerade ihr Abitur bestanden und ist genauso hübsch wie du. Wenn wir wieder im Tal sind, wirst du sie kennenlernen. Ihr werdet euch prächtig verstehen.“

„Das wäre prima. Ich freue mich schon darauf.“ Ich legte Feuerholz nach. Nun hakte Maria nach. „Hey, nun mal munter weiter, mein Lieber. Ein Kerl, der in so einer schwierigen Situation die Nerven behält und so ganz nebenbei drei Menschen das Leben rettet, hat bestimmt noch einiges Interessantes von sich zu erzählen. Wir haben viel Zeit. Zier dich nicht so. Plauder einfach munter weiter. Ich bin ganz Ohr." Freundlich und doch erwartungsvoll schaute sie mich an. Ich steckte mir eine Zigarette an. „Na ja", fuhr ich lustlos fort, „Sport war mir im Leben sehr wichtig. Viele Arten habe ich ausgeführt, davon fast 40 Jahre Handball. Doch das ist Schnee von gestern, die Berge haben es mir nun angetan. Ich liebe die Herausforderung und die damit verbundene Anstrengung sowie die Einsamkeit. Natürlich auch die großartige Natur." Meinen Monolog unterbrechend nahm ich ein paar Züge und fuhr dann fort: „Trotz unserer derzeitigen Probleme bin ich der Natur schon wieder dankbar, denn sie hat uns zusammengeführt. Ich finde es toll, dass wir uns kennengelernt haben." Das müsste reichen, dachte ich und trat dabei die Kippe aus. „Es wäre sicher gut, wenn sich die Kinder die Zeit mit Schlafen verkürzen würden. Vielleicht ist morgen schon alles vorbei. Was hältst du davon?" Glücklicherweise sah Maria das auch so und sprach mit ihren Töchtern. Nur unter Protest legte sich Rosi in den Schafsack. Resi gab ihrer Mutter und mir einen Gute-Nacht-Kuss und kletterte dann flink ihrer Schwester hinterher. Ich schaute auf die Uhr, kurz vor 20 Uhr. Nachrichtenzeit.

Was würde wohl draußen in der Welt über unsere Lage berichtet werden? Wen würde es überhaupt interessieren? Würde dieser außergewöhnliche Wetterumschwung einigen Herrschaften zu denken geben? Würden endlich Klimaforscher den verantwortlichen Politikern Dampf unter dem Hintern machen, und zwar so heiß, dass sie aufstehen müssten? Nicht, um sich ihr Hinterteil zu kühlen, sondern, um zu reagieren. Große Hoffnung hatte ich nicht. Klimaschutz ist teuer. Und bei den meisten Politikern nicht gerade beliebt. Ein Thema, was man gern auf Morgen verschiebt. Während ich mir noch eine Gauloise anzündete, schnitt ich den Rest vom Käse in kleine Würfel. Max stand plötzlich, aber nicht unerwartet, neben mir. Ich erbarmte mich und gab ihm ein Stück. Maria, die bei ihren Kindern war, kam zurück und nahm wieder Platz. „Greif zu, mehr gibt es nicht zum Abendbrot." Zaghaft bediente sie sich. Schweigend kauten wir den herzhaften Almkäse und zum Nachspülen gab es einen Obstler. „Seit unserer Bekanntschaft habe ich mehr Alkohol getrunken als in den letzten zehn Jahren. Du übst einen schlechten Einfluss auf mich aus", sagte sie lächelnd. „Stille Wasser sind tief", gab ich frech zurück. Ich schüttelte die Wanderflasche. Viel war nicht mehr drin. „Willst du dich auch hinlegen?", fragte ich Maria. „Nö", sie winkte ab. „Einen Moment bleibe ich noch bei dir, obwohl ich zugeben muss, dass ich schon wieder müde bin. Darf ich noch einen Obstler?" Ich füllte den Minibecher für sie voll. „Für die Kinder bist du ein Held. Eben, beim Nachtgebet am Schlafsack, erfuhr ich es. Beide haben dich in ihre Gebete eingeschlossen. Rosi musst du ein wenig entschuldigen, sie ist ziemlich introvertiert und wird mit Männern im Augenblick nicht so recht warm. Das gilt auch für meinen Mann. Ich hoffe, dass sich das wieder gibt. Aber bei dir macht sie wohl eine Ausnahme. Sie hat großen Respekt vor dir." Maria nippte an ihrem Schnaps. „Hast du eigentlich schon gesehen, was Resi gemalt hat?" Sie holte den Zeichenblock von der anderen Gartenbank und legte mir das Werk vor. „Da", sie zeigte mit dem Zeigefinger auf ein kleines Mädchen, „hier ist sie selbst. Daneben Max und die Berge. Und der Mann mit dem großen Hut und dem Rauschebart bist natürlich du. Es ist hübsch, stimmt's?"

„Vielleicht kann ich ihr das Meisterwerk abkaufen?", sagte ich. Als ich den Block zur Seite legte, bemerkte ich, dass unser Feuer Nachschub brauchte und ich schnitzte wieder. Maria sah mir gedankenverloren zu und spielte dabei mit dem kleinen Trinkbecher. Nicht ohne Eigennutz gab ich ihr noch einen Hochprozentigen, denn ich wollte, dass sie lange und fest schlief. Ich hatte für heute genug geredet. Plötzlich wurde das Heulen des Sturmes von einem dumpfen Grollen übertönt, das aus dem Nebenraum zu uns herüber kam. Erschrocken sprang ich auf und sah zu dem türlosen Durchgang. Maria verschluckte sich und fing an zu husten. Tränen schossen ihr in die Augen. Kalte Luft durchzog unseren Raum und ein frischer, böiger Wind drohte unser Feuer zu löschen. Gleichzeitig füllte sich der Nebenraum rasend schnell mit gewaltigen Schneemassen. Auch verteilte sich eine weiße Schicht im Türrahmen. In Sekunden war unser „Toilettenraum" bis an die Decke mit Schnee gefüllt. Die Außenwand der rechten Kavernenseite musste unter dem enormen Druck des Schnees eingebrochen sein. Das war nicht gut. Das war ganz und gar nicht gut. Maria bekam wohl wieder Luft, denn sie schrie gellend auf und Max bellte sie erschrocken an. Natürlich saßen die Kinder aufrecht im Schlafsack und schrien mit. Rings um mich herrschte Panik. Die hohen Töne des Kreischens schmerzten in meinen Ohren und ich konnte meinen Hund bellen hören. Es war nicht zum Aushalten. „Ruhe!" Ich versuchte, die drei an Lautstärke zu übertreffen. „Hört auf zu schreien. Es ist ja vorbei. Keine Panik. Unser Raum ist sicher. Der stürzt nicht ein. Also Ruhe!" Die Kinder hielten sich fest umklammert und verfielen in ein leises Schluchzen. Maria hielt sich die Hände vor den Mund und starrte mit aufgerissenen Augen auf den verschneiten Durchgang. Geht doch, dachte ich. Mir zitterten die Knie. Junge, Junge, das war noch mal gut gegangen. Unwillkürlich sah ich zur Decke, dann zur Tür. Das Fauchen des Windes hatte wieder die Oberhand gewonnen. Schnell stocherte ich dann im Feuer, dass die Funken stoben, und legte Holz nach. Es war merklich kühler im Raum geworden. Maria saß am Schlafsack und beruhigte die Kinder. Mit etwas unruhigen Händen steckte ich mir eine Zigarette an. Ich musste nachdenken. Wir hatten zwei neue Probleme. Erstens erschien mir unsere Kaverne nicht mehr so sicher wie zuvor. Zweitens hatte uns der Schneeeinbruch von weiterem Brennmaterial abgeschnitten. An die restlichen Gartenbänke kam ich nicht mehr ran. Das hieß, wir mussten noch sparsamer mit unserem Holz umgehen. Ich atmete tief durch. Das hätte nicht passieren dürfen. Unsere Lage hatte sich dramatisch verschlechtert. Trotzdem ließ ich mir nichts anmerken, als Maria zu mir zurückkam. Sie hatte es tatsächlich geschafft, dass sich die Kinder wieder hingelegt hatten. Sehr gut. Theatralisch nahm ich sie in den Arm. Erschöpft lag ihr Kopf an meiner Brust. „Hey", sagte ich, fasste ihr unters Kinn und hob den Kopf hoch. „Schau mir in die Augen, Kleines", zitierte ich dabei Humphrey Bogart aus dem Film Casablanca. Mit nassen Augen schaute sie mich an. Ich sah pure Verzweiflung. „Hallo, junge Frau. Es ist alles gut. Entspann dich." Unter leichtem Druck zwang ich sie, sich wieder auf die Bank zu setzen. Dann griff ich zu meinem Seelentröster und goss ihr erneut einen ein. „Hier trink, der beruhigt auch." Geistesabwesend nahm sie den Drink und schüttete ihn augenblicklich runter. Ich nahm ihr den Becher ab, ich brauchte selber Nervennahrung. Anschließend verschraubte ich die Flasche. Während ich eine Zigarette entzündete, schaute Maria ins Feuer und sagte dabei leise: „Die Hütte wird uns lebendig begraben. Wir werden hier elendig verrecken. Deine Mühen sind aller Ehren wert, aber sinnlos. Selbst wenn der Sturm aufhört. Von allein kommen wir hier nicht weg und keiner wird nach uns suchen. Für die sind wir schon tot. Und ob wir verhungern oder die Kaverne zusammenbricht, letztendlich ist das auch egal." Erschrocken über die plötzliche Mutlosigkeit fehlten mir die Worte. Bekümmert starrte ich vor mich hin. Bloß nicht aufgeben, dachte ich. Doch wie konnte ich die Frau wieder aufrichten? Ich suchte nach passenden Worten. Aber mein Hirn war wie zugekleistert. Ich war mit meinem Latein am Ende. Wütend warf ich die Kippe in die Glut. Ich stand auf und vertrat mir ein wenig die Beine. Als ich hinter Maria stand, legte ich sanft meine Hände auf ihre Schultern und sagte heiser: „Wir dürfen uns nicht aufgeben. Solange wir leben, haben wir auch eine Chance. Die Kaverne wird halten und der Sturm wird aufhören. Er kann nicht ewig anhalten. Gut, ich gebe zu, unsere Speisekarte ist nicht gerade üppig, aber Wasser haben wir genug. Zur Not werden wir ein bisschen abnehmen, aber nicht sterben. Wir stehen das durch. Gemeinsam." Ich nahm die Hände wieder runter und setzte mich neben sie. Maria wischte sich die Tränen ab. „Deine Zuversicht hätte ich gern." Dabei erhob sie sich. „Ich leg mich zu den Kindern. Vielleicht lässt mich der Obstler einschlafen." Ich wünschte ihr eine gute Nacht und begann wieder für Feuerholz zu sorgen. Als sie im Schlafsack verschwunden war, holte ich mir meine Jacke, die sie ausgezogen hatte. Es war jetzt wesentlich kälter in unserem Wohnzimmer geworden.

Hinrichs saß mit meinen Damen in Zimmer 7. Aufmerksam hörten sie den Ausführungen des Regisseurs zu. Mit im Raum war auch der Moderator. Plötzlich öffnete sich leise die Tür und Reinhold Messner, der prominente Gast, betrat das Zimmer. Ohne Aufhebens wurde er von allen Anwesenden begrüßt. Er setzte sich neben Jenny und die Einweisung ging weiter. Die 30-minütige Sondersendung war schnell besprochen. Der Regisseur und der Moderator wünschten den Gästen einen guten Verlauf und entließen sie dann in den sogenannten Warteraum am Ende des Ganges.

Dort stand eine große, bequeme Sitzgruppe aus weichem braunen Leder, auf die die Gäste zusteuerten. In der Ecke lief ein mächtiger Flachbildschirmfernseher. Ein kleiner Imbiss war vorbereitet. Außerdem standen heiße und kalte Getränke auf einer mit weißen Tüchern ausgelegten Anrichte. Zwei Hostessen waren für den Service zuständig. Hier sollten die Gäste die letzte halbe Stunde vor der Sendung in entspannter Atmosphäre genießen. Aus einer abgewetzten Aktentasche entnahm der bekannte Bergsteiger einige Unterlagen, die er anschließend durchblätterte. Er bestellte einen Kaffee, während meine Frau und Peter beim Prosecco blieben. Er hatte sich bisher bewährt. Jenny vertiefte sich in einen Bildband über Tiroler Haflinger.

Hinrichs wollte gerade etwas zu meiner Frau sagen, als die Tür aufging und ein etwas fülliger Mann mit dunkel umrandeter Brille und welligem, leicht angegrautem Haar den Raum betrat. Der korrekt gekleidete Herr stellte sich als Bürgermeister von Lienz vor, setzte sich in die Runde und bat die Anwesenden kurz um Gehör. Eine Hostess stellte einen Kaffee vor den Mann hin, sie schien ihn zu kennen. Dann legte er los. In knappen Sätzen erklärte er, was die Gemeinde nach dem hoffentlich baldigen Ende des Sturmes am Sonnabend vorhabe. Er lud alle zum Fest ein und wies nicht ohne Stolz darauf hin, dass auch das Fernsehen dabei sei. Einen besonders großen Effekt versprach er sich von dem öffentlichen Auftritt der Familie Wegener, nachdem der Mann gerettet worden sei. Diesen glücklichen Moment den Leuten zu präsentieren, erst recht nach der Fernsehshow, wäre sensationell. Dazu die Anwesenheit des Herrn Messner. Großartig. Eine Eintragung in das Goldene Buch der Stadt sei selbstverständlich. Er würde sich sehr freuen, wenn alle begeistert dabei wären.

Er nippte kurz an seinem Kaffee und sah die Gäste der Reihe nach eindringlich an. Der Bergsteiger stellte ruhig fest, dass er sein Hotelzimmer nur bis Sonnabendmittag gebucht habe, da er schon am Nachmittag in Bozen einen Vortrag halten wollte. Er wolle sich also nicht festlegen. „Wenn ich erst mal meinen Mann gesund zurückhabe, dann können wir das auch feiern. Ohne ihn gibt es keinen Grund, anwesend zu sein. Das werden Sie verstehen."

„Sicher, liebe Frau Wegener. Aber es wird alles gut ausgehen. Es muss einfach gut ausgehen." Der Bürgermeister erhob sich, bedankte sich bei allen für ihre Aufmerksamkeit und verließ das Wartezimmer. Zehn Minuten bis zur Sendung. Ein Prosecco ging noch.

28

Die Abendnachrichten begannen im Fernsehen natürlich mit dem Blizzard in Osttirol und in Kärnten. Mittlerweile interessierte sich fast die ganze Welt für das außergewöhnliche Naturschauspiel. Fachleute und Meteorologen aller Industriestaaten wetteiferten untereinander, wer die beste Erklärung zur Hand hatte.

Vor Ort ging man von über einhundert Vermissten aus, von denen man im Moment hoffte, dass sie in den Schutzhütten sicher untergebracht seien. Dass dies jedoch mehr als blauäugig war, verschwieg man tunlichst. Der Telefonkontakt zu den Hütten sei immer noch unterbrochen. Für eine rasche Evakuierung stünden die Rettungskräfte bereit. Sollten sich in den nächsten Stunden noch wesentliche Änderungen ergeben, so würde man die Zuschauer umgehend informieren. Der ORF wies noch auf die Sondersendung im Anschluss an die Nachrichten hin, bevor der Sender zu weiteren wichtigen Themen des Tages überging.

Um mein Feuerchen für die Nacht zu sichern, legte ich wieder den Rest einer Bank in die Flammen. Durch den Einbruch des Nebenzimmers brauchte ich mehr Wärme und da ich wusste, dass mir eine lange, einsame, harte Nacht bevorstand, wollte ich es wenigstens mollig haben. Was hatten wir doch für ein Glück, dass ich mich an diese alte Kaverne erinnerte. Zumal dieser Unterstand der einzige seiner Art hier in den Lienzer Dolomiten war! Denn der Krieg 1914–1918 spielte sich mehr in der Karnischen Region ab. Diese Kaverne hier verdankten wir einem überaus ehrgeizigen Lienzer General, der keine kriegswichtigen Aufgaben hatte und darüber sehr enttäuscht war. Kurzerhand befahl er seinen Leuten, diese Kaverne zu bauen. Dies war sein einziger

Beitrag zum Krieg und für mich nun, fast hundert Jahre später, die großartigste Leistung des frustrierten Generals.

Ich drehte mir eine Zigarette. Wie schon erwähnt, war Kärnten damals am schwersten betroffen. In Kötschach-Mauthen, im Rathaus, gab es über diesen Krieg ein interessantes Museum. 1993 wurde es mit dem österreichischen Museumspreis ausgezeichnet. Im August 1914 hatte der Erste Weltkrieg begonnen. Am 23. Mai 1915 erklärte Italien damals Österreich-Ungarn den Krieg. Vom Ortler bis zur Adria entstand eine neue Front, an der Hunderttausende starben. Laut Kriegsberichten sollen mehr Soldaten bei der Material- und Nahrungsbeschaffung durch die Berge tödlich verunglückt oder im Winter in den Schützengräben erfroren sein als bei direkten kriegerischen Zusammenstößen. Das Museum zeigt eindringlich die Grausamkeit und die Sinnlosigkeit des Krieges anhand von Schicksalen einfacher Soldaten. Es dokumentiert die Front mit über 1.500 historischen Fotos und Dokumenten, zahlreichen Exponaten sowie dem Nachbau alpiner Stellungen. Das Museum mahnt zum Frieden aus der Erkenntnis, dass Konflikte nicht durch kriegerische Auseinandersetzungen beendet werden dürfen.

Die Dolomitenfreunde, ein internationaler Verein von freiwilligen Helfern, sind seit 1973 dabei, die unbegehbar gewordenen Frontsteige und Kavernen als Friedensweg wieder instand zu setzen. Das von ihnen als ideale Ergänzung zur Kötschacher Ausstellung errichtete Freilichtmuseum am Plöckenpass, ca. 12 km von der Stadt entfernt, umfasst vier Sektoren, die man heute besichtigen kann. Ich habe mich am kleinen und am großen Pal sowie am Plöckenpaß über die Arbeit der Dolomitenfreunde informiert und festgestellt, dass ein bemerkenswertes Dokument über den alpinen Krieg entstanden ist. Und ich kann nur jedem Bergwanderer die Begehung des Friedensweges empfehlen.

Der Karnische Höhenweg, also der Friedensweg, Bezeichnung KHW 403, führt den gesamten Karnischen Kamm entlang, teils auf italienischem, teils auf österreichischem Gebiet. Er ist von Sillian im Westen bis nach Arnoldstein im Osten rund 155 km lang. Das entspricht etwa acht bis elf Tagesetappen. Dieser alpine Weitwanderweg führt nicht nur durch ein geschichtlich interessantes Gebiet, sondern bietet auch eine großartige, einmalige Landschaft. Die Vielfalt der Bergformen beruht auf dem komplexen geologischen Aufbau der Karnischen Alpen. Deshalb wurde auch ein Teilstück des Weges als Geo-Trail (Geologischer Lehrpfad) eingerichtet. Mithilfe von Schautafeln wird die spezielle Geologie des Gebirgszuges erklärt. Wenn man Glück hat, findet man noch heute versteinerte Meerestiere im Fels.

Ebenso vielfältig wie die Beschaffenheit der Gesteinsarten ist auch die Tier- und Pflanzenwelt. Der Friedensweg ist bewusst so angelegt worden, dass man ihn als normaler Bergwanderer begehen kann, wenn man die Abstecher zu den Bergkreuzen weitgehend auslässt. Der Höhenweg ist mit absoluter Sicherheit einer der beeindruckendsten Weitwanderwege in den Alpen. Ich habe den Weg in mehreren Etappen durchwandert, aber die imposanten Bergriesen ebenfalls besucht. Jede Tour war beeindruckend und schön.

Kein Obstler mehr in der Wanderflasche. Ich nahm einen Schluck Wasser, steckte mir noch eine an. Der Lienzer Bergrettung müsste diese Kaverne doch auch bekannt sein. Demnach würden sie hier nach Vermissten suchen. So hoffte ich. Reiner Zweckoptimismus. Uns geht es gut, sagte ich zu mir und stand auf, um mir die Beine zu vertreten. Max folgte mir mit seinem Blick. Am Schlafsack blieb ich stehen und zog vorsichtig den Reißverschluss etwas höher. Fast etwas eifersüchtig schaute ich in die blassen Gesichter meiner neuen Bekannten. Wenn die wüssten, wie toll die es hatten. Ich ging wieder zu meiner Bank zurück. Plötzlich fiel mir erneut das Familienoberhaupt meiner drei Damen ein und sofort wurde ich böse. Irgendwas war da faul. Diese Geschichte hatte bestimmt ein Nachspiel. Ich schaute auf die Armbanduhr. Verdammt, die Zeit wollte nicht vergehen! Jetzt fing auch Max noch an zu schnarchen.

Pünktlich um 20 Uhr begrüßte der in Österreich sehr beliebte Moderator, Jörg Schönbichel, das Fernsehpublikum. Mit seiner sonoren, wohlklingenden Stimme berichtete er von der tragischen Situation in den Lienzer Dolomiten, die – wie er verschwörerisch hinzufügte – noch heute von vielen Einheimischen, die Unholde genannt werden. Auf einer großen digitalen Landkarte stellte er den Zuschauern die genaue Lage des Katastrophengebiets vor und wies unnötigerweise darauf hin, dass wir uns im Juli befänden und nicht im winterlichen Jenner.

Ist dieses Phänomen schon eine Antwort der geschundenen Natur auf die Umweltschäden, die der Mensch täglich produziert? Werden solche Naturkatastrophen zur Tagesordnung? Werden die Alpen als Urlaubsort aufgrund der Vorkommnisse uninteressant? Kann die Politik durch gezielten Naturschutz weitere Unglücke vermeiden? Ist die Industrie bereit, weniger Schadstoffe freizusetzen? Was kann der einzelne Bürger zum Umweltschutz Nützliches beitragen? Das alles seien Fragen, die den Bürgern auf der Seele brennen. Der Moderator machte eine kurze Pause und kam dann von den fundamentalen Fragen zu den Problemen, die für die unmittelbar Betroffenen wichtig waren. Was denken die Angehörigen der Vermissten? Wie groß ist die Hoffnung, ihre Lieben bald wieder in die Arme schließen zu können?

Diese und andere Fragen wollte Schönbichel nun im Gespräch mit dem weltbekannten Extrembergsteiger, Reinhold Messner, sowie zwei Berliner Urlaubsgästen erörtern, die einen Angehörigen in den Unholden vermissten. Außerdem könnten die Zuschauer über eine Hotline ihre Fragen zum Thema stellen und sich so direkt am Gespräch beteiligen.

Schönbichel begann mit einer Frage an den Bergsteiger. „Herr Messner. Kaum ein anderer hat sich so intensiv mit der Bergwelt auseinandergesetzt wie Sie. Auch der Naturschutz steht bei Ihnen ganz oben an. Ist dieses Ereignis nur ein spektakulärer Einzelfall oder ist es ein deutliches Signal der Natur, dass sie nicht mehr gewillt ist, ihre Missachtung und ihre permanente Ausbeutung und Verschandelung weiter hinzunehmen?“

Vielleicht lag es an den durchweg miesen Programmen der anderen Sendeanstalten, Dokusoaps, ungeliebten Wiederholungen oder schwachsinnigen Selbstdarstellungen, dass das Interesse an der Sondersendung so außergewöhnlich groß war. Die Einschaltquoten lagen weit über dem Durchschnitt. Millionen saßen vor den Bildschirmen und die Telefone in der Sendezentrale glühten.

Gerade gab der Bergsteiger seine persönliche Einschätzung der Lage. Er sparte dabei nicht mit vorwurfsvollen Worten an die verantwortlichen Führungskräfte in Politik und Wirtschaft. Schmerzvoll drückte er mit dem Daumen in die aufgerissenen Wunden. Anschließend zeigte er weltweit ähnliche Wetterphänomene auf, die mit ansteigender Tendenz zu beobachten seien. Dramatisch wären vor allem Klimakatastrophen in Gegenden, die bisher immer verschont worden waren und dem allem deshalb viel hilfloser gegenüberstünden. Zumal es Länder beträfe, die sich aufgrund ihrer Armut nicht selber helfen können. Es sei also ein globales Problem und seiner Meinung nach nur die Spitze eines Eisbergs. Wenn die gesamte Menschheit sich nicht zusammenschließe und endlich zur Vernunft komme, könne es noch weit dramatischer werden. Es sei fünf vor zwölf.

Für die betroffenen Menschen in den Bergen wünsche er sich natürlich, dass keiner zu Schaden gekommen sei. Realistisch betrachtet gehe er jedoch davon aus, dass es wahrscheinlich nicht ohne Opfer ausgehen würde, da nicht alle Bergwanderer eine Schutzhütte erreicht hätten. Und in der freien Natur sei ein Überleben eher unwahrscheinlich.

Schönbichel nickte zu den Worten des erfahrenen Bergsteigers, ließ aber das Gesagte zunächst unkommentiert und wandte sich an meine Frau. „Frau Wegener. Ich bin mir sicher, dass Ihre Gedanken jetzt bei Ihrem Mann sind, der sich ja im Moment in den Unholden befindet und wie alle anderen Leidtragenden völlig unerwartet von dem Unwetter überrascht worden ist. Habe ich recht?"

„Natürlich haben Sie recht und ich empfinde das als normal, dass ich gedanklich auch bei meinem Mann bin."

„Wie ich vor der Sendung erfahren konnte", hakte der Moderator nach, „sind Sie und Ihre Tochter – im Gegensatz zu vielen anderen Menschen, die in der gleichen Situation sind wie Sie – felsenfest davon überzeugt, dass Ihr Mann entweder in einer sicheren Hütte oder in der freien Natur einen Ort zum Überleben gefunden hat. Sie haben gerade von einem erfahrenen Fachmann gehört, dass ein Leben außerhalb der Schutzhütten nicht möglich sein kann.

Nehmen wir einmal an, Ihr Mann hat keine Hütte erreicht. Woher kommen Ihre Überzeugung und Ihre Kraft, so positiv zu denken? Hat Ihr Mann ein spezielles Überlebenskonzept, dass Sie uns vielleicht erklären können, oder besteht Ihre Überzeugung eher aus dem Prinzip Hoffnung?"

„Nein, Herr Schönbichel", antwortete meine Frau mit erstaunlich fester Stimme. Den Namen des Moderators hatte sie sich immer wieder im Geiste vorgebetet, damit sie ihn nicht vergaß und sie den Mann formvollendet ansprechen konnte. „Von einem speziellen Konzept weiß ich nichts. Aber mein Mann bringt zumindest die besten Voraussetzungen für ein Überleben in der Wildnis mit."

„Was verstehen Sie, liebe Frau Wegener, unter ‚beste Voraussetzungen', wenn ich fragen darf?", unterbrach Schönbichel etwas spöttisch meine Frau. „Ich höre sehr wohl den zweifelnden Unterton in Ihrer Frage, trotzdem werde ich versuchen, Ihnen meine Ansicht plausibel zu erklären. Mein Mann ist ein sehr positiv denkender Mensch. Außerdem liebt er die Natur über alles. Sie ist quasi seine persönliche Bibel. Er glaubt, dass die Natur uns Menschen nicht braucht, wir sie jedoch unbedingt. Daher geht er äußerst pfleglich mit ihr um. Er ist sich sicher, wenn er die Natur achtet, wird sie ihn auch akzeptieren. Also ist seine mentale Einstellung in Ordnung. Körperlich ist er für sein Alter überdurchschnittlich fit. Das Gelände kennt er sehr genau. Er hat gute Kenntnisse über das Wetter und kann deshalb schnell auf Veränderungen reagieren. In seinem Rucksack befindet sich neben einem hochwertigen Schlafsack, der auch höhere Minusgrade kompensieren kann, seine Lieblingsjacke, ohne die er keine längere Tour unternimmt. Dieser leichte Blouson kann extreme Kälte abhalten. Das, Herr Schönbichel, verstehe ich unter guten Voraussetzungen und das geht weit über das Prinzip Hoffnung hinaus. Meinen Sie nicht auch?" Der Moderator sah meine Frau mit einem Bilderbuchlächeln an, nickte mehrmals in ihre Richtung und wandte sich plötzlich an meine Tochter.

„Jennifer, ich darf Sie doch so nennen? Was macht Sie so sicher, dass Ihrem Papa nichts passieren kann?"

„Tja", fing meine Tochter etwas zögerlich an, „eigentlich hat meine Mutter eben schon alles erzählt. Dem ist kaum noch was hinzuzufügen. Vielleicht noch die Tatsache, dass mein Papa ein richtiger Naturbursche ist. Meine Mama nennt ihn manchmal ihren ‚Waldschrat'. Er war noch nie ernsthaft krank. Erkältungen, Grippe und solche Krankheiten sind ihm unbekannt. Er ist zäh und kräftig. Kälte macht ihm anscheinend nicht viel aus. Wenn wir schon dicke Jacken und Pullover tragen, geht er meist noch im T-Shirt. Einen warmen Mantel besitzt er nicht. Handschuhe und Schals habe ich noch nicht bei ihm gesehen. Meine Mutter findet das sehr leichtsinnig und jedes Jahr im Winter macht sie ihm die gleichen Vorwürfe. Und jedes Jahr verspricht er, sich zu ändern. Ich glaub, das wird noch eine Weile zwischen den beiden so weitergehen. Papa ist ein sehr ausgeglichener Typ. Ihn bringt so leicht nichts aus der Ruhe. Wenn es in der Familie mal hoch hergeht, ist er der ausgleichende, ruhige Pol, der die Nerven behält. Er wird also auch in den Bergen ruhig und umsichtig gehandelt haben, da bin ich mir genau so sicher wie meine Mama."

„Und so zuversichtlich wie meine Tochter und ich sollten auch alle anderen sein, die ihre Lieben dort oben in der Schneehölle wissen. Geben Sie die Hoffnung niemals auf, denn die Hoffnung stirbt zuletzt. Ich bzw. wir wünschen allen Verzweifelten und Ängstlichen die Kraft, um diese schwere Zeit zu überstehen. Haben Sie Vertrauen. Glauben Sie an die Kraft der Liebe und an ein glückliches Ende des entsetzlichen Sturmes", setzte meine Frau anschließend nach.

„Das waren wunderschöne und aufmunternde Worte, Frau Wegener, und wir, da spreche ich sicher auch im Namen unseres prominenten Gastes, schließen uns gern den Wünschen an. Aber trotz aller schönen Worte möchte ich gern Herrn Messner fragen, ob die von Ihnen aufgezählten Vorzüge Ihres Mannes ausreichen könnten, den Schneesturm zu überleben. Was meinen Sie, hat der Mann eine Chance?"

„Ich werde gleich auf Ihre Frage eingehen, Herr Schönbichel. Aber vorab möchte ich Frau Wegener fragen, ob sie zufällig ein Bild von ihrem Mann dabei hat und es mir zeigen würde." Meine Frau griff nach ihrer Handtasche, die am Stuhlbein lehnte, und holte eine Fotografie heraus, die mich und Max beim Wandern in Berlin zeigte. „Die Aufnahme wurde etwa vor einem Jahr gemacht", erklärte Moni. Der Extrembergsteiger schaute sich einige Sekunden das Bild an, runzelte dabei die Stirn, als ob ihm plötzlich etwas Bemerkenswertes auffiel. Dann sah er wieder in die Runde, als wenn nix geschehen wäre. „Es ist natürlich von entscheidender Bedeutung, dass man gesund und körperlich fit in die Berge geht. Gute, warme Kleidung gehört auch im Sommer zu einer perfekten Ausrüstung. Ein guter Wanderer denkt daran. Es ist sicher von Vorteil, wenn man bei Kälte nicht so leicht friert, und es ist sehr hilfreich, wenn einem die Wetterkunde nicht völlig fremd ist. Sicherlich hat Ihr Mann gute Voraussetzungen, einem groben Wetterumschwung zu trotzen. Dagegen steht für mich jedoch der Faktor Zeit.

Dieser außergewöhnliche Sturm dauert nun schon über eineinhalb Tage ununterbrochen an, wobei wir die genaue Heftigkeit noch nicht einmal genau kennen. Wir haben keine verlässlichen Daten über die Temperaturen. Ein beherzter Versuch des Bundesheeres, die Kerschbaumer Schutzhütte zu Fuß zu erreichen, scheiterte. Bei dem Unternehmen wurde sogar ein Soldat schwer verletzt. Wenn Ihr Mann sich einen Iglu hat bauen können und dort im Schlafsack eingepackt liegen kann … – vielleicht könnte ein gesunder, kräftiger Mann überleben. Aber wie gesagt, nur vielleicht. Sicher bin ich mir nicht. Erschwerend kommt noch hinzu, dass ein Hund dabei ist. Der wird eine Weile durch sein Fell geschützt. Aber auf Dauer wird das Tier auch Probleme bekommen. Ich will damit sagen, dass Ihr Mann sich nicht nur um sich selbst kümmern muss, sondern auch um seinen Partner. Das macht das Überlebensproblem um ein Vielfaches größer. Soweit zu Ihrem Mann, Frau Wegener. Aber es wird viele Bergwanderer getroffen haben und somit können und müssen wir davon ausgehen, dass es zahlreiche Opfer geben wird. So leid es mir tut, das ist jedoch realistisch."

„Das hört sich überhaupt nicht gut an", schaltete sich der Moderator wieder in das Gespräch ein. „Trotz modernster Technik hat uns die Natur wieder unsere Grenzen aufgezeigt."

„Die Natur findet immer einen Weg, uns auf ihre Probleme hinzuweisen. Einzig der Mensch ist zu dumm, die Signale zu verstehen. Teilweise will er sie auch nicht zur Kenntnis nehmen, denn Umweltschutz ist teuer und es springt nicht immer gleich ein finanzieller Erfolg heraus. Mein Leben lang versuche ich schon mit meiner bescheidenen Prominenz, für die sensible Natur zu werben. Dabei komme ich mir immer wieder wie Don Quichotte bei dem Kampf gegen die Windmühlen vor. Ich hätte noch eine Frage an Frau Wegener. Ihr Mann kommt mir bekannt vor. Natürlich kann ich mich auch irren, aber ich habe das Gefühl, den Mann auf dem Foto schon einmal gesehen zu haben. Kann das sein?" Meine Frau nahm automatisch das Foto vom Tisch und sah es sich nochmals an, als sähe sie es zum ersten Mal. Der erfahrene Schönbichel nutzte die Gelegenheit. „Ja, könnte es denn sein, dass unser Herr Messner recht hat? Das wäre doch ein unglaublicher Zufall. Das gibt es doch gar nicht, oder?" Leicht vornübergeneigt blickte er erwartungsvoll meine Frau an. „Wenn Sie sich an die Begegnung mit meinem Mann noch erinnern und ihn auf diesem Bild erkennen, dann haben Sie ein sehr gutes Personengedächtnis", antwortete Moni. Schönbichel rückte noch näher an meine Frau, er witterte eine kleine Sensation. „Tatsächlich gab es eine Begegnung zwischen Ihnen und meinem Mann, der darauf sehr stolz ist." Messner schlug sich feixend auf den Oberschenkel und grinste verschmitzt aus seinem bärtigen Gesicht. „Wusst ich's doch, das Gesicht kam mir doch bekannt vor. Aber bitte, Frau Wegener, helfen Sie mir auf die Sprünge. Wo hat diese Begegnung stattgefunden? Das ist mir nun doch entfallen." Jetzt sahen zwei neugierige Augenpaare auf meine Frau, die, ob der großen Aufmerksamkeit, leicht errötete. Das war ihr lange nicht passiert und Jenny, die es auch sah, grinste frech. „Sie begegneten sich vor gut einem Jahr, im Januar. Sie, Herr Messner, waren von der Versicherungsgesellschaft, für die mein Mann als selbstständiger Versicherungskaufmann tätig ist, als Gastredner eingeladen. Glücklicherweise unerkannt saßen Sie in der Hotellobby. Werner erkannte Sie jedoch sofort. Daraufhin holte er aus seinem Zimmer eine Bergsteigerzeitschrift – auf Reisen führt er immer ein Exemplar mit sich – und ging zurück zu Ihnen in die Hotelhalle. Mein Mann ist kein Autogrammjäger, aber bei Ihnen machte er eine Ausnahme. Die Zeitschrift hat seitdem einen Ehrenplatz zwischen seinen Bergerinnerungen. Äußerst witzig fand mein Mann den Umstand, dass Sie sich nicht in den Bergen trafen, sondern im norddeutschen Flachland, in Hannover. Übrigens ist Ihr Vortrag sehr gut angekommen und es soll mucksmäuschenstill gewesen sein. Sie hinterließen einen enormen Eindruck."

Messner nickte zu den Worten meiner Frau und meinte dann: „Jetzt dämmert's. Er war damals der Einzige, dem ich ein Autogramm gab, und nun sehe ich auch ihn wieder vor mir. Groß, kräftig, mit ruhiger Stimme und festem Händedruck. Er ist mir deshalb so angenehm in Erinnerung, da er nicht von sich und seinen großartigen Erfolgen in den Bergen sprach und mir gleichzeitig Honig um den Bart schmierte, wie es bei vielen Autogrammjägern üblich ist. Eine nette Begegnung. Jetzt wünsche ich umso mehr, dass es Ihrem Mann gut geht."

Schönbichel lehnte sich wieder entspannt zurück und ließ dabei ein leichtes Stöhnen hören, denn er hatte vor Anspannung kaum geatmet. „Da sieht man mal wieder, wie klein doch die Welt ist. Unglaublich und gleichzeitig faszinierend. Leider ist unsere Sendezeit gleich vorbei und leider konnten wir nicht alle Themen ansprechen. Unsere Telefonzentrale ist noch eine weitere Stunde geöffnet und unsere Experten werden Ihre brennenden Fragen gern beantworten. Lassen Sie mich bitte noch etwas hinzufügen, meine Damen und Herren an den Fernsehgeräten: Bleiben Sie hoffnungsvoll, denken Sie positiv und glauben Sie an ein gutes Ende. Genauso wie unsere lieben Gäste aus Berlin. Mir ist klar, dass dies nicht immer einfach sein wird in den nächsten Stunden, aber versuchen Sie es! In den Lienzer Dolomiten stehen fünf Hütten mit erfahrenen Wirten zur Verfügung. Diese Hüttendichte garantiert eine große Sicherheit. Außerdem konnte ich noch vor der Sendung erfahren, dass für eine rasche Evakuierung vorgesorgt ist. Bergwacht und Bundesheer sind in ständiger Bereitschaft. Es wird alles getan, um den Menschen so schnell wie möglich zu helfen. Die Spitäler sind vorbereitet. Die Verantwortlichen in Kärnten und Osttirol haben sorgsam ihre Hausaufgaben gemacht. Auch wir vom ORF bleiben für Sie nah dran am Geschehen und werden Sie auf dem Laufenden halten.

Bei meinen Gästen, den sympathischen Damen aus Berlin und dem erfolgreichsten Bergsteiger der Welt, möchte ich mich sehr herzlich bedanken, dass sie unserer Einladung gefolgt sind. Gleichzeitig verabschieden wir uns von den angeschlossenen Sendezentralen in ganz Europa. Ich bedanke mich für Ihr Interesse und wünsche Ihnen noch einen angenehmen Fernsehabend.“

29

In der rechten Hand hielt ich eine Gauloise, meine linke wurde von Max intensiv geleckt. Ich saß, leicht vornübergebeugt, auf meiner Gartenbank und schaute gedankenverloren ins Feuer. Max hat sich bisher wacker geschlagen. Ich war stolz auf ihn. Er erhob sich und tappte in die äußerste linke Ecke des Raumes, um ein Bein zu heben. Vor wenigen Minuten war ich auch dort gewesen. Zuvor hatte ich mich jedoch vergewissert, dass im Schlafsack alles schlief. Warum mussten die eigentlich nicht?, ging es mir durch den Kopf. Frauen blieben mir ein Rätsel, auch in dieser verrückten Situation.

Kleine Funken stoben auf, als ich Späne nachlegte. Meine Müdigkeit meldete sich wieder. Ich kämpfte dagegen an. Klar. Aber ich wusste nicht, wie lange ich noch der Sieger bleiben würde. Meine Uhr zeigte kurz vor Mitternacht. Ich hatte Angst vor meiner Verantwortung. Angst davor, vor dieser Aufgabe in die Knie gehen zu müssen. Die drei Schläfer waren mir in der kurzen Zeit ans Herz gewachsen und ich wollte, dass sie heil aus dieser Sache herauskamen. Und sie vertrauten mir, das kam erschwerend hinzu. Ich drehte mir erneut eine Zigarette. Bleib wach!, ermahnte ich mich. Der Sturm heulte unablässig um die Kaverne und es schien mir, dass er an Lautstärke zugenommen hatte.

Nach der Fernsehsendung nahm Peter meine Frauen wieder in Empfang und bugsierte sie in die improvisierte VIP-Lounge. Er war der Meinung, dass ein oder zwei Prosecco das Beste wären, um von dem Trubel ein wenig abzuschalten. Meine Frau war unendlich dankbar, dass Hinrichs sich so aufmerksam um sie kümmerte. Sie genoss seine ruhige, charmante Art. Ohne ihn wäre es ihr nicht so leichtgefallen, diesen Stress zu bewältigen.

Als sie sich beim Prosecco dafür bei Hinrichs bedankte, winkte der nur ab. Seine Hilfe war selbstverständlich. Der Bürgermeister kam kurz in den Raum, beglückwünschte meine Frauen zu dem gelungenen Fernsehauftritt und versprach, dass er mit ihnen in enger Verbindung bleiben würde. Dann wünschte er allen eine gute Nacht, er selbst habe noch reichlich zu tun. Nachdem der Bürgermeister die Tür hinter sich zugezogen hatte, meinte Peter mit einem breiten Grinsen im Gesicht: „Der Arme, er wird sich noch zu Tode arbeiten. Man merkt, die Wahlen stehen vor der Tür. Aber er wird wohl bestätigt werden. Einen besseren gibt es zurzeit nicht."

Während meine Frau und Peter sich leise unterhielten, dachte meine Tochter an ihren Vater und stocherte dabei in einem frischen Salat mit heller Soße. Sie hoffte, dass es mir und Max tatsächlich gut ginge. Der Urlaub hatte doch gerade erst begonnen und sie würde sich freuen, wenn die ganze Familie die restlichen Tage noch zusammen genießen könnte. Natürlich nicht unbedingt wandern gehen. Eher das gute Wetter im tollen Schwimmbad von Kötschach ausnutzen oder gemütlich bei Liesl im Garten sitzen und ihr Lieblingsgericht, Putenschnitzel mit Gorgonzolasoße, essen.

Liesl kannten wir schon seit einigen Jahren. Sie führte mit ihrem Sohn und ihrer Schwiegertochter ein kleines Gasthaus mit einigen Fremdenzimmern in Goderschach, einem winzigen Dörfchen im Gailtal. Kurz bevor wir uns kennenlernten, verstarb leider Liesls Mann. Über den plötzlichen und schmerzlichen Verlust war Liesl damals noch nicht ganz hinweg. Trotzdem schlossen wir in dieser schweren Zeit Freundschaft, die bis heute anhält.

Wenn man bei Liesl im Garten sitzt, hat man einen großartigen Blick auf meinen Lieblingsberg im Gailtal, den Reißkofel. Als ich ihn 1996 bestieg, hatte ich sehr großen Respekt vor dem mächtigen Felsklotz. Ich wusste, dass er nicht einfach zu erobern war. Etliche Bergsteiger verunglückten bei ihrem Versuch leider tödlich. Das war mir eine ernsthafte Warnung. Meine Vorbereitungen auf diese Tour waren äußerst gewissenhaft und genau. Die Einheimischen erzählten, dass der Grat sehr schmal und deshalb gefährlich sei. Nach vier Stunden Aufstieg konnte ich mich persönlich davon überzeugen. Erschöpft, aber glücklich ließ ich mich auf dem Grat auf meine vier Buchstaben nieder. Dabei hing mein linker Fuß im Gailtal und mein rechter im Drautal. Es war eine luftige Angelegenheit, aber der Ausblick war atemberaubend. Über das Drautal konnte ich bis zum Großglockner sehen und über das Gailtal bis weit nach Italien und ich meinte, dass ich sogar das Mittelmeer erkennen konnte. Ein unvergesslicher Moment. Jahre später ging ich von der Drautalseite auf das Felsmassiv, um die einzige Hütte in diesem Gebiet zu besuchen, die Comptonhütte. So sah ich meinen Lieblingsberg einmal aus einer anderen Perspektive. Als ich bei einem frischen Bier vor der Hütte saß und die beeindruckende Felswand des Reißkofels vor mir hatte, war ich erneut stolz, diesem Giganten aufs Haupt gestiegen zu sein. Die Hütte ist übrigens nach dem großartigen Alpenmaler Compton benannt und für Interessierte sei bemerkt, dass sich ein Original des Malers auf der Hütte befindet.

Langsam spürte meine Frau die Anstrengungen des Tages und sie fragte ihre Tochter, ob es o. k. sei, wenn sie zur Ferienwohnung zurückkehrten. Jenny nickte begeistert und Moni sah Hinrichs an. „Ich fahr Sie zurück, wann Sie wollen", erklärte er. Auf einen Zug leerte er sein schmales Sektglas. „Auf geht's." Grinsend erhob er sich und machte eine leichte Verbeugung. Sie verabschiedeten sich von den aufmerksamen Hostessen und verließen das Rathaus. Kurz bevor sie den Wagen erreichten, sahen alle wie auf Kommando auf die schwarze, überdimensionale Wolke, die beharrlich über den Lienzer Dolomiten hing, und alle dachten in diesem Augenblick das Gleiche: Wann hatte dieser Wahnsinn endlich ein Ende?

Mein Kopf fiel mir auf die Brust, deshalb schreckte ich hoch. Verdammt, ich war eingenickt. Verstört blickte ich mich in dem

Raum um. Es schien alles in Ordnung zu sein. Im Schlafsack war alles ruhig und Max blickte mich nur träge an. Das Feuer war noch gut in Schuss. Ich steckte mir eine Zigarette zwischen die Lippen und sog den Rauch tief ein. Dann stand ich auf und ging langsam ein paar Mal um die Feuerstelle, meine Durchblutung musste wieder in Schwung kommen. Max nahm die Gelegenheit wahr und begleitete mich. Beim Gehen rollte ich mit den Schultern und drehte den Kopf abwechselnd in alle Richtungen. Meine Glieder waren steif geworden, das musste gelockert werden. Ich schnippte die Kippe ins Feuer und entgegen meinen Gewohnheiten steckte ich mir gleich noch eine an. Wach bleiben!, ermahnte ich mich, reiß dich zusammen, Junge. Musik. Musik wäre jetzt gut. Vielleicht hätte ich doch meinen MP3-Player einstecken sollen. Eric Clapton, J. J.Cale, Zuccero oder Mark Knopfler wären mir im Augenblick herzlich willkommen. Vor allem Knopfler.

Seit ich ihn 1978 mit seinen Dire Straits das erste Mal hörte und dann 1979 live in Berlin, in der damaligen Neuen Welt, erleben durfte, bin ich ein großer Fan seiner Musik. Bei ihm imponiert mir nicht nur sein grandioses Gitarrenspiel, sondern vor allem seine musikalische Vielseitigkeit. Ob Blues, Westernsongs, Filmmusiken, Cajun – alles ist einwandfrei und absolut hörenswert. Hinzu kommt, dass Knopfler bodenständig geblieben ist. Trotz rund 120 Millionen verkaufter Tonträger blieb er mit beiden Beinen fest auf der Erde. Allüren sind ihm so fremd wie das Nachhecheln von Moden und Hypes. Ein Typ, der mir gefällt, mit dem man gern mal ein Bier trinken würde und ein gutes Gespräch führen möchte.

Dabei fällt mir eine bemerkenswerte Begegnung in den Tiroler Bergen ein.

Vor ein paar Jahren wollte ich meiner Frau eines der schönsten Hochtäler der gesamten Alpenwelt zeigen, das Innerg'schlöß bei Matrei in Osttirol. Bei herrlichstem Bergwetter zogen Max, Moni und ich von dem Matreierhaus los. Rund eineinhalb abwechslungsreiche Stunden lagen vor uns. Ich war gespannt, ob meine Frau das Tal genauso faszinierend und schön empfinden würde wie ich. Einige Jahre zuvor war ich schon einmal allein hier oben gewesen und war begeistert. Der Weg, der vorbei an rauschenden Wasserfällen führte, war meist schattig und herrliche Aussichtsplätze verkürzten uns die Wanderzeit auf angenehmste Weise. Als wir nach ca. einer Stunde das Außerg'schlöß mit den jahrhundertealten Bauernhäusern erreichten, konnte man schon einen kleinen Vorgeschmack auf die Schönheit des Tales bekommen. Wir hatten den Aufstieg hinter uns. Nun ging es moderat, fast eben ins Innerg'schlöß. Nach ein paar Kehren lag dann das schmale, wildromantische Tal vor uns, das im Talschluss mit schneebedeckten Bergen aufwartete, die sich gegen den wolkenlosen, blauen Himmel scharf abgrenzten. Als Publikumsmagnet ragte der Venediger majestätisch hervor. Auf dem ganzen Weg durch das Tal begleitete uns linker Hand ein glasklarer, wilder Bach. Rechts von uns weideten auf saftigen Wiesen Kühe und Schafe. Im Wildbach lagen zuweilen riesige, bizarre Felsbrocken, die das Wasser aufschäumen ließen. Manch genügsame Pflanze hatte sich auf den Steinen ein neues Zuhause eingerichtet. Ab und zu querte eine rustikale Holzbrücke den Bach. Nachdem wir fast die Hälfte des Tales hinter uns hatten, machten wir an der wohl ungewöhnlichsten Kapelle der Alpenregion eine längere Rast. Dieses kleine Kirchlein wurde direkt in die natürliche Höhlung eines mächtigen Felsbrocken gebaut. 1688 wurde es geweiht. 1870 musste es erneuert werden, da ein Lawinenabgang die Kapelle zerstörte. Der Fotoapparat meiner Frau kam reichlich zum Einsatz. Die Sonne gab ihr Bestes und die Luft war von den Blumen, Kräutern und dem kräftigen Geruch der grasenden Tiere in einen besonderen Duft verwandelt worden. Wir setzten unseren Weg fort und kurz vor der Venedigerhütte kamen wir noch an einigen einfachen Hütten vorbei, die man für einen Urlaub ohne großen Luxus mieten kann. Zwischen die Hütten hatte sich ein kleiner Laden geschoben, wo handgefertigte Holzschnitzereien angeboten wurden. Bei näherer Betrachtung stellte ich erfreut fest, dass nicht nur die üblichen Heiligen geschnitzt wurden, sondern auch viele mit Liebe zum Detail gearbeitete Figuren der Bergwelt.

Das Faszinierende an dem Laden war jedoch die Musik, die in einer angenehmen Lautstärke lief. Mark Knopfler spielte sein *Golden Heart.* Ich lauschte den wunderbaren Klängen des typischen Knopflersounds und besah mir derweil ein paar niedliche Wanderstiefel. Das Lied war zu Ende und ich beschloss, meiner Frau die exakt geschnitzten Stiefel zu zeigen, als *Shangri-La* von Knopfler an mein Ohr drang. Nun wollte ich doch den Musikfreund kennenlernen. Radiomusik konnte das nicht sein. Ein bärtiger, junger, schlanker Mann saß lässig auf einem Hocker und schnitzte an einem Hirsch. Seine grüne Schürze fing einen Großteil der kleinen Späne auf. Kaum hörbar pfiff er die Melodie mit. Als er mich bemerkte, hörte er mit seiner Arbeit und dem Pfeifen auf und lächelte freundlich. Er sah die Wanderstiefel in meiner Hand und fragte: „Sollen's die sein?"

„Ja", antwortete ich. „Bei Ihnen läuft ja hervorragende Musik."

„Mark Knopfler", sagte er überflüssigerweise. Ich nickte. „Shangri-La."

„Oha, ein Kenner. Ich bin beeindruckt." Der Holzschnitzer grinste nun von einem Ohr zum anderen. „Sie sehen vor sich einen hundertprozentigen Fan", stellte ich klar, „seit den Gründungsjahren, noch mit den Dire Straits." Der Mann wischte sich seine staubigen Hände an der Schürze ab und reichte mir seine Rechte: „Willkommen im Club." Wir lachten beide herzlich. Dann nahm er mir die kleinen Holzstiefel ab, steckte sie in eine Papiertüte. „Einen Knopflerfan hier oben anzutreffen, hätte ich nicht vermutet", sagte ich. „Aber es ist gut so. Die Welt ist voller Überraschungen."

„Die Berge haben viele Überraschungen auf Lager", bemerkte er grinsend. „War nett, dich kennenzulernen", fügte er hinzu. „Ganz meinerseits. Diese Schuhe werden mich immer an unsere Begegnung erinnern. Was bekommst du dafür?" Er winkte ab: „Sieh es als Geschenk unter Gleichgesinnten an. Bleib den Bergen und Mark weiterhin treu.“ Ich nickte ihm zu, bedankte mich und wünschte ihm alles Gute. Draußen erklärte ich meiner Frau, warum sie so lange warten musste. Sie schüttelte nur den Kopf. Knopfler war nicht unbedingt ihre Wellenlänge. Wir überquerten die Brücke zur Venedigerhütte und setzten uns in den sonnigen Biergarten. Ich meinte, aus dem Laden gegenüber den Song *Wanderlust* von Mark zu hören, aber das konnte auch täuschen. Jedenfalls hängen die kleinen Holzstiefel an meinem Innenspiegel im Wagen und erinnern mich häufig an diese nette Episode.

30

Die schwere Limousine fuhr fast lautlos durch die laue Nacht. Hinrichs steuerte den Wagen sicher und souverän in Richtung Heimat. Moni saß vorn neben ihm. Sie unterhielten sich leise. Meine Tochter hatte sich die Rückbank zum Bett umfunktioniert. Sie war müde und geschafft. Natürlich sprachen die beiden über den Fernsehauftritt und über die Menschen, die sie in Lienz kennengelernt haben. Beide waren über die durchaus sympathische Art von Messner beeindruckt, denn beide hatten, hervorgerufen durch Medienberichte, ein etwas negatives Bild des Bergsteigers vor Augen. Sie waren angenehm überrascht und mussten zugeben, wie schnell man sich doch einen falschen Eindruck von einem Menschen zurechtlegen kann. Auch Schönbichel kam gut in ihrer nachträglichen Betrachtung weg. Freundlich und zuvorkommend hatte er seine Gäste behandelt. In seiner Gegenwart konnte auch der ängstlichste Gast sein Lampenfieber verlieren. Rundum eine gelungene Veranstaltung. Meine Frau fragte sich jedoch, ob ihre Äußerungen etwas bewirkt haben könnten. Sie wünschte es sich von ganzem Herzen. Und auch den Ländern Osttirol und Kärnten. Meine Frau wusste, dass diese kleinen Urlaubsgebiete von schwindenden Übernachtungszahlen betroffen sind. Obwohl ein gutes Marketing vorhanden ist und die Länder mit einem umfangreichen Freizeit- und Sportangebot, mit gesunder Umwelt, warmen Badeseen mit Trinkwasserqualität, freundlichen Menschen und grandioser Landschaft aufwarten können, schwinden die Besucherzahlen. Da hilft zurzeit auch nicht die gesunde, bodenständige, wohlschmeckende Küche. Die Urlauber fahren weiter nach Süden. Wir, die schon seit über 20 Jahren hier die erholsamsten Ferien verbringen, können das nur schwer verstehen. Viele langjährige Freundschaften haben wir hier geschlossen und wir hatten immer das Gefühl, nicht nur als zahlende Touristen behandelt zu werden. Der vom Kärntener Tourismusverband hervorgebrachte Slogan „Urlaub bei Freunden" ist nicht nur gut, er trifft den Nagel auf den Kopf.

Peter brachte den Wagen auf dem Hof in Nölbling zum Stehen und schaltete den leise schnurrenden Motor und das Licht aus. Jenny schnarchte ungeniert auf der Rückbank. Hinrichs machte keine Anstalten, den Wagen zu verlassen, und meiner Frau war das recht so. Jede Abwechslung kam ihr gelegen. Peter griff in sein dunkelblaues, leichtes Jackett und holte seine Brieftasche hervor. Er entnahm ihr eine Visitenkarte und reichte sie meiner Frau. „Sie können mich jederzeit anrufen, wenn ich Ihnen helfen kann oder wenn Sie jemand zum Reden brauchen. Ich bin ein sehr guter Zuhörer. Das kann manchmal sehr hilfreich sein. Falls Sie eher als ich etwas von Ihrem Mann hören, lassen Sie es mich wissen. Ihr Schicksal und Ihr Glück liegen mir sehr am Herzen. Das ist keine Neugier, sondern echtes Interesse. Ich würde mich glücklich schätzen, wenn ich Ihren Mann kennenlernen dürfte. Er muss ein netter Kerl sein." Moni nahm die Karte, hielt sie in ihrer Hand und sagte: „Sie sind sehr freundlich zu uns gewesen und ich würde mich freuen, wenn wir ‚du' zueinander sagen, das macht vieles leichter. Ich bin Moni, dahinten lärmt Jenny und ich weiß, du bist der Peter. Ist das in Ordnung?" Sie nahm die Visitenkarte in ihre linke Hand und hielt Hinrichs ihre rechte entgegen. Dieser schlug sofort ein und lächelte meine Frau dabei freundlich an. „Wart mal!", meinte Moni, griff in ihre Handtasche und holte ihrerseits eine Visitenkarte hervor. Mit Bergen im Hintergrund. Selbst gemacht. Natürlich. Mit den Worten: „Wir bleiben in Verbindung", gab sie ihm die Karte. „Zur Wiedersehensfeier mit meinem Mann bist du eingeladen. Ich bin sicher, dass ihr euch gut verstehen werdet, ihr seid euch sogar etwas ähnlich. So, jetzt muss ich aber meine Tochter zu Bett bringen. Vielen Dank für deine Hilfe. Komm gut heim."

„Soll ich dir mit Jenny noch helfen?", fragte Hinrichs. „Lass mal, ich muss sie ja doch wecken. Zum Tragen ist sie mir schon zu schwer. Sie muss allein ins Haus gehen. Also dann, bis bald." Sie reichten sich zum Abschied noch einmal die Hand, dann stiegen sie gemeinsam aus. Moni weckte vorsichtig ihre Tochter. Unter Murren und leichtem Protest bequemte sich Jenny, ihren Schlaf zu unterbrechen, und kam wackelig auf die Beine. „Gute Nacht", wünschte sie gähnend dem Fahrer und steuerte dann zielstrebig dem Haus zu. „Die Jugend", entschuldigte Moni die knappe Verabschiedung ihrer Tochter. „Pascht", antwortete Peter schmunzelnd. Spontan ging meine Frau auf ihn zu, legte kurz den Arm um seine Schulter und küsste ihn flüchtig auf die Wange: „Gute Nacht, Peter."

„Gute Nacht, Moni. Und Kopf hoch. Es wird schon schiefgehen."

Schweren Herzens ging meine Frau ihrer Tochter hinterher, wohl wissend, dass sie trotz ihrer Müdigkeit kaum Schlaf finden würde. Als die Scheinwerfer von Peters Wagen sie erfassten, blickte sie nochmals kurz zurück und hob leicht die Hand. In Gedanken wünschte sie ihm eine gute Heimfahrt. Es ist gut, dachte sie, dass es noch Menschen auf der Welt gibt, die aufrichtig am Schicksal anderer teilnehmen. Diese Begegnung machte Hoffnung, dass die Menschen eventuell doch besser sind als ihr Ruf.

Um das Feuer am Leben zu halten, nahm ich die letzte freie Bank zur Hand und fing wieder mit meinem Vertingorix an zu schnitzen. Für ein paar Stunden würde es noch reichen.

Diese Erkenntnis war mir eine Zigarette wert. Max ging in seine Ecke und hob das Bein. Unverdrossen heulte der Sturm um unsere erbärmliche Unterkunft und ich war mir sicher, dass ich dieses Geräusch mein Lebtag nicht vergessen würde. Die Uhr zeigte vier Uhr morgens. Ich rieb mir die müden Augen. Was machten meine Frauen daheim? Fanden sie genügend Schlaf? Ging es ihnen gut? Würden sie an mich glauben oder hatten sie Max und mich schon abgeschrieben? Wenn sie wüssten, dass es uns relativ gut ginge …! Helga und Rudi würden ihnen zur Seite stehen. Das waren ja nette Gastgeber und Freunde.

In meinem Hirn bildeten sich plötzlich verführerische Bilder. Von frisch gezapftem Gösser Bier, würzigem Zwiebelrostbraten und Knödeln. Mein Magen knurrte so laut, dass Max die Ohren aufstellte und ich Angst hatte, die Mädels zu wecken. Ja, sinnierte ich weiter, gut und reichlich zu esse, wäre jetzt genau das Richtige. Einige leckere Getränke dazu sowie eine angenehme Unterhaltung würden den Spaß abrunden. Sonne könnte auch nicht schaden, denn vom Schnee hatte ich erst mal genug in diesem Sommer.

Entspannt und kulinarisch bestens versorgt, auf einer Sonnenliege im Garten unseres Ferienhauses fläzen, nicht schlecht. Nebenbei könnte man ja wieder eine interessante Bergtour ausarbeiten. Mir schwebte da die Standschützenhütte in der Karnischen Region vor. Sie und der Hausberg, der Große Kinigat, fehlten noch in meiner Sammlung. Das wär ein gelungener Urlaubsabschluss. Bin ich krank?, fragte ich mich. Ich saß hier fest, wusste nicht, ob die Kaverne unter der enormen Schneelast doch noch einknickte und uns begrub, da hatte ich nichts Besseres zu tun, als über eine neue Bergwanderung nachzudenken. Ich war wohl schon ein bisschen neben der Spur. Der Griff zur Zigarette war automatisch. In der Hoffnung, sie hielte mich weiterhin wach. Max knurrte kurz, ihm war sichtlich langweilig. Ein Blick zum Schlafsack – alles ruhig. Wie sollte ich ihnen diesmal weiterhelfen, wenn sie wach würden. Ohne Essen, nur mit ein wenig Wasser, das würde schwer. Was mache ich, wenn ein sogenannter Lagerkoller ausbricht?, fragte ich mich. Das wäre fatal. Mit so einer Situation wäre ich nur ungern konfrontiert. Meine psychologischen Fähigkeiten waren begrenzt. Die Müdigkeit wurde körperlich spürbar. Ich legte Holz nach. Zum x-ten Mal schaute ich auf die Uhr. Die Zeit schien stehen zu bleiben. Man wurde zwar rasend schnell älter, aber wenn man auf einen relativ kurzen Zeitpunkt hin wartete, verging die Zeit überhaupt nicht. Das Feuer knisterte und unter anderen Umständen hätte ich gern an einem lodernden Lagerfeuer gesessen. Ich warf die Kippe in die Glut und schloss für einen Augenblick die Augen. Was für ein herrliches Gefühl. Augen wieder auf. Augen zu – traumhaft. Für Sekunden genoss ich das Nichts. Augen auf. Aber nur zur Hälfte. Durch schmale Schlitze sah ich ins Feuer. Zu hell, mein Lieber, mach die Augen fest zu, sagte eine verführerische Stimme. Nur für einen Moment. Nur so zur Erholung. Das hast du dir verdient, meinte die geheimnisvolle Stimme, warst doch lange genug wach. Kann doch nichts passieren. Gönn dir ein bisschen Ruhe. Auch der tapferste Recke braucht hin und wieder seinen gerechten Schlaf, um wieder zu Kräften zu kommen. Ruhig und gleichmäßig atmen. Alle bösen Gedanken sind weit weg. Lass dich einfach fallen. Gute Nacht, mein Lieber. Mein Kopf fiel mir auf die Brust und Sekunden später hatte mich Morpheus in seine starken Arme genommen.

31

Als Kranz noch vor dem ersten Hahnenschrei, nach nur zwei Stunden Schlaf, mit bleiernen, steifen Knochen auf die Veranda der Bergrettungshütte trat, sog er gierig die frische Luft in seine Lungen. Er streckte seine kräftigen Arme über den Kopf und reckte sich, um seinen müden Körper etwas in Schwung zu bringen. Er schüttelte abwechselnd die Beine aus, beugte anschließend, mit den Händen in den Hüften, seinen Oberkörper mehrmals vornüber und dann wieder weit zurück. Einige Vögel zwitscherten fröhlich in den jungen Tag. Ansonsten lag absolute Stille über der Station. Kranz, der sich nach seinen Übungen etwas besser fühlte, blinzelte mit zusammengekniffenen Augen gen Osten zur aufgehenden Sonne. Schon jetzt deutete sich an, dass es ein schöner, warmer und sonniger Tag werden würde.

Als sich sein Blick nach Westen wandte, nahm er das prächtige Panorama der Lienzer Dolomiten war. Scharf zeichneten sich die schneebedeckten Bergspitzen gegen den blauen Himmel ab. Wieder einmal war der Chef der Bergwacht von der atemberaubenden Schönheit der Bergkette beeindruckt und wieder einmal dankte er dem Herrgott, in so einer schönen Gegend seine Heimat zu haben.

Plötzlich runzelte Kranz seine ansonsten glatte Stirn, schob automatisch den Kopf weiter in Richtung Berge. Es dauerte noch einige Sekunden, bis sein Hirn wahrnahm, was er sah. „Ich werd verrückt! Wie blöd bin ich eigentlich? Das darf doch nicht wahr sein! Mann, bin ich bescheuert!“ Dann ging alles sehr schnell und das Chaos begann.

Kranz drehte sich auf dem Absatz um und schlug mit der flachen Hand auf den breiten, roten Alarmknopf neben der Eingangstür. Augenblicklich ertönte die schrille Sirene. Kranz stürmte in die Hütte und brüllte lauthals: „Der Berg ist frei! Aus den Federn! Sofort! Alle. Der Berg ist wieder frei. Der Sturm hat sich verzogen. Los, Leute, raus aus den Betten!“ Die Sirene und das Geschrei ihres Chefs rissen die Bergretter von ihren einfachen Lagern. Man war bemüht, trotz des plötzlichen Alarms eine gewisse Ordnung aufrechtzuerhalten. Das Telefon klingelte und Kranz war mit zwei großen Sprüngen in seinem kleinen Büro und am Apparat. „Hier spricht Luser, aus Dölsach. Die Dolomiten sind …“

„Frei“, fiel Kranz dem hilfsbereiten Anrufer ins Wort. „Ja, danke, wir wissen Bescheid“, und knallte den Hörer auf die Gabel. Warum hatte ihn das Heer in den Camps vor Ort noch nicht informiert?, dachte er. Richtig. Sie waren viel zu nah am Berg, um die Veränderung zu erkennen. Er griff wieder zum Telefon und wählte die Nummer von Camp 1.

Am anderen Ende der Leitung war der Wachhabende dran, und als er Kranz Stimme erkannte, war er hellwach. „Was gibt es, Chef?“, fragte er. „Der Berg ist frei“, rief Kranz etwas zu laut ins Telefon. „Herrlichster Sonnenschein auf den Gipfeln. Ihr könnt los und die Evakuierung der Hütten einleiten. Informiert die anderen Camps. Meinen Heli lasse ich zur Aufklärung gleich abheben. Wir bleiben über Funk in Verbindung. Leitung zwei ist dafür vorgesehen. Ich kümmere mich um die Presse, Krankenhäuser, Bürgermeister und so weiter. Auch bei den Hütten werde ich es wieder telefonisch versuchen. Also an die Arbeit, Jungs, zeigt Leistung! Ich drück euch die Daumen.“ Ohne eine Antwort abzuwarten, legte Kranz auf und wählte erneut.

Den Bürgermeister holte er aus dem wohlverdienten Schlaf. Was sein muss, muss sein, dachte er. Er informierte noch das Lienzer Krankenhaus und das Spital in Kärnten, bei Lanz. Kranz nahm sich vor, den Medien etwas später Bescheid zu geben, umso ungestörter könnten er und das Bundesheer ihre Arbeit verrichten. Als Erstes musste der Hubschrauber aufsteigen. Stangl und Zoppoth standen bereits mit dampfenden Kaffeebechern vor dem Büro. Die Mechaniker checkten den Hubi kurz durch, der Motor lief schon. Voller Tatendrang kam Kranz aus seinem Büro. „Jungs, trinkt euren Kaffee aus, es geht los. Auf Kanal drei seid ihr mit Camp 1 verbunden, der Leitstelle des Heeres. Kanal zwei ist für mich. Ihr fliegt das ganze Gebiet ab und haltet nach potenziellen Hilfsbedürftigen Ausschau. Schaut nach Auffälligkeiten. Sondiert das Gelände. Notsituationen sofort mit mir absprechen! Na, ihr wisst ja Bescheid. Bitte nehmt diesen Flug ernst. Jede Kleinigkeit kann von Belang sein. Fliegt zwei-, dreimal über das gesamte Gelände. Lasst euch Zeit. Genauigkeit ist Trumpf. Alles klar?“ Die beiden Piloten nickten und stellten ihre Tassen ab. „Alles roger, Kranz“, sagte Xaver und sie verließen die Hütte. Kranz hatte ein gutes Gefühl. Diese Jungs würden es nicht vermasseln.

Auf dem Weg zur Maschine setzten die Männer ihre Helme auf und kletterten sofort an Bord. Nach routiniertem Check der Instrumente waren sie bereit. Der Mechaniker bestätigte, dass er mit seiner Arbeit fertig sei, und Stangl holte sich seine Starterlaubnis. „Starterlaubnis erteilt“, sagte der Fluglotse, „ich wünsche euch viel Erfolg und einen guten Flug. Passt auf euch auf, viel Glück.“

„Roger, danke“, antwortete Xaver. „Na, dann wollen wir mal“, drängelte sein Freund, „der Berg ruft.“ Einige Kameraden standen mit ihren Kaffeetassen auf der großen Veranda und beobachteten den Start des Rettungshubschraubers. Endlich passierte was! Die angestaute Spannung löste sich allmählich. Die Lienzer Bergwacht war im Einsatz.

Im Camp 1 herrschte das organisierte Chaos. Specht, der Befehlshaber, stand auf dem Platz und rief Befehle, die teilweise von dem Dröhnen der Großraumhubschrauber übertönt wurden. Der Leutnant hatte bereits die anderen Camps informiert. Auch ihr Einsatz stand also kurz bevor. Die Maschinen von Camp 1 flogen die Kerschbaumer Schutzhütte an, die von Camp 2 die Karlsberger Hütte, von Camp 3 die Hochstadel und von Camp 4 die Conny-Alm. Die Befehlshaber hatten telefonisch vereinbart, um

5.30 Uhr gemeinsam zu starten. Weiterhin war eine Konferenzschaltung abgesprochen, sodass jedes Camp immer auf dem Laufenden sein würde. Noch drei Minuten bis zum Start. Der Funker kam aufgeregt auf Leutnant Sperling zugerannt und rief: „Wir haben Funkkontakt mit der Kerschbaumer Schutzhütte."

„Hervorragend", sagte Sperling, „nehmen Sie Kontakt auf." Der Funker ging zurück zu seinem Gerät. „Hier ist Gefreiter Rother vom Bundesheer, Rettungscamp 1. Wie ist bei Ihnen die momentane Lage?" „Hüttenwirt Karl Ortler. Alle meine Gäste sind gesund. Sie packen gerade ihre Sachen. Keine Verletzten. Leider drei vermisste Personen. Wahrscheinlich tot. Der Mann der Familie hat als Einziger den Rückweg zur Hütte geschafft. Es ist so weit alles in Ordnung. Eine Hubschrauberlandung ist meines Erachtens nicht möglich, da die Maschinen im Schnee versinken würden. Aber entscheidet selbst. Es gilt, 24 Personen inklusive Gepäck auszufliegen. Ich selbst bleibe oben. Das wär's erst mal. Die Leute werden auf der oberen Veranda stehen. Anders geht es bestimmt nicht. Habt ihr noch Fragen?" Als der Soldat verneinte, legte Ortler auf. Mit etlichen Sorgenfalten auf der Stirn legte der Funker auf. Nicht landen zu können, war das eine Problem. Drei Tote beklagen zu müssen, war weitaus deftiger. Das fing ja nicht gerade gut an. Enttäuscht machte er Meldung. Auch der Leutnant musste tief Luft holen, als er die Nachricht erfuhr. Er gab die Infos weiter an seine Piloten und wünschte ihnen trotz allem viel Erfolg. Noch zehn Sekunden bis zum Start. Der Leutnant steckte sich eine Zigarette zwischen die Lippen und sah auf seine Hubschrauber. Pünktlich erhoben sich die beiden Großraumhubschrauber vom Boden und wirbelten dabei reichlich Staub und Dreck auf. Dann, an Geschwindigkeit zunehmend, bogen die Maschinen in Richtung Kerschbaumer Schutzhütte ab und gewannen schnell an Höhe. Der Leutnant legte den Kopf in den Nacken, um den perfekten Aufstieg seiner Maschinen zu beobachten. Schon drei Tote! Das war kein guter Start, dachte er. Natürlich war, bei realistischer Betrachtung der Lage, mit Verlusten zu rechnen gewesen. Aber dass er damit so schnell konfrontiert wurde, war kein gutes Zeichen. Langsam ging er in sein Zelt zurück, um die anderen Camps entsprechend zu informieren. Er nahm sich einen Kaffee – heiß, schwarz und stark – und entschied, das Frühstück ausfallen zu lassen. Ihm war der Appetit gründlich vergangen. Sperling stürzte sich in seine Arbeit. Zur Rückkehr der Maschinen musste alles perfekt vorbereitet sein. Die ärztliche Versorgung war vorrangig. Erledigt. Für Essen und Trinken war ebenso gesorgt. Ein Militärbus stand bereit, um die Leute nach Lienz zu bringen. Die Personalien der evakuierten Gäste mussten festgehalten werden. Anschließend würde er die Gendarmerie informieren. Sperling nahm sich vor, nochmals alles zu überprüfen. Einen Fehler wollte er sich nicht leisten. Doch als Erstes musste er seinem General über die Lage berichten. Er spuckte fluchend auf den Boden. Der General würde nicht erfreut über die ersten Verluste sein. Sperling langte zum Telefon. Er wusste, dass diese ersten Toten nur der Beginn einer traurigen Liste sein würden.

Die Rettungsaktion war in vollem Gange. Alle Hüttenwirte hatten nun mitbekommen, dass die Telefone wieder zu benutzen waren. Es entstand ein reger Funkverkehr. Man wollte wissen, wie es dem Nachbar während dieser schlimmen Zeit ergangen war. Die Gäste packten allerorts ihre Rucksäcke und bereiteten sich auf ihren „Ausflug" vor. Manche brauchten einen Schnaps, um sich etwas Mut anzutrinken. Von einer Seilwinde in die Höhe gezogen zu werden, war nicht jedermanns Sache. Die Wirte würden auf den Hütten bleiben. Jedes Camp wusste nun, wie viele Personen sie auszufliegen hatten und Camp 3, zuständig für die Hochstadelhütte, wusste leider auch, dass ein Toter mit ins Tal genommen werden musste. Die beiden verschütteten Holländer würde man erst nach umfangreichen Aufräumungsarbeiten bergen können. Auf der Conny-Alm beschränkten sich die negativen Meldungen auf eine Wanderin mit starken Zahnschmerzen und einen Diabetiker, dessen Insulin ausgegangen war und der deshalb ziemlich apathisch auf seinem Lager lag. Rudi meldete eine Frau mit einem Nervenzusammenbruch und ein deutsches Pärchen mit starkem Durchfall. Sonst war bei ihm alles o. k.

Nachdem Rudi das Heer informiert hatte, wählte er sogleich die Nummer der Kerschbaumer Schutzhütte, um sich bei Ortler nach dem Berliner zu erkundigen. Der musste leider mitteilen, dass bei ihm kein Berliner mit Hund eingetroffen sei. Resigniert legte Rudi auf. Das darf doch nicht wahr sein!, sagte er zu sich. Wo ist der Kerl bloß abgeblieben? Der junge Hüttenwirt war verzweifelt und berichtete seiner Mutter von der schlechten Nachricht. Sie nahm ihn in die Arme und zog ihn an ihre Brust. Beruhigend fuhr sie mit ihrer Hand über seinen Rücken. Zum ersten Mal verschlug es auch der erfahrenen Frau die Sprache. Einen Moment hielt sie ihn fest. Dann straffte sie sich und sagte zu ihrem Sohn: „Wir müssen uns um unsere Gäste kümmern, das ist jetzt das Wichtigste. Auch wenn es uns noch so schwer fällt."

Als die beiden Piloten der Lienzer Bergwacht über die schneebedeckten Gipfel der Dolomiten flogen, waren auch sie sprachlos. So eine wunderschöne Winterlandschaft hatten sie vorher noch nie gesehen. Die bizarren weißen Spitzen glänzten und funkelten in der Morgensonne, dass es ihnen in den Augen wehtat und sie ihre Sonnenbrillen aufsetzen mussten. Es war ein beeindruckendes Bild. Aber die Männer wussten, dass es eine trügerische – ja eine tödliche – Idylle war, die unter ihnen lag. „Hast du jemals so was Grandioses gesehen?", fragte Stangl seinen Freund. „Nö, noch nie", gab der zu. „Es ist unglaublich!" Sie flogen nach Westen in Richtung Italien, in einem moderaten Tempo, damit sie die Gegend gründlich absuchen konnten. Einen Erfolg versprachen sich die erfahrenen Bergretter jedoch nicht. Meterhohe Schneemassen hatten sicher alles Leben unter sich begraben.

Währenddessen begann die Evakuierung der Hütten durch das österreichische Bundesheer. Schnell stellte sich heraus, dass die Hubschrauber bei keiner Hütte landen konnten. Somit musste die schwierige Arbeit mit der Seilwinde erledigt werden. Bei den meisten Leuten klappte das auch reibungslos. Manche hatten sogar etwas Spaß an der luftigen Aktion, vor allem die Kinder genossen das Spektakel. Bei der Hochstadelhütte war die Stimmung jedoch gedrückt, als man als Erstes den Leichnam von Rafael in den Hubschrauber zog. Derweil saß Luigi heulend in der Gaststube. Grete versuchte, ihn so gut es ging zu trösten, doch der Italiener nahm kaum Notiz von ihren Bemühungen. An der Dachluke, aus der die Eingeschlossenen herausgehoben wurden, übergab der Wirt einem Soldaten einen Zettel, auf dem die Namen der verschütteten Holländer notiert waren. Der Soldat verstaute das Papier in seiner Hosentasche und schnallte anschließend den nächsten Wanderer an sich und die Winde.

Die verwirrte Frau auf der Karlsbader Hütte sorgte für einige Unruhe. Mit aller Kraft wehrte sie sich gegen die Versuche ihres Mannes, sie nach oben zur Luke zu bringen. „Ich geh da nicht rauf! Auf gar keinen Fall! Die können ohne mich abfliegen. Ich bleib hier, basta.“ Ihr Mann flehte sie an, doch vernünftig zu sein. Er bliebe ja die ganze Zeit bei ihr. Es würde alles gut werden. Im Tal und zu Hause wartete man doch sehnsüchtig auf sie. Allen voran die Kinder. Rudis Mutter hielt die Hand der armen Frau. Sie tat ihr wahnsinnig leid. Rudi half indes den Soldaten auf dem Dach. Das lenkte ihn ein wenig von seinen Gedanken ab, die immer noch bei dem sympathischen Berliner waren. Wo konnte er bloß stecken? Er weigerte sich vehement, ein Unglück zuzugeben. In Gedanken wanderte er selbst den Weg von seiner Hütte bis zur Kerschbaumer Hütte ab und suchte nach einem Unterschlupf. Aber so sehr er auch grübelte, er stieß auf keinen sicheren Platz. Mechanisch klinkte er einen weiteren Gast an das Rettungsseil und gab dann das Zeichen zum Hochziehen. Als der Gast im Inneren der Maschine angekommen war, drehte der Hubschrauber ab, um dem zweiten Hubi Platz zu machen. Mit dreizehn Personen hatte der Armeehubschrauber seine Kapazität erreicht und flog in Richtung Oberdrauburg.

Rudi hörte seine Mutter verzweifelt nach ihm rufen. Er übertrug seine Arbeit einem österreichischen Gast und lief eilig in die Gaststube. Dort erwarteten ihn seine hilflose Mutter, eine heulende und um sich schlagende Frau und ein überforderter, genervter Ehemann. „Sie will partout nicht auf das Dach", erklärte ihm seine Mutter. „Sie hat fürchterliche Angst und steht kurz vor dem Kollaps. Ich bin mit meinem Latein am Ende." Rudi versuchte ein Grinsen und sagte: „Geh du mal in die Küche, Mutter, ich kümmere mich schon um sie." Während seine Mutter mit den Worten „Ist das alles schrecklich!" in Richtung Küche ging, kniete sich Rudi vor die Frau und nahm ihre Hände behutsam in seine. Ruhig sprach er die weinende Frau an. „Wir beide gehen jetzt ganz langsam und vorsichtig nach oben und dann geht es eins zwei fix nach Hause. Ich werde Ihnen helfen und nicht von Ihrer Seite weichen. Das ist ein Kinderspiel. Sie schaffen das locker. Eine Frau wie Sie, die die Berge nicht fürchtet, hat doch keine Angst vor einem Hubschrauber, stimmt's?" Statt einer Antwort entriss sie ihre Hände aus Rudis Griff und fuchtelte wild mit den Armen durch die Luft. „Niemals!", schrie sie hysterisch und Schaum bildete sich in ihren Mundwinkeln. „Niemals steig ich da ein. Ist mir scheißegal, was mit mir passiert, aber ich geh nicht aufs Dach. Ich nicht. Ihr könnt mich mal alle. Ich, Roswita Berger, bleibe hier, bis der ganze Schnee geschmolzen ist. Dann geh ich zu Fuß wieder runter. Schluss, Ende, aus." Sie trommelte mit den Füßen auf die Holzdielen und presste nun ihre Hände an die Schläfen. „Tut mir leid, Rudi", stöhnte ihr Ehemann, „sie hat entsetzliche Angst vorm Fliegen. In unserer 20-jährigen Ehe ist sie noch nie mit mir geflogen. Den Grund weiß ich bis heute nicht. Darüber schweigt sie sich aus." Erich stand mit hängenden Schultern neben seiner Frau und sah betreten zu Boden. „Wart einen Moment", sagte Rudi zu dem Mann und rannte schnell zum Dach hinauf. Zwei Gäste warteten noch auf ihren „Höhenflug." Es wurde Zeit. Rudi lief zurück zu seiner „Patientin."

„Geh du schon mal nach oben", sagte er zu Erich, der stumm auf seine Frau sah. „Du bist gleich dran. Ich komme gleich mit deiner Frau nach. Versprochen. Also, hau ab und nimm noch den Rucksack von ihr mit. Mir wäre er nur im Weg."

„Ja, aber ...", fing Erich an, doch Rudi unterbrach ihn barsch: „Hau endlich ab, Erich! Die Soldaten warten nicht gern. Die können sehr unangenehm werden, wenn wir ihre schwere Arbeit nicht ein wenig unterstützen. Die Jungs machen einen guten Job. Lass sie nicht unnütz warten." Erich bückte sich und hob den Rucksack seiner Frau auf. Mit hochgezogenen Augenbrauen schaute er nochmals auf Rudi, und als der freundlich nickte, ging er endlich los. Rudi hockte sich wieder vor die Frau. Dann sah er sich nochmals kurz in der Stube um: Keiner war mehr da. Klappern kam aus der Küche. Mutter war beschäftigt. Gut so.

Er legte seinen linken Arm hinten um den Hals von Roswita und hob mit der rechten Hand vorsichtig ihren Kopf hoch. Ausdruckslose, feuchte Augen schauten ihn an. Rudi war sich sicher, dass sie ihn jedoch nicht registrierte. Trotzdem murmelte er leise: „Tut mir leid, meine Liebe, aber es geht wohl nicht anders." Kurz und plötzlich schoss seine rechte Faust gezielt und kraftvoll an die linke Schläfe der Frau. Ihr Kopf kippte seitlich nach hinten, wurde aber von Rudis Arm abgebremst. Roswita verdrehte die Augen und sofort nahm der Wirt die nun bewusstlose Frau in seine kräftigen Arme. Wie eine Puppe trug er sie nun rasch die Stiege hoch und war Sekunden später auf dem Dach, wo Erich gerade nach oben schwebte. Rudi legte seine Fracht vorsichtig ab und wartete darauf, dass Erich im Bauch der Maschine verschwand. Wenige Augenblicke später schwebte der Soldat am Seil wieder zu ihm runter. Der Mann befreite sich von seinem Sicherungshaken und half Rudi, der Bewusstlosen den Sicherungsgurt anzulegen. „Is was mit ihr?", fragte der Soldat. „Nö", antwortete Rudi, „sie ist nur ein wenig müde. Wenn sie aufwacht, wird sie ein wenig Kopfweh haben, aber ansonsten ist sie in Ordnung. Euer Arzt sollte mal nach ihr sehen. Vorsichtshalber." Der Alpini grinste wissend und nickte zu Rudis Worten. Dann rastete der Karabinerhaken ein und die Aktion ging reibungslos zu Ende. Rudi klopfte dem Soldaten kurz auf die Schulter und meinte:

„Gute Arbeit. Grüß den Rest der Mannschaft und kommt mal wieder. Aber ohne euren Hubschrauber."

„Pascht", antwortete der Mann knapp und grinste. Dann gab er das Zeichen zum Hochziehen. Rudi wartete noch, bis beide in der Maschine verschwanden. Aus der offenen Tür beugte sich ein anderer Soldat heraus und hob grüßend die Hand. Dann schloss sich die Luke. Das Motorengeräusch verstärkte sich und gleich darauf zog die Maschine in weitem Bogen zurück in Richtung Nord. Rudi winkte einen Moment dem Hubschrauber hinterher und atmete tief durch. Erst jetzt kam der Wirt dazu, sich in aller Ruhe der faszinierenden Schneelandschaft zu widmen. Auch ihm erging es wie allen anderen, die diese einmalige, weiße Pracht erleben durften: Er war begeistert. Eine wildromantische, prachtvolle Szenerie tat sich vor ihm auf. Selbst die Kreuze am Laserz waren dick mit Eis und Schnee behangen. Die Sonnenstrahlen ließen die Eiskristalle wie kleine Diamanten aufblitzen. Ein einmaliger Anblick im Hochsommer. Nur widerwillig riss sich der Wirt von diesem schönen Bild los, aber die Arbeit rief. In der nächsten Zeit würde es sehr ruhig auf der Karlsbader Hütte sein.

Problemlos ging die Evakuierung auf der Kerschbaumer Schutzhütte vonstatten. Ortler hatte alles im Griff und die Leute waren ruhig und diszipliniert bei der Rettungsaktion. Hans stand wortlos neben dem Wirt und ließ einem nach dem anderen den Vortritt. Ortler legte auch hier mit Hand an und half den Soldaten, wo er nur konnte. Neben Hans' Füßen standen die drei Koffer seiner verunglückten Familie. Verschämt sah Karl auf die Koffer und sah gleichzeitig die Gesichter der Frauen vor sich. Die lächelnde Frau, die lustige Resi und die ruhige Rosi mit ihren obligatorischen Kopfhörern. Ein dicker Kloß bildete sich im Hals des sensiblen Hüttenwirts und er brachte nur ein heiseres Krächzen hervor, als er das Zeichen zum Hochhieven eines weiteren Gastes gab. Karl war immer noch überzeugt davon, dass irgendetwas an Hans' Geschichte oberfaul war. Aber er konnte nichts Konkretes benennen und deshalb nagten auch diese Schuldgefühle in ihm, dass er möglicherweise dem Mann unrecht tat und dieser wirklich nur ein verdammt armes Schwein war. Noch zwei Gäste, dann war auch Hans an der Reihe. „Alles klar, Hans?“, fragte Ortler. Aus seinen Gedanken gerissen sah Hans den Wirt irritiert an. „Alles klar?“, wiederholte Karl seine Frage und blickte Hans dabei fest in die Augen. „Ja, ja“, versicherte Hans, „alles in Ordnung. Ich komm schon zurecht. Das Leben geht weiter. Irgendwie.“ Er verstummte kurz und fuhr dann fort: „Es wird sicher noch eine Zeit dauern, bis man sie gefunden hat. Sie sollen dann in Klagenfurt eine würdige Beerdigung erhalten. Dafür werd ich sorgen, koste es, was es wolle. Das bin ich ihnen schuldig.“ Karl wurde einen Augenblick aus dem Gespräch gerissen, als er dem vorletzten Gast beim Anlegen des Sicherungsgurtes half. Dann wandte er sich wieder Hans zu. „Sowie das Wetter es zulässt, werde ich mich persönlich auf den Weg machen und nach ihnen suchen. Ich habe ja deine Handynummer, wenn sich Neuigkeiten ergeben. Mein Wort drauf.“ Wieder erschien das Stahlseil und Karl bückte sich, um die Koffer der Frauen daran zu befestigen. Das Seil schwebte nach oben. „Jetzt heißt es, Abschied nehmen, Hans.“ Ortler reichte ihm die Hand. Dieser ergriff sie und erwiderte den Händedruck schlapp und kraftlos. „Ich danke dir für alles, Karl. Du warst mir ein großartiger Helfer in der Not. Man sieht sich bestimmt wieder. Bleib gesund.“ Ortler nahm den Gurt in die Hand und legte ihn fest bei Hans an. Der Karabinerhaken wurde geschlossen. Dann legte Karl noch einmal die Hand auf Leitners Schulter: „Mach’s gut. Kopf hoch. Schau nach vorn und nicht dauernd zurück. Das ist gesünder für deine Seele.“

„Schon gut, Karl. Ich werde versuchen, deine Worte zu beherzigen.“ Ein Ruck ging durch den Sicherungsgurt und das Seil spannte sich. Langsam wurde Hans in die Höhe gezogen. Ortler beobachtete, wie Leitner in die Maschine verfrachtet wurde und sich anschließend die Einstiegsklappe schloss. Geschafft, dachte Karl. All people on board. Jetzt würde er sich erst mal ein verspätetes Frühstück gönnen. Er war hungrig wie ein Bär. Anschließend müsste die Hütte auf Vordermann gebracht werden. Es würde zwar noch Wochen dauern, bis neue Gäste kämen, aber Ortler hasste Unordnung. Außerdem hatte er heuer ein paar interessante Bücher mit auf die Hütte genommen und er gedachte, sie auch zu lesen. Dass er nun so unerwartet viel Zeit dafür haben würde, kam ihm nicht ungelegen. Man musste das Beste aus jeder Situation machen. Langsam verließ er das Dach und schloss die Luke.

Nach und nach erreichten die Rettungshubschrauber der Armee ihre Stützpunkte und in den Camps war Hektik angesagt. Unter großem Jubel und viel Beifall landeten die Maschinen und die Passagiere wurden von den Soldaten herzlich in Empfang genommen. Jeder Einzelne musste einen Sanitätercheck über sich ergehen lassen, anschließend ging es in die Schreibstube, um die Personalien festzustellen. Nach dieser Prozedur schleuste man die Gäste in ein geräumiges Aufenthaltszelt, wo es reichlich zu essen und zu trinken gab. Jeder wurde so gut es ging umsorgt. Die Lagerleiter achteten peinlich genau auf einen reibungslosen Ablauf. Die Funker verständigten ihre Vorgesetzten und natürlich die Bergrettungsstation in Nikolsdorf. Die „Zahnschmerzen“, der Diabetiker, die „Durchfälle“ sowie Roswita und Luigi wurden vorsichtshalber in das Lienzer Krankenhaus gebracht.

Kranz sammelte alle relevanten Daten und gab sie dann sortiert an die entsprechenden Stellen weiter. Sein Hubschrauber war noch in der Luft und die Zwischenmeldungen von Xaver brachten ihn auch nicht weiter. Kranz betrat den vollen Mannschaftsraum und erklärte seinen Leuten den Stand der Dinge.

Stangl und Xaver flogen indes über Sillian an der italienischen Grenze und sahen die berühmten Drei Zinnen ohne Schnee stolz emporragen. Stangl wendete seine Maschine und machte sich auf den Rückweg. Als sie wieder über der gigantischen Schneelandschaft der Lienzer Dolomiten waren, hielten sie nochmals angestrengt Ausschau nach irgendwelchen Hinweisen auf mögliche Hilfesuchende, aber ein Erfolg schien ihnen unwahrscheinlich. Sie überflogen die Kerschbaumer Schutzhütte und sahen Ortler im Kampf mit den Schneemassen vor seiner Hütte. „Der hat noch eine Menge Arbeit vor sich", kommentierte Xaver die Situation unter ihnen. „Besser als Nichtstun und Rumsitzen", antwortete sein Partner. Ortler grüßte mit der Schaufel zum Hubschrauber, Stangl winkte zurück. Es knackte in der Funkleitung und gleich darauf ertönte die Stimme von Kranz. „Hallo, Jungs. Alles in Ordnung? Gibt's was Neues? Vielleicht etwas Positives? Das könnten wir gut gebrauchen."

„Keine Hinweise. Hier oben ist alles unter einer meterhohen Schneedecke begraben. Selbst die Tiere sind verschwunden. Negativ."

„Scheiße, das klingt nicht gut. Übrigens, die Armee hat die Hütten evakuiert. Es ging alles reibungslos. Aber auch hier die ersten schlechten Nachrichten. Drei Tote allein auf der Hochstadelhütte. Sie ist zum Teil unter der Schneelast eingebrochen. Das war es erst mal von mir. Guten Flug weiterhin. Ende." Nach dem Gespräch herrschte Ruhe im Hubschrauber. Das waren wirklich miese Neuigkeiten und sie machten die Piloten betroffen. Ärgerlich zog Stangl seine Maschine noch tiefer herunter; das war vielleicht schon etwas leichtsinnig, aber er wollte Xaver noch bessere Sicht verschaffen. Auch drosselte er die Geschwindigkeit, aber alle gut gemeinten Hilfestellungen waren umsonst. Außer den unvermeidlichen Dohlen, die auf der Jagd nach Futter um die weißen Bergspitzen kreisten, war kein Lebewesen zu sehen. Stumm setzten sie den Flug fort und als sie über die beschädigte Hochstadelhütte kamen, sahen sie sich verbittert an. Drei Tote, dröhnte es in ihren Köpfen. Eine Tragödie bahnte sich an. Und sie kamen auch mit leeren Händen zurück. Es war zum Heulen.

32

Leutnant Sperling, Chef von Camp 1, beobachtete interessiert das Verhalten der geretteten Personen und war erneut überrascht, wie unterschiedlich sich die Menschen in außergewöhnlichen Situationen verhielten. Der Großteil von ihnen saß zusammen, aß Frühstück und eine rege Unterhaltung über ihr Abenteuer war im Gange. Hier wurde die Anspannung der letzten Tage auf vernünftige Weise herausgelassen. Zwei ältere Paare hatten sich etwas abseits gesetzt und sprachen eher leise miteinander, während sie an Kaffeetöpfen nippten. Nur einer saß völlig allein, weit von den anderen entfernt und sprach hektisch in sein Handy. Nebenbei trank er hastig schon sein zweites Glas Wein und trommelte manchmal ungehalten mit den Fingern auf den Tisch.

Sperling ging an den Frühstückstisch und erkundigte sich, ob alles zur Zufriedenheit wäre. „Selbstverständlich“, kam es vielfältig vom Tisch zurück. „Endlich wieder im Tal. Vielen Dank, Herr Leutnant.“ Der war zufrieden und schlenderte nun lässig auf Hans zu. Leitner verstaute sein Handy in der Hemdtasche, goss sich erneut das Glas voll und blickte erschrocken auf, als der Soldat ihn ansprach. Er hatte ihn nicht bemerkt. „Kann ich etwas für Sie tun?“, fragte Sperling ruhig und lächelte dabei Hans an. „Ja“, sagte der, „ja, das können Sie wirklich.“

„Und wie, mein Herr, war noch mal Ihr Name?“

„Leitner, Hans Leitner. Können Sie mich bitte schnellstens nach Nikolsdorf bringen lassen? Dort befindet sich ein kleiner Flugplatz. Eigentlich mehr für Segelflieger und so. Aber dort wartet auf mich ein Privathubschrauber. In ca. 45 Minuten. Der wird mich umgehend nach Klagenfurt bringen. Ich besitze dort eine Firma, die mich braucht. Wissen Sie“, sprudelte es aus Hans heraus, „ich habe während des Schneesturms meine Frau und meine Kinder durch einen tragischen Unfall verloren. Doch die Mitarbeiter der Firma brauchen eine Führung, ansonsten gefährde ich ihre Arbeitsplätze. Ich kann und will sie nicht im Stich lassen. Verstehen Sie das? Können Sie mir helfen?" Wortlos griff Sperling nach den Koffern, die neben dem Stuhl standen, und meinte nur: „Folgen Sie mir." Dann trabte er los. Hastig stolperte Hans hinterher. Ohne sich von den anderen zu verabschieden, die neugierig den Aufbruch beobachteten, folgte er dem Soldaten zum improvisierten Parkplatz. Neben einem klobigen, etwas verbeulten Geländewagen stellte der Leutnant die Koffer ab und sagte: „Warten Sie einen Moment. Ich hole nur Ihren Fahrer. Übrigens, das mit Ihrer Familie tut mir leid. Sie haben mein tiefstes Mitgefühl. Ich wünsche Ihnen für die Zukunft alles erdenklich Gute. Auf Wiedersehen." Er nahm kurz Haltung an und grüßte militärisch. Dann verschwand er lautlos zwischen den Zelten. Kurz darauf erschien ein kleiner, stämmiger Soldat mit wirrem Haarschopf und rotem Gesicht. Er stellte sich als Gefreiter Appelt vor und lud sofort die Koffer in den Wagen. Anschließend öffnete er die Beifahrertür mit einer leichten, spöttischen Verbeugung und meinte: „Dann wollen wir mal pünktlich sein, Sir." Kaum dass die Männer Platz genommen hatten, dröhnte der kräftige Motor des allradangetriebenen Geländewagens auf und der Fahrer drückte das Gaspedal durch. Augenblicklich wurde Hans von der Geschwindigkeit in den abgewetzten Sitz gepresst. Hastig versuchte er, sich anzuschnallen, was ihm erst nach mehreren Versuchen gelang, da der Fahrer keine Bodenwelle ausließ und weiterhin Gas gab. Ihm machte es verdammt viel Spaß, diesem PS-starken Ungeheuer die „Sporen" zu geben. Nach anfänglichen Zweifeln, ob er jemals nach Nikolsdorf kommen würde, fand Hans Gefallen an dem Fahrzeug. Leitner war beeindruckt. Er liebte schnelle Autos. Doch die monströse Kraft dieses Wagens faszinierte ihn mehr als dessen Schnelligkeit. Groß, breit, kraftvoll, unübersehbar, selten auf den Straßen zu sehen, auffällig. Das waren die Begriffe, die Hans zu diesem Wagen unmittelbar in den Sinn kamen. Und sofort war er sich einig: So einen würde er sich umgehend zulegen. Einen Geländewagen vom Feinsten. Mit einem Porsche oder einem dicken Daimler war kein Staat mehr zu machen. Nein – er, Hans Leitner, würde demnächst einen Hummer fahren. Der Fahrer bemerkte aus den Augenwinkeln das süffisante Lächeln von Hans. Dadurch ermutigt fragte er seinen Passagier: „Feines Wägelchen, was?“ Als Hans nickte, fuhr er vergnügt fort: „Die gibt es jetzt schon als Privatwagen. Hummer Humvee. Damit hat man was Solides unterm Hintern. Extraklasse, sag ich nur. Hat nicht jeder. Top-Technik. Rund 4,7 m lang und 2,2 m breit. Bodenfreiheit über 40 cm. Steigerung 60 %, seitliche Neigung 40 %. 6,5 l VB Turbodiesel. 145 kW. Viergang-Automatikgetriebe. Permanent 4WD. ABS mit vier innen montierten Scheiben von 266 mm Durchmesser. Zentrales Pneudrucksystem. GPS-Navisystem OnStar, DVD-Video. Infrarot-Nachtsichtsystem, Anschluss für Laptop und Mobiltelefon mit Freisprechanlage. Winde mit 5440 kp Zugkraft. Runflat-Tire-System, d. h., der Wagen fährt noch über 30 km mit flachen Reifen. Selbstverständlich Klima- und Musikanlage. Tja, bei meinem Baby kenne ich mich aus, Sir. Übrigens, unser kalifornischer Gouverneur, Arnold Schwarzenegger, fährt so ein Modell. Ich glaube, in einen Smart würde er auch nicht reinpassen.“ Über seine scherzhafte Bemerkung lachte der Fahrer schallend und trat dabei das Gaspedal noch ein wenig durch.

Hans war überaus beeindruckt. Die Anspannung hatte sich gelegt und er genoss nun die rasante Fahrt. Wenn alles reibungslos klappte – und Leitner war davon überzeugt –, würde er in zwei Stunden in Klagenfurt sein. Er holte sein Handy hervor und wählte die Nummer seines Anwalts. Nicht die der Firmenanwälte. Nach mehrmaligem Klingeln hob sein Berater ab. „Hallo, Leitner hier. Ich brauche Sie dringend zu einem vertraulichen Gespräch in der Firma. Wir treffen uns, von jetzt ab gerechnet, in genau drei Stunden. Bis dahin.“ Hans beendete abrupt das Gespräch. Er duldete sowieso keine Einwände. Stufe zwei eingeläutet, dachte er grinsend. Bisher lief alles glatt für ihn. Timing ist alles!, war er sicher.

Bevor der private Hubschrauber aus Klagenfurt eintraf, landete Stangl mit seiner Maschine auf dem vorgesehenen Landeplatz bei der Bergwacht. Als Kranz das ihm vertraute Motorengeräusch hörte, schloss er die Akte mit den Vermisstenanzeigen und ging auf die Veranda. Mehrere Kameraden standen schon vor der Hütte und beobachteten die perfekte Landung. Kranz bemerkte am Gang und an der Haltung seiner Piloten, dass sie unzufrieden mit dem Ergebnis ihres Fluges waren. Die Männer entledigten sich beim Laufen ihrer Helme und betraten wenig später missmutig die große Veranda. „Nichts, aber auch gar nichts haben wir entdecken können. Nicht mal ein lausiges Murmeltier! Es sieht zugegebenermaßen toll aus da oben. Ein Traum in Weiß. Aber die Schönheit täuscht. Sie ist mörderisch." Er kramte eine Zigarette hervor und zündete sie mit seinem Sturmfeuerzeug an. Stangl ließ sich auf die Bank fallen und knallte seinen Helm in die Ecke. Der Koch lief in die Hütte, um für die enttäuschten Piloten ein Bier zu besorgen. Das würde ihnen guttun.

Plötzlich ertönte aus östlicher Richtung ein Rotorengeräusch. Interessiert blickten die Männer auf. Der Koch stellte die beiden Gösser-Märzen auf den Tisch und fragte: „Erwartest du Besuch, Chef?" Kranz nickte. „Ja", antwortete er und sprach dann so laut, dass alle ihn verstehen konnten. „Auf der Kerschbaumer war ein wichtiger Geschäftsmann, der dringend nach Klagenfurt muss. Der Hubschrauber soll ihn hier abholen. Meinen Informationen zufolge soll der Mann seine Frau und seine beiden Töchter durch einen tödlichen Unfall verloren haben. Ein weiteres Drama dieser unsäglichen Geschichte. Also, den Mann mit ‚Samthandschuhen' anfassen, falls er zu uns kommt." Ein Mechaniker übernahm die Einweisung des Fliegers auf dem Platz für Gäste. Kaum dass der Hubschrauber stand, kam mit hoher Geschwindigkeit ein Geländefahrzeug des Bundesheeres zwischen den Bäumen hervorgeschossen. Ein hervorragendes Timing. Um nicht unnötig Staub aufzuwirbeln, drosselte der Fahrer des Wagens die Geschwindigkeit und hielt neben dem Hubschrauber, dessen Rotoren sich noch langsam drehten. Ein junger Soldat sprang aus dem Geländewagen und ging zur Beifahrertür. Hans stieg aus, während sich der Fahrer um das Gepäck kümmerte. Der Pilot half dem Mann, die Koffer an Bord zu bringen. Leitner kletterte in die Maschine, ohne einen Blick zum Blockhaus zu verschwenden. Der Gefreite verabschiedete sich von Hans und dem Piloten und schlenderte dann auf die Hütte zu. Kranz ging dem Soldaten einige Schritte entgegen, gab ihm die Hand und lud ihn auf eine Erfrischung ein. Auf der Veranda angekommen setzten sich nach und nach alle Anwesenden. Einzig der Koch erhob sich, er wollte für Getränke sorgen. Der Gefreite zündete sich eine Zigarette an. Endlich. Im Wagen durfte neuerdings auch nicht mehr geraucht werden. „Das war wohl der Geschäftsmann", meinte Kranz, etwas lauter, da der „Private" gerade abhob. Der Soldat nickte und meinte: „Armes Schwein. Hat im Sturm seine gesamte Familie verloren. Schicksale gibt es, Junge, Junge." Er nippte an seinem heißen Kaffee. Das Telefon klingelte und Kranz entschuldigte sich. Der Bürgermeister erkundigte sich nach dem neuesten Stand. Kranz informierte ihn knapp. Auch nicht erfreut über die Lage murmelte er etwas Unanständiges in seinen nicht vorhandenen Bart und meinte dann, dass Kranz und seine Männer am Sonnabend zum Stadtfest seine Ehrengäste sein würden. Artig bedankte sich der Chef der Bergrettung und legte auf. Auf der Veranda überbrachte Kranz die Einladung seinen Männern, die nur verhaltene Freude signalisierten. Anschließend entließ Kranz den Großteil seiner Leute aus der Dauerbereitschaft, da größere Aktionen demnächst nicht zu erwarten waren. Diese Tatsache wurde schon mit mehr Freude aufgenommen und einige Männer packten sofort ihre Sachen. Xaver und Stangl blieben natürlich und Kranz überlegte, ob er noch einen Flug befehlen sollte. Aber vorläufig kam er zu keinem Ergebnis. Er setzte sich wieder zu dem Gefreiten, der es nicht eilig hatte, in das Camp zurückzukehren.

Noch bevor sie für sich und Jenny Kaffee aufsetzte, machte meine Frau das Radio an. Sehnsüchtig erwartete sie die neuesten

Nachrichten. Auf dem Balkon empfing sie die Morgensonne und blendete leicht ihre Augen. Es könnte so schön sein, dachte sie, wäre da nicht diese nagende Ungewissheit über das Schicksal ihres Mannes. Sie ging sich einen Kaffee holen und setzte sich zu Beginn der Nachrichten nah ans Radio. Der Sprecher kam sofort auf das Unwetter in den Dolomiten zu sprechen. Als Moni hörte, dass der Sturm vorüber sei und die Armee begonnen hatte, die Hütten zu evakuieren, stieß sie vor Freude einen lauten Jubelschrei aus. Endlich! Die Rettungsmaßnahmen hielten zur Stunde noch an, fuhr der Nachrichtensprecher fort und Ö3 würde die Bürger auf dem Laufenden halten.

Im ersten Impuls wollte meine Frau ihre Tochter wecken, verwarf aber den Gedanken schnell wieder. Lass sie schlafen, dachte sie, Jenny erfährt es noch früh genug. Sollte sie Peter anrufen? Aber nein. Wahrscheinlich schlief er auch noch. Eventuell später, nahm sie sich vor. Mit bester Laune trank sie ihren Kaffee. Bald würde sie Max und ihren Dickie wiedersehen, davon war sie fest überzeugt. Der restliche Urlaub würde traumhaft werden. Plötzlich erschien Helga auf dem Nachbarbalkon. „Morgen, Moni“, sagte sie fröhlich „tolle Nachrichten, was?“

„Die besten Nachrichten der Welt“, antwortete meine Frau. „Ich freu mich so“, gestand Helga und grinste dabei breit. „Wenn sie Werner von der Hütte geholt haben, werden sie dich sofort anrufen. Wir können ihn dann mit meinem Wagen abholen. Ich habe heute frei. Rudi kommt erst spät von der Arbeit, da sind wir längst zurück. Ich hab ihn gerade angerufen und soll euch schön grüßen. Er freut sich schon, mit Werner ein Wiedersehens-Bierchen zu trinken und von seinem Abenteuer zu hören.“

„Das ist lieb von euch, vielen Dank. Aber erst mal muss ich sicher sein, dass es meinen Männern wirklich gut geht. Dann sehen wir weiter, o. k.?“

„Alles klar, Moni. Sag, wenn du mich brauchst.“ Helga verließ den Balkon und summte dabei vergnügt vor sich hin. Moni nahm ihre Tasse und atmete tief durch. Hoffentlich rief ihr Mann bald an. Sie konnte es kaum erwarten, seine Stimme zu hören.

Im Rathaus saß der Bürgermeister wieder mit seinem Krisenstab zusammen. Hinter verschlossenen Türen erörterten sie die neue Situation. Nebenbei blätterte er in den Unterlagen über die geretteten Personen. Er ging die Namen gewissenhaft durch und las dazu die Statistik.

Es wurden insgesamt 67 Personen von den vier betroffenen Hütten ausgeflogen. Als vermisst galten bisher 112. Von der Hochstadelhütte lag der Bericht vor, dass drei Personen tödlich verunglückt seien. Drei Tote meldete ebenfalls die Kerschbaumer Schutzhütte. Somit waren noch 39 Schicksale ungewiss. Diese Zahl schockte den gesamten Krisenstab. Das war weitaus mehr, als man vermutet hatte. Eine nationale Katastrophe! Die Presse würde bald die Zahlen veröffentlichen und der Bürgermeister war sich sicher, dass schwere Zeiten auf ihn und sein Land zukommen würden. Mit Sicherheit ein schwerer Rückschlag für den Tourismus. Die Frage eines Mitarbeiters, ob aufgrund der schlechten Nachrichten das Stadtfest morgen abgesagt werden sollte, holte den Bürgermeister aus seinen düsteren Gedanken.

Nach einer kurzen, hektischen Debatte wurde mit knapper Mehrheit beschlossen, das Fest auszurichten. Sie mussten das Negative überspielen und das Positive sichtbar in den Vordergrund stellen. Die gebeutelten Gäste und die tapferen Rettungskräfte sollten auf die Bühne. Das Volk würde auf diese Weise abgelenkt und die Touristen bei Laune gehalten werden. Freibier wäre nicht schlecht. Ja, der Rat würde 200 l Bier spendieren und alle Mitarbeiter des Krisenstabs würden sich unter das Volk mischen und gute Laune verbreiten. Und für Osttirol werben, werben und nochmals werben. Diese Taktik ist zwar nicht neu, dachte der Bürgermeister, sie wurde schon von den alten Römern erfolgreich eingesetzt. Panem et circenses.

Nach und nach verließen die Männer den Sitzungssaal, während der Bürgermeister kopfschüttelnd noch einmal die Vermisstenliste zur Hand nahm. Abermals studierte er die Unterlagen, denn plötzlich vermisste er einen Namen unter den Evakuierten. Mit einem Kugelschreiber machte er hinter jeden Namen einen Haken, und als er die Liste durchgegangen war, ließ er sich schwer schnaufend nach hinten in seinen Stuhl fallen. „Das darf doch nicht wahr sein", sprach er leise vor sich hin. Doch die Sache war eindeutig: kein Werner Wegener, kein Hund.

Er sah die nette Frau und die Tochter des Vermissten vor sich und hörte wieder die überzeugenden Worte: „Meinem Mann geht es gut, er wird den Sturm überstehen."

„Heilige Scheiße", fluchte er laut. Die Sympathieträger der gestrigen Fernsehsendung, die so viel Hoffnung verbreitet hatten, die unerschütterlich an die Rückkehr ihres Mannes geglaubt hatten und die anderen Verzweifelten Mut zugesprochen hatten, wurden nun vom Schicksal hart getroffen. Mühsam kämpfte der Mann gegen aufkommende Tränen. Glücklicherweise war er allein im Saal. Er wischte sich mit der großen Hand über das Gesicht und holte tief Luft. Wie, in Gottes Namen, sollte er das den Frauen erklären? Er musste in sein Büro, denn dort befand sich im Bücherregal versteckt ein Marillenschnaps für besondere Gelegenheiten. Den brauchte er jetzt, bevor er weiterdenken konnte. Plötzlich fühlte er sich älter, als er eigentlich war und müde. Unendlich müde.

33

Als ich erwachte – mit fürchterlichen Gliederschmerzen, denn ich lag in verkrampfter Fötusstellung auf der harten Holzbank –, wusste ich zuers nicht genau, wo ich mich befand. Ich hatte völlig traumlos wie ein Stein geschlafen. Langsam, wie ein alter Mann mit starkem Rheuma, erhob ich mich vorsichtig. Nur mit Mühe bekam ich meine müden Augen auf. Was ich jedoch sah, holte mich sofort in die Wirklichkeit zurück. Denn mir gegenüber saßen, wie die Orgelpfeifen, meine drei Mädels aufrecht auf der Gartenbank und sahen mich teils mitleidig, teils belustigt an. Max lag zu Füßen der Kinder und wedelte verhalten mit seinem Schwanz. Jetzt wusste ich wieder, was los war. Wir waren Schiffbrüchige im Gebirge. Und ich war der hilflose Kapitän, der einen klugen Lotsen gebrauchen könnte. Hoffentlich übersah ich den Eisberg nicht. „Ich bin leider eingeschlafen", erklärte ich überflüssigerweise. „Tut mir leid." Maria schüttelte den Kopf und legte ihre blasse Stirn in Falten. „Warum entschuldigst du dich?", fragte sie verständnislos. „Was der Körper braucht, das nimmt er sich. Du warst doch lang genug wach. Trotzdem schön, dass du wieder unter uns weilst. Da fühle ich mich gleich besser."

„Guten Morgen", flötete Resi mit einem breiten Grinsen, „ausgeschlafen?"

„Halbwegs, meine Liebe. Schön, dich so fröhlich zu sehen. Gibt's Probleme?"

„Nö, alles in Ordnung." Ich nickte zufrieden und steckte mir eine Zigarette an. Erst mal musste ich richtig zu mir kommen. Ich blies den Rauch zur Seite. „Ich will nicht ungerecht sein, Werner, aber wie geht es weiter? Ohne Lebensmittel, nur mit Wasser. Fällt dir vielleicht was ein?" Ich brummte verständnisloses Zeug in meinen Bart und nickte bedächtig mit meinem müden Haupt. „Recht hast du, Maria. Jetzt wird es etwas eng. Die fetten Jahre sind vorbei. Aber wir haben immer noch eine Chance. Wir verfügen über Wasser und haben Feuerholz für mindestens 24 Stunden. Erst, wenn uns das Feuer ausgeht, wird es ungemütlich. Wir haben noch Luft." Ich schaute nachdenklich ins Feuer und wusste, dass meine Aussage nicht wirklich aufbauend war. Aus Verzweiflung und Hilflosigkeit steckte ich mir meine letzte fertige Zigarette an. Nun musste ich auf losen Tabak zurückgreifen und mir welche drehen. Darin war ich wirklich kein Meister. Paffend sah ich wieder zu Maria auf. „Wird schon schiefgehen", sagte ich lahm. Maria rang sich ein gequältes Lächeln ab und meinte: „Wir können uns glücklich schätzen, dass du uns aufgegabelt hast. Wir haben dir viel, nein, alles zu verdanken. Aber eine Bitte habe ich doch: Kannst du uns wieder etwas Wasser schmelzen? Die Kinder haben Durst."

„Natürlich", antwortete ich, zufrieden, eine Aufgabe zu haben. Nachdem ich das gefüllte Stirnband wieder aufgehängt hatte, gab ich Max zwei Leckerli, die er freudig verschlang. Auch sein Futter war rationalisiert. Während Rosi zur Musik aus ihren Kopfhörern den Mund tonlos bewegte und Resi wieder zu malen anfing, spielte Maria mit einem langen Holzspan im Feuer.

Plötzlich bemerkte ich hinter Marias Kopf, an der Wand der Kaverne, eine Inschrift, die mir bislang nicht aufgefallen war. „Den Helden von 15/18" stand dort in den Stein geritzt. Jetzt sitz ich hier seit zwei Tagen und sehe dies zum ersten Mal. Das gibt's doch nicht, sagte ich zu mir. Sind etwa meine Augen besser geworden oder war ich bisher blind? Zusätzlich fiel mir auf, dass ich die gesamte Wand hinter Maria zum ersten Mal sah. Bisher reichte das Licht des Feuers nicht aus, die Wand zu erhellen. Aber das Feuer brannte im Moment auf Sparflamme, bemerkte ich. Irgendetwas war anders als bisher. Aber was? Interessiert starrte ich auf die Wand und zog dabei nervös an meiner Gauloise. Etwas irritierte mich. Was war anders als sonst? Wie hypnotisiert waren meine

Augen auf die graue Wand und die Inschrift fixiert. Ich zog wieder an der Zigarette und blies den Rauch zufällig in die Richtung der Schrift. Und dann sah ich es. Mein Tabakrauch verwandelte sich in eine sichtbare Spirale, die über Marias Kopf gegen die Steinwand fiel. Licht – schoss es mir durch den Kopf. Irgendwoher musste Licht kommen. Elektrisiert sprang ich auf. Dabei stieß ich meine Bank um. Aus den Augenwinkeln sah ich den erstaunten Blick von Resi, die aufgehört hatte, zu malen, warf meine Kippe in die Glut und drehte mich abrupt zur Eingangstür. Wo war das nervige Heulen des Sturmes? „Ich Idiot!", rief ich laut: „Ich Schwachkopf!" Dann lief ich rasch zum Fenster und nahm eine Holzbank zur Seite. Sofort drang noch mehr Tageslicht in den Raum. Jetzt erhoben sich auch die Kinder und Maria wie in Zeitlupe von ihrer Bank. Ungläubig sahen sie auf das Fenster. „Es ist vorbei", rief ich ihnen zu, während ich freudig auf sie loslief. „Der Sturm ist vorbei und ich Vollidiot hab es verschlafen. Kinder, alles wird gut. Der Sturm ist abgehauen." Ich stand nun vor ihnen und versuchte, die erstarrt scheinenden Mädels alle gleichzeitig zu umarmen. Max bellte wie verrückt, was er immer tat, wenn Leute plötzlich laut werden und sich hektisch bewegten. Noch lauter als das Bellen von Max war aber unser Lachen. Wir hüpften wie die Irren im Kreis herum und lachten, bis uns die Tränen in die Augen schossen. „Der Sturm ist weg, der Sturm ist weg", sang Resi fortwährend und Rosi hatte die Kopfhörer abgesetzt und tanzte mit. Sie lächelte sogar. Ich drückte jede Einzelne noch mal kräftig und herzlich, bevor ich mich aus ihrer Umklammerung befreite. Dann beugte ich mich zu meinem besten Freund herunter, um auch ihn zu umarmen. „Mein Junge", sagte ich zu ihm, „das Gröbste haben wir nun hinter uns. Jetzt kann es nur noch besser werden." Max leckte mir die Hand und wedelte freudig mit dem buschigen Schwanz. Anschließend wandte ich mich an Maria. „Sie werden nach uns suchen. Wir müssen uns bemerkbar machen. Hier drin finden sie uns nicht. Ich muss versuchen, nach draußen zu kommen." Ich war nicht sicher, ob mir jemand zugehört hatte, denn die drei Grazien lagen sich immer noch in den

Armen und sprachen wild durcheinander. Verständnisvoll blickte ich auf die Szene. Wie erleichtert mussten sie sein! Freudentränen liefen Maria über die Wangen und immer wieder küsste und herzte sie ihre Kinder. Dann doch irgendwann sah Maria auf und mich aus verheulten, glasigen, jedoch glücklichen Augen an. Ich ging zu ihr und wiederholte meinen Plan. Ich musste nach draußen. Schnell. Über den eingeschneiten Nebenraum wollte ich es versuchen. Sie und die Kinder sollten mir Max ablenken, denn der würde mir beim Buddeln helfen wollen und mir deshalb im Weg sein. Maria nickte. Sie brachte kein Wort heraus. Ich zog meinen wärmenden Blouson über und ging ans Werk.

Die kleine verbliebene Truppe der Lienzer Bergwacht hatte es sich auf der Veranda gemütlich gemacht. Sie setzte sich aus den beiden Piloten, dem Koch, der gleichzeitig der Sanitäter war, zwei Mechanikern, dem Funker und Kranz zusammen. Hitzig wurde diskutiert, ob noch ein Flug sinnvoll wäre. Natürlich waren Stangl und Xaver dafür. Obwohl sie nicht an einen Erfolg glaubten, waren sie lieber in der Luft als unnütz am Boden. Nach langem Hin und Her gab Kranz grünes Licht für einen letzten Versuch. Sofort gingen die Mechaniker zur Maschine und der Koch besorgte noch einmal frischen Kaffee. So viel Zeit muss sein, grinste er. Während der Hubschrauber aufgetankt wurde, genossen die Piloten den heißen, starken Kaffee. Als das Telefon klingelte, verließ der Funker die Runde. Er kam zurück, um Kranz zu holen. „Deine Frau. Sie fragt, ob du in absehbarer Zeit mal wieder bei ihr vorbeischaust?" Kranz erhob sich grummelnd, während seine Kumpels verschmitzt lachten. Die Mechaniker kamen zurück. Die Maschine war startklar. Xaver und Stangl erhoben sich, griffen nach ihren Helmen und trabten los. „Wenigsten ihr habt was zu tun", bemerkte neidisch der Koch, „Hals- und Beinbruch – viel Glück!"

Zuerst stand ich ziemlich hilflos vor den Schneemassen in unserem Nebenzimmer. Wie sollte ich über diesen Berg kommen, der fast bis zur Decke reichte? Aber ich musste hinüber! Einen anderen Weg gab es nicht. Der Schnee vor der Tür reichte beinahe bis zum Dach. Es war unmöglich, die Tür zu öffnen. Aus meiner Hosentasche nahm ich mein Taschenmesser, um die große Klinge als Eispickel zu benutzen. Etwas Besseres fiel mir partout nicht ein. Ein letzter Blick auf meine Leidensgefährten, die mich aufmerksam beobachteten. Aufmunternd lächelte mir Maria zu. „Das schaffst du", war sich Resi sicher und Rosi hob lässig ihren linken Daumen nach oben. Das war doch eine Unterstützung nach meinem Geschmack, dachte ich ironisch und wandte mich meiner Aufgabe zu. Auf den Berg hinaufzukommen war schon eine Herausforderung. Immer wieder rutschte ich ab und landete auf dem harten Boden unserer guten Stube. Doch irgendwie bekam ich genug Halt, um mich nach oben zu ziehen und dort erschöpft auf dem Bauch liegend zu verschnaufen. Ich vernahm freudigen Jubel, lautes Klatschen und das unvermeidliche Bellen von Max. Langsam kam ich wieder zu Atem, sodass ich mich weiter – Stück für Stück, Zentimeter um Zentimeter – nach vorn arbeiten konnte. Zwischen mir und der Kavernendecke war kaum Platz und dadurch stieß ich mehrmals schmerzhaft gegen den kalten Stein. Ein Glück, dass ich den Hut auf meinem Platz zurückließ, dachte ich verärgert. Ich robbte weiter. Langsam wurden auch meine Finger eiskalt. In den häufigen kurzen Pausen zum Luft-Holen musste ich zusätzlich meine Finger mit meinem warmen Atem anhauchen. Bei meiner nächsten Wanderung würde ich auch richtige Handschuhe mitnehmen. Das nahm ich mir fest vor. Ich zog auch einen kleinen Klappspaten in Erwägung. Wieder zog ich mich ein Stück näher an die Freiheit und verfluchte dabei Gott und die Welt. Wütend und mit den letzten Kraftreserven zog ich meinen Oberkörper durch die Öffnung und spürte sofort die wärmende Sonne auf meinem Kopf. Vor allem freuten sich meine Hände. Was für eine Wohltat! Trotzdem fühlte ich mich erbärmlich. Alter Schlappschwanz, schimpfte ich mich selbst. Wie ein Fisch auf dem Trockenen rang ich nach Luft.

Immer noch nur mit dem Oberkörper im Freien, hörte ich plötzlich ein leises Motorengeräusch und sofort klingelten die Alarmglocken in meinem Kopf. Die Bergwacht mit ihrem Hubschrauber war da und suchte nach uns. Raus, ich muss raus und mich bemerkbar machen, ansonsten war alles umsonst!, dachte ich. Ich wühlte wie ein Verrückter, um mich endlich aufrichten zu können. Es war die Hölle. Mir schmerzte jeder Knochen und mein Atem ging rasselnd wie bei einer alten Lokomotive. Ehe ich halbwegs aufrecht stand, bis zu den Oberschenkeln im Schnee versunken, um mich am Himmel zu orientieren, war alles schon zu spät. Der Hubschrauber flog auf der südlichen Seite der Dolomiten in Richtung Osten ab und mein Schreien und Winken war natürlich völlig sinnlos und für die Katz. Nicht nur, dass ich verschlafen hatte und somit das Ende des Unwetters nicht rechtzeitig mitbekommen hatte, so hatte ich mit Sicherheit die Evakuierung der Hütten durch die Bergwacht oder sogar durch die Armee versäumt. Kurzum – ich hatte kläglich versagt. Und das konnte fatal für uns werden. Denn wer zu spät kommt, den bestraft das Leben. Ich fühlte mich hundeelend und ich wusste nicht, wie ich meiner Begleitung meinen Misserfolg erklären sollte. Der Gang nach Canossa war ein Scheißdreck gegen meinen Gang zurück in die Kaverne. Ich sah nichts von der atemberaubenden Schönheit der verschneiten Lienzer Dolomiten. Ich sah nur diesen immer kleiner werdenden schwarzen Punkt am Horizont.

34

Kranz saß bei einem kühlen Bier in der Sonne und beobachtete den routinierten Landevorgang des Hubschraubers. Als der Lärm der Motoren etwas nachließ, rief er in die Baracke: „Bring mal zwei Bierchen mit raus! Stangl und Xaver werden einen Schluck gebrauchen können. Sie werden ihren Frust herunterspülen wollen." Müde und enttäuscht nahmen die Piloten auf der Veranda Platz und streckten ihre Beine aus. Ohne Worte verstanden sich die Männer. Es war ein schwarzer Tag für die Bergrettung. „Wir haben alles genau untersucht. Es sollte nicht sein." Kranz nickte, griff zur Bierflasche und prostete dem unglücklichen Kameraden zu. „Trotzdem Scheiße", fluchte Xaver und nahm einen tiefen Schluck. „Euer Einsatz ist hiermit zu Ende. Wenn ihr wollt, könnt ihr auch nach Hause", sagte Kranz und lehnte sich, Entspannung suchend, zurück in den Stuhl. „Nur mit der Ruhe, Chef." Xaver angelte nach einer Zigarette, „uns erwartet keiner. Also können wir dir ebenso gut noch etwas Gesellschaft leisten. Stimmt's, Stangl?" Der hob zur Bestätigung den Daumen und schloss für einen Moment die Augen. Die Mechaniker kamen und verabschiedeten sich von den Kumpels. Sie wollten in den wohlverdienten Feierabend. Der Koch setzte sich neben Kranz. Dann saßen die vier Männer schweigend in der Runde. Xaver blies den Rauch aus, schnippte die Asche ab und meinte: „Mit Ruhm haben wir uns wahrlich nicht bekleckert." Kranz lachte kurz humorlos auf. „Unsere Arbeit kommt noch, wenn der ganze Schnee geschmolzen ist. Dann dürfen wir die Leichen einsammeln, damit sie christlich begraben werden können. Der Blizzard wird uns also noch weiterhin beschäftigen. Prost."

Schon den zweiten Schnaps intus, saß der Bürgermeister in seinem Büro und fühlte sich trotz des Alkohols nicht recht wohl in seiner Haut. Dass er der Berlinerin mitteilen musste, dass ihr Mann nicht unter den Hüttengästen gewesen war, das trieb ihm die Schweißperlen auf die Stirn. Als guter Katholik blieb ihm die göttliche Barmherzigkeit weiterhin ein Buch mit sieben Siegeln. Warum erwischte es immer die Besten zuerst? Warum immer die, die wir nicht so schnell verlieren wollten? Was dachte sich der Herrgott bloß dabei? Nahm er uns die Guten, damit er sich im Himmel mit diesen sympathischen Menschen besser die Zeit vertreiben konnte? War er so egoistisch, dass er nur an sich dachte? Der Bürgermeister war überfragt. Und aus Verzweiflung goss er sich noch eine Marille nach. Wie sollte er ihr die traurige Nachricht überbringen? Persönlich? Das würde seine Kräfte bei Weitem übersteigen. Also delegieren. In Gedanken ließ er die Menschen Revue passieren, die dafür infrage kamen. Schließlich blieb er beim Polizeichef hängen. Natürlich. Der musste es richten. Job ist Job. Er war für so etwas zuständig. Der Chef war sehr ruhig und besonnen. Sehr professionell. Also einer, der die Bedeutung dieser Aufgabe sicher einzuschätzen wusste.

Der Bürgermeister gratulierte sich zu dieser Erkenntnis und nahm noch ein Gläschen. Der leichte Schwips fühlte sich gut an. Wenn seine Frau wüsste, dass er schon am frühen Morgen einen in der Krone hatte. Süffisant grinste er vor sich hin. Du musst ja nicht alles wissen, dachte er vergnügt und trank das Glas aus. Bevor er zum Telefonhörer griff, stellte er die Flasche jedoch wieder in ihr Versteck. Volltrunken wollte er nun doch nicht wieder unter die Menschen treten. Die Pflicht rief und er hörte auf den Ruf. Mit dem rechten Zeigefinger wählte er die Nummer des Polizeichefs.

Vorsichtig kroch ich in die Kaverne zurück. Dort erwarteten mich hoffnungsvolle Gesichter, die mich fragend ansahen. Um etwas Zeit zu gewinnen, trocknete ich mir erst einmal die Finger ab und drehte mir dann umständlich eine krumme Zigarette. Dabei schnaufte ich mehr, als ich eigentlich musste. Etwas Mitleid konnte nicht schaden. Nach einigen Zügen bei erwartungsvoller Stille, selbst Max stand nur schwanzwedelnd neben den Kindern, sah ich Maria mit zerknirschtem Gesicht an und berichtete ihr dann von meinem Versagen. „Es tut mir leid, ich konnte den Hubschrauber nur noch in der Ferne ausmachen. Wir können nur hoffen, dass sie später einen weiteren Versuch starten. Das heißt, ich gehe davon aus. Bestimmt fliegen sie noch öfter. Für den Fall müssen wir gewappnet sein. Wir müssen uns bemerkbar machen können. Ich gehe wieder raus und mache erst einmal die Tür frei, damit ihr auch raus könnt." Von Maria kam kein Wort der Kritik über meine Dusseligkeit. Sie fragte nur: „Wie willst du denn die Schneemassen wegschaffen, so ohne Schaufel oder Ähnliches?" Theatralisch straffte ich die Schultern und baute mich großartig vor ihr auf: „Natürlich mit den Händen. Ich hab ja Zeit und ich find, sie sind bald so groß wie Schaufeln." Dabei hielt ich ihr meine Hände vor das Gesicht. Sie lächelte. Ein gutes Zeichen. „Du Spinner", sagte sie scherzend, „kann ich irgendetwas machen, das hilft?"

„Pass auf das Feuer auf, leg rechtzeitig Holz nach, es darf nicht ausgehen. Vorsichtshalber. Und mach dir keine Sorgen. Wir werden das Kind schon schaukeln."

Moralisch gestärkt durch das Vertrauen meiner neuen Freunde, robbte ich wieder über den Schneeberg und krabbelte ins Freie. Diesmal ging es schon wesentlich schneller. Wieder blendeten mich die hellen Sonnenstrahlen und ich kniff die Augen zu schmalen Schlitzen zusammen. Diesmal hatte ich jedoch meinen Hut mitgenommen, den ich mir tief ins Gesicht zog. Über den Schnee kroch ich, bis ich vermutete, dass die Tür direkt unter mir war. Dann fing ich an zu graben. Mit meinen „Schaufeln." Eine Weile ging es gut und ich versuchte, den Schnee so weit wie möglich nach rechts zu werfen. Die Finger wurden jedoch bald wieder eisig und ich musste erneut eine Pause einlegen. Ich rieb und hauchte meine steifen Hände an, um sie aus ihrer Starre zu erlösen. Das wird eine unendliche Geschichte, dachte ich, während mir der Schweiß über die Stirn lief. Die Sonne brannte unerbittlich und kurz dachte ich an die glücklichen Urlauber im Tal. Reines Badewetter. Die Kinder würden jubeln. Ich saß im Schnee und überlegte, wie ich den Schnee besser und vor allem schmerzfreier beseitigen konnte. Während des Grübelns besah ich mir erst mal bewusst die einmalige Winterlandschaft. Es war schon beeindruckend und mir wurde klar, dass ich die Lienzer Dolomiten nie wieder so einmalig erleben würde. Einige Minuten gönnte ich mir und genoss den Anblick und die absolute Stille. Für diesen kurzen Moment fühlte ich mich so, als wäre ich der einzige Mensch auf diesem Planeten. Es war ein erhebendes Gefühl. Schweiß bildete sich nun unter meinen Achseln und ich zog die Jacke aus. Das war es – die Jacke! Ich würde sie, leicht und doch robust, wie sie war, als Schaufel benutzen und damit meine Finger besser schützen. Gedacht, getan. Mit neuem Schwung fing ich erneut an zu graben. Es ging nicht wirklich flott, aber doch ein wenig besser. Langsam schälte sich der obere Teil der hölzernen Kavernentür aus den Schneemassen. Immer öfter musste ich pausieren, denn das Schaufeln strengte ungemein an. Schnee ist wahnsinnig schwer, und immer, wenn ich ein Stück tiefer kam, rutschte etwas von der Seite nach. Ich arbeitete, als wenn ich dafür bezahlt werden würde, jedoch schmerzten meine Arme so heftig, dass die Auszeiten zunahmen. Das würde kein Arbeitgeber auf Dauer mitmachen. Die Kündigung war abzusehen. Während einer weiteren Pause erkundigte ich mich, ob in der Hütte alles in Ordnung sei. „Ja", rief Maria, „und bei dir? Wir kommen uns hier so blöd und hilflos vor." Max bellte, als er meine Stimme hörte. „Ich bin auf gutem Wege, aber es wird noch eine Weile dauern, bis ich die Tür öffnen kann. Mir geht es gut. Besser geht es gar nicht. Es ist sehr warm in der Sonne. Ich habe meine Creme vergessen. Hoffentlich bekomme ich keinen Sonnenbrand. Stell mir mal ein Bier kalt, Maria. Wenn ich unten bin, könnt ich eins gebrauchen."

„Steht schon im Kühlschrank", antwortete Maria lachend.

Nach diesem aufmunternden Gespräch machte ich mich wieder an die Arbeit. Je tiefer ich kam, umso höher musste ich logischerweise den Schnee werfen und mein Rücken und meine Arme jubelten vor Freude. Es dauerte noch über zwei Stunden, bis ich endlich am Boden ankam. Ich trocknete meine nassen Hände am Hemdzipfel ab und versuchte, mit zitternden, kraftlosen Fingern mir eine Zigarette zu drehen. Dabei lehnte ich mich mit dem Rücken an die Schneewand, um meinen heißen Körper zu kühlen. Mit geschlossenen Augen genoss ich den würzigen Tabak. Kein Motorengeräusch signalisierte Hilfe. Warum auch, dachte ich verbittert. Die haben das Gebiet abgeflogen. Haben festgestellt, dass kein Aas in dieser Schneewüste überlebt haben kann. „Werner", hörte ich Maria rufen, „wir haben lange nichts mehr von dir gehört. Alles in Ordnung?" „Ich sonn mich gerade. Die Gewerkschaft hat die Pausenzeiten erhöht." Max jaulte. Er war bestimmt ziemlich verunsichert. Aber bald konnte ich ihn ja erlösen. „Ich hab es bald geschafft", verschaffte ich mir noch ein wenig Luft, denn so ausgepowert wollte ich ihnen nicht gegenübertreten. „Du hast alle Zeit der Welt", bestätigte mir Maria und ich paffte gemütlich weiter.

Langsam wurde meine Frau doch unruhig. Seit Stunden hatte sie keine neuen Informationen. Weder aus dem Radio oder dem Fernseher noch von der Polizei oder der Bergwacht. Was war los? Woran lag das? Natürlich wusste auch meine Tochter keine plausible Erklärung. „Die werden uns doch wohl sofort informieren, wenn sie Papa von der Hütte geholt haben, nicht wahr?"

„Sicher, Mama. Aber das wird seine Zeit brauchen. Es werden wohl einige Leute von den Hütten ausgeflogen werden und vielleicht ist Papa einer der Letzten." Plötzlich unterbrach das Klingeln von Monis Handy das Gespräch. Erwartungsvoll betätigte sie die grüne Taste und meldete sich mit aufgeregter Stimme. Doch sogleich entspannte sich ihr Gesicht wieder: „Ach, du bist es, Peter." Mehrmals nickte sie mit dem Kopf. „Nein, noch nichts gehört. Nein, wir warten noch. Das ist nett von dir. Bis später. Vielen Dank für den Anruf."

„Schöne Grüße von Peter. Er wollte sich bloß erkundigen, wie es uns geht. Ist doch nett, oder?"

„Ja, Mama. Lass uns auf den Balkon gehen, es ist schön draußen. Ich nehm was zu knabbern mit." Gehorsam ging meine Frau auf den Balkon, legte das Handy auf den Tisch und stellte sich an die Westseite, in Richtung der Dolomiten. Fast, ohne es zu merken, pflückte sie die vertrockneten Blätter und Blüten der roten Geranien ab, die den Balkon schmückten. Hey, du Verrückter, sprach sie zu sich selbst, lass mich bloß nicht allein auf unsere alten Tage! Das wär nicht fair von dir. Denk dran, wir haben noch viel vor. Wenn erst einmal unsere Tochter aus dem Haus ist, können wir noch einiges unternehmen. Und das sollten wir zusammen erleben. Allein würde es mir keinen Spaß machen. Also lass die Zicken und komm zurück. „Komm, setz dich, Mama", unterbrach meine Tochter die Gedanken meiner Frau. Artig, jedoch schwer seufzend nahm sie Platz. Jenny goss sich ein Glas Selters ein und gab meiner Frau einen Gespritzten. In einer Schale lagen Salzstangen. „Dreizehn Uhr", ertönte es aus dem Radio. „Die Nachrichten." Gespannt hörten meine Lieben zu, aber sie erfuhren nichts Neues. Resigniert griff meine Frau zu ihrer Weinschorle.

Als ich endlich die Tür der Kaverne so weit vom Schnee befreit hatte, dass ich sie hätte öffnen können, war ich körperlich nicht in der Lage, dies zu tun. Meine Hände und meine Knie zitterten wie Espenlaub, mein Atem rasselte wie das rostige Kettenhemd eines ruhmlosen Ritters. Kurzum, ich war völlig geschafft und platt. Der Schweiß rann mir den Rücken runter und unangenehm in die Hose. Mein Hemd war klitschnass. Ich hörte die Mädels leise in der Kaverne miteinander reden. Max musste direkt hinter der Holztür stehen, denn ich hörte sein aufgeregtes Hecheln. Nur langsam wurde mein Atem wieder ruhiger. Meine Arme waren schwer wie Blei und mein Rücken war völlig verkrampft. Die Jacke, die mir sehr gute Dienste geleistet hatte, lag zum Trocknen in der Sonne, die wie ein übergroßer Scheinwerfer in meine Grube schien. Ich nahm die letzten Züge von meiner Gauloise, stopfte mir das Hemd in die Hose und rückte den Hut keck ins Gesicht. Lässig und völlig entspannt wollte ich in die Kaverne treten – eben so, wie es ein richtiger Held tun würde. Spaß muss sein, sprach Wallenstein. Ich setzte ein freundliches Grinsen auf, schnippte die Kippe in den Schnee und öffnete die Tür. „Grüß euch! Wo ist mein Bier?"

In Lienz hatte der Bürgermeister seinen Polizeichef ins Büro bestellt und die Männer saßen sich stumm gegenüber. Kurz zuvor wurde der Gendarm über seine unangenehme Aufgabe informiert und war nicht begeistert. Aber er war Profi genug, um sich nichts anmerken zu lassen. Er kannte den Bürgermeister schon etliche Jahre und wusste, dass er diese Entscheidung sicher wohlüberlegt getroffen hatte. Nicht ein junger unerfahrener Polizist, sondern er sollte diese heikle Aufgabe übernehmen. Beide wussten, dass es nicht leicht war, den Hinterbliebenen solche Hiobsbotschaften, wie er sie nannte, zu überbringen. Es gehörte eine Menge Einfühlungsvermögen und Lebenserfahrung dazu. Und Meckle, der schon seit über 20 Jahren der Polizei angehörte, hatte diese Fähigkeiten. Seine ruhige und verbindliche Art halfen ihm dabei. Obwohl alles besprochen war, saßen sie noch einen Moment zusammen. Jeder hing seinen Gedanken nach, bis der Bürgermeister die Stille unterbrach und Meckle fragte, ob für das morgige Fest von seiner Seite alles organisiert sei. Meckle bestätigte, dass er alles für einen ruhigen Verlauf getan hatte. Fast gleichzeitig erhoben sich die Männer und gaben sich über den Tisch hinweg kräftig die Hand. „Vielen Dank, Meckle. Ich weiß deine Mitarbeit zu schätzen und ich beneide dich nicht. Trotzdem wünsche ich dir, dass du es sauber über die Bühne bekommst." Der Polizeichef nahm kurz und knapp Haltung an. Das war sein Stil und der Bürgermeister bewunderte wieder einmal das korrekte Benehmen von Meckle. Nachdem dieser den Raum verlassen hatte, widmete sich der Bürgermeister abermals der Marillenflasche. „Geschafft", sagte er laut vor sich hin und war sichtlich erleichtert. Jetzt konnte er sich erst einmal ausschließlich dem Fest zuwenden und somit seine negativen Gedanken in den Hintergrund stellen. Er hasste unangenehme Situationen, denn er war ein Harmoniemensch und deshalb immer nur zufrieden, wenn alles glatt und ohne Probleme vonstattenging. Er versteckte die Flasche erneut und ging in das kleine Bad, das direkt an sein Büro anschloss. Zähneputzen war angesagt. Musste ja nicht gleich jeder mitbekommen, dass er vor Kummer ein wenig ins Glas geschaut hatte. Er blickte in den beleuchteten Spiegel und was er sah, machte ihn nicht wirklich glücklich. „Alt bist du geworden, mein Junge“, flüsterte er sich zu. „Wenn ich einen besseren Job finden würde, würde ich ihn annehmen? – Mach dir nichts vor, du Holzkopf. Dich nimmt keiner mehr. Deine Fähigkeiten sind nicht gefragt. Bleib, wo du bist, und bring es anständig zu Ende.“ Mit der rechten Hand rückte er seine dezente Krawatte zurecht, löschte das Licht und verließ den kleinen Raum. Er würde sich mal unter die Schausteller mischen und abchecken, ob alles seinen sozialistischen Gang nahm.

Zur gleichen Zeit, als der Bürgermeister aus dem Rathaus ging, verließ auch Peter seine gemütliche Zweizimmerwohnung in Villach und setzte sich ans Steuer seines Dienstwagens, der auch für private Fahrten zur Verfügung stand. Sein Gefühl sagte ihm, dass er sich um die Damen der Familie Wegener kümmern sollte. Ein wenig moralischer Beistand konnte bestimmt nicht schaden. Er hatte fast die ganze Nacht über den Blizzard und seine verheerenden Folgen nachgedacht. Erstaunlicherweise war er nicht müde und kaputt, er fühlte sich ausgesprochen energiegeladen und frisch.

Hinrichs hatte bisher noch nicht die richtige Partnerin gefunden. Vielleicht war er zu wählerisch. Aber er wusste genau, was er wollte: eben solch eine starke Frau wie Frau Wegener. Das wär's. Natürlich hatte er auch das Bild von meiner Frau und mir gesehen und mich insgeheim beneidet. Ein wenig schämte er sich ob seiner Gefühle, aber er tröstete sich damit, dass die Zuneigung nur freundschaftlich und rein platonisch sei. Und

Träumen war ja immer noch nicht verboten. Erfahren würde es eh niemand.

Bevor er Villach den Rücken kehrte, hielt er noch an einem Blumenladen neben der Fußgängerzone. Hinrichs ließ sich einen bunten Sommerstrauß zusammenstellen. Während die Verkäuferin das Gesteck dekorativ in Form brachte, holte Hinrichs aus dem Delikatessenladen gegenüber zwei Flaschen Prosecco. Er schaute nicht auf den Preis, bei den Blumen auch nicht. Als er mit dem Gebinde und den Flaschen den Laden verließ, pfiffen ihm zwei junge Mädels keck und voller Bewunderung hinterher. „Da muss sich wohl einer kräftig entschuldigen", meinte eine von ihnen lachend. Auch Peter musste schmunzeln. Er zwinkerte den beiden verschwörerisch zu und stieg gut gelaunt in seinen Wagen. In knapp einer Stunde würde er in Nölbling sein und hoffentlich gute Nachrichten zu hören bekommen. Er startete den leisen Motor, schaltete das Radio ein, öffnete das Schiebedach und gab langsam Gas.

35

Chief Meckle ließ sich vom Verkehr, der aus Lienz in Richtung Kärnten herausrollte, treiben. Er hatte es nicht eilig. Wieder und wieder fügte er im Geiste Worte zusammen, die er der armen Frau und ihrer Tochter vortragen könnte. Die Eingangsworte zu diesem Gespräch waren immer die wichtigsten und schwersten. Aus den dadurch entstehenden Reaktionen konnte man feststellen, wie das Gespräch weiterzuführen sein würde. Er verdrängte für einige Zeit seine trüben Gedanken und konzentrierte sich auf den Verkehr. Auf der Bundesstraße nach Oberdrauburg lichtete sich dieser dann ein wenig und Meckle kam nun besser voran. Nach einigen Minuten tauchte das Ortsschild von Nikolsdorf auf und fast gleichzeitig erblickte er den kleinen Flughafen mit der Bergrettungsstation. Er betätigte den Blinker und bog in die enge sandige Landstraße, die direkt auf die Station führte, ein. Langsam fuhr er den holperigen Weg entlang und hielt etwas später neben der Hütte. Schwungvoll schlug der Chief die Wagentür zu und betrat die Veranda. „Hallo. Der Boss der ‚Lienzer Garde' persönlich", empfing ihn Kranz, der dabei jedoch freundlich lächelte und dem Gast die Hand entgegenstreckte. „Schickt dich der Bürgermeister zur Inspektion?"

Meckle grüßte die Anwesenden, indem er zweimal mit der Faust auf den Tisch klopfte. „Bierchen gefällig?", fragte der Koch, und als Meckle nickte, erhob sich der Bergretter, um dem Wunsch nachzukommen. „Aber nur, weil ich im Dienst bin", grinste Meckle. „Eben drum", erwiderte Stangl und alle fingen herzhaft an zu lachen. Meckle setzte sich. Eine von Xaver angebotene Zigarette lehnte er dankend ab. „Schon fast ein Jahr ohne", erklärte er, nicht ohne Stolz. „Halt durch", ermahnte ihn Kranz, der daraufhin zur Gösser-Flasche griff. „Nun rück schon raus damit.

Was treibt dich zu uns?" „Eigentlich bin ich auf dem Weg nach Kärnten, genauer gesagt, nach Nölbling. Dort wohnt eine Berliner Urlaubsfamilie, die unserem Bürgermeister ans Herz gewachsen ist. Ihr Mann war nicht auf einer der leer geräumten Hütten, gilt also weiterhin als vermisst. Übrigens ist es die Familie, die gestern in der Fernsehsendung mit dem Messner zusammen auftrat. Ich habe die unangenehme Aufgabe erhalten, die traurige Botschaft zu überbringen. Na dann, Prost." Meckle nahm einen großen Schluck aus der Bierflasche, während die Männer der Bergwacht betreten zu Boden starrten. „Scheiß-Job", bemerkte der Koch und spuckte dabei angewidert auf den Verandaboden. „Gibt es bei euch wenigstens was Positives zu berichten?", fragte Meckle in die entstandene Stille hinein. „Leider nicht", musste Kranz zugeben. „Oben liegt der Schnee meterhoch. Zu Fuß ist dort kein Durchkommen. Eine Suchaktion ist sinnlos. Wer nicht rechtzeitig in die Hütten kam, lebt nicht mehr. Und ‚aufräumen' können wir immer noch, wenn der Schnee verschwunden ist. Diesmal haben wir verdammt schlechte Karten."

„Einmal gewinnt man, einmal verliert man", antwortete Meckle lakonisch, „that's life."

Stangl erhob sich. Er musste ein paar Bier loswerden. Als er außer Hörweite war, meinte sein Freund und Copilot: „Der ist stinkig. Er ist sauer, dass wir keinen Erfolg hatten. Unsere Hilflosigkeit macht ihn fertig. Stangl würde am liebsten sofort wieder aufsteigen und weitersuchen, obwohl es sinnlos wäre. Aber Hauptsache, er hat was zu tun. Er ist Bergretter mit Leib und Seele. Misserfolge akzeptiert er nicht." Xaver verstummte und der Koch, der ja gleichzeitig der Sanitäter war, nickte wissend zu den Worten seines Kollegen. „Stangl ist schon in Ordnung", fügte er hinzu, „und ein verdammt guter Pilot." Mit zerknirschtem Gesicht betrat Stangl wieder die Veranda und griff missmutig nach der Flasche. „So, dann werd ich mich mal auf den Weg machen. Die Pflicht ruft." Meckle trank den Rest der Flasche aus und stellte sie geräuschvoll auf dem Tisch ab. „Macht es gut. Bis morgen auf dem Fest. Mir ist zwar im Moment nicht zum

Feiern zumute, aber der Bürgermeister erwartet, dass wir alle erscheinen. Also machen wir gute Miene zum bösen Spiel." Auf dem Weg zum Wagen setzte er wieder seine Sonnenbrille auf und murmelte dabei: „Bringen wir es hinter uns."

Max kam wie eine Rakete auf mich zugeschossen und ich ging in die Hocke, um ihn gebührend empfangen zu können. „Du alter Lümmel, warst du artig?", fragte ich ihn, wobei ich seinen Kopf streichelte. Er leckte mir einmal quer über das Gesicht. „Ist ja gut, Max, du bist ja der Beste. Sieh mal, du kannst wieder an die frische Luft. Los, geh raus, mein Junge." Ich ließ von ihm ab und erhob mich. Max schnüffelte in Richtung Tür und setzte sich dann zaghaft in Bewegung. Maria strahlte mich an, Resi umklammerte mein rechtes Bein und Rosi hob, leicht lächelnd, wieder ihren Daumen – ohne natürlich ihre Kopfhörer zu entfernen. Unsere Kontakte wurden immer intensiver, dachte ich belustigt. „Bevor ihr nach draußen geht, achtet auf eure Augen. Die Sonne ist sehr kräftig. Schaut bitte nicht direkt in die Sonne. Erst mal zu Boden, damit ihr euch an die Helligkeit gewöhnt." Fast andächtig bewegten sich Maria und Resi in Richtung Ausgang. Rosi hatte es nicht so eilig. Sie saß weiterhin auf der Bank und schaute ihrer Familie zu. Schulterzuckend ging ich den beiden hinterher. Nach zwei Tagen „Kerker" war es bestimmt ganz schön, wieder an der Luft zu sein. Aber was hatten wir gewonnen? Wir saßen noch immer in der Klemme. Wenn die Bergwacht oder die Armee uns nicht entdeckten, würden wir hier noch Tage oder Wochen festsitzen. Und das ohne Nahrung und bald auch ohne Feuer. Ich darf nicht daran denken, ermahnte ich mich. Maria sah mein unzufriedenes Gesicht: „He, freust du dich, dass der Sturm vorbei ist? Das Gröbste haben wir doch hinter uns. Es kann doch nur besser werden, oder?"

„Sicher", bestätigte ich hastig und legte beruhigend einen Arm um ihre Schulter. „Die Bergwacht wird weiter nach uns suchen", versicherte ich ihr. „Bis dahin werden wir das Beste aus unserer Situation machen." Resi warf Schneebälle in die Luft, die Max geschickt mit der Schnauze auffing. „Ich muss zusehen, dass ich wieder nach oben komme“, wandte ich mich erneut an Maria. „Hier unten sind wir nicht zu entdecken. Wir müssen in der Lage sein, uns irgendwie bemerkbar zu machen. Ich weiß zwar noch nicht genau wie, aber irgendetwas wird mir schon einfallen.“ Ich nahm den Arm von Marias Schulter, denn der Hunger machte sich wieder in meinem Magen bemerkbar und der musste mit einer weiteren Zigarette betäubt werden. „So viel Schnee habe ich noch nie gesehen“, sagte Resi, die demonstrativ beide Hände vor ihre Augen legte und nur durch die Ritzen in den blauen Himmel schaute. Ich fuhr ihr kurz über ihren blonden Schopf und sagte, dass ich mich wieder an die Arbeit machen würde. „Kann ich nicht etwas helfen?“, fragte Maria. „Lege etwas Holz nach, das Feuer darf nicht ausgehen und halt mir Max fern, damit ich mich besser bewegen kann.“ Ruhig genoss ich die letzten Züge meiner Gauloise und versuchte abzuschätzen, welche Wand am stabilsten sei. Ich entschloss mich für die Ostseite, da ich auch annahm, dass Hilfe am ehesten von dieser Richtung zu erwarten wäre. Ich drückte die Kippe in den Schnee und begann, mit der Stiefelspitze Stufen in die weiße Pracht zu treten. Mit der geballten Faust schlug ich tiefe Löcher in Kopfhöhe. Dann stellte ich mich in die Stufen, steckte einen Arm ins Loch und zog mich hoch. Wider Erwarten hielt meine „Leiter“, sodass ich einen Fuß etwas weiter oben einschlagen konnte. Mit meinem freien rechten Arm bohrte ich ein neues Loch, verlagerte auf diesen Arm mein Gewicht und knallte den linken Fuß ein Stückchen höher in den Schnee. Es war ungemein anstrengend, aber es funktionierte. Langsam kam ich dem Rand näher. Dabei erfasste mich die Sonne wieder voll und wenige Minuten später war ich schweißgebadet. Etwa einen Meter hatte ich noch vor mir und es kam mir wie eine Ewigkeit vor, als ich mich endlich völlig erschöpft über den Rand ziehen konnte. Ausgepumpt und nach Luft ringend ließ ich mich in den Schnee fallen und drehte mich auf den Rücken. Langsam hatte ich vom Schnee die Schnauze voll. Es dauerte eine ganze Weile, bis ich in der Lage war, über meine nächsten Schritte klar nachzudenken. Ich brauchte einen festen Stand. Vorsichtig drehte ich mich wieder auf den Bauch, um mich anschließend auf die Knie zu ziehen. Dann drückte ich den Schnee vor mir mit den Händen fest, so gut es eben ging. Das entstandene Loch füllte ich mit neuem Schnee und presste ihn wieder. So versuchte ich, eine etwa einen Quadratmeter feste Stellfläche zu schaffen. Als ich annahm, dass der Grund genug Haltbarkeit aufweisen würde, zog ich mich auf die Fläche und stand behutsam auf. Nur wenig sackte ich tiefer und ich begann mit den Stiefeln, mein Areal nochmals festzutreten. Es war nicht perfekt, aber ich hatte Halt, und wenn ich nicht gerade wild herumhüpfte, würde es für meine Zwecke ausreichen. Ich hatte mir eine Zigarette verdient.

Auf der Karlsbader Hütte war Rudis Mutter mit dem Beziehen der Bettenlager beschäftigt. Rudi selbst saß in der Gaststube vor einem lauwarmen Kaffeepott und dachte über die letzten zwei Tage nach. Teilweise hatte er die Fensterläden öffnen können, sodass Sonnenstrahlen in den Raum fielen. Der Bollerofen knackte vor sich hin und der Sennenhund lag seinem Herrchen zu Füßen. Eigentlich ein ruhiges, entspanntes Bild. Doch im Kopf des jungen Hüttenwirtes kreisten die Gedanken unablässig um die eine Frage, die ihn nicht zur Ruhe kommen ließ: Wo war der Berliner abgeblieben? Selbst wenn der Sturm ihn auf halber Strecke erwischt hatte, traute er dem erfahrenen Wanderer zu, sich bis zur Kerschbaumer durchzuschlagen bzw. zur Karlsbader zurückzukommen. Wenn auch auf allen vieren, fast erfroren. Aber es müsste doch zu schaffen gewesen sein. Einzig ein Unfall hätte ihm einen Strich durch die Rechnung machen können. Aber daran glaubte Rudi nicht. Er wollte nicht daran glauben. Abrupt stand der junge Mann auf und ging zu einem Schränkchen neben dem Telefon, auf dem sich das Gästebuch für die Wanderer befand. Im oberen Schubfach lagen einige Wanderkarten und Rudi suchte die von den Lienzer Dolomiten heraus. Zurück am Tisch stellte er den Kaffee beiseite und breitete die Karte, im Maßstab 1:50.000 verfasst, aus. Über den Plan gebeugt, legte er seinen rechten Zeigefinger auf seine Hütte und ging dann damit Millimeter für Millimeter den Weg zur Kerschbaumer Schutzhütte ab. Er besah sich genau die Gegend rechts und links des Wanderpfades und suchte nach Möglichkeiten, um sich vor einem Schneesturm in Sicherheit zu bringen. Er fand keinen geeigneten Schlupfwinkel. Sein Finger fuhr ergebnislos weiter über die Karte. Als er die Gegend um die Große Gamsspitze erreichte und mit dem Finger links abbiegen musste, stand er wieder einer weiten Fläche ohne Schutzmöglichkeiten gegenüber. Deshalb ging er in nördlicher Richtung bis auf das Gamsspitzkreuz. Nichts. Etwas zügiger verfolgte er den Weg zum offiziellen Wanderweg zur Kerschbaumer Schutzhütte zurück. Gerade wollte er mit seinem Finger weiterziehen, als es ihm plötzlich eiskalt über den Rücken lief und sich seine Arm- und Nackenhaare sträubten. Blitzschnell „lief" sein Finger wieder bergauf und blieb dann an einem winzigen, schwarzen Quadrat schlagartig stehen. „Das ist es", murmelte er vor sich hin. Er pochte mit dem Zeigefinger immer wieder auf den kleinen Fleck. „Da sitzt er mit Max und wartet auf Hilfe. Das ist seine Höhle. Da bin ich mir sicher." Dass er nicht eher auf die alte Kaverne gekommen war! Der Berliner wusste hier oben besser Bescheid als wir Einheimischen. Nicht gerade rühmlich für uns, murmelte Rudi weiter, aber vielleicht noch nicht zu spät. „Mutter", brüllte er durch die Hütte, „Mutter, komm schnell runter, ich hab's! Ich weiß, wo der Berliner steckt. Ich hab sein Versteck gefunden. Mutter, hörst du mich?" Rudis Mutter hatte schon beim ersten Rufen erschrocken die Bettdecke fallen gelassen und war zur Stiege gelaufen. So aufgeregt hatte sie ihren Sohn noch nie erlebt. Ihr Herz klopfte, als sie in Rekordzeit neben ihrem Sohn stand und sich nervös durch das graue Haar fuhr. Rudi nahm seine wesentlich kleinere Mutter in die Arme, hob sie vom Boden und drehte sich mit ihr vor Freude im Kreis. „Ich hab's", sagte er noch einmal, „ich weiß, wo er ist. Er ist wirklich so clever, wie ich gedacht habe. Komm, ich zeig es dir auf der Karte." Er ließ seine Mutter, der schon leicht schwindelig geworden war, los und legte dann einen Finger auf den winzigen Punkt am Fuße der Großen Gamsspitze. „Hier, Mama, sitzt der Pfiffikus aus Berlin. Es gibt keine andere Möglichkeit."

„Und was, bitte schön, ist da?", fragte sie ungläubig. „Eine fast verfallene Kaverne aus dem Ersten Weltkrieg. Kennt kein Mensch mehr. Aber ihm ist sie bekannt gewesen und das war seine Rettung." Triumphierend sah er seine Mutter an und grinste über das ganze Gesicht. „Bist du dir sicher? Woher willst du das wissen? Woher soll dein neuer Freund die Kaverne kennen? Ich wünschte, du hast recht. Aber klammerst du dich da nicht an einen sehr dünnen Strohhalm?"

„Nein, Mutter. Kein Zweifel. Er ist da drin und wartet auf Hilfe. Allein kommt er da nicht weg. Er muss wie unsere Gäste mit dem Hubschrauber abgeholt werden. Wir müssen die Bergrettung verständigen! Und zwar sofort. Es wird sehr kalt in dem Bau sein und seine Verpflegung wird auch nicht sehr üppig sein. Verstehst du?" Aufgeregt hielt er seine Mutter an der Schulter gepackt und sah sie eindringlich an. Nun lächelte sie und fragte: „Und warum hast du die Bergwacht noch nicht angerufen?"

„Sofort", sagte Rudi und war schon auf dem Weg zum Telefon. „Wart, Bub", hielt ihn seine Mutter jedoch zurück, „mach ihnen Feuer unter dem Hintern. Pass auf, dass sie dich nicht für einen Spinner halten, der sich nur wichtigmachen will. Red ihnen ins Gewissen und erinnere sie an ihre Pflichten. Droh ihnen mit Konsequenzen, wenn sie nicht spuren. Du bist Hüttenwirt. Dein Wort hat Gewicht. Denk dran! Lass dich nicht abwimmeln, setz dich durch. So, und nun geh ans Telefon. Dein Berliner braucht Hilfe." Trotz der Eile ging Rudi zurück zu seiner Mama und gab ihr einen Kuss auf die gerötete Wange. Er war stolz auf sie. So kämpferisch hatte er sie noch niemals erlebt. Mit einem guten Gefühl wählte er die Nummer der Bergwacht.

36

Als Hinrichs auf dem Hof unseres Ferienhauses den Motor abstellte, empfing ihn traumhafte Ruhe. Es ist wirklich ein beschauliches Fleckchen Erde, stellte er erstaunt fest und blieb noch einen genussvollen Moment bei der geöffneten Wagentür stehen. Trotz der Ruhe und der nicht zu leugnenden Schönheit der Landschaft wunderte er sich erneut, wie eine Familie aus einer temporeichen, 24 Stunden lang geöffneten, pulsierenden Weltstadt so eine Einöde finden und sich auch noch in sie verlieben konnte. Peter fand es natürlich auch sehr idyllisch hier, aber auf Dauer wäre es ihm zu einsam, zu abgeschnitten von jeglicher modernen Zivilisation und jeglichem Komfort, den er so zu schätzen wusste. Aber glücklicherweise ist jeder Mensch anders, erinnerte er sich. Er ging zur Beifahrertür und nahm die Blumen vom Sitz und die Prosecco-Flaschen vom Fußboden. Leise schloss er die Tür. Er wollte die Ruhe nicht unnötig stören. Ein wenig kam er sich wie ein Eindringling in eine für ihn ungewohnte Umgebung vor.

Sein Blick ging hoch zum Balkon der Familie Wegener und er sah, dass die Wohnzimmertür offen stand. „Ist jemand zu Hause?", rief er nach oben und stellte seine Mitbringsel auf den leeren Gartentisch. Als er wieder hinaufschaute, winkte ihm Jenny zu. „Hallo, Peter", rief sie, „das ist ja eine Überraschung! Mama ist unter der Dusche. Ich bin gleich da!"

„Bring bitte ein paar Gläser mit, ich habe Durst", rief er ihr fröhlich zu. Jenny nickte und verließ dann den Balkon. Peter setzte sich in einen gut gepolsterten Gartenstuhl und streckte gemütlich die Beine aus. Er sah über eine bunte Wiese, die direkt an den dichten Wald anschloss, und hörte den kleinen Bach leise vor sich hin plätschern. Aus den alten Bäumen meldeten sich muntere Sänger, als wollten sie den Gast unterhalten. Einen Augenblick war Hinrichs mit allen seinen Sinnen in die Natur eingetaucht. Ja – doch, dachte er, das hat was, ist nicht übel. Um noch besser genießen zu können, schloss er die Augen und faltete seine Hände vor seinem Bauch. Und Friede dem Menschen auf Erden, amen, dachte Peter und grinste vergnügt dabei.

Jemand riss ihn unsanft aus seinen Träumen, indem er ihm auf die Schulter tippte und sagte: „Nicht einschlafen. Mama ist gleich da." Hinrichs fuhr leicht zusammen, öffnete die Augen und stand dabei auf, um meine Tochter zu begrüßen. „Hey, Jenny. Alles in Ordnung? Habt ihr etwas von eurem Papa gehört?"

„Nein. Leider noch nicht. Aber aus den Nachrichten haben wir gehört, dass die Hütten evakuiert werden, sodass wir bald von ihm hören werden. Trotzdem ist Mama sehr nervös und unsicher." Jenny setzte sich ihm gegenüber und Peter öffnete geschickt eine Flasche. „Ich nicht", wehrte meine Tochter ab. „Mein Getränk ist hier die Römerquelle, frisch und lecker." Sie lächelte und goss sich aus der grünen Glasflasche die sprudelnde Selters ein. „Ein schönes Plätzchen ist das hier. Aber ist es für dich nicht ein bisschen öd?"

„Sicher", gab meine Tochter zu, „es ist sehr ruhig hier. Aber nach einem Jahr Großstadtrummel genieße selbst ich die Beschaulichkeit. Im nächsten Jahr habe ich jedoch vor, mit meinem Freund zu verreisen. Diesmal haben wir keinen Urlaub zusammen nehmen können." Plötzlich stand meine Frau neben den beiden und begrüßte den Gast herzlich. „Ein Gläschen gefällig?", fragte Hinrichs und griff zur Flasche. „Gern", antwortete Moni mit dem Blick einer erfahrenen Frau, die den grünen Daumen erfunden haben könnte, „für wen sind denn die schönen Blumen?" Sofort hatte sie erkannt, dass der Strauß von einer sehr guten Qualität war. „Oh, entschuldige", meinte Peter, „natürlich für dich. Ich glaube, sie müssten ins Wasser."

„Was, für mich?", tat meine Frau, als wäre sie total überrascht. „Das ist ja lieb von dir! Woher wusstest du, dass ich diese Blumen mag? Die sind ja wunderschön."

„Intuition", schmunzelte Hinrichs und erhielt dafür ein Bussi auf die Wange. „Vielen, vielen Dank, Peter. Jenny, gehst du mal eine Vase holen? Sie steht in der Küche, neben dem Obstkorb. Das wär nett." Während Jenny im Haus verschwand, fragte Peter auch meine Frau, wie es ihr gehe. „Ich wäre sehr beruhigt, wenn ich wüsste, dass mein Mann schon in Sicherheit ist. Diese Ungewissheit macht mir doch zu schaffen. Sie schlägt mir immer gleich auf den Magen. Vielleicht ist ein Gläschen italienischer Perlwein nicht schlecht." Dabei versuchte sie, Peter anzulächeln. Pflichtbewusst goss Hinrichs meiner Frau ein Glas voll. „Dass du mir und Jenny die nervige Wartezeit mit deinem Besuch verkürzen willst, ist sehr nett von dir."

„Keine Ursache", wehrte Peter ab, „ich habe bis Montag frei. Und in eurer Gesellschaft fühle ich mich sehr wohl. Reiner Egoismus." Jenny kam mit der Vase zurück und meine Frau füllte sie mit frischem Wasser. Dann schnitt sie die Blumenstiele an und drapierte die Pflanzen liebevoll. „Wollen wir zum Bach gehen?", fragte meine Tochter, „Mir ist es in der Sonne schon zu heiß." Meine Frau sah Peter fragend an, und als der zustimmend nickte, meinte sie: „Das ist eine gute Idee. Dort ist es bestimmt angenehmer. Aber erst müssen wir noch den Tisch abräumen." Sogleich packten alle mit an, brachten Blumen und Perlwein vor der Sonne in Sicherheit und gingen dann, alle drei untergehakt, über die Wiese dem rauschenden Bach entgegen.

Meckle fuhr kurz hinter dem Ortsschild Oberdrauburg rechts über die Draubrücke, überquerte die Eisenbahnschienen, ließ die kleine Ortschaft hinter sich und nahm den Gailbergsattel in Angriff. Richtung Kötschach-Mauthen, Plöckenpaß. Er liebte eigentlich das Serpentinenfahren, doch heute wollte keine rechte Freude bei ihm aufkommen. Kehre um Kehre schlich er den Berg hoch. Lustlos. Sein Auftrag hinderte ihn, die Fahrt zu genießen. Bockig nahm er sich vor, am Gailberghaus eine weitere Rast einzulegen. Er hatte keine Eile. Noch zwei enge Kurven, so wusste er, dann war der Anstieg erledigt und flach ging die Straße weiter bis zum Gailberghaus.

Als er in den geraden Teil der Strecke einbog, säumten Wiesen und Wälder den Straßenrand. Gedanklich saß er schon im schattigen Biergarten, als plötzlich ein Reh vor seinen Wagen sprang. Instinktiv riss er das Lenkrad nach rechts, um dem Tier auszuweichen und es nicht zu verletzen. Er wusste im gleichen Augenblick, dass er damit völlig falsch handelte, denn jeder Verkehrsexperte würde sagen: runter vom Gas, geradeaus weiterfahren und nicht unkontrolliert ausweichen. Aber da war es schon zu spät. Unversehrt verschwand das Reh linker Hand im dichten Unterholz, während Meckle mit seinem Wagen eine leichte Böschung hinab sauste, über eine blumenübersäte Wiese rutschte und versuchte, zum Stehen zu kommen. Das saftige Gras war wie eine Schlitterbahn und Meckles Bremsbemühungen völlig erfolglos. Zielstrebig steuerte der Wagen auf einen Baumstumpf zu und einen Moment später saß er auf selbigem fest. Der Polizeichief rutschte mit dem Oberkörper in Richtung Frontscheibe und knallte unsanft dagegen. Meckle fiel zurück und blickte verstört auf die unversehrte Windschutzscheibe. Er saß mit der Vorderachse auf dem Stumpf. Der Motor erstarb mit einem gurgelnden Geräusch. Meckle rieb sich die Stirn. Um ihn herum herrschte absolute Stille. Niemand hatte etwas mitbekommen. Die Hochstraße war völlig leer und aus dem Gasthof kam auch keine Reaktion. Sinnloserweise startete er den Motor, der sofort wieder ansprang, und gab vorsichtig etwas Gas, aber der Wagen bewegte sich nicht von der Stelle. „Na super", sprach Meckle mit sich selbst, „gut gemacht, Meister. Alle Regeln zum Thema ‚Wildkontakte' richtig beachtet. Vorbildlich. Zwischen Theorie und Praxis ist ein erheblicher Unterschied", stellte er fluchend fest. Vorsichtig kletterte er aus dem Wagen und setzte sich mit wackligen Beinen erst einmal ins Gras. Schöne Scheiße, dachte er. So lange wollte er seinen Auftrag nun doch nicht vor sich herschieben!

Lustlos stand er auf, griff durch das geöffnete Beifahrerfenster nach seinem Walkie und wählte die Nummer seiner Dienststelle.

Es musste ein Abschleppwagen her. Als er den Kollegen in Lienz an der Strippe hatte und seinen ‚Rehunfall' schilderte, meinte Meckle, am anderen Ende im Hintergrund ein schadenfrohes Gelächter zu hören. Der Kollege hatte auf den Lautsprecherknopf gedrückt, als er die Stimme seines Vorgesetzten erkannte. „Das ist ja furchtbar, Chief, sind Sie verletzt? Soll ich einen Rettungshubschrauber alarmieren?", fragte glucksend der Mann in Lienz. Meckle riss sich zusammen, um nicht zu explodieren: „Lass gut sein, Fritz. Ich weiß: Wer den Schaden hat, spottet jeder Beschreibung. Mir ist nichts passiert. Kümmere dich um einen Abschleppwagen, sonst nix. Der Fahrer soll ins Gailberghaus kommen und mich dort abholen. Ich bin jetzt unter meiner Handynummer zu erreichen … und macht hin, ich hab noch was zu tun! Ende der Durchsage." Meckle schaltete das Funkgerät aus, setzte seine Dienstmütze auf, klemmte sich seine Jacke unter den Arm, ließ den Schlüssel stecken und verließ fröhlich pfeifend den Unfallort. Ein Frisches vom Fass würde ihm jetzt gut tun, grinste er vor sich hin.

Kranz runzelte missbilligend die Stirn, als das Telefon klingelte. Schon wieder der Bürgermeister, dachte er und schüttelte den Kopf. Seine Leute saßen stumm in der Runde. Jeder hing seinen eigenen Gedanken nach und nur ab und zu nippte einer an seinem Getränk. Kranz erhob sich gemächlich und ging betont langsam in sein Büro. „Bergrettung Lienz, Kranz am Apparat." Er setzte sich auf die Schreibtischkante. „Oberlechner, Rudi", drang es laut und aufgeregt an sein Ohr. „Hüttenwirt auf der Karlsbader Hütte, grüß Gott." Etwas erleichtert, dass es nicht der Bürgermeister war, antwortete Kranz: „Ja, der Rudi, ich weiß. Grüß Gott. Was gibt's? Hat was mit der Evakuierung nicht geklappt? Wurde einer vergessen?", fragte Kranz scherzhaft.

„Tja, wie soll ich's sagen?", fing Rudi vorsichtig an. „Bevor der Sturm losging, hat ein Berliner Wanderer mit seinem Hund meine Hütte verlassen. Er wollte rüber zur Kerschbaumer. Als die Telefone wieder funktionierten, hab ich beim Ortler angerufen." Rudi holte Luft. In der Zeit fragte Kranz: „Und?"

„Leider erklärte Ortler mir, dass der Berliner bei ihm nicht aufgetaucht sei." Das Sprechen fiel ihm plötzlich wieder schwer und er würgte seinen Kloß im Hals mit einem Schluck kalten Kaffee herunter. Da Kranz nicht wusste, was der junge Hüttenwirt eigentlich von ihm wollte, sagte er vorsichtig: „Das ist schad'. Dann wird es ihn wohl, wie viele andere, überrascht haben und wir werden ihn nach der Schneeschmelze sicherlich finden."

„Deshalb rufe ich ja an", ließ sich Rudi wieder vernehmen, „ich bin der festen Überzeugung, dass der Mann noch lebt und unsere beziehungsweise eure Hilfe dringend nötig hat. Er ist ein erfahrener und starker Kerl. Er hätte meines Erachtens in jedem Fall entweder die Kerschbaumer erreicht oder den Weg zurück zu mir angetreten. Dazu wäre er sicher in der Lage gewesen. Dass er das nicht tat, muss einen Grund haben." Erneut holte Rudi, während Kranz nervös mit einem Bleistift auf seinen Oberschenkel klopfte, tief Luft. Der nervt mich, dachte er dabei, mein Bier wird warm. „Er wird verunglückt sein. Ein Sturz oder so was. Kann doch möglich sein, oder?"

„Ja, natürlich", räumte Rudi ein, „das wäre möglich. Aber ich glaub das nicht. Denn ich weiß, wo der Berliner Schutz gefunden hat." Plötzlich war Kranz wieder voll bei der Sache. „Du weißt, wo der Mann ist? Wo? Wie kommst du darauf?", hakte er interessiert nach. „Er sitzt in der alten Kaverne, auf dem Weg zur Großen Gamsspitze", ließ es Rudi raus, „da bin ich mir absolut sicher. Ich weiß wie gesagt bloß nicht, warum er dort sitzt und nicht eine Hütte aufgesucht hat. Dafür muss es einen triftigen Grund geben. Vielleicht hast du mit deiner Verletzungsvermutung recht. Aber egal: Er ist dort oben. Ihr müsst ihn da rausholen!" Jetzt erst beruhigte sich Rudi wieder ein wenig und lauschte angespannt in den Hörer. Kranz dachte blitzschnell über das Gesagte nach und erkannte als erfahrener Bergsteiger, dass eine große Portion Logik in den Ausführungen vom Hüttenwirt steckte. „Hallo, bist du noch dran?", fragte Rudi aufgeregt nach. Eine Chance bestand. Kranz selbst hatte in keiner Weise an die Kaverne gedacht. Stand sie überhaupt noch? „Und du bist dir da völlig sicher?"

„Zu hundert Prozent, Kranz", antwortete Rudi hastig, „ich fress 'nen alten Besen, wenn ich unrecht habe." Wieder dachte Kranz einen Moment nach. „Wir haben schon lange die Hoffnung aufgegeben, noch jemanden lebend aus der Schneewüste zu bergen. Es wäre großartig, wenn du recht hättest. Erst einmal danke ich dir für deinen Anruf. Wir kümmern uns darum. Vielleicht hast du einem Menschen sogar das Leben gerettet. Ich melde mich wieder bei dir. Danke für den Tipp." Kranz legte nachdenklich auf. Ruhig blieb er auf seinem Schreibtisch sitzen. Wenn das stimmte – und es war möglich! –, dann könnten er und seine Männer zu Helden werden. Zu richtigen Helden. Was konnte schon passieren, wenn sie den Mann nicht finden würden? Er müsste für einen unnützen, teuren Flug seinen Kopf hinhalten. Schlimmstenfalls würde der Bürgermeister ihn für verrückt erklären, einem jungen, noch unerfahrenen Hüttenwirt Glauben geschenkt zu haben. Inkompetenz. Entlassung. Das wäre arg, denn Kranz liebte seinen Beruf. Aber auf der anderen Seite … wenn er Erfolg haben würde! Nicht auszudenken! Er rutschte von der Schreibtischkante und ging zurück auf die Terrasse, wo die Jungs gerade über die österreichische Fußballliga debattierten. Kärnten stand heuer nicht schlecht und man traute dem Verein die Meisterschaft durchaus zu. Kranz setzte sich und tat erst mal, als gäbe es nichts Neues. Heimlich beobachtete er seine Piloten. Wie viel Bier hatten sie bereits? Zwei, drei? Er wusste es nicht genau. Waren sie noch flugtauglich? Konnte er noch einen Flug von ihnen verlangen? Eventuell mit Personenbergung? Irritiert nahm er selbst einen Schluck aus der Flasche. Anzumerken war ihnen noch nichts, stellte Kranz fest. Aber das konnte täuschen. Wenn überhaupt, musste er offen und ehrlich mit ihnen sprechen, auf eventuelle Risiken hinweisen. Absolutes Stillschweigen über die getrunkenen Biere war Pflicht. Kranz musste es riskieren.

„Hört mal her, Männer. Ich hatte gerade ein interessantes Telefonat mit dem Hüttenwirt der Karlsbader." Damit besaß er sofort die volle Aufmerksamkeit. „Spuck's aus, Kranz", forderte Xaver auch sogleich. Kranz holte tief Luft, beugte sich seinen Leuten entgegen und sagte leise und sich dabei umsehend, verschwörerisch: „Der Wirt ist sich sicher, zu wissen, wo sich ein Überlebender befindet.“ Wie auf Kommando rückten die Männer ihrem Boss entgegen. „Wie kommt der Wirt darauf?“, fragte der Koch und Sanitäter mit viel Skepsis in der Stimme. Er hielt es für einen ausgemachten Schmarrn. Er lehnte sich automatisch schon wieder etwas zurück und verschränkte die Arme vor der Brust. Seine Körpersprache ließ keinen Zweifel aufkommen. Anders die Piloten. „Lass hören, Kranz“, drängten sie ihren Chef und der wiederholte in knappen Worten das Gespräch mit Rudi. Als er fertig war, griff Xaver gedankenlos zur Bierflasche. Sein Freund Stangl packte ihn jedoch kräftig am Arm, sah Xaver an und schüttelte mit dem Kopf. Verdutzt blickte der Pilot auf Stangl und sofort dämmerte es ihm. Demonstrativ schob er die Flasche von sich weg. „Was hältst du von der Geschichte, Kranz?“, fragte Stangl und sah dabei fest in die Augen seines Gegenübers. „Ich meine, es wäre möglich, dass der Wirt recht hat. Ich sage ausdrücklich: Es *wäre* möglich. Ebenso gut könnte er sich aber auch irren und der Mann liegt bereits irgendwo unter den Schneemassen begraben. Beides ist möglich. Aber ich glaube, einen Versuch ist es wert. Und außerdem sehe ich es als unsere Pflicht an, diesem Hinweis nachzugehen. Selbstverständlich habt ihr kein Bier getrunken. Das würde ich vor aller Welt bezeugen, wenn nötig. Aber die Entscheidung liegt bei euch. Ich will keinen Druck ausüben. Ich kann auch die Kameraden von Kärnten anrufen und um Hilfe bitten.“ Kranz hielt kurz inne. „Aber denkt mal nach, was wäre, wenn ihr den Mann wirklich lebend findet.“ Geschickt ließ er die Worte in der Luft hängen und beobachtete interessiert seine Piloten. Einen Augenblick passierte gar nichts. Dann grinste Xaver diabolisch und meinte: „Ich könnte mir mich sehr gut als Helden vorstellen. Was meinst du, Stangl?“

„Helden sind unsterblich“, antwortete sein Freund, „und ich wollte schon immer ewig leben.“

„Heißt das, ihr seid einverstanden?“

„Wenn jemand in dieser Ruine ist, dann holen wir ihn auch raus und bringen ihn her. Stimmt's, Xaver?“ Der war schon aufgesprungen und stand vor der großen Landkarte, die an der Hüttenwand klebte. „Tatsächlich. Die Kaverne ist hier auch noch angegeben, mit einem schwarzen Quadrat. Warum sind wir nicht selbst auf diese Möglichkeit gekommen?“ Keiner wusste eine Antwort und so erhob sich auch Stangl, langte zu den Flughelmen und warf Xaver seinen zu, der ihn geschickt auffing. Erleichtert stieß Kranz einen seiner gefürchteten Jodler aus, der weit über das Tal schallte, und klatschte in die großen Hände. „Fein, Jungs. Ich bin sehr stolz auf euch. Ich setz mich sofort ans Funkgerät. Wir bleiben die ganze Zeit über in Verbindung.“ Mit dem Kopf schon ganz bei der Sache bestellte er frischen Kaffee beim Koch, doch der ließ ihn abblitzen. „Mach dir deinen Kaffee allein. Natürlich fliege ich mit. Zur Bergung eines möglicherweise Verletzten gehören laut Richtlinien drei Mann Besatzung. Und ich bin noch dazu der Sanitäter. Schon vergessen?“ Kranz sah ihn verdutzt an, grinste dann aber und nickte kräftig. „Los, haut ab und bringt mir den Mann.“ Bis der Rettungshubschrauber in der Luft war, beobachtete Kranz das routinierte Manöver und ging dann schnurstracks zum Funkgerät.

Als der Bürgermeister hörte, dass der Polizeichef auf dem Gailbergsattel festsaß, war er mehr als wütend. Nicht nur deshalb, weil wieder einmal die schmale Gemeindekasse durch eine teure Reparatur geschröpft wurde, sondern vielmehr ging es ihm gegen den Strich, dass die Berliner Urlauberinnen noch nicht informiert worden waren. Natürlich. Der Bürgermeister war durchaus in der Lage, das Positive aus dem Negativen zu ziehen. Dem Chief war glücklicherweise nichts Ernsthaftes passiert und das war ja das Wichtigste. Aber wer überbrachte jetzt seiner Lieblingsurlauberin die traurige Nachricht?

Der Bürgermeister nahm sein Handy und wählte die Nummer seines Beamten. „Meckle“, meldete der sich sofort, „was gibt's,

Bürgermeister?" „Wie geht es dir, Meckle?", war nun doch die erste Frage des Vorgesetzten. „Alles o. k.", antwortete der Polizist fröhlich, „ich warte auf den Abschleppwagen."

„Natürlich im Biergarten, wie ich vermute."

„Genau. Man gönnt sich ja sonst nichts", stichelte Meckle. „Lass dich vom Abschlepper nach Nölbling bringen. Die Familie hat ein Recht darauf, von uns informiert zu werden. Wir können uns nicht vor dieser Verantwortung drücken. Und ich will auch, dass die leidige Sache aus der Welt geschafft wird. Hörst du?" „Klar, Boss. Keine Sorge. Ich bleibe am Ball. Aufgeschoben ist nicht aufgehoben. Sobald der Wagen hier ist, geht es los. Ein Streifenwagen steht wegen des Straßenfestes nicht zur Verfügung. Ich fahr also mit dem Transporter runter." Nach dem Gespräch bestellte Meckle einen Kaiserschmarrn, eine Spezialität des Hauses. Dazu ein frisches, kühles Bier, er musste ja nicht selbst fahren. Während der Wartezeit genoss er die warmen Sonnenstrahlen Kärntens und verschränkte die Arme hinter dem Kopf. Was für eine herrliche Landschaft! Den Unfall hatte Meckle abgehakt. Es gab Schlimmeres. Sein Bier wurde serviert und er blickte dabei in den weitläufigen Garten. Außer ihm waren noch zwei Biker einige Tische weiter mit dem Studium einer Straßenkarte beschäftigt. Biker waren hier in dieser Gegend gern gesehene Gäste. Im Gegensatz zur gängigen Meinung vieler Leute, gerade in den Städten, waren die Biker doch im Allgemeinen ruhige Gäste. Sie genossen eben auf ihre Weise die kurvigen Straßen und die fantastische Landschaft. Der Polizeichef konnte sich nicht erinnern, dass ihm Biker über Gebühr je unangenehm aufgefallen waren.

Er selbst mochte sie. Und manchmal beneidete er sie sogar. Diese Art von Freiheit wäre so recht nach seinem Geschmack. Er und ein Easy Rider. Nicht schlecht. Aber seine Frau war da entschieden anderer Meinung und immer, wenn er zu Hause davon anfing, hing der Haussegen schief. Dann zog er immer den Schwanz ein und ergab sich seinem Schicksal. Erneut nahm er sich vor, im nächsten Leben alles anders und besser zu machen.

Die Kellnerin brachte den Schmarrn und holte ihn damit aus seiner Gedankenwelt zurück. Heißhungrig stürzte er sich auf das Essen. Schon nach den ersten Bissen signalisierten ihm seine Geschmacksnerven, dass er ein traumhaftes Gericht vor sich hatte, und sofort waren alle bösen Gedanken verschwunden.

„Ist bei dir da oben alles im Lot?", fragte Maria und stand mit den Armen in den Hüften, den Kopf in den Nacken gelegt, auf dem kleinen geräumten Platz vor der Kaverne. Die Kinder spielten mit Max im Haus und ich hörte ihr Lachen und das Bellen von meinem Hund. Ich robbte zum Rand des Kraters und lugte vorsichtig nach unten. „Alles prima", bemerkte ich, „aber weit und breit keine Menschenseele zu sehen."

„Wenn wir Pech haben, sitzen wir hier noch Tage oder Wochen fest. Ist dir das klar?"

„Das kann passieren", gestand ich ungern ein, „aber bis hierher hatten wir ja ausgesprochenes Glück. Vielleicht hält der Zustand weiterhin an. Man soll die Hoffnung nie aufgeben. Stimmt's? Ich werde den Nachmittag über von hier oben weiterhin Ausschau halten. Besser als Nichtstun. Vielleicht sollte ich Holz nach oben schaffen. Für ein Signalfeuer. Bin mir bloß nicht sicher, ob das wirklich sinnvoll ist. Vielleicht sollten wir eher das Brennholz für uns aufheben. Ohne Feuer und Wasser halten wir hier nicht mehr lange durch. Also? Was tun, sprach Zeus?"

„Kein Signalfeuer erst mal", entschied Maria für uns. „Wärme und Wasser sind wichtiger." Dann kam noch ein vorsichtig vorgetragener Satz von ihr: „Zu Fuß haben wir wohl immer noch keine Chance, eine Hütte zu erreichen, nicht wahr?"

„Stimmt leider", gab ich zu, „ohne Schneeschuhe würden wir im Schnee versinken. Abgesehen davon, dass wir noch nicht einmal wüssten, wo ein Weg ist. Wir könnten uns den Hals brechen. Vielleicht auch was anderes." Ich hoffte, dass die Bergwacht mindestens einmal pro Tag einen Erkundungsflug unternehmen würde. Schlimmstenfalls waren sie heute schon durch. Aber Morgen würde ich schon im Morgengrauen hier oben sitzen und Ausschau halten. Das nahm ich mir fest vor. Ich zog mich vom Rand zurück. Legte mich dann auf den Rücken und drehte eine Zigarette. Mein Hunger war unerträglich. Und urplötzlich, als wollten mir meine Sinne einen Streich spielen, spürte ich den unvergessenen Geschmack von leckerem Hasenbrot im Mund. Diese köstliche Delikatesse, die ich als kleiner Bengel als den ‚Gipfel der Genüsse' ansah, erhielt ich wochentags von meinem Vater, wenn er von Arbeit kam. Da er der Einzige in der Familie war, der aufgrund seiner schweren Tätigkeit als Eisengießer mit Wurst belegte Pausenbrote in einer leicht verbeulten Blechdose von Mutter mitbekam, ließ er immer eine Stulle für mich übrig. Diese im Sommer schon leicht aufgeweichte und manchmal etwas unansehnliche Bemme war das Großartigste, was mir am Tag passieren konnte. Nichts auf der Welt schmeckte besser als mein Hasenbrot.

Das mit den täglichen Flügen der Bergwacht war reine Spekulation von mir, doch ich hoffte, dass Maria daran festhielt. Ich richtete mich auf und sah wieder über die weiße Landschaft. Scharf, wie exakte Scherenschnitte, hoben sich die Gebirgsriesen gegen den blauen Himmel ab. Den Hut schützend tief ins Gesicht geschoben, beobachtete ich einige Dohlen, die ihren gewohnten Lebensraum wieder in Beschlag nahmen. Sie sind bemerkenswerte Flieger. Elegant, in weiten Schleifen, zogen die schwarzen Vögel über die verschneite Landschaft und suchten nach Nahrung. Auch sie waren sicherlich vom Sturm überrascht worden und fragten sich, wie ihr sonst reichlich gedeckter Tisch um diese Jahreszeit mit einer dicken Schneedecke überzogen sein konnte. Während ich den Dohlen zusah, erinnerte ich mich, gelesen zu haben, dass diese Vogelart glücklicherweise nicht wie so viele andere Arten in Europa und in der Welt vom Aussterben bedroht ist. Ich steckte meine Kippe in den Schnee und wollte mich gerade wieder der Kaverne zuwenden, als meine Aufmerksamkeit auf einen kleinen schwarzen Punkt am östlichen Horizont gelenkt wurde, der mir nicht wie eine Dohle vorkam. Er bewegte sich fast zeitlupenartig, aber stetig, auf mich zu. Langsam richtete ich mich auf und versuchte, einen festen Stand zu finden. Dabei ließ ich mein ‚UFO' keinen Moment aus den Augen, denn in mir keimte eine Ahnung auf. Ein Hubschrauber. Ja, etwas anderes konnte und durfte es nicht sein! Die Kavallerie kam! Die Bergwacht! Völlig euphorisch wollte ich im ersten Anflug meiner überschäumenden Gefühle Maria und den Kindern die freudige Nachricht berichten, aber dann hielt ich mich zurück. Was wäre, wenn ich mich irrte oder der Hubschrauber drehte vorher ab, ohne uns zu bemerken? Die Enttäuschung wäre zu groß. Verzweiflung könnte sich unter meinen Gästen breitmachen. Das wäre nicht nach meinem Geschmack. Also Geduld, ermahnte ich mich. Aufgeregt drehte ich mir eine Zigarette und blickte dabei mehr auf den Punkt, der langsam größer wurde, als auf meinen Tabak. Erst als die Zigarette brannte und ich den ersten, tiefen Zug zur Beruhigung eingeatmet hatte, war ich mir sicher: Das war ein Hubschrauber. Und ich meinte sogar, schon das Motorengeräusch hören zu können. Jetzt war es auch mit meiner Beherrschung vorbei. Ich riss mir den Filzhut vom Kopf und wedelte damit wie ein Irrer über meinem Haupt hin und her. Dabei schrie ich unablässig: „Hierher, hier sind wir, hierher!" Ewigkeiten vergingen, bis ich die Form des Hubschraubers richtig erkennen konnte, der wie an der Schnur gezogen, direkt auf mich zu kam. Sahen die mich schon? Oder war das Zufall? Verwundert starrte ich dem Objekt meiner Begierde entgegen und wedelte und rief lauthals weiter. Egal. Hauptsache, sie entdeckten uns.

Während ich einmal kurz Luft holte, hörte ich Maria rufen. „Was ist los da oben? Warum brüllst du so? Siehst du was? Kommt Hilfe? Sag doch was, Werner!" Für einen Moment zögerte ich noch, auf Marias Fragen zu antworten. Dann aber legte ich mich schnell in den Schnee, robbte an die Kante und rief ihr zu: „Ein Hubschrauber ist in der Luft. Ich muss mich bemerkbar machen. Also bis gleich." Fix krabbelte ich zurück, um mich an meinem

Standplatz sofort wieder aufzurichten. Die Eile, die ich an den Tag legte, war unnötig. Sie kamen weiterhin direkt auf mich zu. Trotzdem wedelte ich wieder mit meinem Hut. Das konnte kein Routineflug sein. Das war ein Zielflug. Die wussten, dass jemand hier war! Daran gab es keinen Zweifel. Aber woher? Es war mir schleierhaft, aber letztendlich auch scheißegal. Wichtig war nur, dass es so war. Mit wild klopfendem Herzen stand ich in meinem Schneehaufen und konnte mein Glück kaum fassen. Wieder griff ich zum Tabak und als die Zigarette brannte, war ich mir sicher, dass noch keine vorher so gut geschmeckt hatte.

37

Ich werd verrückt", presste Xaver zwischen den Zähnen hervor, „da am Fuße des Gamsberg steht wirklich jemand und winkt sich die Arme schlapp." Nach vorn gebeugt saß er in seinem Sitz und schaute durch ein starkes Fernglas. „Es ist unglaublich", fuhr er fort, „der Wirt von der Karlsbader Hütte hat wirklich den richtigen Riecher gehabt. Das grenzt an ein Wunder. Mach zu, Stangl, der Mann wird Durst haben", meinte er lachend, „bummel nicht so." Er legte das Glas aus der Hand und betätigte das Funkgerät. Als Kranz sich meldete, hörte man deutlich seine Anspannung, als er fragte: „Gibt es etwas Neues, Xaver?" Der hatte das Gerät so geschaltet, dass alle mithören konnten. „Und ob, das will ich meinen. Der Hüttenwirt hat recht behalten, Kranz. An der Großen Gamsbergspitze steht eine vermutlich männliche Person im Schnee und winkt uns wie wild zu. Wir werden in etwa fünf Minuten bei ihm sein, dann wissen wir mehr." Von hinten schlug ihm der Koch vor Freude auf die Schulter, dass Xaver tiefer in seinen Sitz rutschte. „Wir melden uns gleich wieder. Ende." Der Koch versuchte verzweifelt, aus dem Seitenfenster einen Blick auf die Situation zu erhaschen, aber der Blickwinkel war für ihn ungünstig. „Damit wir dem Mann nicht den Schnee um die Ohren fegen, bleiben wir erst mal einige Meter bergabwärts, links von ihm, und sprechen über die Außenanlage. Die wichtigsten Fragen abklopfen: verletzt, Name, allein, na – du weißt schon", sagte Stangl zu seinem Freund, der schon seinen Sicherheitsgurt gelöst hatte, um dem Koch bei der Bereitstellung der Seilwinde zu helfen. Xaver bemerkte, dass der Hubschrauber einen kleinen Linksbogen flog, und schloss daraus, dass sie gleich ihre ‚Gesprächsposition' erreicht haben würden. Er ging zurück zum Gerät und schaltete die Außensprechanlage ein. Sie standen nun in der Luft, schräg zum Mann im Schnee, jedoch so weit weg, dass sie das Loch hinter ihm nicht sehen konnten. Stangl drosselte den Motor so weit, dass sie dadurch nicht an Höhe verlieren konnten, und meinte dann: „Fang an, Xaver."

„Hallo. Hier spricht die Bergwacht. Wenn Sie gesund sind und sich entsprechend der Lage gut fühlen, dann heben Sie bitte den rechten Arm."

Als ich die ruhige, aber bestimmte Stimme aus dem Hubschrauber vernahm, musste ich einen dicken Kloß in meinem Hals hinunter drücken. Jetzt wird alles gut, Mädels, dachte ich. Aus der Tiefe hinter mir hörte ich lautes Rufen und das aufgeregte Bellen von Max. Ich war glücklich. Dies war einer der schönsten Augenblicke in meinem Leben. Meine Augen waren feucht. Sieht ja keiner, dachte ich. Lass es laufen. Beinahe vergaß ich, den rechten Arm zu heben. Als der oben war, kam sofort die Stimme vom Himmel wieder: „Das ist sehr gut. Das erleichtert uns die Bergung. Wir müssen Sie mit der Seilwinde hochholen. Eine Landung ist ausgeschlossen. Es ist nicht gefährlich. Das ist unser tägliches Brot. Also bleiben Sie entspannt. Wie ich sehe, sind Sie allein. Das ist also schnell erledigt." Als ich den Schlusssatz des Bergretters hörte, riss ich mir schnell den Hut vom Kopf und wedelte wieder heftig mit ihm durch die Luft. Gleichzeitig schüttelte ich eifrig mit dem Kopf. „Was soll Ihre Reaktion bedeuten?", kam es sofort aus dem Lautsprecher. „Wollen Sie damit ausdrücken, dass Sie nicht allein sind? Wenn es so ist, dann heben Sie nochmals den rechten Arm." Unnötigerweise nickte ich mit dem Kopf, vergaß aber nicht, gleichzeitig den Arm zu heben. Ich stand da, wie die Freiheitsstatue von New York. „Es sind weitere Personen bei Ihnen?", kam die Frage ungläubig. Mehrmals mit dem Kopf nickend stand ich mit erhobenem Arm da. Zusätzlich hob ich den Daumen meiner Hand. Dann ließ ich mich langsam auf die Knie sinken, schlich mich an meine Kraterkante und etwa einen halben Meter vor dem Loch, zeigte ich anhaltend in die Tiefe. Von unten her kam mir lauter Jubel entgegen. Max bellte, was das Zeug hielt, und es schien mir, dass die schon Weihnachten feierten. Ich blickte zum Hubschrauber zurück und winkte. Am Motorenlärm bemerkte ich, dass sie reagierten und sich dann langsam in Bewegung setzten. Sie zogen von uns weg, flogen einen weiten Bogen, stiegen dabei auf und ich nahm an, dass sie nun bald über uns sein werden, um in meine Grube zu schauen.

„Heiliger Berggeist." Xaver hatte die Außenanlage ausgeschaltet. Sie standen hoch über der Grube, etwas schräg geneigt und wirbelten dabei kaum Schnee auf. Was die Männer sahen, ließ ihre Herzen höher schlagen und sie jubelten vor Freude. Etwas länger als nötig blieben sie über der Kaverne stehen und konnten sich an dem Anblick kaum sattsehen. Dann aber drehte Stangl mit einem zufriedenen Grinsen ab und nahm die alte Position wieder ein. „Wir haben uns kurz einen Überblick verschafft. Gleich werden wir mit der Bergung beginnen. Ich komme am Seil zu Ihnen runter und fange mit den Frauen an. Der Hund kommt als Vorletzter dran. Dabei müssen Sie mir eventuell helfen. Gehen Sie bitte jetzt hinunter zu den anderen und wenn Sie bereit sind, heben Sie nochmals den rechten Arm. Dann geht es los."

Während in den Lienzer Dolomiten mit der Bergung begonnen wurde, saß Hans Leitner schon längst im Büro seiner Frau und wartete ungeduldig auf die Anwälte Eichinger und Lutz, die sämtliche geschäftlichen Belange der Firma rechtlich begleiteten. Zuvor hatte Leitner seinen spektakulären Auftritt im Betrieb genossen. Nach einem kurzweiligen, ruhigen Flug war der Hubschrauber auf dem weitläufigen Gelände der Sanitätsfirma gelandet. Zahlreiche Mitarbeiter bestaunten die Landung. Als sie sahen, wie der ungeliebte Ehemann ihrer Chefin leichtfüßig dem Hubi entstieg, waren sie mehr als neugierig und sofort brodelte es in der Gerüchteküche. Die gesamte Familie sollte doch in den Ferien sein. Natürlich hatten auch die Bewohner von Klagenfurt das Desaster in Osttirol mit Spannung verfolgt, wussten jedoch nicht, dass ihre Brötchengeber genau dort Urlaub machten. Als Hans unter den Belegschaftsmitgliedern den Betriebsratsvorsitzenden, Reinhard Freyer, ausmachte, winkte er diesen zu sich, um ihn im Telegrammstil zu informieren. „Freyer", sprach er ihn leicht von oben herab an, „wir haben eine neue geschäftliche Situation von immenser Tragweite zu besprechen. Trommeln Sie alle Vorarbeiter in ca. einer halben Stunde zusammen und kommen Sie dann ins Konferenzzimmer. Danke." Hans ließ ihn stehen und ging ins Verwaltungsgebäude. Vorbei am Pförtner, der ihn verdutzt grüßte. Leitner bestieg den Fahrstuhl. Im zweiten Stock stieg er aus. Die Empfangsdame, die vom Fenster aus die Landung aufgeregt verfolgt hatte, stand bei seinem Eintreten artig auf. „Grüß Gott, Herr Leitner", begrüßte sie ihn und kam mit ausgestreckter Hand um ihren Schreibtisch herum auf ihn zu. „Grüß Gott, Frau Zastrow. Kommen Sie bitte gleich mit in mein Büro." Er ging voran und Frau Zastrow war irritiert, dass er nicht in sein Büro, sondern in das Büro der Chefin eintrat. „Bitte, nehmen sie Platz." Dabei wies er auf den Stuhl vor dem blank polierten, aufgeräumten Schreibtisch und setzte sich selbst auf die Tischkante. Ohne große Umschweife kam Hans sofort zum Thema. „Frau Zastrow. Leider muss ich Ihnen die betrübliche Mitteilung machen, dass meine Frau und meine Kinder im Urlaub tödlich verunglückt sind." Er machte eine kleine theatralische Pause, in der Frau Zastrow ein leises „Herrgott" fallen ließ und erschrocken die Hand vor den geöffneten Mund legte. In ihrem Kopf rasten die Gedanken wie in einem Computer – von „Ach herrje, die arme Frau und die lieben Kleinen" bis hin zu „Werd' ich jetzt entlassen?" Völlig aufgelöst stammelte sie, die Hand vom Mund nehmend: „Wie konnte das bloß passieren? Das ist ja schrecklich! Mein aufrichtiges Beileid, Herr Leitner. So ein Unglück aber auch." Fassungslos wiegte sie ihren Kopf hin und her und sah dabei mit feuchten Augen ihren neuen Chef an. „Schon gut, Zastrow, schon gut", erwiderte Leitner etwas ungehalten. „Der Herr gibt und der Herr nimmt. Das Leben geht jedoch weiter. Es wird eine schwere Zeit für uns alle, aber gemeinsam kriegen wir das schon hin. Vorrangig muss ich an das Unternehmen und an die Mitarbeiter denken. In etwa einer halben Stunde werden die Herren Vorarbeiter und der Betriebsrat eintreffen. Auch sie muss ich entsprechend informieren. Bitte sorgen Sie für ausreichend Kaffee, Tee und etwas Gebäck. Anschließend kümmern Sie sich bitte darum, dass mein ehemaliges Büro hierher verlagert wird. Nehmen Sie sich männliche Hilfe und vergessen Sie nicht, das Türschild auszuwechseln. Unsere Anwälte erwarte ich später auch noch. Das wär's erst mal." Frau Zastrow stierte immer noch mit bebender Unterlippe und nassen, verschmierten Augen auf Leitner und sah dabei aus, als habe sie ihn überhaupt nicht wahrgenommen. Einen Augenblick war Leitner gerührt, als er die sichtlich verstörte Zastrow vor sich sitzen sah, dann aber sagte er in einem barschen Ton: „Bitte hören Sie auf zu heulen. Wischen Sie sich das Gesicht trocken und beginnen Sie unverzüglich mit Ihrer Arbeit. Und nun Abmarsch. Ich habe auch noch zu tun." Wie in Trance nickte die Frau und erhob sich schwerfällig von ihrem Sitz. „Na, geht doch", bemerkte Hans, griff mit der rechten Hand zum Telefonhörer und wartete, bis sich die schwere Tür hinter seiner Mitarbeiterin geschlossen hatte.

Kranz war außer sich vor Freude. Er konnte sein Glück nicht fassen. Vier Überlebende und ein Hund – nach über zwei Tagen! Das war großartig! Er beglückwünschte sich selbst dafür, dass er auf den Hüttenwirt gehört hatte. Als Stangl ihn vor wenigen Minuten informierte, wuchs er mit jedem Satz um einen Zentimeter. Jetzt kam er sich wie ein Riese vor. Wie ein Gigant. Er konnte kaum den Moment abwarten, dem Bürgermeister diese wunderbare Nachricht mitzuteilen. Aber damit wartete er noch ein wenig. Erst einmal wollte er die Geretteten sicher bei sich auf der Terrasse haben. Welch ein Triumph für ihn und seine Truppe. Eine Belobigung war das Mindeste, dachte er zufrieden. Das ist ein Obstler wert, entschied er und ging zum Kühlschrank in der kleinen Küche. Mit der kühlen Flasche in der linken und dem Stamperl in der rechten Hand setzte er sich draußen auf die Holzbank an der Hüttenwand. „Prost, Junge", sagte er leise zu sich selbst. Auf den Erfolg. Er genoss das wohlschmeckende Getränk und fand das Leben total verrückt. Aber schön. Er malte sich die Schlagzeilen über diese Rettungsaktion aus und schmunzelte vergnügt vor sich hin. Jetzt freute er sich auf das Fest morgen in Lienz. Er und seine Männer würden im Mittelpunkt des Geschehens stehen, denn sie waren Helden. Am liebsten würde er am Funkgerät sitzen und pausenlos alles wissen wollen, was mit der Rettung im Zusammenhang stand. Aber er wusste, dass er nur stören und seine Männer verärgern würde. Sie waren Profis. Sie würden das Kind schon schaukeln. Kranz musste sich zwangsläufig in Geduld üben. Das war nun gerade nicht seine Stärke. Wieder füllte er sein Glas. Prost.

Rudi hatte den Hubschrauber der Bergwacht gehört, als dieser unweit seiner Hütte in Richtung Westen vorbeiflog. Er war erleichtert. Man hatte auf ihn gehört. Das gab ihm sogleich neue Energie und er nahm sich vor, die Schneemassen vor seiner Hütte beiseitezuschieben. Er holte die Schaufel aus der Kammer und beim Verlassen des Raumes hörte er seine Mutter in der Küche hantieren. „Hast du den Hubschrauber bemerkt?“, fragte er sie und steckte dabei seinen Zeigefinger in den Kuchenteig, den seine Mutter gerade anrührte. Sie hieb ihm mit dem Löffel auf die Finger. „Weg da! Der Teig ist für den Kranzkuchen und nicht für meinen gefräßigen Sohn allein.“ Seelenruhig leckte Rudi seinen Finger ab. „Natürlich habe ich den Flieger gehört. Bin ja nicht taub. Nun wirst du ja bald wissen, ob du mit deiner Meinung recht hattest. Ich wünsche es dir vom ganzen Herzen. Möchtest du noch einen Kaffee?“

„Nein, danke. Ich versuche, rauszukommen. Will mich um den Schnee kümmern. Außerdem brauchen wir Feuerholz.“

„Ist recht“, antwortete seine Mutter und widmete sich dann wieder ganz dem Kuchen.

Hans Leitner ging in den Konferenzraum und war nicht überrascht, dass schon alle Herren anwesend waren. Leise sprachen sie untereinander, hörten aber sofort auf, als er eintrat. Er begrüßte die Anwesenden, während er an der Stirnseite des langen Tisches Platz nahm. Spannung lag in der Luft, denn Hans hatte noch nie allein eine Sitzung eröffnet. Warum also heute? Was war passiert? Einige Mitarbeiter rutschten unruhig auf ihren Stühlen herum. Kam jetzt die Kündigung? Wurde rationalisiert? Wurde die Firma gar verkauft? Leitner erlöste seine Leute sehr schnell.

„Meine Herren, ich will es kurz machen und Sie nicht unnötig von Ihrer Arbeit abhalten. Meine liebe Frau ist im Urlaub tödlich verunglückt. Mit ihr auch meine beiden Kinder. Sie werden bestimmt vom Blizzard gehört und gelesen haben. Wir wurden vom Sturm überrascht und leider gelang es nur mir, mich mit letzter Kraft bis zu einer sicheren Hütte durchzuschlagen. Da ich nun die Geschicke der Firma in die Hand nehmen muss, bitte ich um Ihre Unterstützung und Loyalität. Zuerst brauche ich von allen Abteilungen eine Ist-Beschreibung. Dem Betriebsrat möchte ich versichern, dass Entlassungen nicht vorgesehen sind. Es läuft alles so weiter wie bisher. Bitte informieren Sie Ihre Mitarbeiter entsprechend und halten Sie die Betriebsmoral aufrecht. Vielen Dank für Ihre Aufmerksamkeit. Ich habe noch viel zu tun, bitte entschuldigen Sie mich. Guten Tag.“ Leitner erhob sich, verließ den Raum und ließ eine sprachlose Runde zurück. Ihm war das egal. Er nahm an, dass die Anwälte schon eingetroffen waren.

38

Wir standen vor der Kavernentür und lagen uns in den Armen. Max stand in der Mitte unseres Kreises und schaute verdutzt von einem zum anderen. Maria liefen die Freudentränen und ich musste meinen obligatorischen Kloß im Hals in Schach halten. Einen Augenblick standen wir wie Fußballspieler in der Runde, die gerade einen Torerfolg feierten.

Das Geräusch der Seilwinde löste unsere Gruppe auf. Wir sahen alle auf den einschwebenden Bergretter. Ich beugte mich zu Resi und sagte: „Du darfst als Erste ran, ist das nicht toll?“ Mit meinem bezauberndsten Lächeln sah ich sie an. Sie nickte ernst. Plötzlich legte sie ihre Ärmchen um meinen Hals und küsste mich fest auf die Wange. „Das hast du prima hingekriegt, Werner. Du bist der Größte. Wir sind jetzt für immer Freunde, stimmt's?“ Liebevoll drückte ich sie an mich. „Du hast recht, meine Süße, wir sind Freunde fürs Leben. Versprochen. Großes Indianer-Ehrenwort. Und – das hab ich auch nicht vergessen, die Schartner Bombe wartet schon.“ Ich küsste sie auf die Stirn und richtete mich wieder auf. Wir mussten Platz machen für den Bergretter, der direkt in unserer Mitte landete. „Hallo, Leute“, begrüßte er uns heiter, „ich bin der Xaver. Schön, euch zu sehen. Alles gesund und munter?“

„Uns geht es gut“, krähte Resi. „Das ist Max“, sie zeigte auf ihn, „der tut nix, der ist ganz lieb.“

„Hey, Max“, ging der Mann auf Resi ein. Dann aber war er voll bei der Sache. „Wir müssen uns ein wenig beeilen, das ist eine Spritfrage. Wer will als Erster?“

„Ich“, rief Resi und trat einen kleinen Schritt vor. „Na, dann werde ich dir mal den Gurt umlegen.“ Artig befolgte Resi seine Anweisungen und ließ sich an den Helfer anschnallen. Dann gab der über Funk das Kommando zum Hochziehen. Einen Augenblick später waren sie schon in der Luft. Fasziniert beobachteten wir die Fahrt. Dabei sagte ich zu Maria: „Resi ist wirklich tough. Eine mutige kleine Person."

„Für sie ist das alles hier ein riesiges Abenteuer", sagte auf einmal Rosi neben mir, ohne mich dabei direkt anzusehen. „Sie freut sich schon darauf, ihren Freundinnen alles haarklein zu erzählen. Ihr Schwarm war bisher der Sänger Sasha. Aber seit du uns gefunden hast, bist du ihr Held. Du hast Sasha auf den zweiten Platz verdrängt. Darauf kannst du mächtig stolz sein." So viel hatte Rosi während unserer gesamten gemeinsamen Zeit nicht mit mir gesprochen. Darauf konnte ich wohl auch wirklich stolz sein. Mit rotem Kopf blickte sie ihre Mutter an: „Stimmt doch, Mama, oder?" Maria nickte und lächelte. Sie fuhr ihrer Großen über das Haar. „Stimmt, Rosi", bestätigte sie, „aber jetzt bist du an der Reihe."

„Die nächste Dame, bitte", sagte Xaver und legte Rosi den Gurt um. Wieder kam das Kommando „Hochziehen!" und die beiden hoben ab. Zu Maria sagte ich: „Werd mal meinen Rucksack packen", und betrat die Kaverne. Überrascht von der Dunkelheit im Raum, warf ich noch ein paar Holzscheite nach. Dann rollte ich den Schlafsack zusammen, leerte den Wasserbeutel von Max und nestelte mein Stirnband von der Biergartenbank. Es hatte mir zur Wassergewinnung sehr gute Dienste erwiesen. Max ging auch noch mal eine Runde durch unser „Wohnzimmer" und hob, wahrscheinlich vor Aufregung in seiner Ecke nochmals das Bein. Ich sah mich um, damit ich auch ja nichts vergaß, denn jeder Gegenstand würde mich an dieses Abenteuer erinnern. Mein Zeichenblock lag noch am Boden, und während ich ihn aufhob, besah ich mir kurz das Bild, das Resi zuletzt gemalt hatte. Das soll wohl ich sein, bemerkte ich grinsend. Der Bart ist gut getroffen. Ich klappte den Block zu und verstaute ihn dann im Rucksack. So, alles eingesammelt, nichts vergessen. Gut so. Es konnte losgehen. Beim Verlassen der Kaverne klopfte ich an die Holztür und sagte: „Vielen Dank, altes Haus. Schön, dass es dich noch gibt."

Draußen trafen mich die hellen Sonnenstrahlen fast schmerzhaft und ich kniff meine Augen deshalb eng zusammen. Maria wurde gerade für ihren Flug vorbereitet. Nachdem der Gurt sicher saß, meinte Xaver: „Auf geht's, schöne Frau. Genießen Sie während der Fahrt die atemberaubende Aussicht, denn sie ist einmalig. So werden Sie die Berge nie wieder sehen." Weg waren sie. Ich beugte mich zu meinem Hund und kraulte ihm die mächtige weiße Halskrause. Er freute sich über diese Liebkosung. In den letzten Tagen hatte ich das wohl etwas vernachlässigt. „Du hast dich tapfer geschlagen, mein Lieber. Ich bin sehr stolz auf dich. Und wenn du nicht so gut aufgepasst hättest, dann hätten wir keine neuen Freunde. Du bist ein richtiger Spürhund. Wenn wir unten im Tal sind, besorge ich dir einen großen Knochen mit noch viel Fleisch dran. Versprochen." Ich erhob mich, da ich Xaver schon wieder neben mir spürte. Er hatte ein spezielles Hunderettungstuch dabei und fragte: „Können wir?"

„Wie die Pfadfinder. Allzeit bereit, stimmt's, Max? Ich halte ihn einfach fest und du legst ihm das Tuch um, o. k.?"

„So machen wir das", bestätigte Xaver. Während er das Rettungstuch fachgerecht um Max platzierte, meinte er nebenbei: „Das ist ja ein selten schöner Hund und ganz schön kräftig." „Das dicke Fell täuscht mehr Gewicht vor. Er wiegt nur etwa 27 Kilo." Jetzt hatte Xaver meinen Hund vor der Brust und war bereit, loszudüsen. „Max ist mein Lieblingshund und dazu noch der einzige, den ich habe. Also pass gut auf ihn auf, Xaver." Ich gab dem Mann grinsend einen Klaps auf seinen Helm und trat dann einen Schritt zurück. Kurz darauf war ich allein in der Grube. In wenigen Minuten würde auch ich im Hubschrauber sein und wahrscheinlich sagen: Ist noch einmal gut gegangen. Mein Magen knurrte plötzlich so laut, dass ich Angst hatte, sie würden es im Hubschrauber hören. Hinzu kam ein höllischer Durst. „Ein kühles Gösser wäre auch nicht zu verachten", stöhnte ich leise vor mich hin. Ich hoffte, dass Max da oben ruhig blieb, bis ich eintraf. Die Mädels werden sich schon um ihn kümmern, beruhigte ich mich. Ob ich die drei später noch einmal wiedersehen würde? Xaver erschien in der Luke und war zügig wieder bei mir. Während er mich vergurtete, fragte er so nebenbei: „Du hast die Ladys unterwegs aufgegabelt?"

„Ja", antwortete ich knapp und half ihm mit dem Karabinerhaken. „Reife Leistung. Du kennst dich hier in unseren Bergen besser aus als wir. An die alte Kaverne hat keiner von uns gedacht. Du wirst als Held in die Geschichte der Lienzer Dolomiten eingehen. Das ist sicher." Xaver überprüfte noch einmal das Geschirr, als ich ihm leicht meine Hand auf die Schulter legte. Er sah mich fragend an.

„Als ich euch heranfliegen sah, kam es mir vor, als würdet ihr direkt auf die Kaverne zuhalten. Keine Kursabweichung, kein Zögern. Da müsst ihr doch eine Ahnung gehabt haben. Oder irre ich mich?"

„Du irrst dich nicht, Mann. Wir sind wirklich gezielt zur Kaverne geflogen. Wie schon gesagt, wir sind nicht von allein auf diesen Unterschlupf gekommen. Aber einer hat mitgedacht und uns auf deine Spur gebracht. Einer, der fest daran geglaubt hat, dass du hier bist, und von dem soll ich dich sehr herzlich grüßen. Der Tipp kam von Rudi, dem Wirt der Karlsbader Hütte. Zieh hoch." Kraftvoll wurden wir nach oben gezogen. Ein Glück für mich, denn ich konnte meinen Kopf auf die Brust senken, ohne dass Xaver meine Tränen sah. Ich musste mich sofort bei Rudi melden und mich bei ihm für seine Weitsicht und für sein Vertrauen in mich bedanken. Wir hatten die Luke erreicht und ich wischte mir verstohlen die Tränen ab. Kräftige Hände zogen uns in die Maschine. „Willkommen an Bord, Sir", wurde ich von einem weiteren Bergretter freudig begrüßt. Man befreite mich vom Sicherheitsgurt und führte mich zu den anderen. Max lag artig an der Leine, wedelte aufgeregt mit dem Schwanz. Er hatte alles ruhig über sich ergehen lassen. Kaum dass ich mich auf den harten Boden setzte, verstärkte sich das Motorengeräusch, die Luke wurde geschlossen und der Hubschrauber drehte ab. Xaver kam zu uns und erkundigte sich, ob alles in Ordnung sei. „Alles bestens", antwortete Maria für uns, „vielen Dank". Xaver nickte, setzte sich anschließend auf den Kopilotenplatz und undeutlich vernahm ich, wie er über Funk die Bodenstation über die erfolgreiche Bergung informierte. Plötzlich tönte eine neue Stimme durch den Innenraum. „Mein Name ist Stangl, der Pilot. Ich möchte meine Passagiere auf das Herzlichste begrüßen. Wir sind überglücklich, Sie an Bord zu haben. Leider können wir Ihnen keinen Imbiss reichen, unsere Stewardess hat gestern gekündigt. Aber wir werden in circa 30 Minuten auf dem internationalen Großflughafen Nikolsdorf landen. Da gibt es alles, was das Herz begehrt. Sekt, Kaviar und natürlich auch Hundekuchen. Bis dahin bitte ich um etwas Geduld. Genießen Sie den Flug und die fantastische Aussicht." Es knackte in der Leitung und die freundliche Ansage war zu Ende. Spontan klatschten wir Beifall, was Max wieder veranlasste, kurz zu bellen. Ich schaute aus dem kleinen Fenster, genau in dem Moment, als wir die Karlsbader anflogen. Wieder stieg ein warmes Gefühl der Verbundenheit in mir auf. Vielen Dank, Rudi, bis später, dachte ich.

Vor der Sanitärfirma Leitner in Klagenfurt hielt die große Limousine der Anwälte Eichinger und Lutz. Der Chauffeur öffnete für die Herren die Tür und hielt dabei respektvoll seine Mütze in der Hand. Er deutete eine leichte Verbeugung an. Mit ihren eleganten Ledertaschen entstiegen die Herren dem Wagen und gingen in das Gebäude. Hans verfolgte ihre Ankunft von seinem neuen Büro aus und lächelte still vor sich hin. Das wird der letzte Schritt in mein neues Leben, dachte er erfreut. Dieses Gespräch noch, dann etwas Geduld, bis alle Papiere unterzeichnet sind und dann – voilà!

Über die Sprechanlage kündigte Frau Zastrow die Ankunft der Herren an und Hans ließ bitten. Als die Rechtsanwälte eintraten, erhob sich Leitner, ging um den Schreibtisch herum und lief den Männern mit ausgestreckter Hand und verhaltenem Lächeln entgegen. „Das muss ja wirklich wichtig sein", eröffnete Lutz das Gespräch, während sie in den weichen Ledersesseln Platz nahmen. „Tja", pflichtete Eichinger bei, „wollt ihr expandieren?"

Leitner fuchtelte ungehalten mit den Armen durch die Luft, um das Gerede der Herren zu unterbrechen. „Nichts dergleichen. Der Grund, weshalb ich Sie so dringend bestellte, ist schlimm – um nicht zu sagen, tragisch. Meine liebe Frau und meine Kinder sind im Urlaub tödlich verunglückt. Schuld war der grausame Schneesturm in den Lienzer Dolomiten. Sie werden davon gehört haben." Bestürzt sahen sich die Anwälte an und blickten dann wieder ungläubig auf Hans. „Mein, nein, unser aufrichtiges Beileid, Herr Leitner. Wir sind erschüttert. Eine Tragödie, fürwahr. So eine liebe Frau. Und sie war noch so jung und lebenslustig. Die lieben Kleinen, unfassbar." Eichinger konnte seine Fassungslosigkeit nicht in Worte fassen. Hans erlöste ihn nur zu gern. „Vielen Dank für Ihre Anteilnahme", sagte er und blickte dabei betont beschämt zu Boden. „Mein Schmerz ist unermesslich und nicht vorstellbar", fuhr er fort. „Ich brauche Ihre Hilfe und Ihre Loyalität, denn ich bin noch zu geschockt, um mit der neuen Situation allein fertigzuwerden. Deshalb bitte ich Sie, alles Notwendige zu veranlassen, dass die Firma schadlos weiterexistieren kann. Ich muss Entscheidungen treffen und das geht nur, wenn die Rechtslage eindeutig ist. Sie verstehen?" „Selbstverständlich. Völlig klar", bestätigte Eichinger sofort. „Sie wissen ja, dass Ihre Frau, Gott hab sie selig, auch für so einen Fall vorgesorgt hat. Die Übertragungspapiere liegen bei uns unterschrieben und notariell beglaubigt im Safe. Sowie eine amtliche Sterbeurkunde vorliegt, können wir eine Besitzübertragung vornehmen. Das geht zwei, drei, fix. Wir sehen da keine Probleme, nicht war, Lutz?" Der stimmte wortlos zu, indem er schwerfällig mit dem Kopf nickte. Die fürchterlichen Neuigkeiten hatten ihre Spuren bei ihm hinterlassen. „Das ist erfreulich zu hören, dass es keine Probleme gibt, meine Herren. Als meine Frau damals ihre Kanzlei aussuchte, hatte sie den richtigen Weitblick. Ich danke Ihnen für Ihr Verständnis. Leider muss ich mich entschuldigen, es wartet viel Arbeit auf mich. Meine Mitarbeiter haben ein Recht auf meine Fürsorgepflicht und ich möchte diese nicht vernachlässigen." Hans erhob sich. Die Anwälte taten es ihm nach und man verabschiedete sich. „Nochmals mein Beileid“, murmelte Lutz erneut zum Abschied. Leitner klopfte ihm dankend auf die Schulter und begleitete die Herren zur Tür. Als sich die schalldämpfende Tür wieder schloss, rieb sich Hans vergnügt und zufrieden die Hände. Keine Probleme, hatten sie gesagt. So hatte er es gern.

Meckle saß entspannt, die Hände über den leichten Bauchansatz gefaltet, im Biergarten. Der Schmarrn war ein Gedicht gewesen. Wenn nur der unliebsame Auftrag nicht noch vor ihm liegen würde! Die Welt könnte so schön sein. Gerade, als ihm leicht die Augen zufielen, legte sich eine schwere Hand auf seine Schulter. „Polizeichef Meckle?“, fragte neben ihm ein großer, junger Mann, in der Kluft des ÖAMTC. „Ich hörte, Sie haben ein kleines Problemchen. Wollen wir es lösen?“ Gut gelaunt schnippte der Mann die Asche von seiner Zigarette. Meckle blinzelte ihn an. „Ich komme“, nuschelte er vor sich hin. Er war etwas sauer, schon so zeitig gestört zu werden. Etwas steif erhob er sich und ging in die Gaststube, um seine Rechnung zu bezahlen. Routiniert und fachmännisch wurde der Dienstwagen auf den Abschlepper gehievt. Danach legte der blonde Hüne dem Polizisten einen Arbeitsauftrag zur Unterschrift vor. „Tschau, Chief“, wollte sich der Fahrer wieder vom Acker machen, doch Meckle hielt ihn energisch am Arm zurück. „Halt, halt, Kumpel. Nicht so hastig. Du musst mich noch ins Gailtal, nach Nölbling fahren.“

„Is’n Witz“, grinste der Fahrer. „Seh ich aus wie ein Spaßmacher?“, fragte Meckle trocken. „Das ist ein Befehl vom Lienzer Bürgermeister. Du bringst mich hin und nimmst mich auch wieder mit zurück. Die Extrakosten werden dir erstattet. Keine Sorge. Das ist eine Amtshandlung und ein Befehl. Widerstand ist zwecklos. Und ich bin bewaffnet. Du nicht. Hoffe ich jedenfalls“, beendete Meckle vergnügt seinen Vortrag. „Das ist ja mal ’ne nette Einladung“, grinste der Blonde, „und deine Argumente sind absolut überzeugend.“ Dabei deutete er auf die Dienstwaffe. „Also, denn mal los. Eigentlich habe ich Hunger und könnte ein Wildschwein à la Obelix verdrücken, aber mir schwant, eine Pause ist mir vom Bürgermeister abgelehnt worden, stimmt's?" Meckle nickte und schob den Mann Richtung Fahrertür. „Erst mal bis Kötschach-Mauthen, dann lotse ich dich weiter", sagte der Polizist und zog sich auf den Beifahrerplatz. „Yes, Sir." Der Wagen setzte sich in Bewegung und Meckle öffnete das Seitenfenster, denn es roch sehr stark nach kaltem Rauch. Er sah zum Fahrer rüber und registrierte missbilligend, dass der sich schon wieder eine Zigarette ansteckte. Der bemerkte Meckles Blick und meinte weiterhin fröhlich: „Ist gegen den Hunger." Der Chief verzog säuerlich das Gesicht und hielt seinen Kopf demonstrativ aus dem Fenster. Vom Gailberg ging es jetzt nur noch bergab, der Wagen wurde immer schneller und der Blonde benutzte nur ungern die Bremse. Na toll, dachte Meckle, ein Kettenraucher und gleichzeitiger Kamikaze-Fahrer. Er zweifelte, dass er jemals in Nölbling ankommen würde. Notgedrungen ergab er sich seinem Schicksal. Es gibt Tage, sinnierte er, da sollte man tunlichst im Bett bleiben.

Im blumenreichen Garten unseres Ferienhauses saßen meine Damen mit Helga und Peter beim gekühlten Prosecco und versuchten krampfhaft, eine Unterhaltung in Schwung zu bringen. „Jetzt wäre es aber an der Zeit, dass die sich melden. Es muss denen doch klar sein, dass wir hier wie auf Kohlen sitzen. Am liebsten würde ich die Gendarmen anrufen." Helga war leicht außer sich, was eigentlich nicht ihre Art ist. „Lass gut sein, Helga", beruhigte sie meine Frau, „wenn die etwas wüssten, hätten sie uns bestimmt schon angerufen. Werner hätte ja auch sein Handy mitnehmen können, der Sturkopf. Aber nein, eine Trillerpfeife reicht als Notsignal völlig aus. Wie in der Steinzeit."

„Papa hasst Technik", erklärte meine Tochter für die anderen am Tisch. „Dein Mann konnte doch mit solch einem Unwetter nicht rechnen", verteidigte mich Peter unbekannterweise. „Aber ganz unrecht hat er nicht. Die Pfeife hört man im Gebirge kilometerweit, wobei ein Handy im Notfall von den umliegenden Bergen ‚ausgeschaltet' wird. Manchmal stößt auch die Technik an ihre Grenzen. Ich schlage vor, wir warten noch eine Stunde. Wenn bis dahin nichts passiert, werde ich die Polizei anrufen. Seid ihr damit einverstanden?" Allgemeines zustimmendes Gemurmel beendete vorerst das Thema. Helga ging etwas Schinken abschneiden. Jenny fand diese Idee großartig und sagte, dass sie ein paar Backbrote in den Ofen schieben würde, das paschte.

Während meine Frau und Peter auf das Essen warteten, versuchte der Chauffeur, Moni ein wenig aufzuheitern. Er ginge davon aus, meinte er, dass alles gut werden würde und er freue sich schon, mich persönlich kennenzulernen. „Ihr werdet euch bestimmt sehr gut verstehen", gab Moni zu. Dann sprachen sie einen Moment nicht miteinander und jeder hing seinen Gedanken nach. Helga beendete das Schweigen und stellte einen übervollen Schinkenteller auf den Tisch. „Selbst gemacht", fügte sie nicht ohne Stolz hinzu. Fast gleichzeitig kam Jenny mit dem warmen Brot und man langte kräftig zu.

In Nikolsdorf setzte der Hubschrauber zur Landung an. Kranz stand erwartungsvoll auf der Veranda und beobachtete den Vorgang. Als die Rotoren nur noch sehr langsam liefen, öffnete sich die Luke und der Sanitäter hüpfte aus der Maschine. Er drehte sich zur Tür zurück, streckte seine Arme in die Öffnung, holte ein kleines Mädchen heraus und setzte es behutsam ab. Plötzlich sprang ein schwarz-weißer Hund hinterher, der mit rasender Geschwindigkeit auf die nahe Baumgruppe zuhielt. Nun kletterte ein etwas größeres Mädel heraus, dann ein Kerl mit Hut und Rucksack, der einer schlanken Frau beim Ausstieg behilflich war. Xaver stolzierte freudestrahlend auf Kranz zu. Hände schüttelnd meinte der Chef: „Gute Arbeit, Xaver." Der legte seinen Helm ab und Kranz ging den Leuten etwas entgegen. „Grüß euch Gott", rief er ihnen zu, „was bin ich froh, euch zu sehen! Mein Name ist Kranz und ich bin der Leiter hier. Kommt auf die Veranda und ruht euch aus. Ihr werdet Hunger und Durst haben.

Wir werden uns sofort darum kümmern." Stangl legte auch den Helm ab, während nun der Sanitäter wieder zum Koch mutierte und wortlos in die Hütte ging. Sie gruppierten sich um den ausladenden Tisch, während Max wieder auf dem Platz erschien und erleichtert auf sie zulief. Während ich noch meinen Hund beobachtete, kam der Koch mit einem riesigen Tablett voller Getränke zurück. Ich griff mir ein Gösser.

Sowie Kranz sah, dass alle bedient waren, hob er sein Bierglas und sagte feierlich: „Auf das Leben. Wohlsein." Alle hoben ihre Gläser und tranken sich zu. Ich nahm einen langen, erfrischenden Zug und stellte dann mein Glas ab. „Im Namen von Frau Leitner und ihren Kindern möchte ich mich bei Ihnen bedanken. Ohne Sie würden wir immer noch wie die Neandertaler um unser Feuer sitzen und lauwarmes Wasser trinken. Stimmt's, Resi?"

„Stimmt, Werner. Unsere Höhle war ja toll, aber schöner ist es hier." Alle lachten über die Kleine, die leicht rot anlief.

Kranz hüstelte leicht, um die Aufmerksamkeit auf sich zu lenken: „Leider muss ich noch etwas bürokratisch werden, tut mir leid. Aber es ist Vorschrift." Er holte einen Schreibblock und Kuli von der Bank neben sich. Dann kritzelte er was aufs Papier und sah anschließend auf Maria. „Würden Sie mir bitte Ihren Namen und den Ihrer Kinder nennen, ist nur für die Statistik?", entschuldigte er sich sofort. „Ich bin die Resi Leitner und sechs Jahre alt", kam es sofort von der Kleinen. „Sei nicht so vorlaut", schalt sie ihre große Schwester. „Bin nicht vorlaut", maulte Resi, „nur schneller als Mama und du."

„Maria Leitner ist mein Name. Und das ist meine Tochter Rosi. Resi hat sich ja schon selbst vorgestellt." Kranz notierte und sah dann mich an. „Mein Name ist Wegener. Werner Wegener, mit Hund Max, den eigentlichen Helden unserer Geschichte, denn er hat die Ladys im Schneesturm aufgespürt." Alle Augen richteten sich nun auf Max, der zufrieden vor seiner Wasserschüssel lag. „Ein toller Hund", meinte Stangl, der ein ausgesprochener Hundenarr war. „Er sieht auch gut aus. Die Farben passen so schön zueinander. Nur die Rasse ist mir nicht bekannt." „Australian Shepherd", klärte ich ihn auf und war schon ein wenig stolz über das Interesse von Stangl und sein Lob.

Xaver hielt plötzlich einen Fotoapparat in der Hand und bat um ein Erinnerungsfoto. Alle sagten „Cheese!" und Xaver war zufrieden. „Wollen Sie uns Ihre Geschichte, wie Sie sich getroffen haben und wie Sie in der Hütte überlebten, erzählen? Mich würde es sehr interessieren und ich glaube, meine Männer auch." Kranz schaute mich direkt an. Aber ich löste meinen Blick von ihm und sah zu Maria. Die nickte zustimmend. „Willst du oder soll ich erzählen?", fragte ich vorsichtig. „Ich mach schon", antwortete sie und nahm noch einen Schluck von ihrer Schorle. Die Kinder gingen mit Max toben, während Maria unsere Geschichte erzählte. Als sie an den Punkt kam, wo ihr Mann sie und die Kinder zurückließ, ging ein Raunen um den Tisch und Kranz griff aufgeregt zu seiner Mappe mit den Unterlagen. Maria beendete ihre Darstellung mit den Worten: „Wir können von Glück reden, dass Werner uns gefunden und sich um uns gekümmert hat. Ohne seine Hilfe wären wir jämmerlich erfroren."

Der Koch stand auf, klopfte mir auf die Schulter und sagte mit leiser Stimme: „Ich geh mal Nachschub holen. Ich denke, wir können alle noch einen Schluck vertragen." Kranz entschuldigte sich für einen Moment und nahm seine Akte mit: „Anschließend können Sie dann auch Ihre Angehörigen anrufen." Ich drehte mir eine Zigarette und sah den Kindern zu. Max hatte einen Stock im Maul und die Kinder versuchten, ihm den wieder abzuluchsen. Ein vergebliches Unterfangen, denn das war sein Lieblingsspiel. Wenn er sein Spielzeug nicht freiwillig wieder hergab, hatte man keine Chance, es ihm abzunehmen. Er war zu schnell und machte sich einen diebischen Spaß daraus, die Menschen nah an sich heranzulassen, um dann wieder geschwind den Kopf zur Seite zu ziehen und die Leute ins Leere laufen zu lassen. Eine kurze Drehung genügte für ihn. Aber die Mädels hatten Geduld und probierten es immer wieder. Plötzlich standen neue Getränke auf dem Tisch und Stangl erkundigte sich bei mir, wie ich als Flachlandtiroler von der Kaverne gewusst hatte.

„Seit Jahrzehnten bin ich ein Fan von euren Unholden und habe schon etliche Touren hinter mir. Selbstverständlich interessiert mich auch die Geschichte des Landes. Und da diese Kaverne auf so skurrile Art und Weise zustande gekommen ist, habe ich es mir gemerkt. Das ist alles."

Kranz wählte die Nummer des Bürgermeisters und wartete geduldig, bis dieser endlich abhob. „Hey, Bürgermeister, Kranz hier. Ich hoffe, du sitzt." „Was soll das heißen?", fragte der etwas barsch, denn er hatte den Kopf voll und keine Zeit für Späßchen. „Natürlich sitz ich."

„Das ist auch gut so", fuhr Kranz bewusst im Plauderton fort, „denn ich will sichergehen, dass du nicht umfallen kannst, wenn ich dir neue Nachrichten übermittle."

„Willst du mich verarschen?", fragte der Bürgermeister verärgert, „mach's kurz, Kranz, ich bin im Zeitdruck." Warte nur, dachte Kranz, gleich wirst du viel Zeit für mich haben und dein Stress wird verflogen sein. Der Zeigefinger von Kranz lag auf dem Namen der Familie Leitner in seiner Vermisstenliste. Und hier stand es schwarz auf weiß. Hans Leitner meldete den definitiven Tod seiner Frau und seiner beiden Kinder. Der Bergretter biss sich auf die Unterlippe. Sein Hirn signalisierte ihm: Alarmstufe Rot. „Bist du eingeschlafen, Kranz?" „Nein, nein. Entschuldige, ich habe gerade zusätzlich etwas Wichtiges entdeckt. Aber dazu später. Wichtiger ist Folgendes", und abermals machte er eine Pause, um die Spannung noch etwas zu erhöhen. Er genoss den Augenblick. Dann aber platzte es aus ihm heraus: „Wir haben soeben vier vermisste Personen gesund und munter aus den Dolomiten per Hubschraubereinsatz retten können. Sie befinden sich schon bei uns in der Station. Es geht ihnen gut." Jetzt war es am anderen Ende der Leitung totenstill. „Kranz", kam es dann sehr ernst rüber, „das ist kein Thema für derbe Scherze, du Hornochse. Bist du schon um diese Zeit besoffen?" Kranz grinste breit und legte dann noch einen drauf: „Offizielle Meldung von der Bergrettungswacht Lienz, Station Nikolsdorf. Wir haben vier Personen und einen Hund aus einer prekären Lage, per Einsatz unseres Rettungshubschraubers, befreit. Den Umständen entsprechend geht es den Leuten gut, sie brauchen keine ärztliche Hilfe. Ende der Durchsage. Ich dachte, das würde dich interessieren. Vielleicht vergeht dann sogar deine schlechte Laune." Ein tiefes Stöhnen kam durch den Hörer: „Kranz, wenn das wahr ist, du Schlitzohr, dann bist du der Größte für mich."

„Es ist wahr, Bürgermeister, kein Scheiß. Die Namen der Geretteten lauten wie folgt: Frau Maria Leitner, ihre Kinder Resi und Rosi aus Klagenfurt und ein Berliner Urlauber namens Wegener samt Hund Max. Übrigens haben die Damen ihre Rettung dem Spürsinn des Hundes und der Cleverness des Mannes zu verdanken." Nun war der Bürgermeister völlig aus dem Häuschen: „Mensch, Kranz. Das ist die mit Abstand erfreulichste Nachricht des Jahres. Ich gratuliere dir und deiner Mannschaft. Ich bin stolz auf euch. Ihr werdet in die Geschichte der Stadt Lienz eingehen." Der Bürgermeister musste Luft holen. Unglaublich das. Dann fiel es ihm wie Schuppen aus den Haaren: „Wie war noch gleich der Name des Mannes?" „Wegener, ein Urlauber aus Berlin." „Richtig, Wegener", wiederholte der Bürgermeister aufgeregt, „das ist er. Ich werd verrückt." Nun war es an Kranz, verdutzt zu fragen, warum sein Chef so aufgelöst reagierte. „Ist was mit dem Mann, muss ich was wissen?" „Später, Kranz, das erzähl ich dir später. Grüß die Jungs und die Urlauber von mir. Weißt du, ob der Mann schon seine Familie informiert hat?"

„Ich wollt' ihm nach unserem Gespräch die Möglichkeit geben. Warum fragst du?"

„Bitte, halte ihn noch eine halbe Stunde hin. Bitte! Ich möchte der Frau selbst über unseren Erfolg berichten. Das hat einen persönlichen Grund. Also, halt ihn hin. Vielen Dank, Kranz, ich melde mich, sobald es geht, wieder bei dir."

Der Bürgermeister legte auf und ließ sich entspannt in seinem Sessel zurückfallen. Wahnsinn, dachte er. Die Frau hat tatsächlich recht behalten! Ihr Mann hat den Sturm überstanden. Das ist ja wie im Film! Er holte seine Brieftasche hervor und suchte nach der Visitenkarte der Berlinerin. Als er sie gefunden hatte, legte er sie vor sich auf den Schreibtisch. Halt, ermahnte er sich. Erst musste er Meckle abfangen. Es wäre mehr als ärgerlich, wenn der Polizist seinen Auftrag schon ausgeführt hatte. Hoffentlich nicht. Aufgeregt wählte er die Handynummer seines Polizeichefs. Nervös trommelte er mit den Fingern auf der Tischplatte. Los, Meckle, geh ran!

39

Der Abschleppwagen bog in Nölbling an der freiwilligen Feuerwehr rechts ab und fuhr im kleinen Gang die leichte Steigung auf der Dorfstraße hoch. „Es muss das letzte Haus direkt am Wald sein", sagte Meckle zum Fahrer. Ein brauner, mittelgroßer Mischlingshund fühlte sich in seiner Ruhe gestört, bellte den schweren Wagen an und lief ein Stück hinterher. Zwei Hühner, die mitten auf dem Weg ihre Siesta hielten, machten dem Störenfried nur ungern Platz. „Kuhbläke", sagte der Blonde verächtlich, „wer zum Teufel macht denn hier Urlaub?"

„Zum Beispiel Großstädter, die Ruhe suchen", belehrte ihn Meckle. „Naturliebhaber. Menschen, die das Land intensiv kennenlernen wollen. Keine oberflächlichen Hoteltouristen mit dem Anspruch auf ein Fünf-Sterne-Hotel und jeglichen Komfort. Ohne diese Leute wäre unser Tourismus nur halb so erfolgreich." Sie kamen am letzten Haus vorbei, fuhren noch ein Stück weiter, da linker Hand eine Grünfläche als ideale Park- und Wendemöglichkeit war. Der Fahrer drehte den Zündschlüssel und der Motor des ratternden Dieselfahrzeugs erstarb. Sofort umfing sie eine herrliche Ruhe, die nur von einigen Vögeln und vom leisen Rauschen des kleinen Baches an ihrer linken Seite angenehm unterbrochen wurde. „Ich wart hier", sagte der Blonde und steckte sich dabei eine weitere Zigarette an. Meckle nahm seine Dienstmütze vom breiten Armaturenbrett und setzte sie auf. „Schon gut, ich mach's kurz." Er kletterte aus dem Wagen und schlug die Tür hinter sich zu und erschrak, wie laut dieses Geräusch war. Sein Handy klingelte.

Helga bemerkte als Einzige den Abschleppwagen, als sie von der Küche wieder in den Garten trat. Verwundert schüttelte sie den Kopf. Die hatten sich wohl verfahren? Hier gab es weit und breit keine Autowerkstatt! Sie ging zu ihren Gästen, ohne den Wagen zu erwähnen.

Meckle erkannte den Bürgermeister an seiner Stimme, schnaufte hörbar und erklärte sofort: „Wir sind gerade angekommen. Ging nicht schneller. Steh schon vor dem Haus."

„Lass gut sein, Meckle", meinte der Bürgermeister erleichtert. „Es ist wunderbar, dass ich dich noch erwische. Du kannst den Auftrag als erledigt betrachten."

„Warum das?", fragte Meckle erstaunt. „Wir haben den Mann lebend gefunden und in Sicherheit gebracht. Die Bergwacht hat dieses Wunder vollbracht. Es klingt zwar wie ein Märchen, ist aber wahr. Also keine schlechten Nachrichten für Familie Wegener. Mach einfach kehrt und komm zurück. Trotzdem vielen Dank, Meckle."

„Na toll. Das ist ja ein aufregender Tag für mich gewesen. Aber besser so als andersherum. Ich mach mich vom Acker. Danke für den Anruf. Bis später." Meckle verstaute sein Handy in der Hemdtasche, warf noch einen Blick auf das Haus und beglückwünschte sich insgeheim, dass er den Auftrag nicht ausführen musste. Er stieg wieder in den Wagen. Erstaunt sah ihn der Fahrer an. „Probleme?", fragte er und griff automatisch zu seinen Zigaretten. „Im Gegenteil", antwortete der Chief. „Es geht nach Lienz zurück. Wunder gibt es immer wieder", fügte er noch hinzu, „ich erzähl's dir auf dem Rückweg. Gib Gas."

Wenige Augenblicke später klingelte im Garten das Handy meiner Frau. Schlagartig verstummte das Gespräch und alle sahen gespannt auf das Telefon, das läutend auf dem Tisch lag. Da meine Frau gerade auf der Toilette war, nahm Jenny den Anruf entgegen. „Ja, Wegener", meldete sie sich, „nein, die Tochter." Helga und Peter sahen sich kurz an und versuchten dann, im Gesicht meiner Tochter zu lesen. Jenny sagte nur hin und wieder: „Ja, nein", oder nickte mit dem Kopf. Ihre Mimik verriet nichts. Helga kaute an ihren Fingern, Peter goss sich noch einen ein. Hastig nahm er einen großen Schluck, verschluckte sich und fing an zu husten. Plötzlich stieß meine Tochter ihre linke Hand, zur Faust geballt, in die Luft und ließ ein durch die Zähne gepresstes „Yes!" hören. „Moment", sagte sie dann, nahm das Handy vom Ohr, hielt es zu und fragte Peter, ob er noch etwas Zeit hätte. „Für euch immer", sagte er schnell. Jenny sprach wieder in den kleinen Apparat. „Geht in Ordnung. Wir kommen natürlich. Vielen Dank für den Anruf. Servus." Langsam legte sie das Telefon auf den Tisch zurück und sah in zwei erwartungsvolle Gesichter. Dann sprang sie vor Freude in die Luft, klatschte dabei in die Hände und stieß einen Freudenschrei aus. „Papa ist in Sicherheit. Max natürlich auch. Es geht ihnen gut. Das war der Bürgermeister von Lienz. Er sagt, es ist alles in Ordnung. Gott sei Dank!" „Halleluja", entfuhr es Helga und sie bekreuzigte sich dabei. Peter sprang auf und nahm meine Tochter in den Arm. Vor Freude gab er ihr einen Kuss auf die Wange. „Darf ich mal wissen, was los ist?" Keiner hatte bemerkt, dass meine Frau wieder anwesend war. Sofort umarmte meine Tochter sie und rief: „Papa und Max geht es gut." Über die Schulter von Jenny blickte meine Frau unsicher in das Gesicht von Peter, der lächelnd nickte. Jetzt legten sich noch zwei Arme um den Hals meiner Frau. „Ich freu mich so für euch", brachte Helga unter Freudentränen mühsam hervor. Wie von einer Zentnerlast befreit, kullerten nun auch bei meiner Frau die Tränen. Dann löste sich langsam unter Lachen und Heulen das Knäuel auf und Moni bat ihre Tochter, das ganze Gespräch Wort für Wort für alle zu wiederholen. Jenny gab ihr Bestes und zum Schluss erklärte sie, dass ich und Max in Nikolsdorf seien, bei der Bergwacht. Da Peter noch Zeit habe, würde er uns bestimmt hinfahren. Ohne zu zögern, war der Villacher bereit und erklärte, dass er sich diese Wiedersehensfeier nicht entgehen lassen wolle. Während der Unterhaltung entspannte sich meine Frau und es trat wieder Glanz in ihre Augen. Übermütig hielt sie Peter ihr leeres Glas hin. Nach einem herzhaften Schluck und einem zufriedenen „Ah!" war sie wieder ganz die alte. „Ich muss noch Einiges packen. Papa wird Zigaretten nötig haben, Max braucht bestimmt was zu fressen und Leckerli. Vielleicht auch frische Wäsche oder so. Turnschuhe. Komm mit, Jenny, hilf mir ein wenig, dass ich nichts vergesse." Schon war sie aufgestanden und ging ins Haus. „So ist sie nun mal", entschuldigte Jenny den hektischen Aufbruch ihrer Mutter. „Sie sorgt sich immer. Bis gleich." Artig stiefelte sie ihrer Mutter hinterher.

In Nikolsdorf saß derweil Kranz vor der Vermisstenliste und starrte mit leerem Blick auf die Namen. Er hatte soeben mit Ortler von der Kerschbaumer Schutzhütte telefoniert und die erschütternde Wahrheit von ihm bestätigt bekommen. Der Wirt spuckte Gift und Galle, als er den Telefonhörer auf den Apparat knallte, und wünschte dem Leitner die Pest und die biblischen Plagen an den Hals. Dieser Mistkerl hatte seine Familie nicht abstürzen sehen, sondern sie in Stich gelassen. Nur, um seinen eigenen, schäbigen Arsch zu retten, damit er die Firma seiner Frau übernehmen konnte! Ortler hatte mit seinem Bauchgefühl recht behalten. „Man muss den Typen einsperren", fluchte Ortler. „Das ist ein Krimineller, ein ausgemachter Schweinehund!" Er war außer sich und brauchte unbedingt etwas Hochprozentiges. Kranz dröhnte der Schädel. Er wusste nicht, wie er die Angelegenheit weiter händeln sollte. Ein Diplomat war er nicht. Vielleicht, dachte Kranz, konnte der Berliner ihm helfen. Der schien einen guten Draht zu der Frau zu haben. Auf den Mund gefallen war er auch nicht. Der Bergretter nahm sich vor, mit ihm über das Problem zu reden.

Max und die Kinder tobten unablässig auf dem weitläufigen Gelände der Station. Währenddessen erzählte Maria den aufmerksamen Zuhörern von unserer Zeit in der Kaverne. Gerade sprach sie darüber, wie ich in einer Papierschachtel Wasser erwärmte und eine Erdbeersuppe zubereitete. Für diese Leistung erhielt ich anerkennende Blicke von den Männern. Kranz erschien, checkte die Lage, sah, dass Maria im Gespräch vertieft war, und winkte mir heimlich zu. Ich folgte ihm in die Hütte. Drinnen empfing mich eine angenehme Kühle. Wir gingen in ein kleines Büro und Kranz bat mich, Platz zu nehmen. Der Mann wirkte müde. Viel Schlaf hatte er in der letzten Zeit wohl nicht bekommen. „Ich habe ein Problem", begann er das Gespräch, „von dem ich glaube, dass Sie mir helfen können." Ich sagte nichts, ließ ihn kommen. „Die Sache ist die", formulierte er umständlich, „Frau Leitner und die Kinder sind offiziell als tot gemeldet worden. Und zwar von keinem Geringeren als ihrem Ehemann. ‚Meine Frau ist vor meinen Augen mit ihren Kindern abgestürzt.' Zitat Ende. Ich habe gerade mit Klaus Ortler von der Kerschbaumer Schutzhütte telefoniert."

Die Worte von Kranz trafen mich wie Hammerschläge. Zwar ahnte ich eine große Schweinerei, wollte es aber Maria zuliebe nicht wahrhaben. „Jetzt habe ich ein Problem, wenn Frau Leitner mit ihrem Mann telefonieren will. Was ist deine Meinung? Oder besser, hast du eine Idee?"

„Im Prinzip nicht mein Bier", antwortete ich. „Aber ich bin für klare Verhältnisse. Maria ist eine liebe und gescheite Frau. Sie hat es nicht verdient, mit so einem Menschen weiterhin zusammenzuleben. Aber das soll sie selbst entscheiden. Ich bin dafür, dass wir ihr die Wahrheit sagen."

„Das denke ich auch", meinte Kranz, stellte zwei Stamperl auf den Schreibtisch und holte den Marillenbrand dazu. „Auf unser Wohl", sagte er und hob sein Glas. „Auf uns", erwiderte ich. Wir stellten die Gläser ab und ich lehnte mich dann sehr weit aus dem Fenster. „Kranz", erklärte ich, „mit Maria spreche ich. Gib mir einen Moment Zeit. Das nehm ich dir ab." Ohne großes Theater waren wir zum ‚du' übergegangen. Sichtlich erleichtert ließ sich Kranz zurückfallen, kam dann aber schnell wieder vor und goss die Gläser nochmals voll. Ein herrlicher Brand. Ich nahm mir vor, ihn später zu fragen, wo er das gute Zeug herhatte. „Danke, Werner. Das ist sehr nett von dir. Wenn du mich anschließend vom Ausgang des Gesprächs informieren könntest. Das interessiert mich sehr." Ich versprach's und hatte nun meinerseits eine Bitte an Kranz: die Telefonnummer der Karlsbader Hütte.

Erst meine Frau, dann Rudi, teilte ich mir die Anrufe ein. Aus den unergründlichen Tiefen meiner mehrtaschigen Wanderhose fischte ich meine Börse raus, um die Handynummer meiner Frau herauszusuchen. Natürlich hatte ich diese nicht im Kopf. Als ich das Portemonnaie aufschlug, schaute mich aus dem durchsichtigen Plastikfach mein getrocknetes Edelweiß an, mein Glücksbringer. Ich war nicht abergläubig, aber ich hatte es auf jeder Tour dabei. Diesmal hatte es funktioniert. Natürlich habe ich die Pflanze nicht heimlich in den Bergen gepflückt. Das Edelweiß steht unter Naturschutz. Meine Frau, die mit dem grünen Daumen, hat bei uns im Garten, direkt neben dem Teich, Samen ausgestreut, die erstaunlicherweise wunderschönes Edelweiß hervorbrachten. Eine Blüte davon landete in meiner Wanderbörse. Viele Leute wissen nicht, dass diese Pflanze ein richtiger Lebenskünstler ist. Die Wappenblume der Alpen ist eigentlich eine Zugereiste. Ursprünglich kommt sie aus den rauen Steppen Zentralasiens. Im Frühjahr hält das Edelweiß Temperaturschwankungen bis zu 60° C aus. Um Feuchtigkeit zu binden, hat es auf den Blättern Tausende feine Haare. Für mich ist sie die schönste Blume der Berge.

Ich wählte die Nummer meiner Frau. Als sie meine Stimme erkannte, hörte ich ein erleichtertes „Dickie!“ am anderen Ende der Leitung. „Hallo, Liebielietz“, grüßte ich sie mit ihrem Kosenamen. Ein Schwall von Fragen sprudelte aus ihr heraus, bis ich sie stoppen konnte und ihr erklärte, dass es mir und Max gut ginge. Zurzeit befänden wir uns in Nikolsdorf bei den Bergrettern. „Das weiß ich doch“, fiel sie mir aufgeregt ins Wort. „Der Bürgermeister von Lienz hat uns schon informiert. In etwa einer Stunde bin ich mit Jenny und Peter bei dir. Brauchst du was?“

„Zigaretten. Und Max könnte richtiges Fressen vertragen.“

„Das geht in Ordnung. Ich freu mich sehr.“

„Der Bürgermeister und ein Peter“, hakte ich nach, „du scheinst ja tolle neue Freunde zu haben.“

„Das stimmt. Aber das sind nicht die einzigen Neuigkeiten. Lass dich überraschen. Ich denke, wir werden uns viel zu erzählen haben."

„Das seh ich auch so. Also bis gleich. Ich liebe dich." Jetzt war Rudi dran. Ich brannte darauf, mich endlich bei ihm zu bedanken. Seine Mutter war dran. „Ja, Herr Werner, grüß Gott. Mei, ist das schön, dass Sie anrufen. Rudi hatte ja so schrecklich Sorge um Sie."

„Mir geht es gut. Dank Ihres Sohnes. Kann ich ihn sprechen?"

„Freilich, freilich. Er ist oben. Ich hol ihn fix ran." Ich hörte, wie sie lautstark ihren Sohn rief und ihn zur Eile antrieb. „Hallo, Rudi", grüßte ich, als ich ihn an der Strippe hatte „ich wollte mich bei dir bedanken. Du hast mir und Max sowie drei weiteren Personen sehr geholfen. Wahrscheinlich hast du uns sogar das Leben gerettet. Das werd ich dir nie vergessen." Er fragte sofort nach: „Noch drei Personen?" Ich nahm mir Zeit, ihm kurz mein Abenteuer zu erzählen. Am Ende meiner Ausführungen war er erleichtert, dass alles so gut verlaufen ist. Zum Schluss versprach ich, ihn spätestens nächstes Jahr wieder zu besuchen. Ich plante mindestens eine Übernachtung ein, denn unser Wiedersehen müsste gebührend gefeiert werden. Rudi war begeistert. Mit den besten Wünschen für ihn und seine Mutter legte ich auf.

Maria. Wie sollte ich dieser sympathischen Frau nur das Verhalten ihres Mannes schonend beibringen? Ich blieb noch einen Moment sitzen, um noch einige Varianten gedanklich durchzuspielen. Wie würde sie es überhaupt aufnehmen? Hysterisch? Gefasst? Etwas ahnend? Abwarten, ermahnte ich mich. Ich ging nach draußen und drehte mir eine Zigarette. Mein Tabak wurde knapp. Aber Rettung war ja in Sicht.

In Nölbling herrschte nicht nur eitel Sonnenschein, man befand sich auch in Aufbruchstimmung. Hektisch wurde aufgeräumt. „Ich zieh mich noch kurz um", erklärte meine Frau und Jenny schloss sich an. Peter wollte noch einige Arbeitsunterlagen vom Rücksitz in den Kofferraum legen. Frauen – dachte er auf dem kurzen Weg zum Auto. Sie waren perfekt angezogen und dann trotzdem mit ihrem Outfit unzufrieden. Männer würden das wohl nie verstehen. Als die Limousine aufgeräumt war, lehnte er sich an den Wagen und besah sich das nördliche Gailtal, aus dem sich der mächtige Reißkofel als Schönling imposant hervorhob. Er konnte nicht verstehen, dass es Verrückte gab, die Spaß daran hatten, solchen Giganten aufs Haupt zu steigen. Er brauchte das nicht. Die Berge sahen ja ganz nett aus und passten in die Landschaft, aber hinaufzusteigen – das überließ er gern anderen. Jedem Tierchen sein Pläsierchen. Von Moni hatte er erfahren, dass der Mann, den er bald kennenlernen würde, diesen Berg auch schon besucht hatte. Er würde den Mann fragen, weshalb er sich freiwillig, wissentlich in Gefahr begab.

Jenny kam und hakte sich bei ihm ein. „Mama kommt gleich", sagte sie grinsend. „Helga bleibt hier. Ihr Mann kommt bald von der Arbeit und hat dann immer einen Riesenhunger."

„Du bist happy, dass es deinem Papa gut geht, gell?"

„Sicher. Das ist ja auch toll. Aber ich hab es immer gewusst. Papa ist ein harter Brocken. Den bringt so schnell nichts um. Und in ein paar Tagen ist er wieder oben. Garantiert. Ohne seine Hügel, so nennt er die Berge, fühlt er sich nicht wohl."

„Jedem das Seine", bemerkte Peter, „Hauptsache, es macht ihm Spaß."

„Ich bin so weit." Moni stand frisch gestylt neben den beiden. Sie sah sehr hübsch aus. Peter öffnete mit einer leichten Verbeugung die Beifahrertür. Während sie das Grundstück langsam verließen, schaltete Peter das Radio an und prompt kam der Wunsch von Jenny: „Ö3, bitte."

Eine Zigarettenlänge hörte ich den Gesprächen auf der Terrasse zu. Max war weiterhin mit den Kindern beschäftigt. Ich gönnte mir einen Obstler und spülte mit einem Schluck Bier nach. Insgeheim wartete ich auf eine günstige Gelegenheit, um Maria vom Tisch wegzulocken. Als der Koch aufstand, um Nachschub zu holen, gab ich ihr verstohlen ein Zeichen. Sie nickte, erhob sich, kam um den Tisch herum. Ich stand auf und fragte: „Geh'n wir ein Stück?" Zustimmend legte sie einen Arm um meine Hüfte. Schweigend gingen wir die ersten Meter und die Stimmen der Männer wurden langsam leiser. „Alles in Ordnung so weit?", fragte ich, um das Gespräch in Gang zu bringen. „Ja. Aber es ist Zeit, Hans anzurufen, glaube ich. Er wird auch in Sorge sein und sich freuen, dass es uns gut geht."

„Das ist der Punkt", fuhr ich dazwischen. „Bevor du ihn anrufst, wollte ich noch mit dir reden. Bitte hör einfach zu und versuch, mich nicht zu unterbrechen. Dann fällt es mir etwas leichter." Ich legte los. Ohne Punkt und Komma, jedoch ruhig und bestimmt, erklärte ich ihr, dass es ihrem Mann gut gehe, er eine Hütte erreichen konnte und schon in Klagenfurt sei. Bei dem Wort „Klagenfurt" blickte sie mich überrascht an, aber ich legte einen Finger auf meine Lippen. Sie ließ enttäuscht den Kopf hängen und ich fuhr fort: „Das Eigenartige ist, dass dein Mann allen in der Hütte und den Soldaten erzählt hat, dass du und die Kinder tödlich verunglückt seid." Ich machte eine Pause, um meine Worte nachwirken zu lassen. „Deshalb seid ihr als Todesfälle registriert. Dein Mann hat niemals um einen Rettungstrupp gebeten. Warum auch. Ihr wart ja tot. Er hat seinen Worten nach ‚alles Menschenmögliche' versucht, konnte euch aber nicht mehr helfen." Verstohlen beobachtete ich Maria. Nichts geschah. Wir gingen langsam weiter. Eine rustikale Holzbank bot sich an und wir setzten uns. Mit den wenigen Krümeln Tabak, die mir noch verblieben, drehte ich mir eine Zigarette. Während ich den Rauch ausstieß, legte Maria eine Hand auf meinen Unterarm und zog mich ein wenig zu sich ran. Dann gab sie mir einen Kuss auf die linke, schon sehr bärtige Wange. Sie seufzte tief und lehnte sich, fast ein bisschen entspannt, so erschien es mir, an meine Schulter. „Du bist wirklich ein Pfundskerl. Ich weiß, dass du diese Unterhaltung anderen Verantwortlichen abgenommen hast, was dir bestimmt auch nicht leichtgefallen ist. Dafür danke ich dir. Aber nun zu meinem Göttergatten. Schon in der Kaverne, als wir uns das erste Mal über ihn und seine Vorgehensweise unterhielten, kamen mir erste Zweifel. Überrascht bin ich eigentlich nicht. Eher müde und enttäuscht. Ich wusste, dass er kein starker Charakter ist, aber ich dachte mehr an die Kinder als an mich. Sie sollten nicht ohne einen Mann im Hause aufwachsen. Anscheinend habe ich wieder alles falsch gemacht." Jetzt fing sie an, lautlos zu weinen. Auch das noch. Ich bin kein guter Tröster.

„Du hast nichts falsch gemacht", versuchte ich es trotzdem. „Du bist eine tolle Person, Maria. Deine Kinder sind auch großartig. Vielleicht hast du nur zu viel an andere gedacht als an dich selbst. Sieh den Sturm als Chance für einen Neuanfang. Das Unwetter hat dir den wahren Hans gezeigt. Lieber ein Ende mit Schrecken als ein Schrecken ohne Ende." Etwas Besseres fiel mir partout nicht ein. Der leichte Wind trug die lachenden Stimmen der Mädels herüber. Maria sah mit feuchten Augen zu ihnen hin. Ich bemerkte einen silbergrauen Audi, der den Feldweg zur Hütte heraufkam. Wenig später stieg ein dunkel gekleideter, stattlicher Mann aus und begrüßte Kranz und seine Männer. „Du hättest uns niemals im Schneesturm allein gelassen. Du hättest deine Familie nie und nimmer im Stich gelassen. Entweder wärst du mit ihnen untergegangen oder hättest sie zu einer Hütte gebracht. Stimmt's?" Ich erwiderte nichts darauf. Mein Hals war zu und ich war sprachlos. „Was soll ich nun tun, Werner? Ich bin völlig hilflos und kann keinen klaren Gedanken fassen. Wie soll ich mich am besten verhalten?" Wieder fielen Tränen der Verzweiflung. Ein wenig überfordert knabberte ich an einem Fingernagel. Mist! Ich war ja kein Seelenklempner. Meine psychologischen Fähigkeiten waren stark beschränkt. Ich wollte ihr helfen, aber ich wusste nicht, wie. Trotzdem ließ ich mich zu der Äußerung hinreißen: „Das bringen wir gemeinsam zu einem guten Ende."

Der Bürgermeister hörte sich den Bericht vom Rettungseinsatz aufmerksam an. Als Kranz mit seinen Ausführungen auf mich zu sprechen kam, zeigte er in meine Richtung. Ab und zu nickte der Bürgermeister, lächelte und klatschte öfter vor Freude in die Hände. „Gute Arbeit, Männer. Ich bin sehr zufrieden. Im Wagen stehen noch einige Getränke und ein Imbiss. Ich schlage vor, dass sich jemand darum kümmert." Das ließ der Koch sich nicht zweimal sagen und lief zum Auto. Der Bürgermeister wandte sich nochmals an Kranz und erklärte, dass er die Frau und die Tochter des geretteten Mannes demnächst hier erwarte. Jemand müsse dann ein paar Fotos machen. Er habe es dem Lienzer Boten versprochen. Stangl und Xaver holten einen weiteren Tisch auf die Veranda. Angelockt von den Aktivitäten an der Hütte, kamen Max und die Kinder neugierig näher. „Was'n los", fragte Resi mit hochrotem Kopf und nach Luft ringend. „Hallo Kinder!" Der Bürgermeister ging vor den Mädels in die Knie und reichte ihnen seine Hand. „Da hattet ihr aber ein tolles Abenteuer, was?"

„Ich hätt auch darauf verzichten können", bemerkte die Große trocken. Für Rosi war das Gespräch mit dem Bürgermeister beendet.

„Für mich gäbe es nur zwei Möglichkeiten, deinem Mann entgegenzutreten." „Und die wären?", fragte Maria, während sie mit einem Papiertaschentuch ihre Tränen beseitigte. „Entweder: schweres Geschütz auffahren: Staatsanwaltschaft, Anzeige wegen unterlassener Hilfeleistung oder gar versuchten Mordes. Dann Scheidung. Oder die elegantere Variante: Gib ihm 24 Stunden Zeit, um spurlos aus deinem Leben zu verschwinden. Er akzeptiert alle deine Bedingungen, inklusive Scheidung. Dafür keine Polizei und öffentliche Bloßstellung. Die Wartezeit verbringst du hier in Lienz. Wir gehen zusammen zum Fest und übermorgen fährst du mit den Kindern nach Hause in eine hoffentlich leere Wohnung. Wahrscheinlich sind meine Vorschläge nicht das Gelbe vom Ei, aber etwas Besseres fällt mir nicht ein. Denk du in Ruhe nach. Vielleicht hast du ja noch eine bessere Idee." Während ich sprach, ging mein Blick wieder zur Rettungsstation hinüber. Da tobt ja das Leben, dachte ich und bemerkte, dass Max sich suchend umschaute. Er schien mich zum ersten Mal zu vermissen. Mit in die Höhe gereckter Nase beobachtete er die Umgebung, bis seine scharfen Augen mich erkannten. Erst zögerte er noch einen Augenblick, dann aber gab er Gas. Eine kleine Staubwolke hinter sich herziehend, würde er mich in wenigen Sekunden erreicht haben. Ich erhob mich, ging auf die Knie und erwartete meinen Freund mit ausgebreiteten Armen. Vorsichtshalber spannte ich meine Muskeln an, falls der Irre auf die Idee kommen sollte, mich aus vollem Lauf anzuspringen. Er tat es. Und augenblicklich lagen wir beide als glückliches Knäuel vor Marias Füßen. Demonstrativ wedelte Maria mit den Armen die aufwallenden Staubwolken von sich und sah leicht belustigt auf die „Liebesszene“. „Lasst uns mal wieder zu den anderen gehen“, schlug sie leise vor. „Machen wir“, rief ich vom Boden hoch. Ich gab Max noch einen kräftigen Klaps auf seine breiten Schultern und stand auf. „Meine Familie muss auch bald aufkreuzen.“ Mit dem Filzhut klopfte ich mir ein wenig den Staub aus der Kleidung. Als Max bemerkte, dass es zu den Kindern zurückging, stürmte er wieder los. Mit den lebhaften Mädels schien es ihm mehr Spaß zu machen als mit uns lahmen Typen. Wie gesagt, ein Schlaumeier.

Die Sonne würde bald im Westen hinter den Bergen versinken und aus zusammengekniffenen Augen sah ich den gut angezogenen Herrn auf uns zukommen. Mit breitem Lächeln gab er uns die Hand und stellte sich als Bürgermeister von Lienz vor. „Ich freue mich sehr, Sie gesund und munter begrüßen zu können.“

„Wegener“, stellte ich mich vor und wies dann auf Maria, „Frau Leitner.“

„Ich weiß, ich weiß, Herr Wegener. Ich bin stolz, Sie kennenlernen zu dürfen. Ihren Mut und Ihre Entschlossenheit kann ich nur bewundern. Und ohne Übertreibung möchte ich Ihnen versichern, dass Sie für uns Osttiroler – ach was, für alle Österreicher – ein Held sind, der unsere Hochachtung verdient. Ihre

Frau und Ihre Tochter kenne ich bereits. Reizende Personen. Sie haben zu jeder Zeit an Ihre Rückkehr geglaubt. Sehr starke Persönlichkeiten. Aber kommen Sie doch erst mal zu uns auf die Veranda. Ein kleiner Imbiss wird Ihnen gut tun." Der Bürgermeister ging voran. Maria und ich sahen uns grinsend an. Politiker der Zeit. Als Kranz die lupenreine Bergung zum x-ten Mal erzählte, aß ich ein paar Toastbrote mit geräuchertem Lachs und frischem Kren. Beim Drehen der wahrscheinlich letzten Zigarette wünschte ich mir meine Familie noch sehnlicher herbei. „Ich kann doch gar nicht hierbleiben. Ich habe kein Geld, keine frischen Sachen, keine Bleibe." Maria machte sich Gedanken. „Dein Vorschlag hat einen großen Haken. Merkst du das?"

„Das lass mal alles außer Acht, das regelt sich schon. Wichtig ist nur, dass du eine Entscheidung triffst."

„Ich ruf ihn an und schick ihn zum Teufel", erklärte sie plötzlich. „Er bekommt meine Bedingungen um die Ohren geknallt. Und wenn er nicht spurt und sich leise aus dem Staub macht, dann Gnade ihm Gott! Dann werd ich böse. Das schwör ich dir! Ja, genau so werde ich es machen." Mit funkelnden Augen sah sie mich an. Holla, dachte ich. Die kann ja richtig wütend werden. Umso besser. Dann wird sie aufgestauten Frust los. „Bist du an meiner Seite, wenn ich anrufe?" Ich erhob mich und gab ihr einen Kuss auf die heiße Stirn. „Na klar", sagte ich beruhigend zu ihr, „aber erst mal habe ich ein Date mit dem Bürgermeister."

Ich bat den Mann, einen kleinen Spaziergang mit mir zu machen. Als ich andeutete, dass ich ein „Attentat" auf ihn vorhatte, zog er zwar eine Augenbraue erstaunt hoch, sagte aber: „Lassen Sie hören, mein Freund." Dabei lockerte er seine Krawatte und öffnete sein Sakko. In anschaulichen Worten, mit viel Druck auf die Tränendrüse, klagte ich über das Schicksal von Maria und ihren Kindern. Ich teilte ihm den Entschluss von Maria mit sowie ihren Wunsch, bis Sonntag bei uns bzw. in Lienz zu bleiben. Der Bürgermeister erkannte, ohne dass ich es explizit erwähnte, den finanziellen Hintergrund der Geschichte. Er war ein kluger Mann. Wir umrundeten die Bank, auf der ich vorhin mit Maria saß, und traten den Rückweg an. „Sie können Frau Leitner mitteilen, dass sie sich keine Sorgen machen muss. Die Stadt Lienz wird sich um alles kümmern. Für Unterkunft und finanzielle Hilfe verbürge ich mich. Die Damen stehen unter meinem persönlichen Schutz. Ich muss nur ein paar Telefonate führen. Vielen Dank, Herr Wegener, dass Sie mich in Ihr Vertrauen gezogen haben." Er streckte mir seine große Hand hin und ich schlug gern ein. „Langsam wird es wirklich voll", bemerkte ich, als eine weitere Limousine die Hütte erreichte. „Und gemütlich", ergänzte strahlend der Bürgermeister, denn er wusste, wer da gleich aussteigen würde.

40

Hans saß im „Mystery“, seinem Lieblingsrestaurant, auf seinem Stammplatz mit dem Rücken zur hellgrünen Wand. Durch die großen Fenster ihm gegenüber hatte er einen wundervollen Blick auf die Altstadt von Klagenfurt. Am Freitagnachmittag herrschte reges Treiben. Einheimische und Touristen drängten sich durch die enge Luipoldgasse. Das Restaurant war noch fast leer, denn Touristen würden sich hierher kaum verlaufen. Dazu waren die Preise zu hoch und die Stammgäste kamen erst später. Hier war man unter sich. Unaufgefordert brachte der aufmerksame Kellner eine Wiener Melange und die in Leder gebundene Speisekarte. „Heute ist die Wachtelbrust mit Safransoße auf Trüffelmousse zu empfehlen, Herr Leitner“, bemerkte der Mann nebenbei. „Dann nehmen wir das, Florian.“ Hans verließ sich zu Recht seit Jahren auf die Empfehlungen des erfahrenen Kellners. Der kannte natürlich die Vorlieben von Hans. Geflügel und vor allen Dingen eins: Trüffel. Das wird die erste Rechnung, die ich meiner Frau nicht zu erklären brauche, dachte Hans und ein Gefühl der Freiheit ließ ihn flüchtig lächeln. Wieder beglückwünschte er sich zu seiner Entscheidung in den Bergen.

Das „Mystery“ gehörte einer gewissen Karin Dorfner aus Velden. Einer bildhübschen, 30-jährigen, alleinstehenden Schwarzhaarigen. Die Verehrer standen Schlange, aber Hans wusste, dass noch keiner in die engere Wahl genommen wurde. Für Hans nahm sie sich sehr oft Zeit, um privat zu plaudern. Er verehrte sie sehr. Ihre natürliche, weibliche Ausstrahlung ließ bisweilen tolle Bilder in seinem Kopf ablaufen. Diese pralle, vollbusige Pracht bescherte ihm schon oft entspannende, feuchte Träume. Nun lag plötzlich eine völlig andere Situation vor. Er konnte ganz anders agieren und er rechnete sich jetzt gute Chancen aus. Deshalb war er hier.

Während des Essens beobachtete er sich ab und zu im großen Spiegel, der in einem dicken Bronzerahmen, etwas seitlich von ihm, an der Wand hing. Was er sah, ließ ihn zufrieden seine Trüffel genießen. Der maßgeschneiderte, nachtblaue Anzug, das blütenweiße Hemd mit den Platin-Manschettenknöpfen, die exakt sitzende Krawatte – so sah ein erfolgreicher Geschäftsmann aus. Ein chinesisches Sprichwort fiel ihm ein: „Der beste Zeitpunkt, einen Baum zu pflanzen, war vor zwanzig Jahren. Der Zweitbeste ist jetzt." Für Hans bedeutete das: Hier und heute würde er seinen eigenen Baum pflanzen.

Neugierig durch die Äußerung des Bürgermeisters beobachtete ich, noch gut 100 m von der Station entfernt, das rege Treiben rund um die Hütte. Der Pkw war hinter dem Haus verschwunden. Die Kinder hörten auf zu spielen, was Max als Beleidigung empfand. Interessiert schauten die Mädels in Richtung Station. Plötzlich schoss Max los. Da wusste ich, dass der Besuch für uns war. Ich beschleunigte meinen Gang, sodass der Bürgermeister Mühe hatte, mir zu folgen. Als erstes kam ein Mann um die Ecke und ich fürchtete schon, dass ich mich zu früh gefreut hätte. Aber der Spürsinn meines Hundes ist unfehlbar. Jenny kam in mein Blickfeld, die den aufgeregten Max vergeblich zu beruhigen versuchte. Dann erschien meine Frau und ich musste mich zurückhalten, um nicht bewundernd zu pfeifen. Mir kam sie heute besonders schön vor. Meine Tochter umarmte mich mit einem „Hallo, Paps." Mir rutschte ein „Hey, Pupsi" heraus, was sie mit einem schmerzhaften Kniff in meinen Oberarm quittierte. Sie hasste ihren Spitznamen. Sie fand sich schon zu alt dafür. Über ihre Schulter hatte ich jedoch nur Augen für meine Frau, die sich erst jetzt an dem Mann vorbeischob und lächelnd auf mich zukam. Vorsichtig trennte ich mich von Jenny und öffnete die Arme für meine Moni. Gesundheitlich schon arg angeschlagen ließ sie sich zu keiner Zeit in irgendeiner Form gehen. Im Gegenteil. Auch sie breitete nun ihre schon leicht gebräunten Arme aus, dann standen wir eng umschlungen vor der Hütte, beobachtet von zig verständnisvollen Augenpaaren.

„Du kannst einem schon einen gewaltigen Schrecken einjagen“, flüsterte sie mir ins Ohr. Statt einer Antwort gab ich ihr einen Kuss, der mit anhaltendem Beifall und vereinzelten Pfiffen begleitet wurde. Anschließend hielt ich sie ein Stück von mir weg. „Du siehst blendend aus. Verrat mir deinen Jungbrunnen“, lächelte ich sie an. Kranz machte Fotos. Der Bürgermeister kam zu uns, stellte sich in unsere Mitte und wies Kranz an, draufzuhalten. Dann winkte er Jenny hinzu, anschließend Maria und die Kinder. Max folgte unaufgefordert. „So einen erfreulichen Augenblick sollte man unbedingt festhalten“, kommentierte der Bürgermeister und strahlte dabei über das ganze Gesicht. Als die Fotosession endlich beendet war, konnte ich Maria und die Kinder mit meiner Familie bekannt machen. Dabei blickte mich meine Frau fragend an. Wer sind diese Leute?, schien sie zu fragen. Ich kam ihr jedoch zuvor. „Wer ist denn der junge Mann an deiner Seite?“, wollte ich wissen. Sie zog mich am Ärmel zur Veranda und meinte leichthin, „Wir werden uns sicher einiges zu berichten haben. Aber um deine Neugier zu befriedigen, das ist Peter. Er ist Fahrer beim österreichischen Fernsehen und seit gestern ein netter Begleiter, der mir viel moralischen Beistand gab. Ein prima Kerl.“ Wir hatten kaum Platz genommen, da hieß es: „Und wer ist diese hübsche Person? Hast du sie auf der Hütte kennengelernt?“ Ich lachte laut auf. Die Frauen sind doch alle gleich. „Das ist eine längere Geschichte, die ich dir später gern ausführlich erzählen werde. Nicht jetzt, bitte. Denn im Moment ist nur eins wichtig. Wie lösen wir die eklatanten Probleme der Frau. Sie hat reichlich davon.“

„Da bin ich ja mal gespannt“, sagte meine Frau, nicht ohne eine leichte Ironie in der Stimme. Etwas milder dann: „Ich soll dich von Helga grüßen. Sie hat mit mir mitgelitten.“

„Danke.“

„Möchten Sie was trinken?“ Der Koch lächelte meine Frau freundlich an. Sie bestellte eine trockene Weinschorle, während

Xaver ihr bestätigte, dass sie im Fernsehen eine gute Figur gemacht habe. Ohne mich anzusehen, reichte sie mir ein Päckchen Gauloises. Das war Rettung in letzter Minute. Aber Fernsehen? Was hatte das schon wieder zu bedeuten? Ich verwarf den Gedankengang. Wird sich schon alles logisch erklären lassen, war ich sicher. Die Zigarettenpackung öffnend stand ich auf. Gerade, als ich mir eine anzündete, stand der Bürgermeister neben mir. „Stör ich?", fragte er mich. Ich schüttelte den Kopf und rauchend folgte ich ihm in die Hütte.

Drinnen erklärte er mir, dass für Frau Leitner alles geregelt sei. Ein Hotelzimmer, Geld für Klamotten usw. Es werde ihr an nichts fehlen. Die Stadtkasse übernahm die Kosten. Als Gegenleistung erwartete er, dass ich morgen definitiv mit Familie zum Fest erschien. Natürlich als Ehrengäste der Stadt Lienz. Ich sagte zu und dankte ihm für seinen Einsatz. Er war schon in Ordnung. Zusammen verließen wir die Hütte und ich stellte schnell fest, dass ich durchaus entbehrlich war, denn jeder sprach mit jedem. Es herrschte eine sehr entspannte, gemütliche Atmosphäre. Ich zog meinen Hut zurecht und nahm Kurs auf Maria, die sich angeregt mit dem Fahrer unterhielt.

Karin Dorfner erschien, wie immer adrett gekleidet und pünktlich, im Restaurant. Geschäftsmäßig ging ihr Blick über die wenigen Gäste hinweg, während sie auf die Tür mit der Aufschrift „Privat" zuging. Für einen kurzen Moment verschwand sie in dem Raum, bevor sie anschließend direkt auf Hans zusteuerte. „Hallo, Hans. Schön, dich zu sehen. Aber behalt doch bitte Platz, mein Lieber. Darf ich mich zu dir setzen? Wie ich sehe, bist du schon mit dem Essen fertig. War es gut?"

„Ausgezeichnet. Wie immer. Ja, bitte, setz dich. Und wenn ich mir die Bemerkung erlauben darf, du siehst umwerfend aus."

„Danke für die Blumen", lächelte Karin und setzte sich ihm gegenüber. „Hat dir deine Frau Ausgang gegeben?", fragte sie belustigt und winkte dabei gleichzeitig nach Florian. Bevor Hans antworten konnte, bestellte sie eine Flasche Sekt der Hausmarke mit zwei Gläsern. „Du trinkst doch ein Schlückchen mit oder?“ Ihre dunklen Augen funkelten. Hans nickte. Karin fuhr sich leicht durch das lockige, wallende Haar. Interessant fand sie ihren Stammgast schon, aber er war verheiratet. Das hielt ihr Engagement in Grenzen. Ein gesellschaftlicher Skandal war nicht gut für das Geschäft. Hans hing buchstäblich an ihren vollen Lippen und war für einen Augenblick in einer nicht jugendfreien Welt. Er hatte Mühe, mit seinen Gedanken an den Tisch zurückzukehren. „Entschuldige bitte“, riss er sich zusammen, „ich war eben nicht bei der Sache.“

„Macht doch nichts. Ich fragte, ob Maria dir freigab. Oder ist sie etwa krank?“

Leitner war auf so eine Frage vorbereitet. Mit dem nötigen Schmerz in der Stimme erzählte er von seinem furchtbaren Schicksalsschlag. Er endete mit den Worten: „Es war die Hölle.“ Karin saß stumm mit offenem Mund vor Hans und schien das Gehörte nicht glauben zu wollen. Erschüttert trank sie ihr Glas aus und goss beiden sofort nach. „Jesus, Maria“, entfuhr es ihr, „das ist ja schrecklich, Hans! Mein aufrichtiges Beileid.“ Dabei legte sie ihre zarte, manikürte Rechte mit dem 1,5-Karäter auf den Unterarm von Hans. „Wenn ich irgendwie helfen kann. Du weißt, ich bin immer für dich da.“ Hans schaffte es wirklich, eine einzelne Träne hervorzuzaubern. Sehr wirkungsvoll. „Vielleicht komme ich auf dein freundliches Angebot zurück. Aber im Moment wär es mir recht, wenn wir nicht mehr davon sprechen. Ich bin hier, um ein wenig zu vergessen. Abzuschalten. Meinetwegen auch, um zu verdrängen. Kannst du das verstehen?“

„Dafür habe ich vollstes Verständnis, Hans. Die richtige Trauer kommt später. Lass uns gemeinsam vergessen. Lass uns trinken und von etwas anderem reden.“ Leitner war ihr unendlich dankbar. Nicht so viel Gefühlsduselei. Aber er war auch schlau genug, im weiteren Gespräch nicht allzu forsch vorzugehen. Manchmal war weniger mehr. Er hob sein Glas und stieß mit ihr an. „Du bist eine wirkliche Freundin, Karin. Ich bin glücklich, dich zu kennen“, sagte er mit gequältem Lächeln und sah dabei in den Augen der Frau seine eigene Zukunft.

Aus dem Kasten nahm ich mir eine kühle Flasche Gösser und öffnete diese mit meinem Vercingorix. Dann setzte ich mich zu Maria und Peter. „Kann ich kurz stören?"

„Hast du schon", grinste mich Maria an. „Ich habe Peter gerade von unserer Hütte erzählt. Du hast einen neuen Bewunderer."

„Peter Hinrich", stellte er sich vor. „Ich hatte das Vergnügen, Ihre Frau und Ihre Tochter eine Zeit lang zu begleiten. Hab also schon viel von Ihnen gehört."

„Hoffentlich nur Gutes", sagte ich und streckte ihm meine Hand hin. „Natürlich", antwortete er gut gelaunt, ergriff meine Rechte und drückte sie fest. „Ich habe ein paar Infos für dich, Maria."

„Schieß los. Peter stört doch nicht, oder?" Ich schüttelte den Kopf und winkte ab. Eine Zigarette anzündend, erklärte ich ihr, was der Bürgermeister für sie auf die Beine gestellt hatte. Sie war sprachlos vor so viel Hilfsbereitschaft. „Jetzt fehlt eigentlich nur noch dein Anruf", sagte ich zum Schluss. Mir fiel auf, dass Hinrichs während meines Monologs nur Augen für Maria hatte. Meine Herren! War da jemand interessiert?

Die Wirtin vom „Mystery" war nicht nur sehr attraktiv, sondern auch berechnend und schlau. Sofort, als Hans den Tod seiner Frau erwähnte, gingen bei ihr die Signallampen an. Vermögender Witwer – nun auch noch ohne haltlose Quälgeister, wie sie insgeheim Kinder nannte, da sie ihr verhasst waren. Sie waren laut, dreckig, anspruchsvoll, kompliziert, anstrengend und teuer. Das war nicht ihr Ding. Sie witterte eine Chance, noch höher in die Who's-who-Liga von Klagenfurt aufzusteigen. Der Sekt floss reichlich. Wenn das unfassbare Drama um Hans Leitner erst einmal die Runde in der Stadt gemacht hatte, würde Hans einer der begehrtesten Partien hier sein. Und zwar bei allen Frauen, die so wie Karin dachten. Und die war bereit, ihren offensichtlichen Vorteil zu nutzen. Selbstverständlich war ihr nicht entgangen, dass Hans sehr stark interessiert an ihr war. Ihr weiblicher Instinkt funktionierte einwandfrei. Er war eben wie die meisten

Männer sehr einfach gestrickt und auf der Weibchensuche extrem schwanzgesteuert. Völlig hirnlos. Nach der dritten Flasche Hausmarke sah sie pures Verlangen in seinen leicht glasigen Augen. Sie genoss ihre Macht über solche Männer und verachtete sie gleichzeitig. Kerle – offen wie ein Buch. Aber ohne wollte sie auch nicht leben. Hans wäre praktisch und mit Sicherheit einfach zu führen. Und er war vermögend. Das war ausschlaggebend für ihren Entschluss, sich ihn zu angeln.

Sie entschuldigte sich, um auf die Toilette zu gehen. Dort zog sie ihren BH aus, ließ die großen Brüste frei, schloss wieder die bunte Bluse, öffnete aber zusätzlich zwei Knöpfe. Bei entsprechenden Bewegungen, die ihr natürlich geläufig waren, würde ihr enormer Busen Sternchen in die Augen von Hans zaubern. Der BH verschwand in ihrer Handtasche. Die große Liebe gab es nicht. Eine von vielen Lebenslügen. Aber eine gewisse Zufriedenheit und vor allem finanzielle Sicherheit war möglich. Daran glaubte sie. Betont langsam, mit einem wippenden Gang, kam Karin an den Tisch zurück. Heftig schluckend registrierte Hans die fließenden Bewegungen unter ihrer Bluse. Er war geschmeichelt. Sie war scharf auf ihn. Das war jetzt eindeutig. Trotzdem befahl er sich Zurückhaltung. Zugegeben – mit einem Steifen in der Hose war das nicht ganz einfach.

„Jetzt bin ich bereit, anzurufen“, erklärte mir Maria. Peter sah mich fragend an, doch ich winkte ab. Später. Entspannt lehnte ich mich zurück. „Gut“, sagte ich. „In ein paar Minuten. Ein Gläschen für den Mut muss noch sein. Hilfst du mir, stehst du mir bei? Ich meine, hörst du mir zu, wenn ich telefoniere?“

„Wenn du willst, bin ich dabei, Maria.“ Sie goss sich mit leicht zittrigen Händen ein Glas voll. „Ich habe Maria versprochen, ihr während ihres Aufenthalts in Lienz behilflich zu sein“, erklärte Hinrichs. „Ich kenne die kleine Stadt sehr gut. Weiß, wo man gut und gemütlich essen kann oder auch preiswert einkaufen.“

„Das ist gut. Sie kann jede Unterstützung gebrauchen. Ich muss mich um meine eigene Familie kümmern, da ist es ausgezeichnet, dass du das anbietest." Schien schwer in Ordnung zu sein, der Mann.

Die geschulten Augen von Karin bemerkten, dass Hans durchaus genug Alkohol getrunken hatte. Das Gespräch verlor an Format. Sie beschloss, die Unterhaltung ein anderes Mal fortzusetzen. Mit dem vielversprechenden Angebot, sie werde morgen Mittag bei ihm zu Hause vorbeischauen, komplimentierte sie ihn hinaus. Zuvor hatte Florian ein Taxi bestellt. „Das Taxi wartet schon auf dich", flüsterte sie Hans ins Ohr und der ließ sich ohne Gegenwehr an die Luft bringen. Die verheißungsvolle Option auf den morgigen Tag wog schwer und Hans war selig. „Zur Maximiliangasse 15, bitte." Der Taxifahrer brummte etwas, als er den schwankenden Gast sah. Karin verfrachtete Hans auf den Rücksitz. „Bis Morgen", flötete sie, gab ihm noch einen flüchtigen Kuss auf die Stirn und schlug dann schwungvoll die Wagentür zu. Sofort fuhr das Taxi an. Der ist fällig, dachte Karin und ging in ihr Restaurant zurück.

„Na, mein Schatz, hast du mich vermisst?", fragte ich meine Frau, während ich mich neben sie setzte. „Ein wenig, nur ein kleines bisschen. Eigentlich kaum, denn ich hatte ja Peter, der mir angenehm die Zeit vertrieb."

„Hört, hört", tat ich empört. „Da hast du ja mal wieder Schwein gehabt", bemerkte meine Frau und versuchte, dabei wütend auszusehen. „Ein junger Mann muss auch mal Glück haben", meinte ich gut gelaunt. „Ich erwarte einen detaillierten Bericht. Wir haben noch viel Zeit im Urlaub. Ich will alles, was vorgefallen ist, haarklein wissen. Laut Aussagen der Bergretter bin ich ja jetzt mit einem Helden verheiratet."

„Und ich bin plötzlich mit einem Fernsehstar liiert", konterte ich. „Wer weiß, mein Dickie, wer weiß." Ich nahm sie in die Arme und sah dabei über ihre Schulter zu den majestätischen Lienzer Dolomiten. Na wartet, ich komme wieder – versprochen, dachte ich. „Wollen wir langsam zurückfahren? Wir könnten bei

Liesl noch etwas essen und anschließend im Garten noch etwas quatschen. Ich bin so aufgedreht. Wahrscheinlich kann ich die ganze Nacht aufbleiben."

„So machen wir das. Aber zuvor muss ich noch zwei Dinge erledigen. Unter anderem unseren Wagen von der Lienzer Hütte abholen. Also, ein klein wenig Geduld. Ist das o. k.?"

„Sicher. Aber beeil dich. Ich möchte wieder in unsere ‚Walachei'. Langsam reicht mir der Trubel." Ich versprach es. Dann ging ich rüber zu Maria und Peter. Ein hübsches Paar, stellte ich neidlos fest. Abwarten. „Bei euch alles im Lot?"

Ich setzte mich. Eine Zigarettenlänge ließ ich ihr noch Zeit, dann aber würde telefoniert werden. Genussvoll zog ich an der Gauloise und gönnte mir einen Schluck Gösser. Herrlich! Ich war doch ein unverbesserlicher Genussmensch. Warum auch nicht? Mein Körper hat mir dies noch nicht übel genommen und mein Arzt hatte bisher auch nichts zu meckern. Also genieße ich, wo ich kann. Bei einer leckeren Roulade mit fein abgeschmeckter Soße, einem cremigen Sahneeis mit einem Schuss Eierlikör, einem heißen, starken Espresso oder einem torfigen, alten Malt. Mein persönliches Highlight in puncto Entspannung und Genießen ist der Augenblick, wenn ich nach einer langen Winterwanderung vor einem wärmenden Kaminfeuer sitze, ein gutes Buch lese, eine Kubanische Corona rauche und einen ausgesuchten Malt-Whisky, z. B. einen Lagavulin oder einen Talisker, trinke. Dann bin ich den missionierenden Mönchen, die einige Jahrhunderte n. Chr. die Kunst des Destillierens aus dem Mittelmeerraum nach Irland gebracht haben, äußerst dankbar. Irische Mönche erfanden schließlich ein trinkbares Elixier aus Gerste und Wasser, das sie „Uisce Beatha" (sprich: Isch:ke ba:ha) nannten. Das ist gälisch für „Wasser des Lebens". Als im 12. Jahrhundert englische Soldaten nach Irland vordrangen, machten sie begeistert Bekanntschaft mit diesem Getränk. Sie anglisierten den Namen zu „Whisky" und verbreiteten das irische Lebenswasser schnell in der Heimat. Elisabeth I. von England schätzte den Genuss von Whisky sehr. Der Earl von Cork hatte ihr 32 Gallonen „Uisce

Beatha" zukommen lassen. Selbst Zar Peter der Große, dem niemand zu widersprechen pflegte, fand schon damals, unter allen Weinen sei der irische der beste. „Slainte" – es heißt so viel wie „Prost" – stammt auch aus dem gälischen Sprachgebrauch. Ein irischer Trinkspruch lautet:

Dir wünsche ich Gesundheit und langes Leben,
ein Stück pachtfreies Land,
die Frau/Mann deiner Wahl,
und dass du schon eine halbe Stunde
im Himmel bist,
bevor der Teufel es merkt.

Durch das Bellen meines Hundes wurde ich langsam in die Gegenwart zurückgeholt. Die Sonne war im Westen fast hinter den Bergspitzen verschwunden und tauchte die Landschaft zum letzten Mal an diesem Tag in ein weiches Licht. Abendstimmung in den Lienzer Dolomiten. Es war Zeit, zu handeln. Deshalb fragte ich Peter, ob er mich die wenigen Kilometer zur Dolomitenhütte fahren würde, damit ich an mein Auto käme. „Pascht", stimmte er zu. „Wenn wir wiederkommen, erledigen wir das Telefonat", sagte ich bestimmend zu Maria. Sie nickte wortlos und griff zum Weinglas. Der letzte Aufschub.

Hans hatte zwar „einen sitzen", wie man so schön sagt, aber volltrunken war er nicht. Eigentlich schwebte er auf Wolke sieben. Er betrat nun sein Haus, ging direkt in das geräumige Wohnzimmer und schmiss seine Anzugjacke auf den Sessel der ausladenden Sitzgruppe. Keiner würde rufen: „Häng die Jacke auf einen Bügel." Diese Zeiten waren vorbei. Hans kicherte leise. Neben dem in Stein gehauenen Kamin stand der gut sortierte Servierwagen. Locker nahm er ein dickwandiges, mundgeblasenes Glas und goss einen guten Schluck vom 24 Jahre alten Bushmills ein. Er nahm auf der Couch Platz, legte die Füße samt Schuhen auf den schweren Marmortisch – auch hierbei meckerte keiner – und machte die Glotze mithilfe der Fernbedienung an. Es war ihm zu ruhig in der Bude. Irgendeinen Mist würden sie schon senden. Durch die Kanäle zappend, nippte er an seinem Drink. Keinen einzigen Gedanken verschwendete er an die Kinder, schon gar nicht an Maria. Vielmehr kam ihm sofort die pralle Figur von Karin vor sein geistiges Auge. Pfiffig, wie er war, hatte er die Flasche mitgenommen, sodass er nahtlos trinken konnte, ohne aufzustehen. Was für ein Weib! Hans fuhr mit der freien Hand über seinen Schritt und fand den Kumpel halbsteif vor. Man könnte sich ja einen Porno einlegen, dachte er. Hans hatte eine kleine, spezielle Sammlung von DVDs, die gut versteckt in seinem Arbeitszimmer lag. Warum nicht, mein Junge. Du bist frei, tu es einfach!, dachte er.

Energisch erhob er sich und ging ins Büro. Er holte seinen Lieblingsfilm, der mit den großen Titten, aus dem Versteck und legte ihn in den Recorder. Dieser Film passte am besten zu seiner Karin. Ein weiterer Bushmills folgte, bevor er das Gerät einschaltete. Hastig zog er sich die Hose aus und warf sie auf den Sessel. Der Film begann und Hans lehnte sich gemütlich zurück.

Knapp 40 Minuten später stand mein Wagen, dank Peters Hilfe, neben der Station und ich ging direkt zu Maria, denn ich wollte es endlich hinter mich bringen. Das leidige Telefonat mit ihrem Mann. Sie wollte ihm ja noch eine Chance geben. Ich hätte mit Sicherheit anders reagiert. Ein Typ, der mich umbringen wollte, wäre bei mir nicht so glimpflich davon gekommen. Maria schien meinen Blick zu spüren. „Ich komme sofort." Sie sagte noch etwas Unverständliches zu Hinrichs und stand dann auf. Untergehakt gingen wir in das Büro von Kranz. „Ich werde mal seine Handynummer probieren, das ist bestimmt sicherer." Ich setzte mich auf die Schreibtischkante und Maria nahm den Stuhl von Kranz. Vor mir lag die Liste mit den vermissten Personen. Neugierig blickte ich auf die Zahlen und erschrak über die hohe Anzahl von Verunglückten. Das würden bittere Zeiten für die Region werden. Ob der Tourismus starke Einbußen hinnehmen müsste, war ungewiss. Sicher war nur, dass ich weiterhin hierher reisen würde. „Drück auf die Mithörtaste, ich bin gespannt." Als es am anderen Ende klingelte, lehnte sich Maria in den Stuhl zurück. Die Anspannung war ihr ins Gesicht geschrieben.

Hans stierte mit roten Augen und nun doch schon stark betrunken auf das erotische Geschehen und versuchte krampfhaft, der kargen Handlung zu folgen. Zwischendurch fielen ihm die Augen zu und er verlor den Faden, sodass seine Erektion zu wünschen übrig ließ. „Ein' nehmen wir noch", nuschelte er vor sich hin, „halb besoffen ist rausgeschmissenes Geld." Er grinste dümmlich. „Tolle Bräute", lallte Hans. Eine erinnerte ihn sogar an seine Karin. Dieser Gedanke brachte ihn nochmals in Fahrt und er hatte das Gefühl, gleich seine Erleichterung erreicht zu haben, als das Handy in der Jackentasche klingelte.

„Scheiße. Welch ein Idiot ruft denn jetzt an?" Er war irritiert. Vielleicht Karin? „Mist!" Gerade jetzt! Er rieb stärker an seinem Ding, konzentrierte sich eisern und kam dann, unter leichtem Stöhnen, zum Abschuss. Erschöpft fiel er in die weichen Kissen zurück und wischte sich mit dem Hemd oberflächlich ab. Er brauchte einige Minuten, um sich zu erholen, robbte dann zum Sakko, um sein Handy hervorzukramen. Ein Anruf in Abwesenheit, Nummer unbekannt. Ärgerlich warf er das Telefon neben sich. Wenn es wirklich wichtig war, erhielt er erneut einen Anruf, tröstete er sich. Jetzt war er müde und zu faul, den Fernseher auszuschalten. Der Film lief eh ohne Ton. Noch gaben die Akteure ihr Bestes, doch Hans wollte nur noch schlafen. Er legte seine Beine auf das Sofa.

„Er geht nicht ran", bemerkte Maria unnötigerweise. Ich nickte. „Allzu lang hast du es auch nicht gerade läuten lassen. Vielleicht war er gerade auf der Toilette oder beim Essen. Oder, oder, oder … Meine Empfehlung: es länger klingeln lassen." Ich entzündete eine Zigarette, blies den Rauch an die Decke. „Warte", sagte ich. Blitzschnell besorgte ich noch eine Schorle und ein Bier, dann befahl ich: „Auf ein Neues."

Obwohl Hans todmüde war, konnte er nicht einschlafen. Tausend wirre Gedanken ließen ihn nicht zur Ruhe kommen. Er schwang die Beine auf den Boden und griff wie ein Ertrinkender sofort zur Flasche. Als er am breiten Glas nippte, läutete es erneut. Nach dem zweiten Klingeln hatte er diesmal das Handy in den Händen. „Leitner?"

Sichtlich erschrocken, dass Hans sich meldete, schluckte Maria und wurde schlagartig blass. Ich nickte ihr aufmunternd zu. „Wer zum Teufel is'n da dran?" Hans' Stimme klang trunken, erschöpft und ärgerlich. „Grüas di." Endlich. Maria holte nochmals tief Luft. Totenstille auch am anderen Ende.

„Deine liebe Frau ist hier, falls du meine Stimme aus dem Jenseits nicht gleich erkannt hast. Es freut mich, dass du deinen Arsch retten konntest. Glückwunsch. Wie du jedoch erkennst, ist dein perfider Plan voll in die Hose gegangen. Übrigens, vielen Dank für den Rettungstrupp. Aber machen wir es kurz. Hörst du aufmerksam zu?" Maria wartete einige Sekunden. „Antworte, du Bastard. Hast du mich bisher verstanden?"

„Ja", kam es tonlos zurück. „Gut", schnaufte Maria. Sie kam langsam in Rage. „Du widerlicher Kerl hast es zwar nicht verdient, aber ich gebe dir eine einmalige Möglichkeit, still und leise aus meinem Leben zu verschwinden. Ohne Polizei und Staatsanwaltschaft. Pack deine sieben Sachen und hau ab. Du hast bis Sonntagabend Zeit, mein Haus zu verlassen. Treff ich dich dummerweise noch an, lass ich dich von den Gendarmen abholen. Übrigens, lass das Konto in Ruhe. Deine Scheckkarte find ich auf meinem Schreibtisch. Natürlich reiche ich sofort die Scheidung ein. Du hast nur noch ‚schuldig' zu sagen. So, das war's. Ich hoffe, du weißt deine letzte Chance zu nutzen. Moment. Ich muss noch meinen neuen Freund fragen, ob ich etwas vergessen habe." Sie sah mich mit funkelnden Augen an. Sie kochte vor Wut. „Die Schlüssel für Firma, Haus, Auto usw.", flüsterte ich ihr zu. Maria grinste mich teuflisch an. Dann gab sie die Anweisungen weiter.

Ich glaubte, den verdutzten Hans vor mir zu sehen. Fassungslos. Ein Häufchen Elend. Zukunftslos, finanziell am Ende. Alle schönen Träume zerplatzt wie eine Seifenblase. „Alles klar, du Held?" Sie kam zum Schluss. „Ich verlass mich darauf, dich erst zum Scheidungstermin zu sehen. Ich erwarte keine blödsinnige Erklärung von dir. Lass stecken. Für deine Zukunft wünsche ich dir kein Glück. Das war's." Maria knallte den Hörer auf die Gabel und griff sofort zum Glas. Sie stürzte den Inhalt fast auf einen Schluck herunter. „Na, wie war ich?"

„Super", grinste ich, „besser hätte ich es auch nicht sagen können." Erleichtert griff ich zu einer Zigarette, legte sie aber samt Feuerzeug gleich wieder auf den Tisch, da Maria plötzlich haltlos anfing zu weinen. Die ganze Anspannung fiel nun von ihr. Gut so. Warum waren die Menschen nur so dumm und einfach gestrickt, dass sie sich ihr kurzes Leben immer so unnötig schwer machten? Die sieben Todsünden – Hochmut, Habgier, Völlerei, Neid, Wollust, Trägheit, Zorn – werden erbarmungslos ausgelebt. Meist, ohne nachzudenken und völlig grundlos. Wieder einmal nahm ich meine Freundin in die Arme und fuhr ihr beruhigend über den schmalen Rücken. Wenn ich im nächsten Jahr wieder in Österreich wäre, würde ich sie, Kranz und seine Männer sowie den Bürgermeister besuchen. Sie alle waren schon in Ordnung. Ein Besuch bei Rudi war ohnehin eine Bank. Ich bemerkte, wie Marias Körper nicht mehr so sehr zuckte, sie beruhigte sich langsam. „Lass uns nach draußen gehen, ein Schritt, symbolisch in ein neues Leben." Ich schob sie vorsichtig in Richtung Tür. „Ihr drei werdet es schon schaffen. Und wenn du Hilfe brauchst, rufst du mich einfach in Berlin an. In zehn läppischen Stunden bin ich dann bei euch." Wir gingen durch den Mannschaftsraum, und kurz bevor wir ins Freie traten, nahm sie mich nochmals in den Arm: „Vielen Dank für alles, Werner. Ich würde mich freuen, wenn wir für immer Freunde bleiben. Es würde mir viel bedeuten. Was meinst du, kriegen wir zwei Hübschen das hin?" Schniefend und mit verheulten Augen sah sie mich fragend an. „Schau mir in die Augen, Kleines!", scherzte ich und ahmte Humphrey Bogart nach. „Uns bringt nichts und niemand wieder auseinander." Sie lächelte mit verschmiertem

Gesicht. Ich zog sie ins Freie. Das Leben würde zeigen, inwieweit unsere Versprechen in Erfüllung gingen.

Leitner hielt sich nicht mit dem Eingießen eines Glases auf, er trank aus der Flasche. Er war paralysiert. Sein benebeltes, versoffenes Hirn war nur schwer in der Lage, das Gehörte sofort richtig einzuordnen. Aber er wusste definitiv: Er war im Arsch. Hans schwitzte und zitterte am ganzen Körper. Sein neues Leben in Saus und Braus war zu Ende, bevor es begann. Er war fertig. Fertig in dieser Stadt, in diesem Land und fertig mit diesem Leben. Hoch gepokert, alles verloren. Er nahm einen langen Zug aus der Flasche und plötzlich wusste er, wie die Geschichte für ihn ausgehen würde. Hans erhob sich umständlich und ging auf unsicheren Beinen zu seinem Schreibtisch. In der oberen Schublade, ganz hinten, fasste er nach einem schweren Stoffbündel. Beherzt zog er das Teil hervor und taumelte zurück zu seiner Flasche. Ein eigenartiges Kribbeln zog sich über seinen Nacken. Die Synapsen begannen mit ihrer Arbeit. Als er wieder saß, wickelte er den Stoff von der dunklen Heckler & Koch und legte die Waffe neben sein Glas.

Urplötzlich kamen die Bilder wieder, als er – damals noch Student – die Knarre im Wiener Prater von einem windigen Ausländer erworben hatte. Ein Schnäppchen. Die 9-mm-Pistole, mit vollem Magazin, dreizehn Patronen, hatte ihn damals nur 10.000 Schilling gekostet und ihm das Gefühl gegeben, eine gewisse Macht in den Händen zu halten. Er und zwei Kumpels fuhren nach Wien, um auf den Spuren von Orson Welles alias Harry Lime zu wandeln. Alle drei Jungs waren von dem Film „Der dritte Mann“ fasziniert gewesen. In dem 1949 uraufgeführten Klassiker spielte Welles den zynischen, bösen Lime so überzeugend, dass heute noch Kritiker meinen, dass dieser Film einer der besten von Welles sei. Der Schauspieler selbst hasste diese Rolle und gestand, dass dieser Charakter der gemeinste und böseste war, den er je spielen musste. Wenn man diesen düsteren Film einmal gesehen hat, wird man ihn, auch dank der weltberühmten Zither-Melodie von Anton Karas, nie vergessen. Hans wollte einmal mit dem Riesenrad fahren, im Film eine Schlüsselrolle. Hoch über Wien schweben und dabei gedanklich in den Film eintauchen.

Hans wusste sogar noch den Namen des Verkäufers. Sergej. Ein schmuddeliger Jüngling, mit vielen Narben im Gesicht. Immer lächelnd und ein guter Redner. Die Freunde von Hans hatten von dieser Transaktion nichts mitbekommen. Dafür hatte er gesorgt. Vielleicht hätten die ihm den Deal noch ausgeredet. Nun lag der harte Stahl vor ihm und es war mit Sicherheit nicht so geplant, dass er die Waffe nun gegen sich selbst richten würde. Ironie des Schicksals. Erstaunt über seine Ruhe und Gelassenheit, genehmigte er sich noch einen Schluck. Er lächelte schief. Ernest, ich komme, dachte er. In seinen wirren Gedanken stellte er sich in diesem Augenblick mit seinem Lieblingsschriftsteller Hemingway auf eine Stufe. Denn auch dieser Draufgänger, Abenteurer und harte Martini-Trinker kam an den Punkt in seinem Leben, an dem sich Hans jetzt befand. Einen vermeintlich ausweglosen. Respektvoll, doch ohne zu zögern, nahm er die Waffe in die Hand. Nicht in die Schläfe, dachte Hans, das kann schiefgehen und nicht den gewünschten Erfolg bringen. Er entsicherte die Pistole. In der Linken hielt er die Flasche mit dem kläglichen Rest, in der Rechten die Heckler. Da hat man doch was in der Hand, stellte er sarkastisch fest.

Maria, meine Gute. Da hast du am Sonntagabend viel Dreck von dem Sofa zu wischen. Wahrscheinlich musst du auch frisch tapezieren. Etwas Masse könnte durchaus an der Zimmerwand landen. Ein kleiner Schluck und die Flasche war leer. Das muss sein, dachte Hans. Zufrieden und mit sich und der Welt im Reinen, stellte er die Flasche auf den Tisch, sah noch, dass er untenrum nackt war, aber er weigerte sich, jetzt noch die Hose hochzuziehen. Stattdessen steckte er sich den Lauf der Heckler & Koch tief in den Mund und drückte ab.

Der Rest der Geschichte ist schnell erzählt. Maria kümmerte sich um die jetzt doch etwas müden Mädels und Max lag hechelnd, aber glücklich, zu Jennys Füßen. Es war Zeit für den Aufbruch. Ich verabschiedete mich herzlich von den Bergrettern und versprach, mit bester Laune morgen auf dem Fest zu erscheinen. Der Bürgermeister war schon gegangen. Auf ihn wartete noch viel Arbeit in Lienz.

Der Abschied für einen Tag von Maria und ihren Töchtern dauerte etwas länger. Resi, die herzhaft gähnte, musste ich mehrmals versprechen, ihr morgen endlich eine Schartner-Bombe zu spendieren und natürlich Max mitzubringen. Dann rannte sie nochmals zu Max, während mir, oh Wunder, Rosi die Arme um den Hals schlang, meinen Kopf zu sich herunterzog und mir ein „Danke!“ ins Ohr flüsterte. Flüchtig küsste sie mich auf die Wange. Maria erkundigte sich bei meiner Frau, ob sie was dagegen hätte, wenn sie mich zum Abschied in den Arm nehme. Moni grinste. „Ich glaube, das erwartet er von Ihnen.“

„Von dir“, erwiderte Maria, „ich heiße Maria“, und reichte meiner Frau die Hand. „Von dir“, wiederholte Moni.

Während ich Maria im Arm hielt, hoffte ich, sie und die Kinder im nächsten Jahr gesund und munter vorzufinden. Hinrichs versprach mir nochmals, gut auf sie aufzupassen. Ich löste mich aus der Umklammerung. Morgen nach dem Fest war noch genug Zeit für einen tränenreichen Abschied.

Als wir im Auto saßen, bot sich Moni an, trotz der vorgerückten Stunde noch zu Liesl zu fahren, um ein leckeres Gorgonzola-Schnitzel mit selbst gemachten Nudeln zu verspeisen. Das sollte doch noch drin sein. Der Gedanke gefiel mir. „Gib Gas“, forderte ich meine liebe Frau auf und kuschelte mich in den Beifahrersitz. Morgen früh aber würde ich schlafen bis zum Wecken. Das nahm ich mir strikt vor. Man gönnt sich ja sonst nix.

Ende

EPILOG

Glücklicherweise ist das geschilderte Unwetter reine Fantasie.
Von den Mitwirkenden im Roman sind nur folgende Personen real. Der Autor selbst sowie seine Familie. Natürlich auch Max. Ferner der bekannte Bergsteiger, Reinhold Messner, Familie Themeßl aus Nölbling im Gailtal/Kärnten, Liesl und Familie aus Goderschach, auch im Gailtal. Der Almsenner Jacob mit Hund Arco sowie der Wirt, Herr Thurner, aus Würmlach/Gailtal.

Hundertprozentig echt ist auch die großartige Landschaft von Osttirol und Kärnten, die ich hoffentlich ein wenig anschaulich beschreiben konnte. Vielleicht habe ich dem einen oder anderen Leser diese Gegend schmackhaft gemacht. Ein Urlaub lohnt sich auf jeden Fall. Die Hütten gibt es natürlich auch – alle haben ihren eigenen Charme und laden zum Verweilen ein.

Für meine Geschichte war der Blizzard sehr wichtig. In der Realität hoffe ich, dass er niemals eintrifft. Doch wie angedeutet, bin ich der Ansicht, dass der Klimawechsel dramatische negative Fortschritte macht. Deshalb sollten alle Verantwortlichen sich nunmehr sofort daranmachen, die uns bekannten störenden und schädlichen Einflüsse auf unsere Natur und damit auch auf das Klima nachhaltig zu unterbinden. Spricht man mit einheimischen Landwirten, Forstwarten, Jägern, Hüttenwirten u. a., hört man immer wieder heraus, dass man sich heutzutage nicht mehr auf das beständige Wetter verlassen kann, so wie es noch vor wenigen Jahren der Fall war. Lang anhaltende, für die jeweilige Jahreszeit typische Wetterperioden werden schmerzlich vermisst. Schneereiche Winter werden seltener; lange, warme Sommer- gehen in kurze, heiße Tage mit zunehmenden Niederschlägen über. Die Natur verändert sich zusehends.

Durch die Schuld von uns Menschen ist schon so viel Natur unwiederbringlich zerstört worden, sind Tausende von Tierarten ausgerottet. Es ist kurz vor zwölf! Noch können wir vielleicht einiges bewahren, etwas retten und eventuell auch positiv richten. Der irrsinnige Raubbau an unserer Umwelt muss endlich ein Ende haben.

Doch ist es unsinnig, wenn nur ein paar Länder dieser Welt die Notwendigkeit des Einschreitens erkennen und etwas Sinnvolles unternehmen, wenn die Nachbarn sich aber sperren, weiterhin schlampig und nachlässig mit der Natur umgehen.

Alle sind aufgefordert, an dem lebenswichtigen Projekt „Umwelt und Natur" mitzuwirken. Erst dann haben wir eine Chance, den Ausverkauf unserer Natur zu stoppen, damit sich auch noch zukünftige Generationen an ihrer außergewöhnlichen Vielfalt und einzigartigen Schönheit erfreuen können.

Das sollte unser aller Ziel sein.

Der Autor

Werner Wegener ist 1949 in Berlin-Schöneberg geboren. Der selbstständige Versicherungskaufmann ist begeisterter Bergwanderer und bekennender Naturfreund. In seiner Freizeit beschäftigt er sich u. a. gern mit Musik und Literatur. Technik steht er eher skeptisch gegenüber. Er ist verheiratet und lebt in Falkensee/Brandenburg. Der vorliegende Roman ist sein Erstlingswerk.

novum VERLAG FÜR NEUAUTOREN

Der Verlag

„Semper Reformandum", der unaufhörliche Zwang sich zu erneuern begleitet die novum publishing gmbh seit Gründung im Jahr 1997. Der Name steht für etwas Einzigartiges, bisher noch nie da Gewesenes.
Im abwechslungsreichen Verlagsprogramm finden sich Bücher, die alle Mitarbeiter des Verlages sowie den Verleger persönlich begeistern, ein breites Spektrum der aktuellen Literaturszene abbilden und in den Ländern Deutschland, Österreich und der Schweiz publiziert werden.
Dabei konzentriert sich der mehrfach prämierte Verlag speziell auf die Gruppe der Erstautoren und gilt als Entdecker und Förderer literarischer Neulinge.

Neue Manuskripte sind jederzeit herzlich willkommen!

novum publishing gmbh
Rathausgasse 73 · A-7311 Neckenmarkt
Tel: +43 2610 431 11 · Fax: +43 2610 431 11 28
Internet: office@novumverlag.com · www.novumverlag.com